Verüd
Wald
Sprungschanze
Reißender Fluss
Aussteiger-
Lager
Fluss
Betonschienen
Wüste

Sylke Scheufler

Die Suche nach dem Drachenring

Lychatz Verlag

Bibliografische Information der Deutschen Nationalbibliothek
Die deutsche Nationalbibliothek verzeichnet diese Publikation in der Deutschen Nationalbibliografie; detaillierte bibliografische Daten sind im Internet über http://dnb.dnb.de abrufbar.

Sylke Scheufler
»Die Suche nach dem Drachenring«
ISBN 978-3-942929-71-4

3. überarbeitete Neuauflage

Satz: winterwork, Borsdorf
Lektorat: Stephanie Stöhr
Karte: August Lychatz
Ausstattung und Herstellung: Lychatz Verlag
Einbandkonzeption: Thomas Leibe
Druck und Bindung: winterwork, Borsdorf

Sylke Scheufler

Die Suche nach dem Drachenring

Für Philipp und Lennart – ohne euch hätte ich diese Geschichte niemals geschrieben. Und für Bolek.

Der Schock

Wie jeden Freitagnachmittag betrat Phil Marten, verschwitzt und durstig vom Basketballtraining, das Haus in der Birkenallee. Seine Sporttasche landete schwungvoll auf dem Dielenboden.

„Guten Tag, Phil", sagte jemand hinter ihm. Ein blasser, junger Mann mit kurzen Haaren und großen, dunkelblauen Augen bückte sich nach der Tasche.

„Dir auch, Lu", grüßte Phil zurück und war schon auf dem Weg in die Küche, die nur auf den ersten Blick so harmlos und gemütlich wirkte wie irgendeine beliebige Küche. In Wirklichkeit steckte sie voller Computertechnik und damit verbundener Überraschungen. Phils Eltern hatten beinahe jedes Küchengerät nachträglich programmiert – mit dem Erfolg, dass einige nicht immer das machten, was man von ihnen erwarten durfte.

So hatten sie den Kühlschrank mit einem Ernährungsberatungsprogramm ausgestattet. Seitdem fühlte er sich für die Gesundheit der Familie verantwortlich. Es kam vor, dass er so lange Alarm schlug, bis Phil sein klebriges Eisgetränk wieder herausnahm, oder dass er im Minutentakt mit monotoner Stimme darauf hinwies, dass ihm die Milch ausgegangen war.

Als Phil die Kühlschranktür öffnete, wurde er von den eingebauten Sensoren erfasst. Anschließend empfahl ihm der Kühlschrank einen Obstsalat mit Nüssen, der sich im obersten Fach befand. Phil lehnte den Vorschlag ab und griff stattdessen nach einer Flasche Mineralwasser, ohne das blinkende Warnlämpchen des Kühlschrankes zu beachten. „Betreffende Person weist erhöhte Körpertemperatur auf. Empfehle dringend Vitamin-C-Zufuhr." Die Schublade des Gemüsefachs sprang auf. Tomaten und Paprika leuchteten Phil entgegen. „Vorschlag abgelehnt", sagte der und tippte mit einer Hand leicht gegen die Schublade, die sich sofort wieder schloss. Mit der anderen Hand setzte Phil die Wasserflasche an den Mund.

Der Kühlschrank gab sich jedoch nicht so schnell geschlagen: „Suche nach Alternativen.“ Das hektische Flackern einiger Kontrollleuchten war ein Zeichen dafür, dass sein elektronisches Gehirn auf Hochtouren arbeitete.

Da Phil keine Lust hatte, sich sämtliche Vorschläge für eine vitaminreiche Kost anzuhören, beendete er kurzerhand das Ernährungsberatungsprogramm.

„Was gibt es heute Abend zu essen?“, fragte er.

„Auskunft unmöglich“, schnarrte der Kühlschrank.

„Komm schon, Herbert! Verrate mir wenigstens das aktuelle Passwort von deinem Geheimfach! Dann kann ich selbst nachsehen. Keiner merkt was.“

„Auskunft unmöglich. Bitte Tür schließen. Muss Solltemperatur wieder einstellen.“ Bevor Phil die einzelnen Fächer nach dem Rest Schokoladenpudding vom Vortag durchstöbern konnte, ertönte ein Warnsignal. „Bitte von der Tür entfernen. Tür wird automatisch geschlossen.“

Mit einem Knall flog die schwere Tür zu, deren Display neben der Belegung der einzelnen Fächer nun außerdem anzeigte, dass sich nur noch eine Flasche Mineralwasser im Kühlschrank befand. In der Spalte für das Geheimfach stand *Überraschung*.

Enttäuscht stellte Phil fest, dass der Schokoladenpudding aus der Liste verschwunden war. „Du könntest ruhig ein bisschen netter sein.“ Er warf dem Kühlschrank einen vorwurfsvollen Blick zu. „Nimm dir ein Beispiel an Lu!“

Phil steckte den Kopf durch die Küchentür und rief: „Lu, was gibt’s heute Abend?“

„Tut mir leid, Phil, aber Ihre Mutter hat mich gebeten, nichts zu verraten. Auch das Passwort von Herberts Geheimfach nicht.“ Lu wirbelte mit einem Staubwedel über den Garderobenständer.

„Na schön, dann eben nicht“, seufzte Phil und machte sich auf den Weg ins Badezimmer.

Zumeist überließ Phils Mutter die Zubereitung der Mahlzeiten Lu. Doch ab und zu überraschte sie ihre Familie mit Gerichten, deren

Zutaten, wie zum Beispiel Hirse oder getrocknete Algen, man nach Phils Ansicht nur in einer Zoohandlung erwerben konnte.

Zum Glück hatte vor gut einem Jahr ganz in der Nähe ihres Hauses *Bertolis Pizzeria* eröffnet. Nach einer großen Salamipizza würde Phil dem Überraschungsessen seiner Mutter gelassener entgegensehen.

Anna Marten behauptete von sich, als Hausfrau unbegabt zu sein. Es war nicht so, dass sie sich keine Mühe gab, doch es kam häufig vor, dass sie plötzlich alles stehen und liegen ließ und an ihren Laptop stürzte. Phils Vater, Thomas Marten, hatte daher den Vorschlag gemacht, die Hausarbeit jemand anderem zu überlassen, nachdem er innerhalb eines Monats zwei seiner Lieblingsshirts in der Mülltonne entdeckt hatte – mit einem dunkelbraunen Abdruck des Bügeleisens.

Lu bewohnte ein kleines Zimmer gleich neben dem Eingang und gehörte praktisch zur Familie. Er kümmerte sich um alles, und Phils Eltern hatten mehr Zeit, sich ihrer Lieblingsbeschäftigung zu widmen – dem Programmieren. Anna und Thomas Marten beherrschten alle Arten von Programmiersprachen. Das machte das Leben im Haus nicht immer einfacher, aber zweifellos aufregend.

Die Dusche mit automatischer Temperatureinstellung, unter der Phil momentan stand, wollte zum Beispiel partout nicht einsehen, dass er nicht daran dachte, kalt zu duschen, obwohl es doch „ungemein den Kreislauf belebt und die Abwehrkräfte steigert", wie ihm eine zischelnde Stimme mehrmals versicherte.

Der Kleiderschrank gab es irgendwann auf, Phil das dunkelgrüne T-Shirt zur blauen Jeans auszureden. Immerhin verriet er, in welcher Schublade sich Phils Lieblingssocken befanden.

Auch der mannshohe Spiegel in der Diele regte sich über Phils T-Shirt auf, das seiner Meinung nach viel zu weit war und in die Hose gesteckt gehörte. Mit der Frisur war er ebenfalls unzufrieden. „Wie kannst du nur so liederlich herumlaufen? Wenigstens kämmen solltest du dich", nörgelte der Spiegel.

Phil fuhr sich mit beiden Händen durch das dichte, schwarze Haar. Für ihn war die Sache damit erledigt.

Phil war für einen Dreizehnjährigen auffallend groß und muskulös. Er hatte ein schmales Gesicht und leuchtende, graublaue Augen. Viele

Mädchen in der Schule schwärmten heimlich für ihn, aber Phil kümmerte sich nicht darum. Das einzige Mädchen, das ihm gefiel, hieß Elisa May und ging nicht auf seine Schule. Er kannte sie nur aus dem Fernsehen, wo sie an jedem Freitagnachmittag eine Musiksendung für junge Leute moderierte. Elisa war wortgewandt und witzig. Wenn sie lachte, blitzten hinter ihren vollen Lippen makellose, weiße Zähne und ihre Augen, deren Farbe an das helle Grün von klarem Meerwasser erinnerte, strahlten.

Nur selten verpasste Phil ihre Sendung, doch an diesem Freitag hatte er etwas Wichtigeres vor. Er wollte seine Eltern in der Firma besuchen, genaugenommen musste er dort arbeiten. Phil hatte einen Schülerjob bei *Sanders' Playworld*, einem Hersteller von Computerspielen. Seine Eltern waren dort für die Programmierung neuer Spiele verantwortlich. Meistens schrieben sie das Drehbuch für die Handlung selbst. Grafiker, Designer und 3D-Animatoren halfen ihnen bei der Umsetzung ihrer Ideen. Waren die Bewegungsabläufe zu kompliziert, wurden Schauspieler eingesetzt. Phil hatte einmal zugesehen, wie ein Mann in einem Spezialanzug, der mit sogenannten Messpunkten ausgestattet war, fast eine Stunde lang an einem Reck turnen musste. Eine Kamera filmte ihn dabei und lieferte die Daten an einen Computer. Hinterher schaute Phil zu, wie die Bewegungen des Schauspielers in die eines Affen übersetzt wurden, der sich von Baum zu Baum hangelte.

Er durfte – abgesehen von den engsten Mitarbeitern seiner Eltern – jedes Spiel als Erster austesten und bewerten. Viele beneideten ihn darum, und das nicht nur, weil Phil die begehrten Computerspiele besaß, lange bevor man sie kaufen konnte. Es hatte sich herumgesprochen, dass der Inhaber von *Sanders' Playworld* – Alfred Sanders – alle, die für ihn arbeiteten, großzügig bezahlte.

Über das neue Spiel hatten Phils Eltern wie üblich kaum etwas verraten. Sie hatten sogar auf jede Hilfe verzichtet, ihre Mitarbeiter bereiteten ein anderes Spiel vor. Es war nur bekannt, dass sie einen Minisender entwickelt hatten, der es möglich machte, die Spielfiguren durch Zurufen oder – mit etwas Übung – durch Gedankenübertragung zu steuern. Diesen Minisender wollten sie in ein hübsches Amulett einbauen lassen.

Phil hatte sich einen goldenen Drachen gewünscht. Seine Eltern wollten sehen, was sich machen ließ. Schließlich hatte Phil bald Geburtstag.

Außerdem sollte es noch eine Überraschung geben, „die dich vom Hocker haut", wie sein Vater ihm versprochen hatte. Dabei hatten sich seine Eltern geheimnisvoll zugezwinkert.

Im Bus zum Firmengelände klopfte Phil die verräterischen Mehlspuren von seinem T-Shirt. Herr Bertoli hatte ihn mit einem kräftigen Schulterklopfen begrüßt. Sein mit Mehl bestäubter Schnauzbart hatte gezittert, als er Phil fragte: „Mamas Experimente in der Küche treffen wohl wieder einmal nicht deinen Geschmack?" Phil war nach der Eröffnung der Pizzeria der erste Gast gewesen. Seitdem hatte ihn der rundliche Herr Bertoli ins Herz geschlossen.

Der Busfahrer hielt genau vor dem großen, schmiedeeisernen Tor zu *Sanders' Playworld.* Neben dem Tor standen drei Polizeiwagen. Außerhalb und innerhalb des Wachhäuschens hatten sich Männer in Uniformen postiert. Phil wurde nach seinem Namen gefragt. Er zeigte verwundert seinen Firmenausweis. Ohne solch einen Ausweis konnte sich niemand in der Firma bewegen, ohne Alarm auszulösen. Nach einem kurzen Wortwechsel mit den firmeneigenen Sicherheitsleuten, dessen Inhalt Phil trotz angestrengten Lauschens nicht mitbekam, durfte er passieren. Bildete er sich das nur ein oder sahen ihn die Männer mitleidig an?

Auf dem Weg zur Abteilung *Forschung und Entwicklung* kamen Phil zwei aufgeregt miteinander diskutierende Angestellte entgegen. Einer von ihnen deutete mit dem Kopf in Richtung Fenster. Phil verstand nicht, was sie sagten, und als sie ihn bemerkten, verstummten sie schlagartig. „Hallo, Phil", grüßten sie kurz im Vorbeigehen. Phil warf einen flüchtigen Blick nach draußen. Auf dem eigentlich immer streng bewachten Firmengelände wimmelte es von Polizisten und Einsatzfahrzeugen. Auch der für die Forschungsabteilung zuständige Wachmann hatte Verstärkung durch die Polizei erhalten.

Während Phil seinen Ausweis vorlegte, beschlich ihn ein ungutes Gefühl. Dieses Gefühl verstärkte sich, als er die Tür zum Büro seiner Eltern verschlossen und mit einem Siegel versehen vorfand.

Ein schmächtiger Polizist, den Phil bisher übersehen hatte, kam langsam auf ihn zu. „Guten Tag, mein Junge. Wen suchen wir denn?“, fragte er mit zusammengekniffenen Augen.

„Ich bin mit meinen Eltern verabredet. Sie arbeiten hier.“ Phil bemühte sich, das aufkommende Zittern in seiner Stimme zu unterdrücken.

Der Mann musterte ihn: „Dann musst du Phil Marten sein“.

Auf Phils Nicken hin machte er eine einladende Bewegung mit seinem rechten Arm. „Bitte folge mir in das Büro von Herrn Sanders.“

Sie passierten die Wachposten und nahmen die Treppe nach oben. Phil wusste, dass sich das Büro des Geschäftsführers unmittelbar über der Forschungsabteilung befand, auch wenn er die Chefetage noch nie betreten hatte.

Nach scheinbar endlos vielen Stufen hatten sie das oberste Stockwerk erreicht und standen vor einer Stahlplatte, deren polierte Oberfläche eine eigenartige Kälte ausstrahlte.

Mit dem Zeigefinger, der Phil unheimlich lang und dünn vorkam, tippte der Polizist auf einen Klingelknopf. „Ja, bitte?“, ertönte eine Frauenstimme aus der Sprechanlage.

„Ich bringe Phil Marten“, verkündete der Polizist.

Die Stahlplatte verschwand in der Wand und sie betraten einen kurzen Flur. Nachdem der Eingang in Sekundenschnelle wieder verschlossen war, öffnete sich eine Stahlplatte am anderen Ende. Phil hatte es sehr eilig, aus dem engen Flur heraus zu kommen, doch dann blieb er überrascht stehen.

Sie mussten sich unter der gold schimmernden Kuppel befinden, die dem Gebäude das Aussehen einer Moschee verlieh. Von innen war das Kuppeldach durchsichtig wie Glas. Ohne das Metallgerüst, das dem Netz aus Längen- und Breitengraden auf der oberen Hälfte eines Globusses ähnelte, hätte man das Gefühl haben können, unter freiem Himmel zu stehen. Sonne durchflutete eine weiträumige, runde Halle, die eine Landschaft darstellte.

Staunend betrachtete Phil einen rauschenden Wasserfall, der aus einem Felsen hervorquoll und sich in einen kristallklaren See ergoss, dessen Grund aus glattem, tiefblauem und türkisfarbenem Gestein bestand. Im Wasser spiegelten sich ein paar verlorene weiße Wolken. Auf dem hellen, feinen Sand um den See herum waren zwischen hohen Palmengewächsen einige Liegestühle und kleine Tische aufgestellt. Auf der rechten Seite der Halle führte eine gläserne Schiebetür zu einer Dachterrasse, die mit exotischen Gewächsen bepflanzt war. Noch während Phil Bananenstauden und goldgelbe Ananasfrüchte bewunderte, schob ihn der Polizist auf eine geöffnete Tür auf der gegenüberliegenden Seite zu. Eine auffallend hübsche, junge Frau erwartete sie.

„Guten Tag! Bitte folgen Sie mir!“, säuselte sie und trippelte auf halsbrecherisch hohen Pumps durch das Vorzimmer. Vor einer weiteren Tür blieb sie stehen und klopfte. Nach einem deutlich vernehmbaren „Herein!“ betraten Phil und sein Begleiter das Büro des Geschäftsführers, während die junge Frau geräuschlos die Tür hinter ihnen schloss.

Herr Sanders kam hinter seinem Schreibtisch hervor. Er war um einiges größer und breiter als Phil und hatte wachsame, stahlgraue Augen. Zur Begrüßung streckte er ihnen die Hand entgegen. Dabei fiel Phil ein breiter Goldring in Form einer Schlange auf, die jedoch Flügel besaß und ihn aus zwei kleinen, blitzenden Rubinen anstarrte. Der Kopf ähnelte mehr dem eines Drachen und von den Augen ging eine seltsame Energie aus, die Phil Unbehagen bereitete. Er war deshalb froh, als Herr Sanders seine beiden Besucher bat, Platz zu nehmen, worauf jeder von ihnen in einem der weichen Sessel versank, die um einen ovalen Couchtisch gruppiert waren.

Herr Sanders saß Phil gegenüber. „Ich habe die traurige Pflicht“, begann er ohne Umschweife, „dir mitzuteilen, dass deine Eltern heute spurlos verschwunden sind. Den genauen Zeitpunkt kennen wir nicht. Die Polizei vermutet einen Fall von Entführung, allerdings gibt es bis jetzt keinerlei Anhaltspunkte. Zurzeit dauern die Untersuchungen in der Firma noch an. Wir alle hoffen, dass wir deine Eltern bald unversehrt wiederfinden, Phil.“

Phil brauchte eine Weile, um die Worte zu begreifen. Ihm wurde schwindlig. Er spürte, wie das Blut aus seinem Gesicht wich und sich gleichzeitig eine furchtbare Leere in seinem Kopf breitmachte. Wie durch einen dichten Nebel vernahm er erneut die Stimme von Herrn Sanders: „Geht’s dir nicht gut, mein Junge?“

Phil klammerte sich an der Tischplatte fest.

„Natürlich nicht. Was für eine Frage!“ Herr Sanders stemmte sich aus dem Sessel hoch und eilte zu der Schrankwand hinter seinem Schreibtisch. Wenig später stellte er Phil ein Kristallglas mit sprudelndem Mineralwasser hin.

Mechanisch nahm Phil das schwere Glas, doch seine Hand zitterte so heftig, dass er einen Teil des Wassers verschüttete.

Herr Sanders beugte sich zu ihm vor. „Ich weiß, dass es ein ziemlicher Schock für dich sein muss. Aber ich muss dich trotzdem fragen: Haben sich deine Eltern über irgendetwas Sorgen gemacht oder ist dir etwas Ungewöhnliches aufgefallen?“

Es gelang Phil, vorsichtig den Kopf zu schütteln. Er hatte einen Kloß im Hals, der ihm das Sprechen unmöglich machte.

„Ist dir bekannt, woran deine Eltern zuletzt gearbeitet haben?“ Herr Sanders sprach leise, ohne den Blick von Phil zu wenden.

Phil schluckte ein paar Mal. „Sollte heute neues Spiel testen mit dem Amulett“, murmelte er mit einer Stimme, die ihm selbst fremd vorkam.

Doch Herr Sanders hatte ihn offenbar verstanden. „Haben sie dir etwas über dieses Spiel erzählt? Hast du vielleicht eine Kopie davon gesehen?“, fragte er eindringlich.

Wiederum schüttelte Phil den Kopf. Warum interessierte Herrn Sanders das? Für Phil war das Spiel vollkommen unwichtig geworden, er wollte nur seine Eltern wiederhaben.

Herr Sanders schien seine Gedanken zu erraten. Er sah zu dem Polizisten hinüber und nickte kurz. Daraufhin stand dieser auf und auch Herr Sanders erhob sich.

„Man wird dich jetzt nach Hause bringen, Phil. Wenn du Hilfe brauchst oder dir etwas Wichtiges einfällt – hier hast du sämtliche Nummern und Adressen, unter denen du mich erreichst. Du kannst mich jederzeit anrufen.“ Bei diesen Worten reichte Herr Sanders Phil eine Visitenkarte. Der steckte sie in die Hosentasche und ließ sich von dem Polizisten hinausführen.

In dem engen Flur zwischen den stählernen Schiebetüren drückte der Mann auf einen Knopf neben einer dritten Metalltür, die Phil erst jetzt bemerkte. Lautlos glitt sie zur Seite, dahinter wartete ein Aufzug. Phil war froh, dass ihm die Treppen erspart blieben. Er fühlte sich schwach, seine Knie zitterten.

Kurze Zeit später saß er neben dem Polizisten in einem dunkelblauen VW. Während der Fahrt sprach niemand ein Wort.

Vor dem Haus der Martens stiegen sie aus. Als Phil sich verabschieden wollte, hielt ihn der Polizist fest. „Hör zu, ähm, ich bin für deine Sicherheit zuständig. Das heißt, dass ich ab jetzt Tag und Nacht jeden deiner Schritte überwachen werde. Du weißt, was das bedeutet?" Ohne jede Regung wartete Phil auf die Erklärung. „Nun, ich werde bei dir wohnen müssen."

Ehe er etwas erwidern konnte, fuchtelte der Polizist mit einem Blatt Papier vor seinem Gesicht herum. Phil versuchte, den Text zu lesen, aber das Einzige, was er wirklich wahrnahm, war das Wort PERSONENSCHUTZ über einigen kleingedruckten Zeilen sowie die krakelige Unterschrift des Einsatzleiters der SOKO Marten.

Stirnrunzelnd sah Phil auf. „SOKO Marten?"

„Sonderkommission Marten", sagte der Polizist und faltete das Blatt wieder zusammen.

Ein flaues Gefühl breitete sich von Phils Magen her über seinen ganzen Körper aus. Als ob die Ungewissheit über das Schicksal seiner Eltern nicht schon schlimm genug war, wurde er noch dazu bewacht wie ein Schwerverbrecher.

„Ist nur zu deinem Besten", versicherte ihm der Mann.

Wortlos drehte sich Phil um und schloss die Tür auf. Der Polizist folgte ihm ins Haus.

Einquartierung

Sobald der Polizist die Diele betrat, surrte in der Nähe eine Kamera. „Unbekannte männliche Person im Eingangsbereich. Bitte um Identifizierung!", forderte eine Stimme, die an einen heiseren Ziegenbock erinnerte.

„Ist schon gut, das hier ist ..." Phil drehte sich zu dem Polizisten um. „Wie heißen Sie eigentlich?"

„Oh, ich habe ganz vergessen, mich vorzustellen", entschuldigte sich dieser, nervös nach dem Ursprung der Stimme suchend. „Mein Name ist Skibinski."

Als nächstes ließ sich der Spiegel vernehmen: „Guten Tag, Herr Skibinski, bitte lassen Sie sich anschauen!"

Irritiert sah Herr Skibinski in den Spiegel. „Die Bügelfalten sind exzellent, nur die Farbzusammenstellung finde ich etwas ungewöhnlich", urteilte der Spiegel. „Das ist eine Uniform, er ist Polizist", klärte Phil ihn auf.

„Ach so, dann können Sie ja nichts dafür." Der Spiegel verzichtete auf weitere Bemerkungen.

Mit seinen langen Fingern, die Phil insgeheim mit Spinnenbeinen verglich, zupfte Herr Skibinski an den Bügelfalten der Uniformhose herum, offensichtlich fühlte er sich nicht wohl in seiner Haut. Als Lu plötzlich vor ihm stand und ihn mit einer leichten Verbeugung höflich begrüßte, zuckte er zusammen. „Euer Haus steckt ja voller Überraschungen", sagte er und lachte, doch es klang nicht fröhlich.

Herr Skibinski ließ sich sämtliche Räume des Hauses zeigen. Besonders interessierte er sich für das Arbeitszimmer, das mit modernster Bürotechnik ausgestattet war. Die beiden Laptops hatte Phils Vater von der letzten Messe mitgebracht. Er tauschte die Geräte jedes Jahr aus, „damit sie kein Moos ansetzen".

Der Blick von Herrn Skibinski blieb an der Telefonanlage hängen.

„Ihr habt zwei Anrufe erhalten“, stellte er fest.

Phil drückte die Wiedergabetaste. Der erste Anrufer war Herr Sanders. Er bat Phil, sofort in die Firma zu kommen. Er hatte angerufen, nachdem Phil das Haus verlassen hatte.

Lu nahm grundsätzlich keine Anrufe entgegen, solange niemand der Familie Marten zugegen war. So lautete seine Anweisung und die pflegte er, wie jede andere auch, gewissenhaft auszuführen.

Der zweite Anrufer hatte nicht auf das Band gesprochen. Anscheinend hatte er einen Augenblick lang überlegt, denn für einige Sekunden war deutlich ein Atemgeräusch zu hören, bevor der Hörer aufgelegt wurde.

„Öffentliche Telefonzelle am Theaterplatz“, las Phil laut vor.

Argwöhnisch starrte Herr Skibinski auf das Telefon. „Ich wusste gar nicht, dass neuerdings sogar die Nummern von öffentlichen Telefonzellen übertragen werden.“

„Werden sie normalerweise auch nicht. Mein Vater hat ein bisschen herumgetüftelt, seitdem wird jede Telefonnummer angezeigt.“

„Interessant. Weißt du, wer das gewesen sein könnte? Kennst du jemanden, der dort in der Nähe wohnt?“ In der Stimme von Herrn Skibinski lag ein seltsames Lauern.

Phil beschlich das unangenehme Gefühl, dass er verhört wurde. Er dachte nach, doch so sehr er sich anstrengte, es wollte ihm beim besten Willen niemand einfallen. Er hob die Schultern. Da durchzuckte ihn ein Gedanke: Herr Kissing wohnte am Theaterplatz.

Daniel Kissing arbeitete ebenfalls für *Sanders' Playworld*, allerdings im Vertrieb. Er sorgte dafür, dass die neu entwickelten Spiele zum richtigen Zeitpunkt, zum Beispiel vor Weihnachten oder Ostern, in die Geschäfte kamen. Sein Sohn Leo ging in Phils Klasse.

Aber warum sollte ausgerechnet Herr Kissing bei ihm anrufen? Und dann auch noch von einer Telefonzelle aus, wo er doch sein Handy niemals aus der Hand legte. Das behauptete Leo jedenfalls. Trotzdem hielt Phil es für ratsam, Herrn Skibinski davon zu erzählen.

Der kniff die Augen zusammen. „Wir werden ihn überprüfen.“ Er wandte sich den Laptops zu. „Könnte da das Programm für das neue Spiel drauf sein?“

„Das weiß ich nicht", antwortete Phil. Für die Programme hatte er sich bisher nie interessiert. Wichtig war für ihn ausschließlich, dass die Spiele auf seinem Computer liefen.

„Ich darf doch", sagte Herr Skibinski und startete bereits die gesamte Computertechnik.

„Das wird Ihnen wenig nützen – ich kenne die Passwörter nicht", warf Phil ein.

Herr Skibinski überhörte die Bemerkung. In Windeseile ließ er seine Spinnenfinger über die Tastatur des ersten Laptops huschen. Nach etwa einer halben Stunde machte sich ein zufriedenes Grinsen auf seinem Gesicht breit. Er war im Datenverzeichnis und löschte eine Datei, von deren Namen Phil nur den ersten Teil lesen konnte: *Die Suche nach ...*

„Warum haben Sie das getan?", fragte Phil entsetzt.

„Wir vermuten, dass das Verschwinden deiner Eltern im Zusammenhang mit dem Spiel steht, an dem sie zuletzt gearbeitet haben. Es darf auf keinen Fall in die falschen Hände gelangen", antwortete Herr Skibinski, während er noch einige weitere Dateien entfernte. Nachdem er auf dem zweiten Laptop ganze Datenverzeichnisse gelöscht hatte, öffnete Herr Skibinski die DVD-Laufwerke, doch sie waren leer.

„Wie heißt das Spiel?" Phil war es nicht gelungen, den Dateinamen herauszufinden.

„Je weniger du weißt, desto besser für dich."

„Und was ist, wenn die Entführer meine Eltern gegen das Programm eintauschen wollen?" In Phils Schläfen begann es unangenehm zu pochen. Dieser Polizist behandelte ihn wie einen kleinen Jungen.

Herr Skibinski ließ die Geräte wieder herunterfahren und erklärte, ohne sich umzudrehen: „Die Datei existiert auch in der Firma. Dort ist sie besser aufgehoben. Herr Sanders wird entscheiden, was weiter damit geschehen wird."

„Aber es geht um meine Eltern!", rief Phil wütend.

„Herr Sanders weiß, was er tut", versicherte Herr Skibinski, der unterdessen das Arbeitszimmer durchsuchte. „Gibt es noch andere Plätze, an denen deine Eltern CDs oder DVDs aufbewahren?"

„Im Wohnzimmer, aber nur Musik und Filme."

„Ich kann mir nicht vorstellen, dass deine Eltern keine Sicherheitskopie im Haus deponiert haben."

„Sieht aber ganz danach aus", sagte Phil gereizt und ließ sich auf einen der Bürostühle fallen. „Und wie geht es jetzt weiter, was wird die Polizei unternehmen?"

Herr Skibinski schaute auf seine Uhr und hatte es plötzlich eilig. „Das erfährst du später. Ich muss noch meine Sachen holen, hab leider meine Tasche zu Hause stehen lassen. Du fürchtest dich doch nicht, wenn ich dich jetzt für eine halbe Stunde allein lasse, oder?"

„Nein, ich bin vollkommen entspannt", erwiderte Phil eine Spur trotziger, als er beabsichtigt hatte. Herr Skibinski hastete aus dem Zimmer.

Einen Augenblick später hörte Phil die Haustür zufallen.

Lu klopfte an. „Ich bitte vielmals um Entschuldigung, aber was wollte der Mann hier? Wo bleiben Ihre Eltern? Ich dachte, Sie kommen gemeinsam nach Hause."

„Meine Eltern sind verschwunden. Die Polizei sucht nach ihnen und Herr Skibinski soll mich solange bewachen." Phil raffte sich auf. „Wenn du mir 'ne große Tasse heißen Kakao machst, erzähle ich dir alles."

Er hatte sich gerade auf die gepolsterte Sitzbank in der Küche gesetzt, als es läutete. Der Skibinski ist aber schnell, dachte er enttäuscht. Da Lu am Herd klapperte, öffnete Phil die Haustür.

Vor ihm stand ein junger Mann mit braunem Lockenkopf und fröhlichen Augen, neben sich eine prall gefüllte Sporttasche.

„Darf ich mich vorstellen? Mein Name ist Skibinski, Arne Skibinski. Ich bin ab heute auf unbestimmte Zeit für deine Sicherheit zuständig. Ich werde sozusagen dein Schutzengel sein", sagte er, als sei dies das Normalste auf der Welt. „Eigentlich sollte ich dich von der Firma abholen und dich nach Hause bringen, aber irgendjemand hat alle vier Reifen meines Dienstwagens zerstochen. Ich musste die Pannenhilfe rufen. Die Polizei verfügt leider nicht über genügend zivile Fahrzeuge und mit einem Streifenwagen wollte ich hier unter keinen Umständen aufkreuzen, das lockt nur die Nachbarn an. Meine Kollegen, die den Eingang zu *Sanders' Playworld* kontrollieren, sagten mir, ein Polizist hätte dich schon mitgenommen. Da bin ich sofort hierher gefahren."

Phil starrte ihn an wie einen Geist. „Herr Skibinski hat mich hergebracht.“ Er löste kurz den Blick von dem Mann und wies auf den dunkelblauen VW, der vor der Auffahrt stand. „In dem Wagen dort“.

Der junge Mann sah ihn besorgt an. „Was heute passiert ist, muss ein furchtbarer Schock für dich sein, aber dieser VW war für mehr als zwei Stunden außer Gefecht gesetzt. Ich habe ihn die ganze Zeit bewacht, damit keiner der Monteure zwischendurch Kaffee holen geht. Du musst wissen, dass ich noch niemals mit dem Schutz einer Person beauftragt war. Wollte es nicht gleich am ersten Tag vermasseln.“ Er zog etwas aus der Brusttasche seiner Jeansjacke und hielt es Phil unter die Nase. „Hier sind meine Dienstmarke und mein Ausweis.“

Der Ausweis war auf den Namen *Arne Skibinski* ausgestellt, der Mann auf dem Passbild hatte die gleichen wilden Locken. Staunend betrachtete Phil eine ovale Messingscheibe, auf die das Wort KRIMINALPOLIZEI und ein Polizeistern geprägt waren. „Der andere Skibinski hatte einen Zettel dabei, wo etwas von Personenschutz und SOKO Marten draufstand.“

„So? Das ist eigentlich nicht üblich. Hat er dir auch seinen Dienstausweis oder – wenn er von der Kripo war – seine Dienstmarke gezeigt?“

Phil dachte an das Gespräch mit dem Polizisten vor dem Haus. Er musste zugeben, dass er nichts dergleichen zu sehen bekommen hatte.

„Jeder anständige Polizist weist sich unaufgefordert aus. Der Zettel, den er bei sich hatte, ist wertlos. Den kann jeder geschrieben haben. Wahrscheinlich ist er ein Betrüger. Ich hoffe, er hat keinen Schaden angerichtet“, belehrte ihn der Mann.

Sofort war Phil wie elektrisiert. „Der hat das Programm gelöscht, an dem meine Eltern zuletzt gearbeitet haben. Er sagte, es ist besser, wenn nur Herr Sanders eine Kopie besitzt.“

Der Mann pfiff durch die Zähne. „Wie ich sehe, gibt es gleich richtig Arbeit für mich.“ Er sah Phil erwartungsvoll an.

In Phils Kopf herrschte ein heilloses Durcheinander, er fühlte sich vollkommen überrumpelt. Was wurde hier gespielt? Hatte der Mann in Uniform etwas mit dem Verschwinden seiner Eltern zu tun? Konnte er dem „neuen“ Skibinski vertrauen oder war es klüger, ihm die Tür vor der Nase zuzuschlagen und sich mit Lu im Haus zu verschanzen?

„Falls du an meiner Identität zweifelst, werde ich meinen Chef und noch ein paar Kollegen hierher beordern. Sie können bestätigen, dass alles seine Richtigkeit hat. So lange werde ich draußen warten", schlug der Mann vor, als könnte er Phils Gedanken erraten.

Noch mehr Polizisten – das war das Letzte, was Phil sich momentan wünschte. Außerdem wirkte der Mann sympathisch. Trotzdem beschloss er, dieses Mal wachsamer zu sein.

„Kommen Sie rein." Er machte einen Schritt zur Seite.

Erleichtert trat der Mann ein. Ehe sich die Kamera meldete, rief Phil laut „Das ist Herr Skibinski" in die Diele. Ein kurzes Surren war zu hören.

Dann sprang plötzlich ein Garderobenständer herbei und stellte sich Herrn Skibinski in den Weg, zwei metallische Arme drohend erhoben, in der einen Hand ein Stoppschild. Die Sprungfedern seiner Metallfüße wippten.

„Eisenherz, was ist los?" Vor Schreck rumpelte Phil gegen einen Hocker.

„Eindeutige Identifizierung ausgeschlossen. Bild stimmt nicht überein", bellte der Garderobenständer.

Beim ersten Geräusch hatte Herr Skibinski seine rechte Hand unter die Jeansjacke gleiten lassen. Gespannt musterte er den Garderobenständer. Unter einem Strohhut war eine Kamera versteckt, die auf ihn gerichtet war. Der Ständer sah nicht aus, als ob er ohne Weiteres weichen würde. Phil dachte nach. „Speichere dieses Bild unter *Arne Skibinski* und den Mann in Uniform unter *Falscher Skibinski*", entschied er.

Nach einem leisen Summton hüpfte der Garderobenständer auf seinen Platz zurück und drehte das Schild in seiner Metallhand um. *Herzlich willkommen* war jetzt darauf zu lesen. „Darf ich Ihnen die Jacke abnehmen?", ertönte die heisere Stimme.

„Nein, vielen Dank", antwortete Herr Skibinski.

„Das wollte ich auch gerade fragen", meldete sich Lu, der angelockt durch den Lärm mit einem Nudelholz bewaffnet in der Küchentür stand.

Die Hand noch immer unter der Jeansjacke, war Herr Skibinski herumgeschnellt.

„Alles in Ordnung", rief Phil. „Er ist Polizist."

Als Lu zu einer Frage ansetzen wollte, winkte er ab. „Nicht wundern, ich erkläre dir gleich alles."

Lu nickte und verschwand wieder in der Küche, wo ihm die Herdplatte mit heller Frauenstimme verkündete, dass sie durch rechtzeitiges Abschalten das Überkochen der Milch verhindert hatte.

„Tut mir leid, aber bei uns ist manches anders als bei anderen. Daran werden Sie sich gewöhnen müssen", entschuldigte sich Phil.

Herr Skibinski schmunzelte: „Solange der Garderobenständer nicht gleich das Feuer eröffnet, geht es ja."

Belustigt schaute Phil auf dessen Hand, die nach wie vor unter der Jacke steckte. „Schießen kann er zwar nicht, aber Karate. Außerdem ist er kugelsicher."

Daraufhin schob Herr Skibinski beide Hände in die Taschen seiner Jeans.

„Das sollten Sie Schneewittchen lieber nicht sehen lassen", warnte Phil.

„Schneewittchen?"

„Der Spiegel. Sie stehen gerade davor."

Der Spiegel hatte offensichtlich von der Aufregung nichts mitbekommen, zumindest tat er erstaunt: „Sie sehen ohne Uniform ganz anders aus. Du meine Güte, hatten Sie all diese Locken unter der Mütze versteckt? Und nehmen Sie doch bitte die Hände aus den Taschen. Nein, diese jungen Leute heutzutage."

Herr Skibinski gehorchte und ging rasch außer Sichtweite des Spiegels, bevor dieser über seine an manchen Stellen ausgefranste Jeans herziehen konnte.

Lu hatte inzwischen eine Tasse mit dampfendem Kakao auf den Tisch gestellt. Als Phil mit dem neuen Gast in der Tür erschien, verbeugte er sich leicht und fragte Herrn Skibinski, ob er ebenfalls heißen Kakao wünsche.

Der Polizist strahlte ihn an. „Das könnte ich jetzt wirklich gut vertragen, danke. Ich bin übrigens Arne Skibinski." Mit einer unbeholfenen Verbeugung streckte er Lu die Hand entgegen, der sie kurz drückte.

„Noch ein Herr Skibinski. Das ist interessant", bemerkte Lu, während er eine zweite Tasse mit Kakao füllte. „Ist meine Anwesenheit weiterhin erwünscht?"

Phil nickte. Lu setzte sich zu ihnen und sah Phil mit seinen großen, dunkelblauen Augen an. Herr Skibinski trommelte lautlos mit den Fingerkuppen gegen seine Tasse.

Obwohl es ihn große Überwindung kostete, erzählte Phil alles, was er an diesem Nachmittag erlebt hatte. Nur den Besuch bei Herrn Bertoli verschwieg er, weil Lu den Standpunkt seiner Mutter vertrat: Man kann alles probieren, wenigstens einmal.

Nachdem Phil von dem merkwürdigen Verhalten des Mannes in Uniform berichtet hatte, bat Herr Skibinski um Papier, Bleistift und Radiergummi. Anschließend musste Phil den Mann so genau wie möglich beschreiben. Dabei begann Herr Skibinski, ein Phantombild zu entwerfen. Immer wieder fragte er nach Einzelheiten des Kopfes – Augen, Nase, Mund. Am besten konnte sich Phil an die langen, dünnen Finger erinnern, aber die gehörten nicht auf das Bild.

Herr Skibinski malte schnell und genau. Fasziniert beobachtete Phil, wie auf dem Papier tatsächlich der Kopf des Mannes entstand, der sich als Polizist ausgegeben hatte.

„Und? Ist er das?" Herr Skibinski hielt das Blatt hoch.

„Besser hätte ihn ein Schwarz-Weiß-Foto auch nicht treffen können", sagte Phil anerkennend. Plötzlich schlug er sich mit der flachen Hand auf die Stirn und stürzte davon. „Was hat er denn?", hörte er Herrn Skibinski fragen.

„Bedaure, aber das weiß ich nicht", antwortete Lu.

Einige Minuten später kam Phil mit zwei farbig bedruckten Blättern zurück. Das eine zeigte ein Ganzkörperbild von dem „falschen Skibinski", auf dem anderen war dessen stark vergrößertes Gesicht zu sehen. Die Kamera des Garderobenständers hatte die Aufnahmen gemacht.

„Ihr Foto ist übrigens auch ganz gut geworden."

„Kein Wunder bei dem Original." Herr Skibinski grinste, wurde allerdings gleich wieder ernst. „Wir müssen unbedingt meine Dienststelle und Herrn Sanders informieren." Er deutete auf das ausgedruckte Bild mit dem Kopf des Polizisten. „Kannst du das hier per E-Mail verschicken?"

„Klar", erwiderte Phil.

Herr Skibinski gab ihm die Adresse seiner Dienststelle. Während Phil das Bild von seinem Computer aus versendete, telefonierte Herr Skibinski mit seinem Chef. Anschließend rief Phil in der Firma an.

Herr Sanders war außer sich. „Das darf doch nicht wahr sein", tobte er am anderen Ende der Leitung. „Ist denn die Polizei nicht einmal in der Lage, einen Jungen zu beschützen? Ich werde mich sofort mit dem Polizeipräsidenten in Verbindung setzen …" Phil musste das Telefon ein Stück von seinem Ohr weg halten, denn Herr Sanders brüllte so laut, dass Herr Skibinski, der etwas entfernt stand, jedes Wort mithörte. Sein Gesicht wirkte wie eine Maske. „Gestattest du?" Er streckte die Hand aus. Erleichtert gab Phil das Telefon ab.

„Guten Tag, Herr Sanders." Herr Skibinski betonte jedes Wort. „Hier ist Kommissar Skibinski. Ich bin für die Sicherheit von Phil Marten verantwortlich und werde ihn nach diesem bedauerlichen Zwischenfall nicht mehr aus den Augen lassen." Er stellte auf Lautsprecher um, obwohl das unnötig war.

„Einen bedauerlichen Zwischenfall nennen Sie das? Haben Sie schon darüber nachgedacht, was alles hätte passieren können?", donnerte Herr Sanders.

„Ich denke an nichts anderes, das können Sie mir glauben. Hier war offensichtlich ein Profi am Werk. Haben Sie sich von dem Mann Dienstausweis oder -marke zeigen lassen?", fragte Herr Skibinski beiläufig. Am anderen Ende der Leitung wurde es still.

„Daran kann ich mich nicht so genau erinnern, aber ich bin davon ausgegangen, dass alles seine Richtigkeit hat, wenn so viele Leute in Uniform herumlaufen", antwortete Herr Sanders schließlich, nicht mehr ganz so laut.

„Sehen Sie, allen anderen ging es genauso", beschwichtigte Herr Skibinski. „Besitzen Sie eine Kopie des Spiels, an dem Phils Eltern zuletzt gearbeitet haben?"

Einen Augenblick schwieg Herr Sanders. „Die sollte ich erst am Montag erhalten. Ich muss auch ehrlich zugeben, dass ich über dieses Spiel wenig informiert bin. Mir ist lediglich bekannt, dass Anna und Thomas einen Minisender für die Steuerung entwickelt haben. Am kommenden

Montag wollten sie mir ihre Erfindungen zusammen mit dem Spiel präsentieren."

Herr Skibinski zog die Augenbrauen hoch. „Das überrascht mich jetzt, Herr Sanders. Also, mein Chef verlangt über jeden meiner Schritte einen ausführlichen Bericht. Am besten schriftlich."

„Ich war in letzter Zeit geschäftlich viel unterwegs. Im Übrigen genießt das Ehepaar Marten mein vollstes Vertrauen. Eine Kontrolle ihrer Arbeit ist von meiner Seite aus absolut überflüssig. Sie haben freie Hand", unterbrach ihn Herr Sanders ungeduldig.

„Und Sie haben keine Ahnung, weshalb jemand daran interessiert sein könnte, das Spiel zu vernichten?"

„Nein, das ist für mich ein großes Rätsel."

„Bitte prüfen Sie umgehend, ob das Spiel noch existiert. Ich nehme an, dass Ihre Firma videoüberwacht wird."

„Selbstverständlich. Alles, was Ihre Kollegen für die Auswertung brauchen, haben sie bereits mitgenommen. Sobald ich etwas über die letzte Arbeit der Martens herausgefunden habe, werde ich mich melden", versprach Herr Sanders zum Abschied.

Nachdenklich kratzte sich Herr Skibinski am Kinn. „Irgendwie sagt mir mein Gefühl, dass dieses Spiel der Grund für das Verschwinden deiner Eltern ist."

„Das hat der falsche Skibinski auch behauptet", warf Phil ein.

„Hoffentlich schnappen wir den bald. Spätestens in einer halben Stunde sind die Jungs von der Spurensicherung hier, um Fingerabdrücke von den Laptops zu nehmen. Außerdem kommt ein Techniker, um eure Telefonanlage mit einer Fangleitung zu versehen. Weißt du, was das ist?"

„Ja, aber das können Sie sich sparen", antwortete Phil. „Mein Vater hat selbst an der Anlage herumgebastelt. Wir sehen immer, von wo aus angerufen wird, auch wenn der Anrufer versucht, die Rufnummernübertragung zu unterdrücken."

Herr Skibinski war beeindruckt. „Ich will lieber nicht wissen, welche Quellen er dafür angezapft hat. Das ist mit Sicherheit illegal. Dein Vater ist ein richtiger Tüftler, oder?"

„Ja, zusammen mit meiner Mutter hat er viele Sachen erfunden. Mit einigen werden Sie noch Bekanntschaft machen, solange Sie hier wohnen."

Aus der Küche drang Lus Stimme: „Herbert, wie oft soll ich Ihnen noch sagen, dass heute keine weiteren Vitamine vonnöten sind? Bitte beruhigen Sie sich wieder!"

„Unser Kühlschrank benimmt sich in letzter Zeit merkwürdig. Ständig will er uns Vitamine verabreichen. Mein Vater meint, das liegt am Alter. Er will ihn sich schon seit längerer Zeit mal vornehmen, das heißt, er wollte ..." Phil geriet ins Stocken. „Jedenfalls ist es ratsam, kein Gespräch mit Herbert anzufangen. Und das Wort mit V sollte man in seiner Gegenwart überhaupt nicht erwähnen." Er bemühte sich um einen unbekümmerten Tonfall, während er zu seinen Schuhspitzen sprach.

„Nun, Phil, da wir beide auf unbestimmte Zeit miteinander auskommen müssen, schlage ich vor, dass du mich Arne nennst. Betrachte mich einfach als deinen großen Bruder, der ein bisschen auf dich aufpasst, okay?"

Ohne aufzublicken, nickte Phil.

Herr Skibinski, also Arne, klopfte sich auf den Bauch. „Ich könnte jetzt 'n kräftiges Abendbrot vertragen. Wie sieht's bei dir aus?"

Nach Essen war Phil nicht zumute, obwohl sein Besuch bei Herrn Bertoli schon mehrere Stunden zurücklag. Zu dem Zeitpunkt war seine Welt noch in Ordnung gewesen. Nie wäre er auf die Idee gekommen, dass seinen Eltern jemals etwas zustoßen könnte. Und jetzt hatte er keine Ahnung, was sie gerade durchmachten oder ob sie – Phil durchlief ein Schauer – überhaupt noch am Leben waren. Sofort verwarf er diesen schrecklichen Gedanken wieder, trotzdem spürte er ein unangenehmes Ziehen in der Magengegend.

Da es mittlerweile spät geworden war, hatte Lu bereits das Abendessen vorbereitet.

Beim Öffnen der Küchentür strömte Phil ein Geruch entgegen, den er beim besten Willen nicht einordnen konnte.

In einer Auflaufform blubberte etwas Dunkelgrünes mit Inseln von zerlaufenem Käse. Arne, der nach Phil die Küche betreten hatte, ließ sich von Lu eine große Portion auffüllen. „Hab ich einen Mordshunger!", rief er.

„Frau Marten hat sich die Mühe gemacht, ein neues Rezept zu erfinden. Sie nannte es Vitaminpudding", erklärte Lu.

„Klingt toll!" Nach dem ersten Bissen hielt Arne einen Moment inne.

„Stimmt etwas nicht?", erkundigte sich Lu.

„Doch, doch, alles gut. Ich war nur überrascht. Es schmeckt ausgesprochen ... interessant." Mit starrer Miene kaute Arne weiter.

Unschlüssig drehte Phil seine Gabel in der Hand. Das war also die Überraschung, die seine Mutter im Kühlschrank versteckt hatte. Phil betrachtete den grünen Klumpen auf seinem Teller. Um seinen Magen hatte sich eine Faust geschlossen, was es ihm unmöglich machte, auch nur einen Bissen herunterzukriegen. Nicht einmal Pizza oder Spagetti hätten im Moment daran etwas ändern können.

Als es läutete, sprang Phil sofort auf, doch Arne war noch vor ihm an der Haustür. „Bitte überlass das in Zukunft mir", bat er, bevor er nach einem raschen Blick durch den Türspalt die Mitarbeiter von der Spurensicherung und den Techniker einließ. Während von den Tastaturen der Laptops Fingerabdrücke genommen wurden, begutachtete der Techniker die Telefonanlage.

Phil erklärte ihm, dass eine Fangschaltung überflüssig sei, wovon sich der Mann selbst überzeugen wollte. Er wählte mit seinem Mobiltelefon die Nummer vom Apparat der Martens. Zunächst erschien eine Handynummer auf dem Display, anschließend stand dort: Diensthandy des Polizeibeamten Henry Möller. Der Mann stutzte und versuchte es mit seinem privaten Handy. Der korrekten Nummer folgten Name und Anschrift des Besitzers.

Noch etwas ungläubig sah Herr Möller auf. „Tja, ich glaube, es gibt in der Tat nicht viel für mich zu tun. Ich hoffe, Herr Marten bekommt keine Probleme mit dem Datenschutz."

„Das ist im Moment unsere geringste Sorge. Zu gegebener Zeit werde ich mich darum kümmern", bemerkte Arne und zwinkerte Phil zu.

Herr Möller stellte eine Verbindung zur Polizei her, damit man dort jeden Anruf für die Familie Marten verfolgen konnte. Wenig später verließ er zusammen mit seinen Kollegen das Haus.

Schon während des Abendessens hatte Lu das Gästezimmer für den Besucher hergerichtet. Danach begann er mit der Beseitigung der Spuren von der Spurensicherung.

Phils Kopf dröhnte, er fühlte sich vollkommen ausgepumpt. Arne musterte ihn besorgt. „Du siehst erschöpft aus. Versuch trotz allem ein bisschen zu schlafen. Ich werde in der Nacht wach bleiben. Lu kann mich dann morgen früh ablösen."

Phil ging auf sein Zimmer, aber er war viel zu aufgewühlt, um einschlafen zu können.

Jetzt, wo er endlich allein war, überwältigten ihn Angst und Trauer – die Gefühle, die er den ganzen Nachmittag über verdrängt hatte – und ein paar Tränen rollten über sein Gesicht ins Kopfkissen.

Manchmal mussten seine Eltern im Auftrag der Firma für mehrere Tage verreisen, doch dann riefen sie ihn jeden Abend an. Außerdem wusste Phil genau, wann sie wiederkamen. Dieses Mal war es ungewiss, wann und ob er sie überhaupt wiedersehen würde. Panik überkam Phil. Was würde geschehen, wenn sie für lange Zeit verschwunden blieben? Oder sogar für immer? Wie sollte er allein zurechtkommen, wovon sollte er leben? Würde man ihn in ein Heim stecken? Seine Großeltern waren schon vor längerer Zeit gestorben, seine einzige Tante lebte weit weg. Seit Jahren hatten sie keinen Kontakt mehr zu ihr.

Es dauerte lange, bis die Erschöpfung die Oberhand gewann und Phil die Augen zufielen.

Die Einladung

Phil schlief sehr schlecht in dieser Nacht. Unruhig wälzte er sich im Bett von einer Seite auf die andere.

Im Traum musste er gegen Monster und Drachen kämpfen. Zwar konnte er sie besiegen, doch als er glaubte, es endlich geschafft zu haben, stand Herr Sanders vor ihm, seinen Drachenring drohend auf ihn gerichtet. Hinter ihm sah Phil seinen Vater, der mit unzähligen Eisenringen an eine Wand geschmiedet war. Er schien vollkommen erstarrt zu sein. Selbst den Mund hatte man ihm verschlossen. Nur die Augen, die Phil unendlich traurig anblickten, wirkten noch lebendig. Phils Mutter kauerte weinend zu seinen Füßen.

Schweißgebadet fuhr Phil hoch. Etwas Grünes funkelte ihn an. Er brauchte einige Sekunden, um zu begreifen, dass dies sein Wecker war. Die Leuchtziffern zeigten *5:01* an, darunter stand: *Hurra, es ist Samstag.*

Natürlich war Phil froh, dass er nicht in die Schule musste, aber an Schlaf war trotzdem nicht mehr zu denken. Sein Herz raste, in seinem Kopf tauchten immer wieder Bilder aus seinem Albtraum auf. Mit einem stechenden Schmerz hinter der Stirn stieg Phil aus dem Bett. Er schlüpfte in seine Sportsachen und schlich auf Socken die Treppe hinunter.

Die Küchentür stand offen. Arne lag mit dem Oberkörper auf dem Tisch, der Kopf ruhte auf seinen verschränkten Armen. Lu war nirgends zu sehen.

Phil huschte am Spiegel vorbei, griff seine Turnschuhe und verließ nahezu geräuschlos das Haus. Während er sich auf der untersten Treppenstufe die Schuhe zuband, hielt vor der Einfahrt des Nachbarhauses ein Auto. Herr Radeberg kam von der Nachtschicht heim. Er arbeitete in einem Sägewerk und trainierte in seiner Freizeit eine Fußballmannschaft, wodurch ihm die Fähigkeit abhanden gekommen war, leise zu sprechen.

Wenn er Phil jetzt begrüßte, würde er im Umkreis von mindestens zweihundert Metern sämtliche Leute aus dem Schlaf reißen und Phils heimlichen Ausflug damit beenden.

Als hätte er ihn nicht bemerkt, stürmte Phil mit gesenktem Kopf durch den Vorgarten und rannte die Birkenallee hinauf, vorbei an einem halb auf dem Fußweg geparkten, alten Opel. Wenn er sich nicht täuschte, saß hinter dem Lenkrad jemand in einem grauen Kapuzenshirt. Vielleicht noch einer, der nicht schlafen konnte.

Das Haus der Martens gehörte zu den letzten in der Straße, dahinter begannen die Wiesen, die hier und da sanft zu einem Hügel anstiegen. Am Fuß des größten Hügels lag, von Bäumen umgeben, ein See. Phil liebte diesen See, er hatte überhaupt eine Schwäche für Wasser. Auf dem Weg dorthin erhöhte er unwillkürlich das Tempo. Die ersten Sonnenstrahlen gewannen rasch an Kraft und begannen, die Luft aufzuheizen. Schon bald rann Phil der Schweiß über Gesicht und Oberkörper. Nachdem er das birnenförmige Gewässer einmal umrundet hatte, warf er sich in den noch kühlen Sand des breiten Ufers.

Ein paar Mal atmete er tief durch, dann sah er sich um. Er war mutterseelenallein. Schnell zog er sich bis auf seine Boxershorts aus und sprang vom Holzsteg aus ins Wasser. Es war jetzt, kurz vor Sommeranfang, schon angenehm warm. Mit geschlossenen Augen glitt Phil durch die spiegelglatte Wasseroberfläche. Ein Jogger in einem grauen Sweatshirt tauchte am Ufer auf. Er hatte sich die Kapuze bis ins Gesicht gezogen, doch als Phil den See verließ, war er längst wieder verschwunden. Phil wartete, bis seine Haut einigermaßen trocken war, und lief anschließend zurück zur Birkenallee.

Aus der Bäckerei Lohmann wehte ihm ein verführerischer Duft entgegen. Phils Magen knurrte so laut, dass der Postbote, der soeben ein von Hunden bewachtes Grundstück betreten hatte, panisch um sich blickte.

Die Bäckerei hatte bereits geöffnet und Phil beschloss, ein paar frische Brötchen zu holen. Sie waren Stammkunden bei Lohmanns, er würde ihnen das Geld später vorbeibringen können.

Als Phil das Geschäft betrat, kam Else Lohmann trotz der langen Warteschlange hinter ihrer Theke hervorgeschossen, wobei sie einen dünnen Mann beinahe umrempelte.

Ohne sich um die vielen Leute im Laden zu scheren, die jetzt allesamt neugierig die Hälse reckten, zog sie Phils Kopf zu sich herunter. Dazu musste sie sich auf die Zehenspitzen stellen. „Mein armer Junge." Sie strich ihm über das noch feuchte Haar. „Das mit deinen Eltern tut mir so schrecklich leid. Ich habe es in der Zeitung gelesen. Du musst doch entsetzliche Angst haben."

„Es geht schon." Phil richtete sich wieder auf. „Ich wollte eigentlich nur ein paar Brötchen holen. Habe unterwegs Hunger bekommen."

„Dagegen müssen wir was tun." Sofort hastete Frau Lohmann wieder hinter ihre Verkaufstheke und begann, eine Unmenge duftender Brötchen sowie kleine Pizzabrote, Schinken- und Käsebaguettes in eine riesige Papiertüte zu stopfen. Dann nahm sie eine zweite Tüte und packte mit einem eifrigen „Die magst du doch so gern" Quarkbällchen, Streuselschnecken und mit Nugat gefüllte Schokoladenplätzchen hinein, bis die Tüte zu platzen drohte. Obendrauf legte sie ein Schweinsohr, das vollkommen mit dunkler Schokolade umhüllt war. „Das ist extra für dich, mein Lieber", sagte sie, während sie Phil die beiden prall gefüllten Tüten unter die Arme klemmte.

„Aber ich habe gar kein Geld mit." Selbst wenn Phil welches in der Tasche gehabt hätte, jetzt hätte er es unmöglich herausholen können. Schon bei der geringsten Bewegung bestand die Gefahr, dass eine der Papiertüten auskippte oder zerriss und Brötchen und Kuchen durch den Laden kullerten.

Frau Lohmann strahlte ihn an: „Das ist ein Geschenk des Hauses, und wenn du etwas brauchst, scheue dich ja nicht vorbeizukommen. Du sollst doch nicht am Hungertuch nagen, mein Lieber. Und nun geh, damit du was auf die Rippen kriegst."

Phil musste aufpassen, dass er nicht mitsamt seinen Tüten die Treppe hinunterstürzte. Aus den Augenwinkeln nahm er eine graue Gestalt mit aufgesetzter Kapuze wahr, die an der Hauswand lehnte. Da er kaum wagte, nach links oder rechts zu sehen, konnte er nicht feststellen, ob es der Jogger vom See war. Und falls er es war, konnte es ihm auch egal sein.

Zu Hause ließ sich Phil gegen die Klingel fallen. „Sie sind wohl hungrig heute früh?", fragte Lu, als er ihm die Tüten abnahm.

„Ich war so leichtsinnig, das in Gegenwart von Frau Lohmann zu erwähnen. Anscheinend hatte sie schon auf mich gewartet. Sie sagte, dass etwas über meine Eltern in der Zeitung steht.“ Phil angelte die Wochenendausgabe aus dem Briefkasten. Auf der Titelseite war ein großes Bild seiner Familie abgedruckt. Er fragte sich, woher die Reporter dieses Foto hatten. Schließlich fiel es ihm ein: Es hing im Büro seiner Eltern in der Firma.

In dem Artikel darunter stand nichts, was Phil nicht schon wusste. Aus einem kleineren Bild sah ihm ein besorgt dreinblickender Herr Sanders entgegen. „Wir werden alles tun, was in unserer Macht steht, um dieses schreckliche Verbrechen so schnell wie möglich aufzuklären. Phil Marten steht unter meinem persönlichen Schutz“, wurde er zitiert.

Weiter unten auf der Seite bat die Polizei um Mithilfe bei der Suche nach einem Mann, der sich als Polizist ausgegeben hatte. Es folgte das Bild, das Phil an die Polizeidienststelle geschickt hatte.

Aus dem Badezimmer drang die Stimme der Dusche, anschließend war Arne zu hören. „Ähm, ich glaube, es ist besser, wenn er nicht erfährt, dass ich allein beim Bäcker war“, sagte Phil leise. Bevor Lu einwilligte, musste Phil ihm allerdings versprechen, das Haus nur noch in Begleitung zu verlassen.

Kaum hatten sie das Frühstück beendet, klingelte das Telefon, doch es war nur ein Freund von Phil, der sich nach den Hausaufgaben erkundigte. Zum Schluss fragte er, ob Phil am Nachmittag mit zum See käme. Arne, der das Gespräch über Lautsprecher mithörte, schüttelte energisch den Kopf und flüsterte: „Nur über meine Leiche.“

Lu richtete seine dunklen Augen auf ihn. „Wie meinen Sie das?“

„Das war nur ein Scherz.“ Arnes Grinsen wirkte unsicher.

Phil beendete das Gespräch und stand auf. „Ich geh’ dann mal.“

„Wohin?“, fragten Arne und Lu gleichzeitig.

„Hausaufgaben machen.“

Arne schaute ihn mitleidig an. Plötzlich hellte sich seine Miene auf.

„Kennst du Knack?“

„Nein.“

„Knack ist ein Kartenspiel. Wenn du willst, bring ich’s dir heute Nachmittag bei. Jetzt muss ich ein bisschen Schlaf nachholen. Und Phil, bleib bitte im Haus, ja?“

„Ich werde dafür sorgen“, antwortete Lu an Phils Stelle.

Die Hausaufgaben nahmen mehr Zeit in Anspruch, als Phil eingeplant hatte. Er war erst kurz vor dem Mittagessen fertig.

Auf dem Küchentisch stand der restliche Vitaminpudding, Lu hatte ihn aufgewärmt. Phil setzte sich lustlos auf die Sitzbank und schielte in Richtung Kuchentüte.

Als Lu ihm einen Berg Spagetti mit Tomatensoße vor die Nase stellte, hätte er beinahe wie nach einem Basketball-Treffer gejubelt. Der Blick von Arne ruhte auf Phils Teller, während er seinen grünen Klumpen aß. Danach suchten sie sich ein schattiges Plätzchen auf der Terrasse hinter dem Haus. Lu brachte eine Flasche Mineralwasser, Gläser und die Spielkarten. Phil legte das Mobilteil des Telefons auf den Tisch und deutete auf einen freien Gartenstuhl. „Setz dich doch, Lu!“

Arne nahm ihm die Karten ab. „Spielen Sie mit?“, fragte er.

„Wenn Sie es wünschen, ja“, lautete Lus Antwort. „Ich habe lediglich noch eine Besprechung mit dem Kühlschrank. Sofern wir uns rasch auf die nötige Vitaminmenge einigen können, wird es nur wenige Minuten dauern.“ Lu machte die Andeutung einer Verbeugung und verschwand im Haus.

„Ist ein wenig steif, euer Angestellter“, bemerkte Arne. Er teilte die Karten in zwei Stapel und drückte sie auf dem Tisch mit den schmalen Seiten gegeneinander, sodass sie sich vermischten.

„Lu ist in Ordnung, er kann nur nicht lachen. Überhaupt kann er keine Gefühle zeigen. Meine Eltern wollten ihn irgendwann überarbeiten.“

Die Augenbrauen von Arne rutschten ein Stück nach oben. „Wie überarbeiten? Arbeiten lassen bis zum Umfallen, damit er fröhlicher wird?“

Jetzt war Phil derjenige, der sich wunderte. „Lu ist ein Roboter, haben Sie das nicht bemerkt?“

Arne ließ die Karten auf den Rasen fallen. „Er ist ein was? Ein Roboter?“

Phil nickte. „Lu kann so ziemlich alles und er lernt ständig dazu.“

„Aber, verdammt, er sieht aus wie ein Mensch, bewegt sich wie ein Mensch ...“

„Meine Eltern haben sich ziemlich große Mühe gegeben, damit er beim Einkaufen nicht auffällt. Meine Mutter wollte eigentlich, dass er wie der Schauspieler Brad Pitt aussieht, aber das hätte zu viel Trubel gegeben. Außerdem mag mein Vater Brad Pitt nicht."

„Ein Roboter! Einfach unglaublich!" Kopfschüttelnd machte sich Arne daran, die Karten einzusammeln. Lu stellte einen Krug mit frisch gepresstem Orangensaft neben die Wasserflasche. Danach beobachtete er, wie Arne Karte um Karte aufnahm und ab und zu einen Grashalm herunterpustete. „Darf ich fragen, was Sie da tun?"

Arne betrachtete ihn misstrauisch. „Ich mische die Karten, indem ich sie hochwerfe und hinterher wieder einsammle. Unter Knackfreunden nennen wir dieses Verfahren Tornadomix." Phil gluckste.

Endlich hatte Arne die Karten wieder fest im Griff und teilte aus. „Am besten ist es, wenn wir in dieser Runde sozusagen mit offenen Karten spielen", schlug er vor.

Es dauerte nicht lange, bis Phil und Lu die Spielregeln begriffen hatten. Sie spielten um Streichhölzer. Wer verlor, legte ein Hölzchen in die Mitte. Beim Kartengeben und Mischen wurde abgewechselt. Gerade hatte Lu den Kartenstapel nach oben geworfen und war dabei, einige Karten aus dem Saftkrug zu fischen, als das Telefon klingelte.

Beim ersten Klingelton hatte Arne es in der Hand. „Es ist eine Frau Kissing." Er drückte die Lautsprechertaste und reichte das Mobilteil an Phil weiter.

„Phil, mein lieber Junge, was musst du nur durchmachen", sprudelte es aus dem Gerät. „Noch so jung und schon trifft dich ein so furchtbarer Schicksalsschlag. Unser Leo hat es zuerst in der Zeitung gelesen. Was für eine Tragödie! Wie können wir dir nur helfen, mein Bester? Leo, mein Engelchen, hatte den erlösenden Einfall. Wir laden dich für morgen um fünfzehn Uhr zum Kaffee ein. Das wird dich ein wenig ablenken, oder was meinst du?" Phils Begeisterung hielt sich in Grenzen.

Leo Kissing war ein Außenseiter. Zwar hänselte Phil ihn nicht wie die meisten seiner Klassenkameraden, aber er nahm ihn auch nie in Schutz. Leo trug meistens, sogar im Sommer, selbstgestrickte Pullover, was bei seiner rundlichen Figur unvorteilhaft aussah und seinen Stand in der Klasse nur noch verschlimmerte. Seine Mutter war eine berühmte Opernsängerin.

„Ich habe mir etwas ganz Besonderes für dich ausgedacht, mein lieber, armer Junge", riss Frau Kissing ihn aus seinen Gedanken. „Ich persönlich werde dir zu Ehren zum ersten Mal in meinem Leben einen Kuchen backen. Es wird eine Premiere. Wie findest du das? Klingt das nicht verlockend?"

Eine peinliche Pause entstand, während Phil sich das Gehirn zermarterte, wie er sich höflich um diesen Besuch drücken könnte.

„Mir fehlen die Worte", sagte er, da ihm so schnell keine glaubhafte Ausrede einfiel. Arne zwickte ihn leicht in den Arm und zeigte auf sich. Phil begriff nicht gleich, doch dann hatte er eine Idee: „Ich würde Ihre Einladung sehr gern annehmen, aber ich stehe unter Polizeischutz. Ich darf das Haus nicht verlassen." Er musste sich anstrengen, nicht erleichtert zu klingen.

„Oh, das ist bedauerlich. Aber weißt du was, Phil? Dann werden wir dich eben besuchen und ich bringe den Kuchen einfach mit. Ist das nicht ein wundervoller Vorschlag?"

Man musste Phil ansehen, was er davon hielt, denn Arne nahm ihm grinsend das Mobilteil ab. „Hier ist Kommissar Arne Skibinski. Ich bin für Phils Sicherheit zuständig. Einem kurzen Besuch bei Ihnen steht von meiner Seite aus nichts im Wege, allerdings nur unter der Voraussetzung, dass ich Phil begleiten darf. Sind Sie damit einverstanden?"

„Aber natürlich bin ich das. Ich werde einfach etwas mehr Teig machen, damit alle satt werden. Ich freue mich schon auf morgen."

„Die Freude ist ganz unsererseits. Vielen Dank für die Einladung." Nachdem Frau Kissing aufgelegt hatte, fragte Arne: „Was sind das für Leute, woher kennst du sie?"

„Frau Kissing singt in der Oper, Herr Kissing vertreibt Computerspiele für *Sanders' Playworld* und Leo geht in meine Klasse", klärte Phil ihn auf.

Arne strich über eine besonders abgewetzte Stelle seiner Jeans. „Auf den Besuch bei einer Opernsängerin bin ich leider nicht eingestellt", seufzte er.

„Dann holen Sie doch was Passendes von zu Hause", schlug Phil vor.

Arne winkte ab. „Da würde ich auch nichts finden, das euer Spiegel kommentarlos durchgehen lassen würde." Nach einer kurzen Pause fügte er hinzu: „Du darfst wirklich sehr gerne du zu mir sagen. Ich würde mich freuen.“

Nächstes Mal, dachte Phil und nickte. Er musste sich erst daran gewöhnen.

Beim Kartenspiel, für das Lu inzwischen andere Karten geholt hatte, dachte niemand mehr an die Einladung.

Selbst Lu war so vertieft, dass er beinahe das Abendessen vergessen hätte. Erst als Arne den dritten Streichholzstapel gewonnen hatte und meinte, er könne damit ein Freudenfeuer entfachen, sprang Lu auf, entschuldigte sich und heizte den Grill an. Er hatte Fleisch und Würstchen eingelegt. Dazu gab es Käsebaguettes von Frau Lohmann. Phil und Arne aßen, bis sie sich kaum noch rühren konnten.

Nach dem Essen legte Lu dicke Holzscheite auf. Beim Schein des Feuers hing jeder seinen Gedanken nach.

Phil dachte an seine Eltern. Seltsamerweise war er dieses Mal viel entspannter. Er konnte es sich nicht erklären, aber er hatte das unbestimmte Gefühl, dass alles gut werden würde. Vielleicht lag das an Arne Skibinski. Er hatte eine besondere Art, Mut zu machen.

Leo Kissing

In dieser Nacht schlief Phil fest und traumlos. Erst am späten Vormittag wachte er auf. Die Zeit verging ungewöhnlich schnell. Ehe Phil es sich versah, war es nach vierzehn Uhr und er musste sich umziehen. Den Vorschlag seines Schrankes – dunkler Anzug und weißes Hemd mit Fliege – beachtete Phil nicht. Stattdessen entschied er sich für eine neue Jeans und ein gelbes T-Shirt. Unten kämpfte Arne mit seinen Locken, begleitet von den lauten Kommentaren des Spiegels. Über seiner Jeans trug er ein helles Leinenhemd. Schließlich gab er es auf, die Haare bändigen zu wollen.

Im Auto fiel Phil etwas ein. „Was ist mit dem Telefon? Wer bewacht das jetzt?" Im Stillen hoffte er, dass der Besuch doch noch ausfallen würde.

„Ich habe auch ein bisschen gebastelt. Die Anrufe werden jetzt automatisch auf mein Handy umgeleitet. Ich trage es immer bei mir, sobald ich das Haus verlasse."

„Ach so", sagte Phil enttäuscht.

Vor einem Blumenstand stoppte Arne. Während er ausstieg und am Stand Blumen aussuchte, beobachtete Phil gelangweilt, wie ein Stückchen entfernt ein alter Opel hielt. Der Fahrer hatte eine Kapuze auf und trommelte mit seinen langen, dünnen Fingern auf dem Lenkrad.

Als Arne später seinen Wagen am Theaterplatz parkte, verschwand der Opel in einer Seitenstraße.

Herr Kissing und sein Sohn Leo begrüßten sie in der großen Eingangshalle ihrer Villa. „Ich hoffe, der Parkplatz vor dem Haus war noch frei. Ich habe meinen Wagen – übrigens der zweite in diesem Jahr – extra in meiner Tiefgarage geparkt."

Leo hatte das weißblonde, gewellte Haar seines Vaters geerbt, ebenso die himmelblauen Augen. Nur war an ihm alles rund, vor allem das Gesicht.

Während er Phil schüchtern die Hand gab und „Hallo, Phil“ murmelte, öffnete sich eine der breiten Flügeltüren und Frau Kissing trat heraus.

Sie war eine imposante Erscheinung, bestimmt fast zwei Meter groß, wenn man die Turmfrisur dazurechnete, und alles andere als zierlich. Das eng anliegende, türkisfarbene Kleid mit dem tiefen Ausschnitt reichte ihr bis zum Knöchel. Passend zu einem glitzernden Collier trug sie lange Ohrhänger. Trotz ihrer Körperfülle lief sie graziös, ihre goldenen, mit Strasssteinchen verzierten Pantoffeln klapperten auf dem Marmorboden. Auf halbem Weg breitete sie die Arme aus, ein schwerer, süßlicher Duft eilte ihr voraus.

„Phil, mein Lieber, lass dich umarmen“, rief sie theatralisch.

Ehe Phil wusste, wie ihm geschah, hatte Frau Kissing seinen Kopf an ihre Brust gedrückt, sodass Phil erschrocken die Augen schloss und die Luft anhielt. Zum Glück ließ sie ihn los, bevor ihm schwindelig wurde. Dann musterte sie neugierig Arne. „Und Sie sind ...“

Arne verbeugte sich. „Gestatten – Arne Skibinski. Ich fühle mich zutiefst geehrt, dass ich Sie persönlich kennen lernen darf. Sie sehen großartig aus“, schmeichelte er und überreichte Frau Kissing einen Strauß Rosen in der Farbe ihrer dunkelrot geschminkten Lippen. Mit einem aufmunternden Lächeln hielt sie ihm die Finger der rechten Hand hin. Arne nahm die Hand und berührte sie flüchtig mit dem Mund. Frau Kissing bedachte ihn mit einem langen Blick, anschließend führte sie die kleine Gesellschaft zu einer festlich geschmückten Kaffeetafel in der Mitte der Halle. Auf ihr Klingeln mit einem kleinen Glöckchen huschten zwei Dienstmädchen herbei. Eins der beiden Mädchen trug ein silbernes Tablett, auf dem unter einer dicken Puderzuckerhaube ein unförmiger, dunkelbrauner Hügel hervorlugte, das andere brachte einen kleinen Servierwagen mit Kannen und Karaffen. Der Kuchen wurde vor den Augen der Gäste in Stücke geschnitten. An der Klinge des Messers blieb eine Schicht aus schwarzen Krümeln, Puderzucker und Teig haften. „Er ist nur ein kleines bisschen dunkel geworden, weil mich während der Backzeit eine Freundin anrief. Aber ansonsten muss er köstlich sein. Zehn Eier habe ich verwendet und reichlich Milch, der Teig war herrlich cremig“, schwärmte Frau Kissing.

„Ja, und als Gesichtsmaske eignet er sich ebenfalls, nicht wahr, Liebling? Der Mixer erspart dir die Mühe, den Teig gleichmäßig auf der Haut zu verteilen. Und die Blümchentapete in der Küche hatte dir ohnehin nicht mehr gefallen", stichelte Herr Kissing.

Frau Kissing überhörte die Bemerkung. „Nun, wem darf Julia ein Stück auftun?" Erwartungsvoll blickte sie von einem zum anderen. Phil und Arne waren die Einzigen, die sich opferten.

„Und was ist mit Ihnen?", wunderte sich Arne.

„Oh, wir essen keinen Kuchen. Wir müssen leider auf unsere Taille achten", erwiderte Herr Kissing mit einem abfälligen Seitenblick auf seinen Sohn, worauf dieser rot anlief.

Der Kuchen war klebrig und schmeckte verbrannt. Trotzdem würgte Phil sein Stück tapfer hinunter und trank reichlich eisgekühlten Mangosaft hinterher.

„Möchtest du noch ein Stückchen, Phil? Du kannst es vertragen."

„Nein, danke, der Kuchen macht schnell satt", erwiderte Phil.

„Na ja, kein Wunder bei den Zutaten. Leo, mein Engelchen, geht doch beide ein wenig spielen, ja?"

„Ja, Mama." Leo sah aus, als würde er am liebsten im Marmorboden versinken.

Während sich die Erwachsenen aus einer Karaffe eine honiggelbe, ölige Flüssigkeit einschenken ließen, gingen Leo und Phil eine breite Treppe hinauf, vorbei an vielen goldgerahmten Plakaten, auf denen ihnen Frau Kissing in verschiedenen Kostümen entgegenstrahlte. Dazwischen hingen Urkunden, die Herr Kissing als bester Verkäufer bei *Sanders' Playworld* erhalten hatte, geordnet nach Jahreszahlen. Von Leo war kein einziges Bild dabei.

Leo schniefte. „Ich hasse es, wenn sie mich Engelchen nennt."

„Das kann ich verstehen", erwiderte Phil, obwohl Leo ihn tatsächlich an einen pausbackigen Engel erinnerte. Aber das behielt er lieber für sich.

Leos Zimmer ließ keine Wünsche offen. Dort reihten sich sämtliche Spielkonsolen, die es derzeit auf dem Markt gab, ein Laptop, ein Flachbildfernseher, der eine Wand fast vollständig bedeckte, eine gewaltige Stereoanlage – alles die neuesten und teuersten Modelle – sowie jede

Menge Spiele, DVDs, CDs und ein Regal voller technischer Bücher aneinander.

„Hier lässt sich's leben", stellte Phil anerkennend fest. Er zeigte auf eine zweite Tür. „Wohin führt die?"

„In meinen Schlaf- und Ankleideraum", antwortete Leo verlegen. „Dahinter kommen mein Bad und der Fitnessraum."

„Du hast ein eigenes Bad?" Phil war erstaunt über so viel Luxus. „Kann ich mal den Fitnessraum sehen?"

Leo zögerte. „Meinetwegen, aber nur kurz." Er führte Phil durch das Schlafzimmer und das Bad. Phil erhaschte einen Blick auf ein riesiges Aquarium, das die Wand neben der Badewanne einnahm. Schillernde Fische schwammen gemächlich durch eine fantastische Unterwasserlandschaft. Hinter einer Blätterwand vermutete er die Toilette.

Im Fitnessraum fiel ihm sofort ein Basketballkorb auf, ein teurer Lederball lag daneben. Lässig beförderte Phil ihn in den Korb. Dann sah er sich genauer um. Den größten Platz nahm ein Laufband vor einem Panoramabildschirm ein. Daneben gab es einen Hometrainer, eine Ruderbank und einige Geräte, die Phil noch nie gesehen hatte. Auf dem Weg zu einem der Geräte stolperte er über den weich gepolsterten Griff einer dünnen Stange, an deren Enden jeweils eine Art Gummistopfen steckte.

„Was ist das?" Phil hob die Stange auf. Bei jeder Bewegung wippte sie in seiner Hand.

„Damit kannst du irgendwelche Muskeln trainieren, aber ich weiß nicht, wie es richtig funktioniert." Leos Wangenfarbe dunkelte nach. „Ich bin lieber im Musikzimmer." Er wies auf eine gepolsterte Tür hinter einer Gymnastikmatte.

Nur ungern verließ Phil den Raum, doch Leo schien es eilig zu haben. Sie liefen zurück in das erste Zimmer. „Setz dich bitte!" Lustlos nahm Phil auf der Couch Platz. Er befürchtete, dass Leo sich bei ihm über die Gemeinheiten einiger Mitschüler beklagen wollte. Dabei hatte Phil im Moment wirklich genug eigene Probleme.

Bevor Leo sich in seinen Sessel fallen ließ, vergewisserte er sich, dass seine Eltern und Arne noch unten in der Halle saßen.

„Ich muss dir was erzählen, etwas sehr Wichtiges", begann Leo. „Ich habe schon am Freitag versucht, dich anzurufen. Von einer Telefonzelle aus."

„Du warst das?" Den Anruf hatte Phil ganz vergessen.

„Ja, es sollte niemand wissen, dass ich ... ähm ..." Leo holte tief Luft. „Ich habe gesehen, was mit deinen Eltern passiert ist."

„Was?" Phil starrte ihn ungläubig an.

„Ich habe, also ich war ... in ihrem Büro, als sie vor meinen Augen verschwanden."

Phil war aufgesprungen. Für einen Augenblick überlegte er, sich auf Leo zu stürzen. Vorsorglich hob Leo die Hände. „Bitte setz dich wieder hin. Ich will dir alles erklären."

Erst als Leo ihm klar machte, dass er nicht eher reden würde, gehorchte Phil.

„Durch meinen Vater besitze ich auch einen Firmenausweis. Weil er so beliebt ist", Leo sagte das mit einem bitteren Unterton, „oder eher weil er sämtliche Sicherheitsleute bestochen hat, habe ich überall Zutritt. Von meinem Vater wusste ich, dass deine Eltern ein neues Spiel programmiert haben. Du solltest es am Freitagnachmittag testen, stimmt's?"

Phil nickte stumm.

„Gleich nach der Schule bin ich in die Firma. Ich wollte fragen, ob ich bei dem Test mitmachen darf, aber deine Eltern waren gerade nicht da. Das Büro war nicht abgeschlossen – also ging ich rein, um auf sie zu warten."

„Du wolltest herumschnüffeln", unterbrach Phil ihn wütend.

„Nein ... ja ..." Leo vermied es, ihn anzusehen. „Ehrlich gesagt, war ich sauer, weil du immer der Erste bist, der die Spiele austesten darf. Mich hat noch nie einer gefragt, obwohl mein Vater auch für *Sanders' Playworld* arbeitet. Ich wollte wenigstens zugucken. Dann fiel mir der Vorhang in der Ecke auf. Dahinter ist eine Abstellkammer, kennst du bestimmt." Er öffnete einen Schrank, entnahm dem Tresorfach einen kleinen Metallkasten und drückte ihn Phil in die Hände. „Das hier stand auf dem Boden." Der Kasten war ungewöhnlich schwer für seine Größe.

„Was ist das?", fragte Phil stirnrunzelnd und drehte den Kasten nach allen Seiten. An der Unterseite entdeckte er einen kleinen Aufkleber:

„Digitalisierer 01", las Phil. Er erkannte die Handschrift seines Vaters. Fragend sah er Leo an.

Leo bekam große Augen. „Und ich dachte, du weißt Bescheid! Wenn er funktioniert, kannst du dich damit in das Spiel einwählen." Er deutete auf die Oberseite des Kastens, auf der sich zwei Kippschalter befanden. Unter dem grünen Schalter stand *Digitalisieren*, unter dem roten daneben *Entdigitalisieren*.

„Der Digitalisierer baut eine Art Energiefeld um dich herum auf. Sieht aus wie ein breiter, leuchtender Ring, zumindest war's bei deinen Eltern so. Aber plötzlich war der Ring weg." Wieder holte Leo tief Luft. „Und deine Eltern auch."

„Moment mal", rief Phil. „Du hast doch gesagt, meine Eltern waren nicht da."

„Na ja, sie kamen, kurz nachdem ich die Kammer betreten hatte. Ich habe mich nicht gerührt. Der Vorhang war nicht ganz zu und so konnte ich deine Eltern beobachten, ohne dass sie mich bemerkten. Deine Mutter sagte, ihr sei nicht wohl dabei. Darauf meinte dein Vater, dass sie dir doch eine Überraschung versprochen haben. Schließlich hat er deine Mutter überredet, sich zu digitalisieren, aber sie wollte höchstens zehn Minuten wegbleiben."

Leo zog abwechselnd seine Locken und seinen eidottergelben Strickpullover lang. „Mir ist vor Angst schlecht geworden. Ich dachte nämlich, sie brauchen den Digitalisierer aus der Kammer. Doch dein Vater holte einen kleineren Kasten aus einer Schublade. Außerdem hatte er eine Chipkarte oder so was in der Hand. Was genau er damit gemacht hat, konnte ich nicht erkennen, weil er mit dem Rücken zu mir stand.

‚Nur zehn Minuten, versprochen', hat dein Vater gesagt. Danach hat er deine Mutter umarmt. Aus dem Boden ist ein Feuerring gewachsen, um deine Eltern rum. Das dauerte nur ein paar Sekunden, dann war das Feuer verschwunden, zusammen mit deinen Eltern." Mittlerweile versuchte Leo, seinen Pullover bis über die Knie zu ziehen. „Ich bin raus aus meinem Versteck und habe gewartet. Nach einer halben Stunde bin ich gegangen. Den Kasten habe ich mitgenommen, deine Eltern hatten ja einen anderen."

Phil stellte den Digitalisierer auf den Tisch. „Und dann hast du Alarm geschlagen?“

„Das wäre dumm gewesen mit dem Kasten im Rucksack. Ich bin lieber abgehauen.“

„Feigling!“, brauste Phil auf. „Du als einziger Zeuge schleichst dich einfach davon.“

„Was hätte ich denn tun sollen? Meinst du, mir hätte jemand geglaubt? Außerdem ist da noch die Überwachungskamera im Büro. Sie muss alles gefilmt haben.“ Leo wurde kreidebleich. „Ich … ich bin ja auch auf dem Film. Warum hat mich noch niemand verhört?“

Hektisch kramte er unter seinem Sessel herum. Phil klappte der Unterkiefer herunter, als Leo Strickzeug in die Hände nahm. Er kannte diesen Anblick von seiner Großmutter.

Wie selbstverständlich schob Leo die Maschen eines roten Rechtekkes zurecht und begann, mit unglaublicher Geschwindigkeit die Nadeln zu bewegen. Phil war so verdattert, dass seine Wut augenblicklich verflog. Eine Weile sah er Leo zu, dann fragte er: „Du strickst deine Pullover selber?“

„Hast du was gesagt?“ Leo klang, als hätte ihn jemand aus dem Tiefschlaf erweckt.

„Was wird das?“ Phil deutete auf die rote Wolle.

„Eine Strickjacke. Ich stricke immer, wenn ich nervös bin. Das beruhigt.“

„Na, ich weiß ja nicht.“

Mit einem schiefen Lächeln vertiefte Leo sich wieder in seine Handarbeit.

Es war zum Verzweifeln. Phil wusste nicht, was er von Leo halten sollte. Vielleicht log er, um sich wichtig zu machen. Falls er jedoch die Wahrheit sagte, war er wahrscheinlich der einzige Mensch, der ihm helfen konnte, seine Eltern zu retten. Warum ausgerechnet Leo?

Ein Gedanke schoss ihm durch den Kopf. „Weißt du, wie das Spiel heißt?“

Leo zuckte zusammen. „Die ... Suche nach dem Drachenring.“

„Die Suche nach dem Drachenring“, wiederholte Phil. Mit *Die Suche* hatte der Name der Datei begonnen, die der Mann in Uniform gelöscht hatte.

„Du musst unbedingt der Polizei erzählen, was du gesehen hast. Und Herrn Sanders auch. Arne kann uns hinbringen, ich werde gleich mit ihm reden." Phil lief zur Tür.

„Warte!", rief Leo. „Bitte sag meinen Eltern nicht, was ich getan habe. Vor allem darf niemand erfahren, dass ich den Digitalisierer geklaut habe." Er ließ den Metallkasten in dem Tresorfach verschwinden und strickte weiter.

Unschlüssig stand Phil herum. Es ließ sich kaum vermeiden, dass Leo Ärger bekam. Einerseits tat er ihm fast ein bisschen leid, aber seine Eltern waren ihm wichtiger.

Auf der Treppe waren Schritte zu hören. Hastig ließ Leo sein Strickzeug fallen und stieß es mit den Füßen unter den Sessel. Einen Augenblick später riss sein Vater die Tür auf.

„Wie ich sehe, unterhalten sich die Herren blendend", sagte er belustigt.

Stumm flehte Leo Phil an, ihn nicht zu verraten.

„Herr Skibinski meint, es sei Zeit zu gehen." Das Bedauern in der Stimme von Herrn Kissing war nicht zu überhören. „Ich würde dich gern öfter in unserem Haus begrüßen, Phil. Vielleicht bringst du unser Pummelchen ja dazu, sich mehr zu bewegen. Er hätte es bitter nötig."

Bei diesen Worten wechselte Leos Gesichtsfarbe in Sekundenschnelle von kreidebleich zu dunkelrot. Mit glasigen Augen starrte er auf den Boden.

Phil versprach, sich zu melden, dann verließ er so schnell wie möglich die Villa.

Im Büro von Herrn Sanders

„Ich hoffe, du bist mir nicht böse, dass ich den Besuch beendet habe. Aber nachdem Frau und Herr Kissing ununterbrochen versucht haben, sich gegenseitig mit ihren größten Triumphen zu überbieten, hat mir der Schädel gebrummt. Als Frau Kissing mir dann noch etwas vorsingen wollte, sah ich mich gezwungen, die Flucht zu ergreifen“, gestand Arne auf dem Heimweg. „Und wie war es bei Leo?“

Phil berichtete, was Leo erlebt hatte, ohne den Digitalisierer zu erwähnen.

„Das ist die haarsträubendste Geschichte, die ich jemals gehört habe.“ Nachdenklich fuhr Arne mit der Hand durch seine Locken. „Trotzdem werde ich sie sofort weitergeben. Wir sollten uns so schnell wie möglich mit Herrn Sanders treffen.“

Im Haus der Martens ließ er sich die Visitenkarte von Herrn Sanders geben, allerdings wollte er zunächst mit seinem Vorgesetzten reden.

Phil trat vor die Haustür. In seinem Kopf summte ein Bienenschwarm. Seine Eltern in einem Computerspiel gefangen – das klang so verrückt, dass Phils Verstand sich weigerte, sich etwas Derartiges vorzustellen. Durch modernste Technik konnte dem Spieler vorgegaukelt werden, dass er sich in einem virtuellen Raum befand. Damit kannte Phil sich gut aus, aber richtig eindringen in ein Spiel, das war eine andere Sache.

Einmal hatte sein Vater so eine merkwürdige Andeutung gemacht: „Stell dir vor, du wärst mittendrin in einem Spiel, könntest deinen Spielfiguren die Hand schütteln.“ Wenn Leo die Wahrheit sagte und der Digitalisierer funktionierte, könnte er seinen Eltern folgen. Er würde alles tun, um wieder bei ihnen zu sein. Doch dazu brauchte er dieses Spiel: *Die Suche nach dem Drachenring*. Ob es wohl gefährlich war? Höchstwahrscheinlich kamen Drachen darin vor, vielleicht auch andere Ungeheuer.

Zwei Mädchen aus Phils Klasse schlenderten die Straße entlang. Als sie Phil bemerkten, bogen sie tuschelnd in die Gasse gegenüber ein. Dabei mussten sie an einem alten Opel vorbei. Von Weitem sah der aus wie der Wagen, an dem Phil am Samstagmorgen vorbeigejoggt war. Und wenn er sich richtig erinnerte, hatte der auch vor dem Blumenstand gehalten. Aber er konnte sich auch täuschen.

Phil fiel ein, dass er noch für einen Englischtest lernen musste. Für den Rest des Tages zog er sich in sein Zimmer zurück.

Am Montagmorgen brachte Arne Phil zur Schule.

Bevor er sich verabschiedete, gab er ihm einen zerknitterten Zettel mit seiner Handynummer, „für alle Fälle". Kurze Zeit später war er in einer Staubwolke verschwunden.

Für Phil wurde es ein langer Tag. Er konnte sich kaum auf den Unterricht konzentrieren. Seine Gedanken kreisten um seine Eltern und um das, was er von Leo erfahren hatte. Mehrmals versuchte er Leo beizubringen, dass Arne Bescheid wusste, aber Leo ging ihm ständig aus dem Weg.

Die anderen sahen ihn teils neugierig, meist jedoch mitleidig an. Es kursierten die wildesten Gerüchte über eine Entführung der Martens und hohe Lösegeldforderungen, die Polizei habe schon Kontakt zu den Entführern aufgenommen.

Wenn es so wäre, wüsste ich wenigstens, woran ich bin, dachte Phil bitter.

In der letzten Stunde hatten sie Deutsch. Deutschstunden vergingen ohnehin langsamer als alle anderen, doch diese Stunde wollte gar nicht enden. Satzbau und Zeichensetzung. Phil konnte sich kaum etwas vorstellen, was ihm im Moment gleichgültiger sein könnte.

Als die erlösende Klingel ertönte, warf er seine Sachen in die Tasche und stürmte zur Tür. Frau Bratke, die nicht nur Deutsch und Englisch unterrichtete, sondern auch Phils Klassenlehrerin war, rief ihn zurück. Ergeben trottete Phil zum Lehrertisch. Frau Bratke sah ihn mitfühlend an. „Falls ich irgendetwas für dich tun kann, lass es mich bitte wissen."

„Ähm, danke, aber ich komme klar", sagte Phil. Die anderen Schüler strömten fröhlich lärmend hinaus.

„Hast du denn jemanden, der sich um dich kümmert?"

„Ja. Außerdem wohnt ein Polizist bei uns. Er bringt mich zur Schule und holt mich wieder ab. Bestimmt wartet er schon." Phil verspürte wenig Lust auf ein Gespräch mit seiner Lehrerin.

Frau Bratke lächelte. „Na, dann will ich dich auf keinen Fall aufhalten."

Der dunkelblaue VW stand tatsächlich vor dem Schulhof, mit Leo auf dem Rücksitz. Von ihm erfuhr Phil, dass sie mit Herrn Sanders verabredet waren.

Arne raste, als wolle er in der Innenstadt einen neuen Streckenrekord aufstellen. Gelbes Licht an Ampeln übersah er schlichtweg, nur rotes Licht veranlasste ihn, den Fuß kurzzeitig vom Gaspedal zu nehmen und auf der Bremse zu platzieren.

„Hinter wem sind Sie denn her?", fragte Leo, dem sämtliche Farbe aus dem Gesicht gewichen war.

„Reine Gewohnheitssache. Im Dienst fahre ich grundsätzlich schnell. Ich hoffe, es macht euch nichts aus", erwiderte Arne, ohne die Geschwindigkeit zu verringern.

„Kein Problem." Leo presste sich die Hand auf den Mund.

Am Eingangstor von *Sanders' Playworld* stand nur noch ein Einsatzwagen. Die beiden Polizisten ließen sich von Arne die Dienstmarke zeigen und den Grund ihres Besuches nennen. Dann durften sie passieren.

Die hübsche Sekretärin von Herrn Sanders nahm sie am Eingang des Gebäudes in Empfang. Sie trug ein kurzes, hellblaues Kostüm und dazu passende Pumps mit Absätzen in Höhe eines Kugelschreibers.

„Herr Sanders erwartet Sie schon ungeduldig", säuselte sie und führte die drei zum Aufzug. Arne musterte sie verstohlen. Sein Blick blieb an ihren langen Beinen hängen. Die Frau kräuselte die Lippen. „Gefallen Ihnen meine Schuhe?"

So ertappt, setzte Arne sein charmantestes Lächeln auf. „Ich frage mich die ganze Zeit, wie man auf diesen Dingern laufen kann, ohne sich die Beine zu brechen."

„Ein Mann kann es nicht, ich aber schon", antwortete sie schnippisch.

Als sie die Kuppel betraten, blieb Leo auf der Stelle stehen, sodass Arne ihm in die Hacken trat. „Ich würde lieber hier draußen warten."

„Deinetwegen sind wir hier", bemerkte Arne ungerührt. Leo senkte den Kopf und folgte der Sekretärin, die bereits die Tür zum Büro von Herrn Sanders aufhielt. Phils Herz klopfte schneller. Nur zu gut erinnerte er sich an den Moment, als ihm Herr Sanders eröffnet hatte, dass seine Eltern verschwunden seien. Seitdem war viel geschehen.

Herr Sanders begrüßte sie sehr ernst. Sein durchdringender Blick ruhte besonders lange auf Leo, dem Schweißperlen auf die Stirn traten, obwohl es im Büro angenehm kühl war.

Nachdem sich alle um den kleinen Tisch gesetzt hatten, steckte die Sekretärin ihren perfekt frisierten Kopf durch die Tür. „Möchte jemand einen Kaffee oder eine Erfrischung?"

„Danke, Fräulein Meier, ich kümmere mich selbst um unsere Gäste", antwortete Herr Sanders, worauf der Kopf wieder verschwand.

Leo zupfte an seinem Strickpullover herum. „Ich hätte gern ein Glas Wasser", sagte er zaghaft.

Während Herr Sanders an der Schrankwand hinter seinem Schreibtisch hantierte, nutzte Phil die Gelegenheit, sich in dem Büro umzusehen. Bei seinem letzten Besuch hatte er kaum etwas von der Einrichtung wahrgenommen. Heute stellte er fest, dass der Schreibtisch von Herrn Sanders auf großen Klauen stand, die mit glänzenden Schuppen bedeckt waren. Die Knöpfe an den Türen der dunklen Schrankwand waren Drachenköpfe. Am ungewöhnlichsten jedoch war der runde Couchtisch, in dessen Oberfläche ein goldener Drache eingearbeitet war. Offensichtlich hatte Herr Sanders eine Schwäche für diese mysteriösen Wesen.

Phil konnte das gut verstehen. Drachenmotive waren zurzeit total angesagt. Besonders begehrt waren Kettenanhänger in Drachenform, die angeblich Glück bringen sollten.

Der Drache auf dem Tisch sah fantastisch aus – kraftvoll und majestätisch. Er hatte seine gewaltigen Schwingen ausgebreitet, die muskulösen Gliedmaßen waren zum Sprung bereit. Sein schmaler Kopf war dem Betrachter zugewandt, die smaragdgrünen Augen funkelten. Erst als Herr Sanders geräuschvoll ein Glas auf den Tisch stellte, löste Phil den Blick von dem schönen Tier.

Ohne einmal abzusetzen, trank Leo das Wasser aus. Herr Sanders wartete, bis er fertig war. „Du möchtest mir also etwas erzählen, was das Verschwinden von Anna und Thomas Marten erklären könnte?“

„Ähm, ja, ich habe gesehen, was mit Phils Eltern passiert ist.“ Leo wurde rot. Die Augen starr auf den Drachen gerichtet, berichtete er, was er am vergangenen Freitag im Büro der Martens beobachtet hatte. Das Herausschmuggeln des Digitalisierers verschwieg er.

„Und was wolltest du an dem besagten Freitag im Büro der Martens?“, fragte Herr Sanders, nachdem Leo seinen Bericht beendet hatte.

Tatsächlich schaffte Leo es, noch dunkler anzulaufen. „Ich, ich wollte sie nur etwas fragen. Als ich mich ein bisschen umgesehen habe, waren sie plötzlich an der Tür. Da habe ich mich in der Kammer versteckt. Die Kamera muss doch alles gefilmt haben.“

Herr Sanders schüttelte den Kopf. „Die Auswertung hat ergeben, dass an diesem Tag das gesamte Überwachungssystem ausgefallen ist, und zwar eine halbe Stunde, bevor Herr und Frau Marten gewöhnlich ihr Büro betreten. Es wurde nichts aufgezeichnet. Leider ist unserem zuständigen Sicherheitsbeamten diese Tatsache wegen einer plötzlich auftretenden Magenverstimmung entgangen. Die Polizei untersucht derzeit die möglichen Ursachen für die Störung.“

„Und hat sich am frühen Morgen etwas Verdächtiges ereignet?“, wollte Arne wissen.

„Soweit ich informiert bin, ist außer dem Sicherheitsbeamten, der wenige Minuten nach sechs Uhr seinen Kontrollgang machte, niemand zu sehen.“

„Und was ist mit dem Spiel? Haben Sie eine Kopie davon?“, rief Phil.

Wieder schüttelte Herr Sanders den Kopf. „*Die Suche nach dem Drachenring* existiert nicht mehr. Sämtliche Computer der Firma wurden durchsucht, ich habe persönlich alle Mitarbeiter befragt – nichts. Anscheinend haben deine Eltern niemanden eingeweiht.“

„Könnten sie wirklich in diesem Spiel gefangen sein? Ist so etwas überhaupt möglich?“

„Diese Frage kann ich leider nicht beantworten, Phil.“

„Aber ich hab’s doch mit eigenen Augen gesehen“, platzte Leo heraus. „Warum glaubt mir denn keiner?“

Herr Sanders bedachte ihn mit einem merkwürdigen Blick. „Deine Geschichte klingt so absurd, dass ich mich weigere, daran zu glauben, solange es keinen Beweis gibt. Fest steht, dass die letzte Arbeit von Anna und Thomas Marten vernichtet wurde, höchstwahrscheinlich durch den Mann, der sich als Polizist ausgegeben hat."

„In dem Fall hat er sicher Fingerabdrücke hinterlassen", mischte sich Arne ein. Er nahm sein Handy zur Hand und wählte eine Nummer.

Leo versank tiefer in seinem Sessel.

„Hallo Dirki, mein Bester, ich habe da eine kurze Frage. Deine Jungs waren doch letzten Freitag unter anderem im Büro des Ehepaars Marten und haben es auf Fingerabdrücke untersucht. Hast du die Abdrücke schon mit denen im Haus der Martens abgeglichen?"

Arne lauschte gespannt, dann lachte er kurz auf. „Nein, kein Außerirdischer. Nur ein Roboter. Ich habe ihn schon kennen gelernt. Sehr nett, wirklich. Gut, falls sich noch was Neues ergibt, ruf mich über Handy an, ja? Danke."

Drei Augenpaare waren auf ihn gerichtet.

„Also", begann Arne, „der Mann, der Phil nach Hause gebracht hat, ist auch hier im Büro der Martens gewesen. Die meisten Spuren haben sie an den Computern gefunden."

Leos Zeigefinger bohrten in einer Masche seines Pullovers.

„Das habe ich befürchtet. Und was hat es mit dem Außerirdischen auf sich?", hakte Herr Sanders nach.

„Meine Kollegen sind im Haus der Familie Marten auf unnatürliche Fingerabdrücke gestoßen. Sie stammen von Lu, dem Roboter. Phils Eltern haben ihn erschaffen", klärte Arne ihn auf.

Herr Sanders wandte sich an Phil. „Wir müssen dieses Spiel unbedingt finden. Es ist doch ziemlich wahrscheinlich, dass deine Eltern irgendwo eine Sicherheitskopie aufbewahren. Oder einen Digitalisierer." Er sprach das Wort Digitalisierer mit einem spöttischen Unterton aus. „Hast du zu Hause überall nachgesehen? Besitzen deine Eltern einen Tresor oder vielleicht ein Schließfach bei der Bank?"

Phil dachte einen Augenblick nach. Seine Eltern hatten einen Safe hinter dem Kleiderschrank in ihrem Schlafzimmer einbauen lassen. „Sollte uns etwas passieren, findest du darin alles, was du für deine Zukunft brauchst. Lu trägt den Schlüssel bei sich", hatten sie ihn damals belehrt. Aber das ging nur ihn etwas an.

„Ich weiß von keinem Tresor oder Bankschließfach", erwiderte er. Zumindest Letzteres entsprach der Wahrheit. Dem prüfenden Blick von Herrn Sanders hielt er stand.

„Falls du etwas herausfindest, lass es mich unbedingt wissen, Phil. Und unternimm bitte nichts auf eigene Faust, es könnte gefährlich werden. Ich fühle mich deinen Eltern gegenüber zutiefst verpflichtet", sagte Herr Sanders eindringlich.

Seine Stimme klang merklich kühler, als er zu Leo sprach: „Wie steht es mit dir? Hast du irgendetwas verändert im Büro der Familie Marten?"

„N...nein, gar nichts, ehrlich", stotterte Leo und stierte auf den Boden. Unter den wachsamen Augen von Herrn Sanders und Arne schrumpfte Leo förmlich im Sessel, sein Pullover bekam hässliche Beulen. Phil konnte sich ungefähr vorstellen, was in Leo vor sich ging: Einerseits wäre der alte Digitalisierer ein Beweis dafür, dass er recht hatte. Andererseits würde er als Dieb dastehen.

Insgeheim beschwor Phil Leo, dicht zu halten, denn andernfalls wären sie den Digitalisierer sofort los. Niemand würde es ihm jemals erlauben, seinen Eltern zu folgen – falls er das Spiel fand, und das hoffte er sehr.

Ein lautes Knurren unterbrach die bedrückende Stille.

„Ist nur mein Bauch", murmelte Leo.

„Du wirkst nervös. Gibt es etwas, was du uns sagen möchtest?", fragte Herr Sanders.

„W...war ein ha...harter Tag heute. Englischtest und so", stammelte Leo, ohne den Blick vom Boden zu lösen.

„Nun, ich denke, das reicht fürs Erste. Bitte halten Sie mich auf dem Laufenden, Herr Skibinski. Und passen Sie mir gut auf Phil auf!" Herr Sanders erhob sich, um seine Gäste zu verabschieden.

Im Auto drückte Arne Leo einen Schokoladenriegel in die Hand.

„Hier, damit sich dein Magen vorerst beruhigt. Das Papier steckst du bitte in den Abfallbeutel. Ich entsorge ihn später." Er gab Leo eine kleine Plastiktüte. Zuerst protestierte Leo, aber dann raschelte es. Nur wenige

Augenblicke später reichte er die Tüte mit dem leeren Einwickelpapier nach vorn.

Sie schlugen die Richtung zum Theaterplatz ein. Arne fuhr langsam, aber nicht einmal ihm selbst schien das aufzufallen.

Als er vor der Villa hielt, verließ Leo beinahe fluchtartig das Auto.

„Auch wenn das Büro deiner Eltern nicht überwacht wurde, können wir nachweisen, ob Leo Kissing dort gewesen ist“, sagte Arne, sobald sie wieder allein waren.

„Wie denn?“

„Damit!“ Arne hielt die Plastiktüte mit dem Einwickelpapier hoch. „Das bringe ich morgen Vormittag ins Labor. Muss mich sowieso mal bei meinem Chef blicken lassen.“

Ein Geschenk für Phil

Phil hielt es kaum aus im Auto. Der Safe! Warum war er nicht selbst darauf gekommen?

Doch wie konnte er Arne zu verstehen geben, dass er den Safe allein öffnen wollte, ohne den Eindruck zu erwecken, dass er ihm misstraute?

Arne hielt vor der Garage der Familie Marten und riss die Tür auf. Er hatte bereits ein Bein draußen, als Phil ihn bat, im Wagen zu warten. „Ähm, ich möchte gern mit Lu nach einem Safe suchen. Allerdings weiß ich nicht, ob Lu die Erlaubnis dafür hat, wenn ein Fremder dabei ist."

Arne zog sein Bein zurück ins Auto und sah Phil mit einem eigenartigen Gesichtsausdruck an, doch dann verzog sich sein Mund zu einem Lächeln.

„Ob und wo ihr einen Safe versteckt habt, geht mich nun wirklich nichts an. Außerdem muss ich sowieso noch telefonieren. Aber die Nacht würde ich ganz gern im Haus verbringen, wenn sich das einrichten lässt."

„Ich beeile mich." Erleichtert sprang Phil aus dem Auto.

„Und, Phil …"

„Ja?" Gerade noch konnte Phil vor der Treppe abbremsen.

„Du weihst mich ein, abgemacht?"

„Geht klar." Phil nahm immer drei Stufen auf einmal und stürmte ins Haus.

„Lu? Luuhuu, wo bist du?"

„Ihnen auch einen guten Tag, Phil."

„Du musst mir unbedingt helfen. Meine Eltern haben mir mal gesagt, wenn ihnen etwas zustößt, soll ich dich bitten, den Safe zu öffnen. Bitte tu es jetzt."

Einen Moment zögerte Lu, bevor er nach oben ins Schlafzimmer ging. Phils Herz hämmerte ungeduldig gegen den Brustkorb, als er ihm folgte.

„Suchen Sie sich bitte einen Platz und bewegen Sie sich erst wieder, wenn ich Ihnen ein Zeichen gebe. Die Prozedur wird eine gewisse Zeit in Anspruch nehmen“, sagte Lu.

Phil setzte sich auf das Bett seiner Eltern und zwang sich zur Ruhe.

Lu zog die unterste Schublade des Kleiderschranks ganz heraus, zählte langsam bis sieben, setzte die Schublade wieder ein und machte zwei Schritte rückwärts. Dann blieb er reglos stehen.

Es dauerte einige Minuten, bevor der gesamte Schrank geräuschlos zur Seite glitt. Phil hatte die Hoffnung schon aufgegeben, den Safe jemals zu Gesicht zu bekommen. Die Zeitverzögerung sei eine Schutzfunktion, erfuhr er von Lu. In dieser Zeit dürfe niemand im Zimmer seine Position verändern, sonst bliebe der Safe unsichtbar. Auf diese Idee würde sicher kein Einbrecher kommen.

Lu stellte sich vor die stahlgraue Tür und strich die Haare an seinem Hinterkopf zur Seite. „Musst du dich ausgerechnet jetzt kämmen?“, regte Phil sich auf. Er verstummte abrupt, als Lu aus einem kleinen Fach in seiner Schädeldecke einen Schlüssel hervorholte. Auf Phils Nackenhaut kribbelte es wie bei einem Horrorfilm. Manchmal vergaß er, dass Lu ein Roboter war.

Unterdessen steckte Lu den Schlüssel in eine kleine Öffnung und drehte ihn dreimal im Uhrzeigersinn. Danach konnte er eine Klappe öffnen, hinter der sich das Zahlenrad verbarg.

Um sich die Ziffern einzuprägen, die Lu eingab, murmelte Phil sie vor sich hin.

„Es ist Ihr Geburtsdatum in umgekehrter Reihenfolge“, klärte Lu ihn auf. „Ich lasse Sie jetzt allein.“ Nachdem Lu die letzte Ziffer gewählt hatte, entfernte er sich.

Mit einem unangenehmen Ziehen im Bauch öffnete Phil die schwere Tür.

Im obersten Fach des Safes lagen nur Schriftstücke: Versicherungspolicen, Geburtsurkunden, Zeugnisse und – Phil hielt einen Moment inne – ein Testament. Das Papier fühlte sich seltsam kalt an. Hastig schob Phil es nach ganz hinten.

Die nächsten Fächer waren leer. Das unterste Fach enthielt eine Schatulle. Vorsichtig nahm Phil sie heraus und stellte sie auf den Boden. Der

Verschluss ließ sich leicht öffnen. Mit zitternden Fingern durchwühlte Phil den Inhalt, aber der bestand nur aus einigen Schmuckstücken. Die meisten davon hatte er früher bei seiner Großmutter gesehen.

Schon wollte er die Schatulle schließen, als ihm eine schmale, längliche Schachtel auffiel. Was er darin fand, hätte ihn unter anderen Umständen jubeln lassen: Eingebettet in dunkelblauen Samt lag eine Kette mit einem goldenen Drachenamulett. Der Drache war dem in den Couchtisch von Herrn Sanders eingearbeiteten Tier verblüffend ähnlich. Zwei winzige Smaragde bildeten die Augen.

Phil war sicher, dass das Amulett für ihn bestimmt war. Einen Augenblick zögerte er, dann band er die Kette um und ließ das Amulett unter seinem T-Shirt verschwinden. Was immer auch passierte, dieses vielleicht letzte Geschenk seiner Eltern durfte ihm keiner nehmen.

Er räumte alles weg, anschließend rief er Lu. Nur ein paar Minuten vergingen, bis der Kleiderschrank wieder an seinem Platz stand und nichts darauf hindeutete, dass es jemals anders gewesen war.

Gemeinsam gingen sie hinunter in die Küche.

„Haben Sie gefunden, wonach Sie gesucht haben?“ Lu füllte Phil Obstsalat auf, der Kühlschrank summte zufrieden.

„Keine einzige DVD“, erwiderte Phil mit spröder Stimme.

Mit bloßen Händen holte Lu eine Pizza aus dem Ofen. Sie duftete lekker, doch Phil hatte kaum Appetit.

Beim Schneiden der Pizza fragte Lu nach Herrn Skibinski.

„Arne sitzt noch im Auto. Ich werde ihn dann mal holen.“

Arne fragte erst gar nicht, wie die Sache ausgegangen war. Er schaute Phil an und sagte: „Tut mir sehr leid für dich.“

Phil spürte, dass es ehrlich gemeint war.

„Und was ist das?“ Arne deutete auf die Goldkette, von der ein Stückchen oberhalb des Halsausschnittes zu sehen war.

Ihm entgeht aber auch nichts, dachte Phil und zog das Amulett hervor. „Ich vermute, dass ich damit die Figuren in dem Spiel steuern könnte. Ich hatte mir einen Drachenanhänger gewünscht.“

„Anscheinend hat der Drache im Büro von Herrn Sanders dafür Modell gestanden.“ Auch Arne war die Ähnlichkeit also aufgefallen.

Während sie aßen, wurde Lu über den Stand der Dinge aufgeklärt.

„Lu, du kennst dich doch bei uns am besten aus. Hast du eine Ahnung, wo ich noch suchen könnte?“

„Bedaure, aber wenn es in diesem Haus ein Computerspiel mit dem Titel *Die Suche nach dem Drachenring* oder einen Digitalisierer gäbe, hätte ich Sie umgehend informiert. Herr Skibinski hatte mich bereits mit der Nachforschung beauftragt.“

Phil murmelte etwas von „viel zu tun“ und ging in sein Zimmer. Dort warf er sich aufs Bett und vergrub das Gesicht im Kissen. Erst gegen Abend raffte er sich auf und machte wenigstens die schriftlichen Hausaufgaben.

Der Dienstag in der Schule zog sich hin. Träge kroch der Minutenzeiger über das Ziffernblatt der Armbanduhr, auf die Phil alle fünf Minuten starrte.

Als es endlich zur großen Pause klingelte, beeilte sich Phil, den stickigen Klassenraum zu verlassen. Auf dem Flur lief er Frau Bratke in die Arme.

„Gut, dass ich dich treffe, Phil, ich habe etwas für dich.“ Umständlich kramte Frau Bratke in ihrer Aktentasche. Phil hielt die Luft an. Sollte sie etwa eine Kopie des Spiels besitzen? Das war doch nicht möglich. Oder doch?

„Da in Kürze die Ferien beginnen und du momentan eine schwierige Zeit durchmachst, habe ich nach einer Möglichkeit gesucht, dich ein bisschen aufzumuntern. Schau mal, hier ist die Anmeldung für ein wunderbares Abenteuer-Feriencamp. Was hältst du davon?“ Frau Bratke drückte Phil ein glänzendes Prospekt in die Hand, auf dessen Vorderseite ihm begeisterte Gesichter aus einem knallroten Schlauchboot entgegenlachten, das auf einem reißenden Fluss auf einen Wasserfall zusteuerte. „Die Plätze sind eigentlich schon vergeben, aber ich würde eine Möglichkeit finden, dich noch unterzubringen.“

„Oh, das sieht wirklich vielversprechend aus. Aber zurzeit habe ich eine Menge Ablenkung.“

„Verstehe. Ich will dich auf keinen Fall dazu überreden, dieses fantastische Angebot anzunehmen. Überleg es dir in Ruhe und gib mir dann Bescheid, einverstanden?“

„Ja, ähm ... danke."

„Keine Ursache, Phil. Und nun geh an die frische Luft. Du siehst schlecht aus."

Mit dem Prospekt in der Hand schlenderte Phil über den Schulhof. Wer nicht am Volleyballnetz spielte oder herumstand, hatte sich auf der Wiese unter den Bäumen ein schattiges Plätzchen gesucht. Einige seiner Freunde spielten Karten an einem der Holztische.

Der Weg zu ihnen führte an der großen Kastanie vorbei. Auf der Rundbank um ihren Stamm saßen drei Mädchen aus Phils Klasse und strickten. Vor ihnen hockte jemand mit weißblonden Locken und erklärte offensichtlich etwas. Es war Leo.

Schnell wandte Phil den Blick ab, doch Leo hatte ihn bereits bemerkt und kam auf ihn zu. „Ich muss dir was zeigen."

Die Mädchen kicherten. „He, Phil, willst du auch stricken lernen?"

Leo steuerte auf eine Trauerweide zu, deren Zweige bis auf den Boden reichten. Zögernd folgte ihm Phil.

„Ist da jemand?" Leo schob die Zweige auseinander. Ein Mädchen und ein Junge brachen durch den Blättervorhang und rannten davon. Erschrocken wich Leo zurück. „Ich hab doch nur gefragt."

„Weshalb hast du mich hierhergelockt?" Phil verschränkte die Arme.

„Tja, ich weiß nicht, wie ich es sagen soll … die Sache ist nämlich die ..." Leo schaute den Baumstamm an, als würde er zu ihm sprechen und nicht zu Phil. „Ich habe dir am Sonntag was verheimlicht. Die letzen Nächte hab ich kaum geschlafen deswegen." In der Tat war Leo ungewöhnlich blass und hatte dunkle Schatten unter den Augen.

„Was denn noch?"

„Ich habe ... die DVD aus dem Büro deiner Eltern mitgenommen, letzten Freitag." Hastig zerrte Leo eine dünne Kunststoffhülle aus seiner Hosentasche und reichte sie Phil, den Blick an den Baumstamm geheftet. Phil starrte auf die Hülle. Die krakelige Handschrift seiner Mutter ließ keinen Zweifel zu. Seine Gedanken überstürzten sich. Die unregelmäßigen Buchstaben tanzten vor seinen Augen, als Phil sich bemühte, die Worte zu entziffern. „Die Suche nach dem Drachenring", murmelte er.

„Bevor du dich aufregst, denk bitte daran, dass die DVD ohne mich wahrscheinlich dem falschen Polizisten in die Hände gefallen wäre“, verteidigte sich Leo.

„Und warum rückst du erst heute damit raus? Meine Eltern hätten schon längst wieder hier sein können!“ Der hat vielleicht Nerven, dachte Phil.

„Weil ich ... ich dachte ...“ Leo scharrte mit der Schuhspitze auf dem Boden.

Was sollte das Theater? Wollte Leo ihn zwingen, sein Freund zu werden? Darauf konnte er lange warten! „Hast du sie etwa absichtlich dort eingesperrt, um mich zu erpressen?“, fragte Phil drohend.

Jetzt sah Leo ihn erschrocken an. „Nein, nein, würde ich dir sonst die DVD geben? Wahrscheinlich bin ich inzwischen der Einzige, der dieses Spiel besitzt.“

Da musste Phil ihm allerdings recht geben. Bedächtig öffnete er die Hülle und strich mit dem Finger über die glänzende Oberfläche der DVD.

„Dann sind meine Eltern also hier drauf?“

„Theoretisch ja, ähm, in digitalisierter Form. Ich habe die DVD überschrieben, deine Eltern müssten darauf gespeichert sein. Wirst du sie der Polizei geben? Oder Herrn Sanders?“ Leos Hände krallten sich in den Saum der Strickjacke.

Phil überlegte. „Nein, jedenfalls nicht gleich. Zuerst möchte ich mir das Spiel ansehen. Kannst du heute Nachmittag mit dem Digitalisierer zu mir kommen?“

Leo riss die Augen auf. „Du willst doch nicht etwa ...?“, flüsterte er.

„Wenn es keine andere Chance gibt, werde ich es tun.“ Phil hatte es satt, untätig warten zu müssen, während seine Eltern vielleicht in Lebensgefahr schwebten.

„Okay, ich komme gegen vier, ich muss nur noch mein Referat in Bio vorbereiten.“

„Aber zu keinem ein Wort!“

„Ehrenwort.“

Die Klingel beendete ihre Unterhaltung. Die DVD ließ Phil in seiner Jeans verschwinden.

Vor der Eingangstür wurde Leo von Ronny Duckert, einem älteren Schüler, angerempelt. „Na, Kissing, du Niete, hast wohl 'nen neuen Freund gefunden? Ach, hätt' ich doch glatt vergessen, du hattest ja noch nie einen." Beifall heischend blickte er sich nach seinen Kumpanen um.

Der Kleinste von ihnen grinste unsicher, die anderen machten dümmliche Gesichter.

„He, Duckert, das war ein echter Schenkelklopfer, aber du hast vergessen, deinen Leuten das Zeichen zum Lachen zu geben", rief Phil.

Hier und da gluckste jemand. Bevor Ronny ein Licht aufging, waren Phil und Leo in ihrem Unterrichtsraum verschwunden.

Für den Rest des Schultages zog Leo es vor, sich in Phils Nähe aufzuhalten. Nach der letzten Stunde gingen sie gleichzeitig durch das Schultor.

Plötzlich stand Ronny vor ihnen – breitbeinig, die Fäuste in die Hüften gestemmt. Im Nu waren sie von seinen Anhängern umringt.

„Na, ihr beiden, Lust auf 'ne kleine Abreibung?" Ronny ließ seine Fingerknochen knacken. Hinter ihm quietschten Reifen. Erschrocken wirbelte er herum und starrte in eine Staubwolke.

„Das ist mein Bodyguard. Tja, Leute, wir müssen die Sache leider verschieben. Komm, Leo!", sagte Phil lässig.

Leo konnte kaum laufen, so schlotterten ihm die Knie.

Arne warf Leos Tasche in den Kofferraum: „Wir bringen dich nach Hause. Du wirst dringend erwartet."

Dem verdatterten Ronny rief er „Einen schönen Tag noch" zu, dann brausten sie davon.

„Das war Rettung in höchster Not", ächzte Leo. Er sah jetzt noch blasser aus. Allerdings war sich Phil nicht sicher, ob das mit Ronny Duckert oder Arnes Fahrstil zusammenhing.

Auf jeden Fall war Leo die Erleichterung anzumerken, als das Auto vor der Villa am Theaterplatz hielt. Während Arne ihm die Schultasche in die Hand drückte, sagte er: „Dass du dringend erwartet wirst, war eine Notlüge."

Leo senkte den Kopf. „Hätte mich auch gewundert. Trotzdem vielen Dank."

Arne sah ihm nach. Im Auto meinte er zu Phil: „Weißt du, ich glaube, der Leo hat es nicht ganz leicht. Es ist übrigens nicht meine Schuld, dass ich erst auf den letzten Drücker gekommen bin. Herr Sanders hatte mich kurzfristig zu sich bestellt. Er hat mich einmal durch die ganze Firma geführt. Da Herr Sanders unbedingt Lu kennen lernen wollte und Lu nichts dagegen hatte, habe ich ihn mitgenommen. Hoffentlich war das kein Fehler."

Er kratzte sich nachdenklich am Kopf, einige Locken kringelten sich um seine Finger. „Wie ich es erwartet hatte, war Herr Sanders von Lu sehr beeindruckt. Er hat deine Eltern in den höchsten Tönen gelobt. Natürlich wollte er auch wissen, wie du zurechtkommst. Fast zwei Stunden war ich weg. Lu habe ich unterwegs vor einer Fleischerei abgesetzt. Er besorgt was Schnelles fürs Mittagessen."

Lu erwartete sie an der Haustür. „Zu meinem größten Bedauern ist das Essen noch nicht fertig", entschuldigte er sich. „Bitte sehen Sie selbst, warum." Daraufhin führte er sie in den Flur. Der Garderobenständer war umgestürzt, die Kamera zerstört. Über den Spiegel zog sich ein Netz feiner Risse, in der Mitte klaffte ein Loch. Im Arbeitszimmer herrschte furchtbare Unordnung. Herausgerissene Schubladen lagen auf dem Boden, dazwischen Ordner und Bücher. Keine einzige CD oder DVD befand sich mehr im Regal, die meisten waren zertreten. „In den anderen Zimmern sieht es genauso aus", sagte Lu.

Phil stürmte nach oben. Auch das Schlafzimmer seiner Eltern war verwüstet, wenigstens stand der Kleiderschrank an der richtigen Stelle.

Sein eigenes Zimmer konnte Phil erst betreten, nachdem er einige Pullover beiseitegeschoben hatte. Unter einem Berg von Sachen kamen DVDs und leere Kunststoffhüllen zum Vorschein. Sein Schrank teilte ununterbrochen mit, dass er komplett ausgeräumt sei. Phil stellte den Ton aus und wandte sich dem Schreibtisch zu. Der Computer lief. Im Eiltempo durchforstete Phil seine Dateien, auf den ersten Blick schien alles unverändert zu sein.

„Wie ist er hereingekommen?", ertönte die Stimme von Arne auf der oberen Etage.

„Durch die Terrassentür. Sie wurde aufgebrochen", antwortete Lu.

„Am besten nichts anfassen.“ Über sein Handy forderte Arne die Kollegen von der Spurensicherung an.

Gemeinsam warteten sie in der Küche, die nahezu unversehrt geblieben war. Phil stellte seine Schultasche unter den Tisch, die DVD hatte er zwischen den Heftern versteckt.

Die Leute von der Spurensicherung waren sehr schnell da. Sie fragten Phil, ob er etwas vermisse, doch in dem Durcheinander konnte er das nicht ohne Weiteres feststellen. Abgesehen davon rechnete er nicht damit, dass etwas fehlte, denn das, worauf es der Dieb höchstwahrscheinlich abgesehen hatte, befand sich in seiner Schultasche. Phil brachte sie in sein Zimmer, nachdem die Polizisten es freigegeben hatten, und begann mit dem Aufräumen.

Kaum hatten alle Fremden das Haus verlassen, läutete es.

Phil hörte, wie Lu die Tür öffnete und gleich darauf seinen Namen rief. Er ließ die Socken, die er gerade aufgesammelt hatte, wieder fallen und lief die Treppe hinunter.

Neben Lu stand eine große, hagere Frau. Alles an ihr war ungewöhnlich lang: der Hals, das Kinn und besonders die Nase. Die grauen Haare hatte sie zu einem straffen Knoten gebunden.

„Guten Tag, Phil Marten. Ich bin Frau Zimlicke vom Amt für Kinder- und Jugendfürsorge. Ich habe die Pflicht, mich zu vergewissern, ob du ohne deine Eltern zurechtkommst. Ich möchte mich gern hier umsehen. Wie wäre es, wenn du mich durch euer Haus führst?“

Anstatt Phil die Hand zu geben, zog sie Einweghandschuhe über ihre knochigen Finger und eine Folie mit Gummizug über jeden ihrer blank geputzten Schuhe. Anschließend steuerte sie schnurstracks auf das Arbeitszimmer zu. In der Tür zuckte sie zurück, als wäre ein Blitz vor ihr niedergegangen.

„Bei uns ist eingebrochen worden. Die Polizei war schon hier“, entschuldigte sich Phil.

Frau Zimlicke warf ihm einen misstrauischen Blick zu. „Soso, wann war das denn?“

„Gerade eben – wir hatten noch keine Zeit zum Aufräumen.“ Im Gästezimmer herrschte ebenfalls Chaos. Einzelne Socken und eine zerknautschte Unterhose lagen vor der Tür. Frau Zimlicke machte ein Gesicht wie jemand, der eine sonnengereifte Abfalltonne inspiziert, und zog es vor, den Raum nicht zu betreten.

„Das ist mein Zimmer, das heißt, ich wohne vorübergehend dort. Ich bin für die Sicherheit des Jungen zuständig“, ließ sich Arne vernehmen. Mit seiner Dienstmarke berührte er um ein Haar ihre Nasenspitze.

„Soso, für seine Sicherheit also.“ Die Frau starrte zuerst auf seine buschigen Haare und dann auf die ausgefranste Jeans. „Als Vorbild für einen Minderjährigen scheinen Sie mir, zumindest, was die Ordnung betrifft, eher ... ungeeignet.“

Arne strahlte sie an. „Verehrte Kollegin, lassen Sie sich um Himmels willen nicht von Äußerlichkeiten täuschen. Wichtig ist es doch in erster Linie, den jungen Menschen innere Werte zu vermitteln. Und da ist Phil Marten bei mir in den allerbesten Händen.“

Daraufhin entspannten sich die verkniffenen Züge der Frau ein wenig, bis sie einen Blick in Phils Zimmer und das Schlafzimmer seiner Eltern geworfen hatte. Mit angewidertem Gesichtsausdruck holte sie einen Schreibblock aus ihrer Handtasche und begann, mit einem Rotstift verdächtig viele Notizen zu machen.

„Darf ich mal einen Blick in die Küche werfen, meine Herren?“, fragte sie. Ohne eine Antwort abzuwarten, stolzierte sie die Treppe hinunter. Die Schutzfolie raschelte unter ihren Absätzen. In der Diele zögerte sie einen Augenblick. Offenbar war sie nicht sicher, welche Tür sie nehmen sollte.

„Immer der Nase nach“, rief Arne fröhlich. „Hab ich was Falsches gesagt?“, raunte er Phil zu, als Frau Zimlicke die Küchentür so heftig aufriss, dass sie gegen den Türstopper knallte.

Lu stellte gerade eine Schüssel mit dampfendem Inhalt auf den Tisch. Frau Zimlicke beugte sich über die bräunliche Flüssigkeit, in der kleine Nudeln schwammen. Ihre Nasenflügel blähten sich. „Was ist das?“

„Gnädige Frau, es handelt sich hierbei um Wurstsuppennudeln. Belieben Sie, mit uns zu speisen?“ Lu machte eine besonders galante Verbeugung.

„Nein, danke. Im Übrigen bezweifle ich die Nahrhaftigkeit dieser ... Brühe. Ein heranwachsender junger Mann braucht doch vor allem Gemüse und Fleisch. Ich vermisse beides.“

„Er bekommt jeden Tag gesunde Kost, nur heute war das aus gegebenem Anlass unmöglich“, erklärte Lu. Seine Augen begannen zu flackern.

Phil befürchtete, dass Lu mit der Situation überfordert war, und kam ihm zu Hilfe: „Lu macht alles selbst, am besten kann er Spagetti und Pizza.“

„Ja, das kann ich mir sehr gut vorstellen.“

„Nein, nein, Sie verstehen das falsch, bei uns gibt es nicht nur Pizza und Nudeln. Lu kocht die außergewöhnlichsten Sachen, so was kennen viele gar nicht“, startete Phil erneut den Versuch, die Dinge ins rechte Licht zu rücken.

„Das reicht mir. Ich denke, ich habe genug gesehen.“ Frau Zimlicke klappte ihren Schreibblock zu. „Ich werde von nun an regelmäßig nach dem Rechten sehen. Sollte ich das Gefühl haben, dass der Junge in diesem“, sie rümpfte die Nase, „Haushalt nicht anständig versorgt wird, werde ich die erforderlichen Schritte in die Wege leiten.“

In Phils Kopf wurde die erste Warnstufe ausgerufen. „Was heißt erforderliche Schritte?“

„Nun, möglicherweise bist du woanders besser aufgehoben. Ich werde diesen Sachverhalt prüfen.“ Beim Einstecken des Schreibblocks achtete Frau Zimlicke darauf, dass die Ecken nicht geknickt wurden. „In solchen Angelegenheiten bin ich sehr gewissenhaft“, fügte sie hinzu. „Also, dann will ich Sie nicht länger davon abhalten, Ihre Brühe zu sich zu nehmen. Guten Tag, die Herren!“ Erhobenen Hauptes verließ Frau Zimlicke das Haus.

Kaum war die Tür ins Schloss gefallen, schimpfte Phil: „Diese hochnäsige Zi...“

„Aber Phil! Du wirst doch wegen Frau Zimtzicke jetzt nicht deine gute Erziehung vergessen! Außerdem passt langnäsig besser“, unterbrach ihn Arne augenzwinkernd. „Hoffentlich stolpert sie nicht mit den Duschhauben unter ihren Schuhen.“

„Wenn ich mir eine Bemerkung erlauben darf – hatte sich die gnädige Frau nicht mit Zimlicke vorgestellt?“, mischte sich Lu in das Gespräch ein.

Arne stutzte. „Tatsächlich? Ich dachte, sie heißt Zimtzicke.“

„Der Einbruch hat sie nicht im Mindesten interessiert! Dass sie ausgerechnet heute kommen musste!“ In Phil kochte die Wut hoch.

Arne rieb sich die Schläfen. „Also, eins steht fest, Phil. Dieser Einbruch hat gezeigt, dass ich in Zukunft besser aufpassen muss, vor allem auf dich. Wahrscheinlich werden wir beobachtet. Wie hätte der Täter sonst wissen können, dass niemand zu Hause war? Oder aber es war ihm egal, das würde mich allerdings noch mehr beunruhigen. Am besten wird es sein, wenn du keinen Schritt mehr ohne mich machst."

Diese Aussicht gefiel Phil ganz und gar nicht.

„Und noch was, Phil. Auch Leos Fingerabdrücke sind auf einem der Firmenrechner deiner Eltern und er war der Erste, der von ihrem Verschwinden wusste. Wäre es nicht möglich, dass er die Datei auf dem Computer gelöscht und die DVD an sich genommen hat, um das Spiel vor dir testen zu können? Ich habe das Gefühl, er verschweigt uns etwas."

Phil warf einen Blick auf die Uhr und sprang auf. „Leo kommt gleich. Wir wollen zusammen Hausaufgaben machen."

„Das trifft sich gut. Ich möchte mich mal allein mit ihm unterhalten."

„Ähm, wir haben eine Menge auf. Ich sage Bescheid, wenn wir fertig sind."

Ehe Arne etwas erwidern konnte, war Phil aus der Küche gestürmt. Auf der Treppe hörte er noch, wie Lu fragte, wann mit einem erneuten Besuch der gnädigen Frau Zimtzicke zu rechnen sei.

Der letzte Ausweg

Leo war pünktlich. Er hatte einen großen Rucksack dabei. Phil passte ihn an der Tür ab und brachte ihn geradewegs in sein Zimmer.

„Ein Einbrecher war hier. Ich hatte noch keine Zeit zum Aufräumen", erklärte er die Unordnung.

„Stell dir vor, bei uns ist heute auch eingebrochen worden. Die Putzfrau hat die Polizei gerufen."

„Was ist mit dem Digitalisierer?" Für einen Moment setzte Phils Herzschlag aus.

„Der ist hier drin." Stolz klopfte Leo auf seinen Rucksack. „Den hatte ich heute den ganzen Tag in der Schultasche."

Phils Herz arbeitete wieder. „Warum hast du ihn mir nicht gegeben?", fragte er stirnrunzelnd.

„Ich möchte doch dabei sein, wenn du ..." Leo schwieg verlegen.

„Okay, dann lass uns anfangen", meinte Phil ungeduldig und schob Leo zum Schreibtisch. Er legte die DVD ein, installierte das Spiel und startete es.

Auf dem Bildschirm erschien der Titel *Die Suche nach dem Drachenring* in feuerroter, verschnörkelter Schrift. Kurz darauf verschlang eine schwarze Schlange die Buchstaben und ringelte sich zusammen, sodass ihr Körper einen Ring bildete. Ihre glutroten Augen starrten aus dem Bildschirm heraus. Ein Schatten legte sich über sie. Dieser Schatten verdichtete sich zu einem goldenen Drachen, der die Schlange mit seinen Klauen packte und mit ihr davonflog.

Das Menü wurde angezeigt. Neben der Startfunktion und einigen anderen Menüpunkten stand dort PANORAMA. DIE WELT IM ÜBERBLICK.

„Kannst du dich erinnern, in welcher Gegend meine Eltern angekommen sind?“

„Da war ein Wald.“

„Wie sah der aus?“

„Dunkelgrün.“

„Hmm.“

„Vor dem Wald waren ein Feld und ein Zaun. Ich hoffe, ich erkenne die Stelle wieder.“

Phil klickte PANORAMA an. Daraufhin glitt mit ausgebreiteten Schwingen der goldene Drache ins Bild. Er zwinkerte ihnen zu und nahm sie auf einen virtuellen Rundflug mit. Aus seiner Perspektive sahen sie zunächst ein Dorf und anschließend eine grün gepflasterte Kastanienallee, welche die Siedlung mit einem von einer dichten Hecke umsäumten Park verband. Inmitten dieses Parks stand ein hohes Gebäude mit einer breiten Treppe und großen, versetzten Balkons, von denen geschwungene Röhren auf den Boden führten. „Ob da gebaut wird? Solche Rutschen brauchen sie doch immer für den Bauschutt“, wunderte sich Leo.

„Das habe ich mich auch schon gefragt, aber guck dir mal das Dach an“, erwiderte Phil. Ähnlich wie bei *Sanders' Playworld* thronte auf den weißen Mauern eine gewaltige Kuppel, allerdings war sie durchsichtig. Mit etwas Fantasie hätte man das Gebäude für einen Tintenfisch oder eine Röhrenqualle halten können.

Es folgten mehrere flache Bauten sowie eine Arena mit erhöhten Sitzreihen. Leo legte die Stirn in Falten. „Wenn es Tore gäbe, würde ich das da glatt für ein Fußballstadion halten.“

Von der Arena ging eine Straße ab, die sich durch eine flache Landschaft mit vereinzelten Bäumen schlängelte, anschließend durch einen Tunnel, ein Flussbett und eine Sandwüste, die von einem Wald umgeben war.

„Und?“, fragte Phil, doch Leo schüttelte den Kopf.

Auf einem Feld mit grünen Kohlköpfen endete die Straße. Dann tauchte eine schmale Hängebrücke auf, die eine tiefe Schlucht überwand.

„Stopp!“, stieß Leo plötzlich hervor.

Hastig wählte Phil ANHALTEN.

„Die Brücke! Ein Stückchen davon habe ich auf dem Bildschirm gesehen, als deine Eltern verschwanden. Zwischen dem Wald und dem Kohlfeld war ein Zaun – genau wie hier. Da! Siehst du die Eiche mit den zwei Stämmen?“ Leos Stimme zitterte vor Aufregung. „Das ist die Stelle!“ Er tippte mit dem Finger auf den Monitor. „Ich erinnere mich. Deine Eltern sind dicht hinter dem Zaun gelandet und in den Wald gegangen. Ich bin ganz sicher!“

Phil sprang auf. „Dann gehe ich jetzt rein.“

Leo zupfte an seinem Ärmelsaum. „Willst du nicht zuerst am Bildschirm nach deinen Eltern suchen?“

„Das würde zu lange dauern. Ich glaube, Arne ahnt etwas. Sie haben deine Fingerabdrücke am Computer gefunden. Noch heute wird er dich verhören. Sobald er von dem Spiel und womöglich sogar von dem Digitalisierer erfährt, ist es aus.“

„Aber das ist verrückt!“

„Was soll ich denn machen? Vielleicht sind meine Eltern in Lebensgefahr! Außerdem weiß ich nicht, wie lange ich noch in diesem Haus wohnen darf. Heute war eine Frau von irgend so einem Amt da. Die ist der Meinung, dass ich woanders besser aufgehoben wäre, nur weil gerade ein Einbrecher alle Sachen herumgeschmissen hat und Lu keine Zeit zum Kochen hatte. Wer weiß, was noch alles passiert?!“

Leo zog das Bündchen seines Ärmels wieder glatt, dann streckte er sich. „Ich komme mit.“

Erstaunt sah Phil in Leos himmelblaue Augen, die jetzt entschlossen funkelten. „In meinem Rucksack ist schon alles drin, was ich brauche.“

„Und deine Eltern?“

„Ich glaube nicht, dass sie mich vermissen werden. Das Einzige, worum es mir echt leidtut, ist mein Referat in Bio. Es ist wirklich gut gelungen.“

„Wenn das deine größte Sorge ist ... Ich hoffe, die Suche dauert nicht allzu lange.“

Von allen Jungen, die Phil kannte, war Leo der Letzte, den er freiwillig mitnehmen würde, mal abgesehen von Ronny Duckert. Andererseits verdankte er Leo die DVD und den Digitalisierer. Würde Leo hierbleiben, müsste er der Polizei einiges erklären. Sicher würde er großen Ärger bekommen und das wollte Phil nicht.

„Vorher gibt's noch einiges zu tun“, sagte er unvermittelt. Leo strahlte wie ein Weihnachtsbaum.

„Wir müssen Arne eine Nachricht hinterlassen.“ Phil holte sein Schreibzeug aus dem Schulrucksack und begann:

Hallo Arne!
Wenn du das hier liest, sind Leo und ich mit einem Digitalisierer in dem Spiel „Die Suche nach dem Drachenring“, um meine Eltern zu befreien. Bitte nimm unbedingt die DVD an dich und pass gut darauf auf!
Wenn wir meine Eltern gefunden haben, kommen wir sofort zurück.
Phil

Er las den Brief laut vor. „Fehlt noch was?“

Leo zuckte die Schultern.

„Ich werde vorsichtshalber auch ein bisschen was einpacken. Was hast du alles mit?“ Über einer freien Stelle auf dem Fußboden schüttete Phil seinen Schulrucksack aus. Während Leo aufzählte, was er dabei hatte, wühlte Phil zwischen den verstreuten Sachen. Er griff sich ein T-Shirt sowie einige Boxershorts und Sockenpaare und stopfte sie in den Rucksack.

„Ich weiß ja nicht, wie das ist, wenn man digitalisiert ist, aber ich gehe vorher lieber noch mal aufs Klo.“ Leise lief er über den Flur. Unten hörte er Arne reden, wahrscheinlich telefonierte er. Er beeilte sich, danach wollte Leo ins Bad. Um Zeit zu sparen, brachte Phil ihn hin.

Auf dem Rückweg zu seinem Zimmer warf er einen letzten Blick in das Schlafzimmer seiner Eltern. Über dem Bett hing ein jüngeres Foto, auf dem sie sich alle drei eng aneinanderkuschelten. Sie sahen darauf so glücklich aus, als könnte nichts und niemand ihnen jemals etwas anhaben, solange sie nur zusammen waren. Phil schwor sich, alles zu tun, um seine Eltern zu finden, selbst wenn er in der digitalen Welt jeden Winkel durchsuchen und jedes Wesen befragen müsste.

Ich brauche ein Foto, schoss es ihm durch den Kopf.

Das Bild über dem Bett war zu unhandlich. Unglücklicherweise befanden sich sämtliche Fotoalben im Wohnzimmer. Es war ausgeschlossen, unbemerkt an Arne vorbeizukommen.

Neben dem Nachtschränkchen seiner Mutter entdeckte Phil zwischen alten Briefen und Postkarten eine Fototüte. Er zog die Bilder heraus. Das erste zeigte seine Eltern auf dem letzten Faschingsball der Firma. Seine Mutter trug eine schwarze Perücke mit langen, geflochtenen Zöpfen, sein Vater einen prächtigen Federschmuck.

Im Hintergrund hielt sich jemand die Hände vor das Gesicht, das hinter einer Maske verborgen war. Die Finger waren ungewöhnlich lang und dünn, wie die von dem Mann in Uniform, der sich als Arne Skibinski ausgegeben hatte. Aber das war unmöglich. Herr Sanders hätte ihn kennen müssen, denn es wurden ausschließlich Mitarbeiter der Firma eingeladen und die Sicherheitskontrollen waren sehr streng.

Die übrigen Fotos waren bei ihrem letzten Ausflug in den Zoo entstanden. Auch sie waren ungeeignet, denn wie sollte er erklären, warum seine Mutter eine Riesenboa um den Hals trug und sein Vater ein Kamel küsste oder sich mit dem Schwanz eines Pferdes schmückte. Das Pferd hatte unter heftigen Blähungen gelitten, das Gesicht von Phils Vater auf dem Foto war einmalig. Als Phil daran zurückdachte, musste er unwillkürlich lächeln.

Das letzte Bild stimmte ihn wieder traurig. Sein Vater stand vor dem Haus und trug seine Mutter „auf Händen", wie er damals sagte.

Mit einem flauen Gefühl im Magen steckte Phil das Foto in seine Hosentasche und verließ das Zimmer gerade rechtzeitig, um Leo einzusammeln, der auf dem Flur umherirrte.

In seinem Zimmer packten sie den Digitalisierer aus. Phil betrachtete noch einmal die beiden Schalter. Das flaue Gefühl im Magen wurde stärker.

„Ich hoffe, sie funktionieren beide, damit wir auch wieder zurückkommen."

Sein Verstand sagte ihm, dass sie irgendetwas vergessen hatten. Er vertiefte sich in den Anblick des Bildschirmschoners auf dem Monitor. In einigen Minuten würde der Computer in den Ruhemodus übergehen und erst wieder arbeiten, wenn ihn jemandem bediente. „Woher weiß

Arne eigentlich, wann wir uns zurückverwandeln, damit er das Spiel starten kann?“

Leos Augen weiteten sich. „Gar nicht.“

In Gedanken ging Phil verschiedene Möglichkeiten durch, am Ende kam jedoch nur eine davon in Frage. Er nahm sich noch einmal den Zettel vor und schrieb:

PS: Damit wir das Spiel wieder verlassen können, muss es immer geöffnet sein

– Phil sah sich in seinem durchwühlten Zimmer um –

und bewacht werden!

Das Wort *immer* unterstrich er doppelt.

„Das war knapp! Ich hoffe, uns fällt unterwegs nichts Wichtiges mehr ein. Bist du bereit?“

Leo setzte seinen Rucksack auf und nickte. Auch Phil warf sich seinen Rucksack über. „Wer nimmt den Kasten?“, fragte er.

„Den überlasse ich gerne dir, aber dann muss ich dich umarmen.“

Phil sah Leo leicht irritiert an.

„Na, damit ich überhaupt mitkomme. Haben deine Eltern auch so gemacht. Oder denkst du, ich will mit dir kuscheln?“ Leo tat empört.

„Vielleicht sollten wir ihn beide nehmen.“

„Okay! Ist mir auch lieber!“

„Also, gut festhalten! Ich zähle bis drei! Eins, zwei, drei.“

Phil stellte den grünen Schalter auf EIN. Nichts passierte. „Er geht nicht!“, rief er entsetzt.

Sie schüttelten den Kasten leicht, schalteten auf AUS und wieder auf EIN, doch nichts geschah.

„Und was nun?“

„Was dein Vater damals genau gemacht hat, konnte ich nicht erkennen, aber ich wette, es hat was mit der Chipkarte zu tun, die er in der Hand hatte.“ Leo betastete den Digitalisierer von allen Seiten. An der unteren Kante blieb sein Fingernagel in einem schmalen Schlitz hängen.

„Wir brauchen was Langes, Dünnes!“ Nachdem Leo beinahe über Phils Schulsachen gestolpert wäre, bückte er sich. „Wie wär’s mit einem Li...?“

„Danke.“ Phil hatte ihm das Lineal schon aus der Hand gerissen.

Bei etwa fünf Zentimetern stieß es in der schmalen Öffnung auf Widerstand. Wie Phil es häufig tat, wenn er über einer schwierigen Aufgabe grübelte, kratzte er sich mit dem Lineal am Hals. Irgendetwas störte dabei – die Kette. Das Amulett! Einer Eingebung folgend machte Phil den Verschluss auf und hielt das Lineal neben das Drachenamulett. Es war knapp fünf Zentimeter lang.

Leo und Phil tauschten einen Blick. Dann aktivierte Phil den Digitalisierer und schob das Amulett in den Schlitz. Als es vollständig darin verschwunden war, summte der Digitalisierer leise. Gleichzeitig entstand ein gelber Feuerring um Phil und Leo, doch anstelle von Wärme verströmte er eine eisige Kälte.

Kaum hatte der Feuerring die Höhe ihrer Köpfe erreicht, verspürte Phil ein unheimliches Ziehen an seinen Füßen. Mit atemberaubender Geschwindigkeit wurde er in einen schwarzen Tunnel gesogen. Für einen Moment glitt Phil durch die Dunkelheit, dann wurde es wieder heller. Er fiel in ein weißes Licht und landete auf etwas Weichem. Der Tunnel hatte ihn ausgespuckt.

Reise in die Ungewissheit

Der ganze Vorgang hatte nur wenige Sekunden gedauert.

Phil blieb eine Weile regungslos liegen. Als er endlich in der Lage war, die Augen zu öffnen, sah er als Erstes einen Zaun. Noch leicht benommen wollte er sich aufsetzen, doch etwas Schweres hinderte ihn daran. Argwöhnisch schielte Phil auf seinen Bauch, aber dort lag nur der Digitalisierer. Er schaltete das Gerät aus und stellte es neben sich. Anschließend zog er das Drachenamulett heraus, legte die Kette wieder um und erhob sich.

Er befand sich unmittelbar vor der Eiche mit den zwei Stämmen. Es war ein beeindruckender Baum. Die beiden Stämme standen am Boden so weit auseinander, dass ein erwachsener Mensch bequem hindurchpasste. Unter der gewaltigen Baumkrone waren die Baumstämme zusammengewachsen. Die Eiche bildete das Tor zu einem dichten Wald. Hinter dem Zaun lag das Kohlfeld. Aber wo steckte Leo?

„Leo?“, rief Phil leise und starrte in den Wald, der finster zurückstarrte. Zunächst konnte Phil sich nicht erklären, was ihm Unbehagen bereitete, doch dann begriff er. Es war die vollkommene Stille. Er hörte weder Insekten summen noch Vögel zwitschern, nicht einmal ein Windhauch war zu spüren.

Phil rief noch einmal, diesmal etwas lauter. Die Antwort war ein unheimliches Schweigen. Hatte Leo beim zweiten Versuch den Digitalisierer überhaupt berührt? Es war alles so schnell gegangen. Vielleicht war er an einer ganz anderen Stelle in dieser Welt gelandet oder er war gar nicht mitgekommen und stand noch in Phils Zimmer! Mit geschlossenen Augen versuchte er sich zu erinnern. Nein, er hatte Leos Lockenkopf innerhalb des Feuerrings gesehen, ehe er in den Tunnel gezogen wurde. Leo musste hier irgendwo sein.

Phil beschloss, zunächst die unmittelbare Umgebung abzusuchen. Bei seinem ersten Schritt stieß er mit dem Fuß gegen etwas Hartes – es war der Digitalisierer. Mitnehmen wollte er das schwere Gerät nicht, aber es durfte auf keinen Fall verloren gehen.

Hinter der Eiche entdeckte Phil eine kleine Tanne, die ihm als Versteck geeignet schien. Bevor er den Digitalisierer unter ihre Zweige schob, vergewisserte er sich, dass ihn niemand beobachtete. Dann wandte er sich nach rechts und lief tiefer in den Wald hinein. Immer wieder rief er Leos Namen.

Nach einer ganzen Weile kehrte Phil zu der Eiche mit den zwei Stämmen zurück, froh darüber, dass er sie wiedergefunden und sich nicht verlaufen hatte. Erschöpft ließ er sich auf den weichen Grasboden fallen und überdachte seine Lage: Erstens war er bei der Suche nach seinen Eltern auf sich allein gestellt. Zweitens musste er zusätzlich Leo wiederfinden, er konnte ihn unmöglich zurücklassen.

Du bist mir schon eine echte Hilfe, Leo! Vielen Dank auch!, dachte Phil verbittert.

Im Augenblick hatte er keine Vorstellung, wo er beginnen sollte. Zwar hatte er einige Landschaften des Spiels auf dem Bildschirm gesehen, aber er wusste weder, wie groß die digitale Welt wirklich war, noch, was ihn erwartete. Was war mit dem Drachen und der Schlange? Wie gefährlich konnten sie ihm werden? Existierten noch andere Wesen?

Während Phil grübelte, beschlich ihn das Gefühl, nicht allein zu sein. Mit einem Satz war er auf den Beinen, doch es war nicht Leo, der plötzlich vor ihm stand, sondern ein drahtig wirkender Mann, der sich auf einen gewaltigen Speer stützte. Das graue, verfilzte Haar hatte er zu einem Zopf gebunden, sein Bart war mindestens genauso lang und nicht minder verfilzt. Über dem zerschlissenen Pullover trug der Mann einen Bogen sowie einen Köcher mit Pfeilen. Seine Hose, die aussah, als könnte sie auch ohne ihren Besitzer stehen, wurde von einem breiten Gürtel zusammengehalten, an dem ein riesiges Messer, ein Bumerang und ein aufgewickeltes Seil baumelten. Die Füße des Mannes hatten die Farbe des Waldbodens angenommen. Nur seine Augen blitzen ungewöhnlich hell.

„Was machst du hier für einen Lärm? Verjagst mir noch das Wild, als ob ich mit dem Wolfspack nicht schon genug Scherereien hätte", brummte er verärgert.

Phil schluckte. „Hier gibt es Wölfe?"

„Und ob es hier Wölfe gibt. Hab mich schon oft mit der dreisten Bande angelegt und so manchem Graurock das Fell über die Ohren gezogen." Dabei schwang der Mann grimmig den Speer in seiner Hand, woraufhin Phil einen halben Schritt zurückwich.

„Solltest du um diese Zeit nicht in der Schule sein? Oder willst du dich uns anschließen?", fragte er spöttisch.

„Welche Schule?"

„Na, hör mal!", entrüstete sich der Mann. „Jeder hier kennt die Schule. Du musst dich nicht dumm stellen, wenn du keine Lust auf diesen ganzen Kämpferkram hast. Du wärst nicht der Einzige."

Kämpferkram? Phil hatte keine Ahnung, wovon der Mann sprach, wollte sich jedoch keinesfalls durch seine Unwissenheit verraten. Als wäre ihm gerade ein Licht aufgegangen, entgegnete er: „Ach, *die* Schule meinen Sie ... tja, ich würde schon gern wieder hingehen, aber ich habe hier irgendwo meinen Freund verloren. Haben Sie zufällig einen Jungen mit langen, blonden Locken gesehen?"

„Nein, weder einen Jungen noch seine Locken. Viel mehr bleibt nämlich nicht von ihm übrig, wenn die Wölfe ihn vor dir finden. In letzter Zeit sind sie unersättlich, reißen alles, was ihnen vor ihre gierigen Mäuler kommt."

Der Mann wirkte nicht, als ob er gerade einen Witz erzählt hätte, und das machte Phil ernsthaft Sorgen. Hoffentlich waren seine Eltern und Leo noch am Leben. Er musste sie so schnell wie möglich finden, doch dazu brauchte er unbedingt Hilfe. Dieser merkwürdige Mann schien sich gut auszukennen, auch wenn er auf den ersten Blick wenig Vertrauen einflößte. Andererseits – was hatte er für eine Wahl? Einen Moment zögerte Phil. „Können Sie mir bei der Suche helfen?", bat er schließlich.

Daraufhin lächelte der Mann. „Ich wüsste keinen, der es besser kann. Wie heißt du eigentlich?"

„Phil."

„Gut, Phil. Mein Name ist Manfred, aber alle nennen mich Manne. Bleib dicht hinter mir und mach so wenig Geräusche wie möglich."

Manne ging zurück in den Wald. Phil zerrte den Digitalisierer unter der Tanne hervor und ließ ihn in seinem Rucksack verschwinden. Er musste sich sehr beeilen, um Manne nicht aus den Augen zu verlieren. Unterwegs zupfte er einige Nadeln aus seinem Arm.

Der Mann lief schnell wie ein Wiesel. Dabei huschte sein Blick über den Boden sowie über Bäume und Büsche, die links und rechts ihren Pfad säumten. Ab und zu fiel er auf die Knie und schnüffelte wie ein Hund. Vor einem dornigen Gebüsch zeigte er auf eine aufgewühlte Stelle im Moos. Offensichtlich hatte dort ein Kampf stattgefunden. Rote Flecken schimmerten in dem dunklen Grün. Phil stockte der Atem. „Blut?" Manne legte den Finger auf den Mund und nickte.

Sie folgten einer blutigen Spur.

Zwischen den Bäumen entdeckte Phil etwas, das ihm einen Schauer über den Rücken jagte: In den unteren Zweigen eines Strauches hatten sich helle Haarbüschel verfangen ...

Phil blieb stehen. Er wollte nicht weiter, doch Manne winkte ihm. „Dieser Bastard hat wieder die Schäferhündin überlistet!" Vor ihm lagen sauber abgenagte Knochen, dazwischen Büschel heller Wolle, die anscheinend von einem Schaf stammten.

„Er hat es extra bis in den Wald getrieben, damit er es vor meiner Nase töten kann, dieser verfluchte Hund."

„Das war ein Hund?"

Mannes Augen blickten traurig. „Silver ist ein Halbblut. Seine Mutter war eine Hündin. Sie hatte mir jahrelang treue Dienste geleistet, bevor sie sich mit einem Wolf einließ. Der Wolf war ein prachtvolles Tier – kräftig gebaut, mit schneeweißem, glänzendem Fell. Ich musste ihn vor den Augen seiner beiden Jungen töten, als er mich vor meinem eigenen Haus anfiel. Wahrscheinlich hat Silver mir das nie verziehen. Eines Tages war er fort, zusammen mit seiner Schwester Lucie."

„Woher wissen Sie, dass er es war?", fragte Phil.

„Er hinterlässt stets sein Zeichen: einen Zweig im Schädel des Opfers. Schau hier." Manne wies auf den blanken Schädel des getöteten Schafes. Zwischen seinen Zähnen steckte ein abgebrochener Tannenzweig.

Phil spürte, wie sich seine Nackenhaare aufstellten. Manne trug die sterblichen Überreste des Schafes zusammen und bedeckte sie mit Tannenzweigen. Dann drehte er sich um und lief weiter.

Sie streiften durch den Wald, bis es dunkelte. Phils Schultern schmerzten unter der Last des Rucksacks, der Digitalisierer drückte gegen seinen Rücken.

Irgendwann sah Phil mitten im Wald ein Feuer brennen. Manne steuerte darauf zu. Als sie nahe genug heran waren, konnte Phil in dem flackernden Lichtschein mehrere Männer ausmachen, die im Kreis um die Flammen saßen. Über der Feuerstelle hing ein verrußter Kessel, in dem ein Mann mit einer grob geschnitzten Schöpfkelle rührte. Seine untere Gesichtshälfte war im Gegensatz zu seinem Hinterkopf von schwarzen Haaren überwuchert.

„Oho, was bringst du uns denn heute zu essen, Manne?“, rief der Mann.

Phil überlegte, welche Chancen er bei einer Flucht hätte, doch er war viel zu erschöpft, um wegzulaufen.

Manne jagte seinen Speer in den Boden. „Das weiße Ungeheuer hat wieder zugeschlagen.“ Er bedeutete Phil, am Feuer Platz zu nehmen. Phil ließ sich auf der Stelle fallen. Mit letzter Kraft streifte er den schweren Rucksack ab und zerrte ihn zwischen seine Beine.

„Wieder kein Fleisch. Wenn du den Wolf nicht bald erledigst, werden wir noch verhungern“, maulte ein junger Mann mit strähnigen Haaren.

„Warum gehst du nicht selbst auf die Jagd? Vielleicht hast du ja mehr Glück als ich.“ Von dem Bärtigen ließ sich Manne zwei schmale Henkeltöpfe geben und verschwand damit zwischen den Bäumen. Bald darauf kam er zurück und reichte Phil einen Topf mit frischem Wasser. Phil trank hastig. Allmählich löste sich seine angeklebte Zunge vom Gaumen. Mit wenigen Griffen legte Manne seine Waffen ab und setzte sich neben ihn.

„Und wer ist der da?“, wollte jemand wissen.

„Das ist Phil. Er sucht seinen Freund. Ist einem von euch ein blonder

Junge mit Locken begegnet?" Manne blickte in die Runde. Beinahe gleichzeitig schüttelten die Männer ihre Köpfe.

„Dominic ist noch nicht zurück", sagte der Bärtige. „Er wollte ins Dorf. Vielleicht hat er ihn gesehen."

„Ach, der hat doch nur Augen für die schöne Frida", rief ein Mann mit feuerrotem Zopf und Kinnbart. Die anderen grölten.
„Und was ist mit dir, Rotfuchs? Wenn du in ihre Nähe kommst, fängst du an zu stottern." Die Gesichtsfarbe des Mannes passte sich seinen roten Haaren an.

Der Bärtige nahm Phil den Henkeltopf aus der Hand und füllte ihn mit brauner Brühe. „Trink das, du siehst ziemlich fertig aus", ermunterte er ihn.

Die Brühe erinnerte Phil im Geschmack an die Wurstsuppe, die Lu zum Mittag gekocht hatte. Anstelle der Nudeln schwammen jedoch aufgeweichte Brotkrumen darin. Das warme Essen machte Phil schläfrig, er gähnte ausgiebig. Der junge Mann mit den strähnigen Haaren beobachtete ihn. „Warum erzählt er uns nicht, wo er herkommt und warum er seinen Freund verloren hat?" Seine Stimme klang herausfordernd.

„Weil wir niemanden nach seiner Herkunft fragen, der zu uns kommt, Tom, das weißt du doch."

„Und wenn er uns ausspionieren will?"

„Wenn Phil soweit ist, wird er uns etwas über sich erzählen. Aber jetzt braucht er Ruhe. Wir sehen uns morgen früh." Beim Aufstehen legte Manne seine Waffen wieder an. „Danke für die Suppe, Jonny, war wieder ausgezeichnet." Der Bärtige winkte ab, als hätte er dieses Lob nicht verdient.

Manne nahm Phils Rucksack und half ihm auf die Beine. Er führte ihn zu einem Zelt aus zusammengenähten Tierhäuten. Auf einer Seite war ein Lager vorbereitet. Dem Eingang gegenüber lagen Felle aufgeschichtet, von denen Manne geschickt ein paar auf die andere Seite des Zeltes warf. Zum Schluss reichte er Phil eine grobe Wolldecke. Phil legte seinen Kopf auf den Rucksack und wickelte sich in die Decke ein. Schon kurze Zeit später war er eingeschlafen.

Als Phil am nächsten Morgen erwachte, war er allein. Sein Kopf schmerzte. Er lag noch immer auf dem Rucksack, der Digitalisierer hatte einen Abdruck auf seiner rechten Wange hinterlassen. Die Luft im Zelt war stickig. Schlaftrunken taumelte Phil zum Ausgang. Beim Hinaustreten wäre er beinahe über Manne gestolpert, der vor dem Zelt Pfeife rauchte.

„Komm, setz dich!“ Mit der freien Hand klopfte Manne auf den weichen Grasboden neben sich. „Wir sind schon ein merkwürdiger Haufen, nicht wahr?“

Stumm betrachtete Phil Mannes lange, bräunliche Zehennägel, unter denen sich Erde angesammelt hatte.

„Wir alle haben unsere Gründe, weshalb wir uns in diesen Wald zurückgezogen haben. Im Dorf nennen sie uns Aussteiger und im Grunde trifft es das auch. Mancher ist nur für kurze Zeit bei uns und kehrt dann ins Dorf zurück. Wir stellen keine Fragen.“ Manne nahm einen tiefen Zug aus seiner Pfeife.

„Vor ein paar Tagen sind im Wald ein Mann und eine Frau aufgetaucht, denen ich noch nie zuvor begegnet bin. Der Mann trug eine schwarze Kiste bei sich – so ähnlich wie deine, nur etwas kleiner.“

Phil starrte ihn an. „Woher ...“

Um Mannes Augen bildeten sich feine Lachfältchen. „Denkst du, ich wäre ein erfolgreicher Jäger, wenn ich nicht wüsste, was hinter meinem Rücken passiert? Du hast sie unter der Tanne hervorgeholt. Meinetwegen hättest du nicht auf dem Ding schlafen müssen. Dir tut bestimmt der Kopf weh.“

Vorsichtig berührte Manne Phils rechten Arm, auf dem die Tannennadeln rote Pusteln hinterlassen hatten. „War übrigens klug von dir, eine junge Tanne als Versteck auszuwählen, ihre Nadeln enthalten nur wenig Gift. Ein ausgewachsener Baum hätte dich übel zugerichtet.“

Phil hörte kaum zu. „Was ist aus dem Mann und der Frau geworden?“, fragte er atemlos.

„Sie wollten sich nur mal umsehen. Der Mann hatte viele Fragen – wo ich wohne, was ich mache und so. Sie begleiteten mich ein Stück durch den Wald, bis …“ Sein Blick wurde düster.

„Was?“ Phils Herz raste.

„Es ging alles sehr schnell. Der Mann wurde gepackt und davongetragen, ich konnte nur dunkle Schatten erkennen.“

„Und meine … ich meine, was ist aus der Frau geworden?“

„Sie hat wie von Sinnen geschrien und ist fortgerannt. Plötzlich hörte ich Wölfe heulen und nahm die Verfolgung auf. Nachdem ich ihre Spur verloren hatte, suchte ich nach der Frau, doch sie war wie vom Erdboden verschluckt. Sie war eine schöne Frau, hatte schwarzes Haar und blaue Augen. Sie erinnerte mich an ... na ja, das ist unwichtig.“

Phil zog das Foto aus seiner Tasche. Manne nickte. „Das waren die beiden. Kennst du sie?“

„Es sind meine Eltern.“

Überrascht ließ Manne die Hand mit der Pfeife sinken.

Schon am Abend zuvor hatte Phil beschlossen, Manne nach seinen Eltern zu fragen, und sich eine passende Geschichte ausgedacht. Demnach waren sie aufgebrochen, um die Gegend zu erkunden. Er und sein Freund waren ihnen heimlich gefolgt, hatten sich jedoch verlaufen. Nachdem sie sich kurz getrennt hatten, war auch noch sein Freund verschwunden.

„Dann bist du schon ein paar Tage unterwegs. Ein Wunder, dass wir uns nicht begegnet sind.“

Phil vermied es, Manne anzusehen.

„Und weshalb hast du diese schwarze Kiste versteckt?“

„Sie ist ein Geschenk meiner Eltern.“

„Ganz schön unpraktisch für eine Wanderung, finde ich.“

Anstatt zu antworten, konzentrierte sich Phil auf die Schnürsenkel seiner Turnschuhe, als gäbe es im Moment nichts Wichtigeres.

Manne blies einige Rauchringe in die Luft. „Warum verschweigst du mir, dass du aus einer anderen Welt stammst? Deine Eltern hatten mehr Vertrauen zu mir. Sie sagten, sie hätten etwas erfunden, womit sie sich jederzeit zwischen unseren Welten hin- und herbewegen können. Stimmt das?“

Auf Phils Wangen breitete sich ein unangenehmes Feuer aus. „Ja.“

„Und weiter?“

In seinem Gedächtnis sortierte Phil die letzten Ereignisse, bevor er Manne erklärte, dass der Einzige, der außer seinen Eltern etwas von dem Digitalisierer wusste, sein verschwundener Freund war. Er erzählte, was Leo im Büro beobachtet hatte und dass er den älteren Digitalisierer mitgenommen hatte, damit sie Phils Eltern folgen konnten. „Leo muss ihn unterwegs losgelassen haben, deshalb habe ich ihn verloren“, schloss Phil. Dass seine Eltern die Welt, in der Manne lebte, erschaffen hatten, behielt er für sich, auch dass jemand mit allen Mitteln versuchte, sie zu vernichten.

In Gedanken versunken beobachtete Manne, wie in seiner Pfeife der letzte Rest Tabak verglühte.

„Das ist also das Geheimnis der schwarzen Kiste. Jetzt kann ich verstehen, warum du sie so scharf bewachst. Ohne diesen Dingsbums ...“

„Digitalisierer.“

„Genau, also ohne diesen Kasten könnt ihr unsere Welt nicht mehr verlassen.“

Umständlich klopfte Manne die Asche aus dem Pfeifenkopf. „Und du bist gekommen, um deine Eltern zu suchen?“

„Ja. Leo wollte mir eigentlich dabei helfen.“

„Alle Achtung, dazu gehört eine Menge Mut.“ Manne verstaute seine Pfeife in einem abgegriffenen Ledersäckchen.

„Ich denke, wir sollten uns mal im Dorf umhören. Von dem Di... Ding erzählst du besser niemandem etwas. Vor allem müssen wir für dich eine anständige Bleibe finden, hier bist du nicht gut aufgehoben.“

„Aber ich will doch so schnell wie möglich wieder nach Hause. Wozu der Aufwand?“

„Keine Widerrede! Und jetzt komm, meine Nase sagt mir, dass die Linsensuppe fertig ist.“

„Linsensuppe? Zum Frühstück?“

„Na ja, so kann man sich tagsüber mal richtig Luft machen, wenn du weißt, was ich meine.“

Auf dem Weg zur Feuerstelle kamen sie an einigen Zelten und Strohhütten vorbei, zwischen denen Wäscheleinen gespannt waren. Etwas abseits stand eine Blockhütte. Daneben lagen auf grob gezimmerten Gestellen Pilze, Kräuter und andere Dinge zum Trocknen. Ein Stückchen davon entfernt zog sich ein glitzerndes Band durch den Wald, ein breiter, flacher Fluss, aus dem vom Wasser rund geschliffene Steine ragten, floss gemächlich dahin. Bevor sich Manne und Phil zwischen den Männern am Feuer niederließen, grüßten sie. Phil beobachtete Tom, der gerade dabei war, seine strähnigen Haare nach hinten zu kämmen. Er war der Einzige, der ihren Gruß nicht erwiderte.

Die Suppe tat gut. Schon nach kurzer Zeit spürte Phil, wie neue Kraft durch seine Adern strömte. Kaum hatte er seinen Topf geleert, näherte sich dem Lager ein Mann. Er sah zerzaust aus. Leicht schwankend steuerte er auf den Fluss zu und steckte seinen Kopf in das Wasser, begleitet von dem Gejohle der anderen.

„Wenn das nicht unser Dominic ist! Hattest wohl kein Glück bei der schönen Frida, dass du deinen Kummer ertränken musstest?“ Tom klatschte sich vor Lachen auf die Schenkel.

Dominic schüttelte sich wie ein nasser Hund und kam dann auf die Feuerstelle zu. „Hatte extra Blumen geklaut, ’nen großen, bunten Strauß. Saß schon neben ihr auf der Wiese. Habe grad überlegt, ob sie wohl was dagegen hat, wenn ich den Arm um sie lege, da purzelt doch so ’n Bengel vor unsre Füße. Liegt platt auf’m Rücken und glotzt uns mit seinen blauen Kulleraugen an.“

Phil ignorierte, dass Manne ihn anstieß. Seine Aufmerksamkeit galt ausschließlich dem Mann, der sich zwischen Tom und dem Rothaarigen fallen ließ.

„ ‚Du musst ein Engel sein‘ “, versuchte der Mann, eine Frauenstimme nachzuahmen. „Frida war ganz aus dem Häuschen. Hat sich nur noch um den Bengel gekümmert. Also bin ich zum *Fässchen* und hab meinen Ärger runtergespült.“

Wieder gab es Gejohle.

„Und jetzt lasst mich zufrieden!“ Dominic kippte zur Seite. Wenig später schnarchte er laut.

Tom warf Phil einen prüfenden Blick zu. „Könnte das dein Freund sein, den die schöne Frida gefunden hat?“

„Schon möglich“, antwortete Manne, noch ehe Phil den Mund geöffnet hatte. „Wir brechen sofort auf“, fügte er hinzu und sprang beinahe gleichzeitig mit Phil auf.

„Wage nicht, etwas über uns auszuplaudern!“, drohte Tom.

„Lass ihn in Ruhe!“ Der Bärtige fuchtelte mit seinem großen Kochlöffel herum. „Ich drücke dir die Daumen“, rief er Phil zum Abschied hinterher.

„Mit wem willste Daumen drücken – hicks?“, lallte jemand.

„Mit keinem, Harry, mit keinem. Tauscht dem armen Kerl doch mal das Bier gegen Suppe aus!“

Phil war froh, das Lager der Aussteiger verlassen zu können.

Ein blonder Engel

Diesmal fiel es Phil leichter, mit Manne Schritt zu halten. Wahrscheinlich liegt das an der Linsensuppe, dachte Phil. Vor allem trieb ihn jedoch die Hoffnung vorwärts, wenigstens Leo wiederzusehen.

Bevor sie den Wald verließen, mussten sie den Fluss überqueren. Manne zeigte Phil eine Stelle, an der das Wasser besonders flach war. Es gab genügend große Steine, die so weit herausragten, dass sie auf ihnen bequem das andere Ufer erreichten. Weiter ging es über Wiesen, auf denen Schafe weideten. Wollten die Schafe keinen Platz machen, hob Manne drohend den Speer. Sofort sprangen sie zur Seite.

Eine schlanke Schäferhündin begrüßte sie mit lautem Gebell. „Bei mir brauchst du dich nicht einzukratzen, Mira. Halte lieber Silver von deiner Herde fern oder hat er dir den Kopf verdreht?“, knurrte Manne. Die Hündin trollte sich beleidigt.

Unverhofft drang zarte Flötenmusik an ihre Ohren. Zunächst glaubte Phil, er habe sich verhört, doch je mehr sie sich einem einzelnen Baum auf der Wiese näherten, desto deutlicher waren die Klänge zu hören. Eine Frau saß an den dicken Stamm gelehnt. Davor hockte jemand, der ihnen den Rücken zugewandt hatte – jemand mit weißblonden Locken.

Phil lief an Manne vorbei. „Leo?“, rief er schon von Weitem. „Leo!“

Die Musik verstummte. Die Gestalt drehte sich um, zwei blaue Augen strahlten. „Mensch, Leo!“, rief Phil noch einmal und knuffte Leo übermütig in den Arm, während er sich neben ihm ins Gras warf. Sein Herz machte einen Freudensprung. Nie hätte Phil geglaubt, dass er sich bei Leos Anblick jemals so freuen würde.

Manne begrüßte unterdessen die Frau unter dem Baum. „Phil, das ist Frida“, stellte er sie vor.

Schnell stand Phil auf. „Die schöne F... ähm, schön, Sie kennen zu lernen. Ich bin Phil, Phil Marten“, sagte er tief beeindruckt. Die Frau war in der Tat unglaublich schön. Das feine, schmale Gesicht war so perfekt, als hätte ein Künstler es geschaffen. Ihr langes, glattes Haar glänzte wie Gold in der Sonne, die warmen, braunen Augen waren von langen, dichten Wimpern umrahmt. Als sie lächelnd seine Hand nahm, durchströmte ihn eine prickelnde Wärme. Er genoss diesen Augenblick, bis Leo an seiner Jeans zupfte. „Wo bist du gelandet?“

Phil setzte sich wieder neben Leo. „Am Waldrand. Manne, ähm, Manfred hat mich gefunden.“

Manne nickte. „Phil hat mich gebeten, ihm bei der Suche nach dir zu helfen. Dominic erzählte heute früh von einem Engel, der auf die Wiese gefallen sei.“

Bei dem Wort Engel zuckte Leo zusammen.

Frida lachte hell. „Leo sieht nicht nur aus wie ein Engel, er ist auch einer. Noch nie hat jemand einer Flöte solche Töne entlockt“, schwärmte sie. Ein zartes Rosa überzog Leos Wangen.

„Kein Wunder, dass du lieber hier bleibst, anstatt nach mir zu suchen“, bemerkte Phil leicht säuerlich.

Frida verteidigte ihren Gast: „Leo war nicht sicher, ob du es bis zur zweistämmigen Eiche geschafft hast. Ich habe ihm versprochen, dass Manne dich ganz bestimmt bald finden wird, und ich hatte recht.“ Bei diesem Lob strich sich Manne verlegen über seinen verfilzten Bart.

Eine Sache verstand Phil nicht. „Mir ist ein Rätsel, weshalb wir getrennt wurden.“

„Ich habe irgendwo in dem dunklen Tunnel den Digitalisierer losgelassen. Kurze Zeit später lag ich auf dieser Wiese, mitten zwischen den Schafen. Die haben vielleicht einen Lärm gemacht“, erklärte Leo.

Wieder lachte Frida, dann wurde sie ernst. „Hast du etwas über deine Eltern herausgefunden, Phil? Leo hat mich eingeweiht.“

„Schwarze Schatten haben seinen Vater geholt, ich habe es mit eigenen Augen gesehen“, mischte sich Manne ein.

„Bist du sicher?“

„Kein Zweifel!“

Frida wiegte den Kopf, sodass ihre Haare hin- und herrutschten. „Die Schattenwesen dienen ausschließlich dem König. Wenn er Phils Vater zu sich bringen ließ, hatte er einen Grund dafür. Haben sie auch seine Mutter mitgenommen?"

„Nein, sie ist weggelaufen. Leider habe ich ihre Spur verloren." Schuldbewusst senkte Manne den Blick.

„Du musst unbedingt den König aufsuchen, Phil, und ihn bitten, deinen Vater gehen zu lassen. Vielleicht ist deine Mutter inzwischen auch bei ihm."

„Und wo wohnt der König?"

„Er lebt in seinem Schloss. Seit einiger Zeit hat er es nicht mehr verlassen, also müsst ihr dorthin, aber der einzige Weg ist äußerst mühsam und gefährlich. Dazu müsst ihr vorher die Schule besuchen."

„Wir müssen zur Schule?" Leo stöhnte: „Das ist ja wie zu Hause."

„Was ist das für eine Schule?" Phil erinnerte sich an seine erste Begegnung mit Manne, er hatte ebenfalls eine Schule erwähnt.

„In der Schule werdet ihr zu Kämpfern ausgebildet. Ihr müsst dabei drei Prüfungen bestehen, die letzte führt euch in das Schloss, wo der Drachenring verborgen ist. Wer in den Besitz des Ringes gelangt, darf dem König gegenübertreten."

„Die Suche nach dem Drachenring – ich verstehe." Phil sah Leo vielsagend an, doch der schaute kläglich drein.

„Kann ich nicht lieber bei dir bleiben, Frida?", bettelte er.

Frida lächelte sanft. „Du möchtest doch deinem Freund sicher helfen."

Leo machte ein Gesicht wie jemand, dem man gerade sein Todesurteil verkündet hat.

„Natürlich werdet ihr an den Wochenenden bei mir wohnen können. Die restliche Zeit verbringt ihr wie alle anderen Schüler in der Schule. Noch heute melde ich euch bei Direktor Junker an, der aktuelle Kurs hat bereits begonnen."

„Danke, Frida", sagte Manne erleichtert. „Dann kann ich beruhigt wieder auf die Jagd gehen, sonst bekomme ich Ärger mit Jonny und den anderen." Dann wandte er sich an Phil: „Falls ich auf eine Spur deiner Eltern stoße, werdet ihr es sofort erfahren." Zum Abschied klopfte er ihm kräftig auf die Schulter: „Viel Glück!"

„Wie schreibt sich dein Name?", erkundigte sich Frida bei Leo.

„Moment, ich habe meinen Schülerausweis mit." Leo zog die Karte aus der Hosentasche.

Schülerausweis! Phil konnte sich das Lachen kaum verkneifen. Ob Leo auch eine Badeerlaubnis dabei hatte?

Frida notierte sich Leos Namen auf einem Zettel, anschließend musste Phil seinen Namen buchstabieren. Dabei ließ er die Finger auf seinem Rucksack tanzen.

„Das Problem ist, dass niemand erfahren darf, wo wir herkommen, sonst könnte jemand auf die Idee kommen, den Digitalisierer zu stehlen."

Da konnte Frida ihn beruhigen. „Keine Sorge, den Direktor interessieren nur eure Namen und das Alter, für den Schulbesuch müsst ihr mindestens vierzehn Jahre alt sein. Das seid ihr doch, oder?"

Leos Miene hellte sich auf. „Ach, das ist ja schade, aber ich bin noch zu jung, um ..."

„Wir sind beide fast vierzehn", unterbrach ihn Phil.

Frida gab Leo den Ausweis zurück. „Ich werde euer Alter aufrunden. Ihr seht ohnehin älter aus." Nachdem sie angestrengt in die Ferne gesehen hatte, als ob sie nach etwas Bestimmtem Ausschau hielt, kam wie aus dem Nichts ein schneeweißer Schimmel angaloppiert. Elegant schwang sich Frida auf seinen Rücken.

„Ich vertraue euch meine Herde an", rief sie, bevor sie davonritt.

Phil fand als Erster seine Sprache wieder. „Hast du schon mal Schafe gehütet, Leo?"

„Bis gestern wusste ich noch nicht mal, dass Schafe Beine zum Laufen haben und nicht als Wölkchen am Himmel herumschweben, wie meine Mutter mir immer einreden wollte."

„Hoffentlich tauchen keine Wölfe auf, um ein paar Schafe zu reißen."

„Reißwölfe? Ich hab mich wohl verhört!"

„Nein, hier gibt es echte Wölfe. Manne und ich haben gestern ein paar abgenagte Knochen und Wolle im Wald gefunden. Ein weißer Wolf soll besonders gefährlich sein."

Nachdenklich ließ Leo eine weißblonde Haarsträhne durch seine Finger gleiten. „Ich hoffe doch, die Biester sind schlau genug, mich von einem Schaf zu unterscheiden."

„An deiner Stelle würde ich sie mir lieber abschneiden lassen." Phils Mundwinkel zuckten. Von seiner panischen Angst angesichts der Haarbüschel im Wald würde Leo nie etwas erfahren.

„Auf keinen Fall." Leo begutachtete den Baum. „Hm, vielleicht sollte ich von dort oben Ausschau halten. Man weiß ja nicht, wer oder was hier alles rumläuft. Wenn du mir auf diesen Ast helfen würdest, hätte ich einen besseren Überblick und könnte dich frühzeitig warnen."

Phil grinste. „Wie du meinst." Als er im nächsten Moment versuchte, Leos Gewicht mit den Knien abzufedern, bereute er seine Hilfsbereitschaft.

Nach etlichen Versuchen hatte Leo es geschafft, ein Bein über den Ast zu schieben. Nun klammerte er sich mit aller Kraft daran fest.

Erschöpft ließ sich Phil ins Gras plumpsen und wischte sich den Schweiß von der Stirn.

„Und, was siehst du?", keuchte er.

„Im Moment nur viele grüne Blätter." Mühsam richtete sich Leo auf, wobei sich die Astspitze bedenklich nach unten bog.

„Ich sag' es nur ungern, aber der Ast macht's nicht mehr lange", warnte Phil.

Leo seufzte laut und begann, sich auf den nächsten Ast hochzuhangeln. Ein verdächtiges Knacken beschleunigte seine Anstrengungen. Irgendwann hatte Leo den höheren Ast erklommen. Mit dem Gesicht zum Stamm hing er darauf wie ein nasser Sack und versuchte, seinen Kopf so weit zu neigen, dass er durch eine Lücke zwischen den Zweigen spähen konnte.

Plötzlich hielt er inne. „Da hinten läuft was – was großes Weißes ..."

Sofort war Phil auf den Beinen. Bevor er etwas erkennen konnte, rief Leo von oben: „Mann, es kommt direkt auf uns zu, und zwar ziemlich schnell ..."

Immer noch zögernd griff Phil nach dem untersten Ast.

„Warte mal, wenn mich nicht alles täuscht, ist das Frida auf ihrem Pferd. Meine Güte, hat die ein Tempo drauf!“

Erleichtert ließ Phil den Ast wieder los.

Frida sprang leichtfüßig von ihrem Schimmel und flüsterte ihm etwas ins Ohr, woraufhin er davontrabte.

„Alles erledigt. Ab morgen dürft ihr die Schule besuchen“, verkündete Frida strahlend.

„Das freut mich aber“, hörte Phil Leo murren.

„Ich habe dem Direktor erzählt, dass ihr bei den Aussteigern gelebt und euch erst jetzt dazu entschlossen habt, Kämpfer zu werden. Das kommt der Wahrheit am nächsten.“

Frida breitete eine Decke aus, die um ein weißes Leinentuch geschlungen war. Im Leinentuch waren ein kleines, duftendes Brot und ein Stück saftiger Schinken eingewickelt. Das Brot brach Frida in mehrere Teile, von dem Schinken schnitt sie mit einem großen Taschenmesser dünne Scheiben ab.

„Wo ist Leo?“

„Leo sitzt auf dem Baum.“

„Warum denn das?“ Verwundert sah Frida zu Leo hoch.

„Ich genieße hier die ... atemberaubende Aussicht“, japste Leo

„Möchtest du trotzdem etwas essen?“

„Hunger hätt’ ich schon. Es ist nur ...“ Leo ächzte. „Ich ... ich sitze hier gerade sehr gut.“

„Ist doch kein Problem.“ Frida reichte ihm Brot und Schinken nach oben. Es kostete Leo sichtlich Überwindung, eine Hand von dem Ast zu lösen, und seine Haltung sah alles andere als bequem aus. Trotzdem machte er keine Anstalten, seinen Platz aufzugeben.

„Gibt’s auch etwas zu trinken?“, fragte Phil zaghaft.

„Was hältst du von frisch gemolkener Schafsmilch, schön sahnig und warm?“

„Einfaches Wasser würde mir reichen.“ Phil schüttelte sich innerlich.

Lachend warf Frida den Kopf in den Nacken. „Dachte ich mir. Siehst du den Brunnen dort drüben?“ Ihr Arm zeigte auf einen ovalen Bottich, an dessen Ende eine Wasserpumpe mit einem langen, gebogenen Hebel aus dem Boden ragte. „Du kannst das Wasser ohne Bedenken trinken.

Hier!“ Sie öffnete eine flache, runde Schachtel, in der mehrere immer kleiner werdende Ringe ineinander lagen. „Wenn du den äußersten Ring nach oben ziehst, erhältst du einen Becher, genau so.“ Frida reichte ihm den fertigen Becher. „Du darfst ihn gerne behalten, ich habe noch mehr davon.“

Das Wasser aus der Pumpe schmeckte angenehm frisch. Als Phil das Gefühl hatte, dass nichts mehr in ihn hineinpasste, füllte er den Becher und brachte ihn zu Leo, der, noch immer auf dem Ast klebend, einen jämmerlichen Anblick bot.

Nachdem Leo das Wasser in sich hineingeschüttet hatte, flüsterte er: „Kannst du mir unauffällig hier runter helfen?“

„Wieso, du machst dich wirklich gut auf dem Ast. Außerdem, wer passt dann auf uns auf?“ Phil bemühte sich um einen ernsten Ton.

„Bitte lass mich jetzt nicht hängen!“ Leo sah hinüber zu Frida, die ihm zuwinkte.

Phil wartete, bis Frida in eine andere Richtung schaute, bevor er leise Anweisungen gab. „Du musst es irgendwie auf den unteren Ast schaffen, danach sehen wir weiter.“

Es dauerte eine geraume Zeit, bis Leo endlich auf dem untersten Ast saß, dessen Spitze nun beinahe die Erde berührte. Eilig schob Phil den Becher zusammen und verfrachtete ihn in die Hosentasche. „Jetzt gib mir beide Hände.“

„Aber wenn ich mich nicht festhalte, falle ich sofort runter“, rief Leo ängstlich.

„Wenn du noch länger wartest, wird das ohnehin ...“ Phils Worte gingen in einem ohrenbetäubenden Schrei unter.

Im nächsten Augenblick krachte Leo mitsamt dem Ast auf ihn herunter. Der Aufprall war so stark, dass ihm für einen Moment schwarz vor Augen wurde.

Als er wieder zu sich kam, fiel sein Blick sofort auf das abgebrochene Ende des Astes. Es lag zusammen mit Leo auf seiner Brust und war blutrot gefärbt.

Phil wagte nicht daran zu denken, mit wessen Blut das Holz getränkt war. Er vermochte kaum zu atmen. Erst nachdem Leo sich aufgerappelt hatte, wurde es besser. Leo beugte sich über ihn. „Lebst du noch?“

„Ich weiß nicht", ächzte Phil. „Ich glaub, ich blute."

Frida befreite ihn von dem Ast und tastete ihn behutsam ab. „Scheint nichts gebrochen zu sein." Erleichtert half sie Phil beim Aufstehen.

Zwar hatte Phil das Gefühl, Pudding in den Beinen zu haben, doch abgesehen von einer längeren Schramme auf seinem linken Arm war er unversehrt. Sogar sein T-Shirt war nahezu sauber geblieben.

„Und woher stammt das Blut?" Verblüfft deutete Phil auf den Ast.

Vorsichtig berührte Frida die frische Bruchstelle. „Das ist eine Purpureiche, ihr Holz ist von blutroter Farbe."

Ein leises Stöhnen ließ sie aufhorchen. „Oh, es ist der Baum. Er hat Schmerzen, der Ärmste."

„Dann war er es, der so gebrüllt hat?", fragte Leo misstrauisch.

„So ist es", sagte Frida und untersuchte Phils Schramme. „Ich habe ein gutes Desinfektionsmittel mit heilender Wirkung."

Sie ging zu ihrer ledernen Umhängetasche. Phil dachte an die Wasserstoffperoxidlösung, mit der seine Mutter immer die Wunden behandelte. Eine schmerzhafte Angelegenheit. Er hoffte inständig, dass dieses Mittel hier unbekannt war.

Mit einer braunen Flasche kam Frida zurück. „Das ist Zwiebelsaft. Wenn ich hier draußen bin, habe ich ihn stets dabei, weil sich die Schafe manchmal verletzen. Er wirkt unheimlich schnell, hat nur einen kleinen Nachteil: Der Saft, nun ja, er ... zwiebelt ein wenig."

Als Phil im nächsten Augenblick glaubte, sein linker Arm stünde in Flammen, sehnte er sich nach Wasserstoffperoxid.

Mitfühlend sah Frida ihn an. „Hältst du es noch aus?" Sie tupfte die Haut neben der Wunde mit einem Tuch trocken. Da Phil die Zähne fest aufeinandergepresst hielt, konnte er nur nicken. Mit der Zeit ließ der Schmerz nach, und als Frida ihm sanft über das Haar strich, verschwand er gänzlich.

Leo suchte seinen Körper nach einer Schramme ab, fand jedoch keine. Er schien froh zu sein, als Frida sich von Phil entfernte, um die Purpureiche zu behandeln.

Den restlichen Nachmittag verbrachten sie entspannt in der Sonne. Frida wollte alles über das Leben in der anderen Welt wissen. Manchmal schüttelte sie staunend den Kopf, vor allem, als sie erfuhr, was die

Kinder alles in der Schule lernten, wenn auch Phil bei diesem Thema stark übertrieb.

Er verdrehte die Augen, als Leo verkündete, dass er sein Referat für den Biologieunterricht dabei habe. Während er mindestens eine halbe Stunde lang über Aufbau und Funktionsweise des menschlichen Ohrs sprach, döste Phil vor sich hin. Dafür lehnte sich Leo bei Phils ausführlichem Vortrag über die Regeln des Basketballspiels gelangweilt zurück.

Sie brachen erst auf, als es bereits dämmerte. Frida belehrte ihre Hündin, gut auf die Schafe aufzupassen, dann fragte sie Phil und Leo, ob sie lieber laufen oder reiten würden.

„Reiten" – „Laufen" kam es gleichzeitig. Leo stand die Angst ins Gesicht geschrieben. „Bis jetzt sind wir doch auch gelaufen, ist doch gar nicht so weit."

Phil zuckte die Schultern „Versuchen kann man's ja."

Frida zwinkerte Leo zu. „Meine Emma hat noch niemanden abgeworfen." Sie drehte sich zur Seite und suchte mit den Augen den Horizont ab. Nach einer Weile tauchten in der Ferne drei Punkte auf, die sich mit unglaublicher Geschwindigkeit näherten. Bald darauf tänzelten drei Pferde vor ihnen: Fridas Schimmel, ein schwarzer Hengst und eine fuchsrote Stute, die ihren Kopf zärtlich an Fridas Arm rieb.

„Hallo, Emma, meine Liebe", begrüßte Frida sie, „bringst du Leo nach Hause? Aber sei bitte nett zu ihm, er fürchtet sich ein wenig." Sie wandte sich dem kreidebleichen Leo zu. „Schaffst du es allein?"

„Irgendwie komme ich da schon hoch." Auf Leos Hals bildeten sich rote Flecken.

Frida packte Decke und Leinentuch zusammen. Da Phil noch nie auf einem Pferd gesessen hatte, stand er vor dem schwarzen Hengst und überlegte, wie er am besten aufsteigen könnte. Er sah zu Leo hinüber, doch der schlich nervös um die Stute herum, die ungeduldig mit den Hufen scharrte.

Phil setzte seinen Rucksack auf, griff dem Pferd in die Mähne und sprang auf dessen Rücken.

Leo hatte den abgebrochenen Ast als Fußbank benutzt und hing nun bäuchlings quer auf dem Pferderücken.

„Du guckst in die falsche Richtung." Phil fiel es schwer, nicht laut loszulachen.

„Du weißt ja nicht, in welche Richtung wir reiten", erwiderte Leo gereizt.

„Ich nicht, aber dein Pferd bestimmt."

Frida strich der Stute über die Nüstern. „Dieser Reitstil ist riskant, Leo. Emma läuft sehr schnell. Du solltest dich besser umdrehen, damit du dich festhalten kannst."

„Nichts lieber als das", murmelte Leo verlegen. Frida half ihm, sich richtig hinzusetzen, und gab der Stute einen leichten Klaps. Kaum war sie davongestürmt, schoss der schwarze Hengst hinterher. In weiser Voraussicht hatte Phil die Arme um den Hals des Tieres geschlungen. Die Landschaft verschwamm vor seinen Augen. Um nicht herunterzufallen, presste Phil seine Schenkel an den Pferdeleib. Er spürte jede Muskelbewegung des Tieres. Es berührte mit seinen Hufen kaum den Boden, sodass Phil das Gefühl hatte, zu fliegen.

Als das Pferd sein Tempo verlangsamte, blinzelte Phil. Vor ihm lag ein Garten, in dessen Mitte ein Holzhaus stand. Neben der Terrasse hockte Leo und übergab sich. Seine Stute hatte sich abgewendet.

Der schwarze Hengst blieb in einiger Entfernung zu Leo stehen. Mit zitternden Beinen ließ Phil sich hinuntergleiten.

Fast zur selben Zeit wie er war Frida eingetroffen. „Vergesst nicht, euch zu bedanken. Sie sind sehr empfindlich", mahnte sie.

„Ähm, vielen Dank", sagte Phil. Der schwarze Hengst neigte kurz seinen Kopf und galoppierte mit wehender Mähne davon. Die Stute stupste Frida in die Seite. Ohne Leo eines Blickes zu würdigen, verschwand sie, Seite an Seite mit dem Schimmel.

„Komm, Leo, nicht den Kopf hängen lassen. Du wirst dich schon daran gewöhnen."

„Nie wieder!", würgte Leo hervor.

Für kurze Zeit verschwand Frida im Haus. Sie kam mit einem feuchten Tuch wieder, das sie Leo unter die Nase hielt. Augenblicklich wich die grünliche Farbe aus seinem Gesicht. Frida führte ihn zu einem Liegestuhl.

Phil machte es sich Leo gegenüber bequem. „Dann doch lieber Auto fahren mit Arne Skibinski, oder?"

Leo versuchte ein Lächeln.

„Und du, Phil, findest du Reiten auch so ... übel?“, fragte Frida, sichtlich erschüttert.

„Ehrlich gesagt, habe ich lieber festen Boden unter den Füßen.“

„Wartet nur ab, bis ihr auf einem Drachen fliegt.“

„Auf einem Drachen fliegen?“ Leo sah aus, als ob er sich schon wieder übergeben müsste.

„Na, na, Leo, schön die Zähne zusammenbeißen. Das ist alles halb so schlimm. Jetzt mache ich euch erst einmal was zu essen. Keine Sorge, Leoschatz, du bekommst etwas Schonendes. Dein Magen scheint mir etwas aufgewühlt zu sein.“

Leo spülte seinen Mund mit frischem Brunnenwasser aus. Danach ließ er sich wieder in den Liegestuhl fallen.

Eine Weile hingen Phil und Leo stumm ihren Gedanken nach, während Frida in der Küche hantierte. Als Phil kurz davor war, einzunicken, hörte er Leo flüstern: „Phil, was hältst du von der Idee mit der Schule?“

„Sieht so aus, als müssten wir da durch, um meine Eltern zu finden.“

„Meinst du, die lassen uns gegen Drachen und andere Monster kämpfen?“

„Hmm, die Drachen müssen wir anscheinend nur fliegen.“

„Nur fliegen? Das ist mein Ende! Lieber reite ich drei Tage lang auf dem verrückten Pferd.“

„Wirklich?“

„Na gut, drei Tage sind übertrieben. Aber mal im Ernst, denkst du, wir packen das?“

Leo sah Phil ängstlich an. Phil wusste es selbst nicht und Leo schien nach allem, was sie bisher erlebt hatten, keine große Hilfe zu sein. Doch er wollte ihm nicht das letzte Fünkchen Mut nehmen. „Mit ein bisschen Glück wird’s schon werden.“

„Das sehe ich genauso“, sagte Frida, die mit einem Tablett aus der Tür trat. Für Leo gab es Hühnerbrühe, während Phil eine große Portion knuspriger Bratkartoffeln mit Rührei bekam.

Nach dem Essen bereitete Frida Phils Bett vor. In dem Zimmer, das Leo und Phil sich teilten, roch es ein bisschen wie frischer Kaugummi.

„Die Möbel sind aus dem Holz der Mintkiefer gemacht“, erklärte ihnen Frida. Außer den beiden Betten gab es einen großen Schrank, zwei Nachtschränkchen, einige Stühle und ein Regal, das mit Büchern vollgestopft war. Unauffällig zeigte Leo Phil ein zerfledertes Exemplar mit dem Titel „Gute-Nacht-Lieder für Schafe.“

Irgendwann wollte Phil darin blättern, rein aus Neugier. Er bat Frida, den Digitalisierer gut zu verstecken. Sie verstaute ihn in einem Kachelofen. Phil hielt das für keine gute Idee. „Kann ihm da wirklich nichts passieren?“

„Den Ofen habe ich noch nie benutzt. Ein besseres Versteck habe ich leider nicht.“ Frida riet ihnen, nicht mehr allzu lange aufzubleiben, da sie früh aufstehen mussten.

Phil zog sich bis auf die Boxershorts aus und wickelte sich in seine Bettdecke. Die Kette mit dem Drachenamulett behielt er um.

Leo stand unschlüssig da.

Fragend sah Phil ihn an. „Ist was?“

„Na ja, ich habe keinen Schlafanzug mit.“

„Ich doch auch nicht, wo ist das Problem?“

„Frida hat mir gestern was geborgt für die Nacht. Guck mal woanders hin.“

Ergeben warf sich Phil auf die andere Seite. Kurze Zeit später drehte er sich wieder um. „So schlimm wird es doch nicht ...“ Phil verschlug es die Sprache.

„Sag lieber nichts“, bat Leo überflüssigerweise. Verlegen stand er vor seinem Bett in einem himmelblauen Nachthemd, dessen Kragen bunt bestickt war. Im selben Moment klopfte es.

„Ja?“ Phil setzte sich auf, während Leo unter seine Decke hechtete.

„Ich habe hier noch etwas für die Nacht, falls du Bedarf hast, Phil.“ Frida hielt etwas Hellgrünes mit besticktem Kragen in den Händen. Unter Leos Decke grunzte es.

„Ähm, vielen Dank“, sagte Phil höflich.

„Ich lege es hier auf den Stuhl. Schlaft schön!“

Nachdem Frida aus dem Zimmer war, versenkte Phil das Nachthemd in seinem Schränkchen.

Leo streckte den Kopf unter der Decke hervor. „Es trägt sich echt angenehm."

„Vergiss es! Und tu mir einen Gefallen, nimm das Ding ja nicht mit in die Schule!"

Eine Weile schwiegen beide.

„Sag mal, kommt dir das alles auch komisch vor – so unwirklich?", unterbrach Leo die Stille. „Ich meine, die führen hier ein völlig normales Leben. Na gut, normal ist vielleicht nicht das passende Wort, aber das kann man doch unmöglich alles programmieren, oder?"

„Ist schon ziemlich krass, was hier abgeht. Ich würde gern wissen, wie ein Programm für derart leckere Bratkartoffeln aussieht."

Leo blieb ernst. „Scheint so, als hätte diese Welt ein Eigenleben entwickelt. Wer weiß, ob sich die Figuren überhaupt noch von außen steuern lassen. Vielleicht machen die einfach, was sie wollen?"

„Schon möglich, aber das werden wir wohl erst erfahren, wenn wir wieder zu Hause sind, und zwar mit meinen Eltern! Obwohl … Bisher finde ich es hier gar nicht so schlecht."

„Frida ist klasse. Ich wünschte, sie wär' meine Mutter."

„Dann müsstest du immer Nachthemden tragen."

Im nächsten Moment flog Phil ein Kissen an den Kopf. „Sehr witzig", brummte Leo beleidigt. „Du hast keine Ahnung, wie es ist, wenn man sich zu Hause überflüssig fühlt."

Phil warf Leos Kissen zurück und verschränkte die Arme unter dem Kopf. Nein, überflüssig war er sich noch nie vorgekommen. Auch wenn seine Eltern manchmal wenig Zeit hatten, gaben sie ihm immer das Gefühl, für sie das Wichtigste auf der Welt zu sein. Phil wusste, dass er mit ihnen über alles reden konnte und dass sie ihn vor allem ernst nahmen. Er konnte sich keine besseren Eltern vorstellen.

Nach einer Weile richtete sich Leo auf und sah Phil verlegen an. „Tut mir leid wegen eben. Du hast selber genug um die Ohren."

„Schon gut." Phil rollte sich zusammen und schloss die Augen.

Schule einmal anders

Der Duft frisch gebackener Brötchen weckte Phil und Leo, bevor Frida an die Zimmertür klopfte. Leo saß zuerst am Frühstückstisch. Als Phil sein Messer in die Hand nahm, kaute er bereits an einem Leberwurstbrötchen.

„Möchtet ihr zur Schule reiten oder laufen?“, fragte Frida, während sie Milch in große Tassen goss.

Leo bekam einen Hustenanfall. Nur mit großer Mühe gelang es ihm, zwischendurch „lau...hau...haufen“ zu keuchen.

Fridas braune Augen glitzerten. „Zu Fuß braucht ihr fast eine halbe Stunde, mit dem Pferd nur wenige Minuten.“

„Ja, aber dafür brauche ich den ganzen Tag, um mich wieder zu erholen“, sagte Leo mit kratziger Stimme. „Phil?“ Leo sah Phil an wie ein Hund, der um einen Knochen bettelt. Obwohl Phil lieber geritten wäre, entschied er sich ihm zuliebe ebenfalls für den Fußmarsch.

„Wie ihr meint, aber irgendwann werde ich euch beibringen, wie man die Pferde ruft. Das kann sehr nützlich sein.“

Wieder hustete Leo.

Nach dem Frühstück holten sie ihre Rucksäcke. „Ich habe gar nichts zum Schreiben mit“, stellte Leo erschrocken fest.

„Keine Sorge, alles, was ihr für den Unterricht benötigt, bekommt ihr in der Schule. Und schreiben werdet ihr wohl nicht viel“, beruhigte ihn Frida. Phil war erfreut, das zu hören.

Sie liefen auf einem schmalen Sandweg durch die Wiesen, in der Ferne leuchteten bunte Dächer.

„Da drüben ist das Dorf. Von dort führt eine Baumallee direkt zur Schule“, erklärte Frida. Bald konnten sie zwischen rot und weiß blühenden Kastanienbäumen eine grün gepflasterte Straße erkennen. Auf ihr gelangten sie geradewegs zu einem geschmiedeten Tor, das von einer undurchdringlichen Dornenhecke eingefasst war.

Zum Abschied umarmte Frida beide. „Meldet euch zuerst bei Direktor Junker. Sein Büro ist gleich links neben der Eingangstür. Leider kann ich euch heute nicht abholen, aber ihr kennt ja jetzt den Weg."

„Ich dachte, wir dürfen nur am Wochenende nach Hause", wunderte sich Phil.

„Heute ist doch schon Freitag, jedenfalls bei uns."

Leos Mundwinkel wanderten nach oben. „Dann wird's ja eine kurze Schulwoche."

Frida rief ihren Schimmel, sprang auf und ritt winkend davon. Bald war sie nur noch als kleiner Punkt erkennbar. „Vielleicht sollten wir uns das mit den Pferden bei Gelegenheit mal zeigen lassen", sagte Phil.

Leo schüttelte energisch den Kopf. „Da kann ich sehr gut drauf verzichten."

Phil berührte den Knauf des Tores, einen in Gold gefassten, dunkelgrünen Stein.

„Ist der echt?"

„Klar, das ist ein Smaragd", bestätigte Leo. „Hast du gesehen, womit die Straße gepflastert ist?"

Die ovalen Steine schimmerten dunkelgrün in der Sonne. Phils Augen weiteten sich. „Sind das etwa auch ...?" Leo nickte.

„Das ist ja pure Verschwendung." Phil bückte sich. „Ob ich einen mitnehmen kann – als Souvenir?"

„Lassen Sie sich ja nicht einfallen, in der Straße herumzupolken", keifte jemand hinter ihnen. Sie wirbelten herum.

Eine kleine, dicke Frau mit geschwollenen Tränensäcken unter den giftig dreinblickenden Augen hatte sich hinter dem Tor aufgebaut. „Und überhaupt, was lungern Sie hier herum? Alle anständigen Jungen in Ihrem Alter plagen sich im Unterricht, wie es sich gehört", geiferte sie mit einer unangenehmen, heiseren Stimme.

Da Leo keine Anstalten machte, übernahm Phil das Reden: „Ähm, Verzeihung, wir sind die beiden Nachzügler. Wir sind beim Direktor angemeldet."

„Wenn es nach mir ginge, würde niemand mehr aufgenommen werden. Immerhin fehlt Ihnen fast eine Woche Unterricht. Ich frage mich, wie Sie das aufholen wollen. Nun, mir soll's egal sein und den anderen Schülern erst recht, denn Sie werden ganz sicher keine ernsthafte Konkurrenz für sie darstellen."

Phil und Leo folgten der Frau durch einen großen Park mit plätschernden Springbrunnen und zahlreichen Brücken über schmalen Wasserläufen bis zu einem schneeweißen Haus mit durchsichtigem Kuppeldach. Leo stieß Phil an und deutete auf die geschwungenen Röhren. „Das kennen wir doch."

Phil nickte und zeigte mit dem Finger nach oben. Über dem Portal stand in Goldschrift *Schule*.

Die Frau schleppte sich die Marmortreppe hinauf. Bevor sie ihren Fuß auf die letzte Stufe setzte, öffneten sich die breiten Flügeltüren. Sie betraten eine Halle mit hohen Fenstern, deren farbige Scheiben verschiedene Drachen darstellten. Die Sonnenstrahlen, die durch das Fensterglas eindrangen, tauchten den weißen Marmor, mit dem die Halle ausgekleidet war, in ein fantastisches Licht. Um die Kette, an der ein gewaltiger Kronleuchter hing, ringelte sich eine Schlange mit goldenen Schuppen.

Das Räuspern der Frau riss die beiden aus ihren Betrachtungen. „Lassen Sie sich ruhig Zeit! Der Direktor hat ohnehin nichts Besseres zu tun, als auf Sie zu warten."

Eine Tür aus dickem Spiegelglas glitt zur Seite. Phil trat nach Leo durch die Türöffnung und war überrascht, als er sich im Büro von Herrn Sanders befand. Zumindest glaubte er das im ersten Moment, weil es vollkommen identisch eingerichtet war. Aber hinter dem Schreibtisch mit den Klauenfüßen saß nicht Herr Sanders, sondern ein untersetzter Mann mit dunkelblondem Haar und Brille.

„Danke, Beatrix. Bitte nehmt doch einen Augenblick Platz!" Er wies auf die Sessel um den runden Couchtisch mit dem eingearbeiteten Drachen. Die Frau setzte sich zuerst. Der Sessel zischte wie eine aufgeblasene Luftmatratze ohne Stöpsel. Phil warf einen Blick auf die gläserne Tür, die mittlerweile wieder geschlossen war. Er konnte durch sie die gesamte Eingangshalle und sogar einen Teil der Treppe einsehen.

Herr Junker legte ein Blatt Papier zur Seite und lehnte sich in seinem Stuhl zurück.

„Phil Marten und Leo Kissing, nehme ich an. Ihr habt also verspätet den Entschluss gefasst, euch an dieser Schule zu Kämpfern ausbilden zu lassen?“

Ohne eine Antwort abzuwarten, fuhr er fort. „Die Ausbildung umfasst drei verschiedene Teilgebiete, von denen ihr jedes mit einer öffentlichen Prüfung abschließen werdet. Wiederholungen sind selbstverständlich möglich, die Leute freuen sich über jede Abwechslung. Wer sich überfordert fühlt, darf sich jederzeit bei mir melden. Es ist keine Schande, aufzugeben, denn die Anforderungen sind extrem hoch. Ihr werdet mehr als einmal an eure Grenzen gehen.“ Bei diesen Worten wich der letzte Rest Farbe aus Leos Gesicht.

Herr Junker lächelte ihnen aufmunternd zu. „Aber ich möchte euch unter keinen Umständen Angst einjagen. Alle Einzelheiten erfahrt ihr von eurem jeweiligen Ausbilder. Was die Gepflogenheiten in unserem Hause betrifft, wird euch Frau Schwan gerne Auskunft erteilen.“

„Selbstverständlich werde ich das“, ließ sich die Frau mit einem unheilvollen Unterton in der Stimme vernehmen.

„Schön. Nachdem euch Frau Schwan euer Zimmer gezeigt hat, bringt sie euch zu Frau Ferrani, deren Unterricht ihr zunächst besuchen werdet.“

Ehe Herr Junker den Satz beendete, griff er unter seinen Schreibtisch. Fast im selben Augenblick öffnete sich die gläserne Tür.

Ächzend quälte sich Frau Schwan aus dem Sessel und watschelte hinaus.

Sie steuerte auf die breite Treppe zu, die zu den oberen Stockwerken führte.

Es dauerte eine Weile, bis sie im zweiten Stock angelangt waren. Vor einer Tür auf dem linken Korridor, unweit der Treppe, blieb Frau Schwan mit pfeifendem Atem stehen.

„Zimmer Nummer neun gehört Ihnen“, sagte sie, murmelte noch etwas, was so ähnlich wie ihr Name klang, und klinkte die Tür auf.

„Auf den Schreibtischen liegt für jeden von Ihnen die Hausordnung in zweifacher Ausführung. Ein Exemplar bekomme ich sofort unterschrieben zurück, das andere dürfen Sie als Lektüre behalten.“

„Moment, dürfen wir die Hausordnung nicht lesen, bevor wir unterschreiben?“, fragte Phil.

„Lesen können Sie später. Ich brauche Ihre Unterschrift jetzt, oder glauben Sie ernsthaft, dass ich so lange warten werde, bis die Herren fertig sind mit dem Text? Er umfasst zwanzig Seiten!“

„Wir könnten Ihnen die unterschriebene Hausordnung später vorbeibringen.“

„Es ist gewöhnlich sehr schwierig, mich anzutreffen, und Sie möchten doch ganz bestimmt nicht den Rest des Tages damit beschäftigt sein, nach mir zu suchen, nur wegen Ihrer Pingeligkeit.“ Frau Schwan klang gereizt.

Von seinen Eltern war Phil immer wieder zur Vorsicht beim Unterschreiben ermahnt worden, deshalb unternahm er einen letzten Versuch: „Haben Sie keinen Briefkasten?“

Jetzt funkelte Frau Schwan ihn böse an: „Machen Sie nicht solch einen Aufstand. Sie werden doch wohl in der Lage sein, Ihren Namen in die richtige Zeile zu setzen, zumal ich ein extragroßes Kreuz davorgesetzt habe. Und merken Sie sich eins: Ich bin daran gewöhnt, dass meine Anordnungen widerspruchslos erfüllt werden, ansonsten kann ich sehr ungemütlich werden!“

Daran zweifelte Phil keine Sekunde.

„Ich habe mein Schreibzeug zu Hause vergessen. Könnten Sie mir bitte einen Stift borgen?“, fragte Leo eingeschüchtert.

Frau Schwan atmete hörbar ein. „Sehe ich vielleicht aus wie ein Stifthalter? Erwarten Sie allen Ernstes von mir, dass ich Ihnen etwas zum Schreiben besorge?“

„Das wäre wirklich sehr nett von Ihnen“, erwiderte Leo zaghaft.

Im selben Moment bereute er seine Antwort, denn Frau Schwan war kurz davor, die Beherrschung zu verlieren. „Hören Sie endlich auf, mich zu provozieren“, stieß sie hervor. „In der obersten Schublade Ihres Schreibtisches finden Sie einen Stift und dann unterschreiben Sie endlich oder ich werde den Direktor davon in Kenntnis setzen, dass Sie sich weigern, die Schulordnung anzuerkennen, was Ihren sofortigen Rauswurf zur Folge hätte.“

Leo klappte der Unterkiefer herunter. „Aber, aber ...“

„KEIN ABER! Sie sollen nur unterschreiben! NUR UNTERSCHREIBEN! Haben Sie verstanden?“ Frau Schwan bekam einen Hustenanfall, der sie kurzzeitig am Sprechen hinderte.

Phil verkniff sich jeden weiteren Kommentar und ging zu einem der Schreibtische, die auf beiden Seiten des großen Fensters standen. Leo stürzte an ihm vorbei und riss die oberste Schublade des anderen Schreibtisches heraus. Ihr gesamter Inhalt fiel ihm vor die Füße. Erschrocken drehte er sich zu Frau Schwan um, doch die verdrehte nur ihre vom Husten tränenden Augen.

Während Leo mit zitternden Händen nach einem Stift griff und unterschrieb – ein leuchtend rotes Kreuz markierte die Stelle – räumte und setzte Phil in aller Ruhe die Schublade wieder ein. Leo brachte Frau Schwan, die jetzt stark nach Pfefferminze roch, den Papierstapel, doch als sie einen Blick darauf warf, fauchte sie ihn an: „Ich hatte Ihnen eindeutig gesagt, dass Sie mit dem Permanentstift unterschreiben sollen!“ Sie knallte Leo die Blätter vor den Bauch, sodass er erschrocken zurückwich.

„Daran kann ich mich beim besten Willen nicht erinnern“, mischte sich Phil ein.

„Dann müssen Sie besser zuhören!“, erwiderte Frau Schwan boshaft.

„Aber ...“ Phil stieß Leo an und schüttelte den Kopf. Gemeinsam suchten sie in der Schublade. Leo griff nach dem blauen Stift mit der Aufschrift *wasserfest* und schrieb seinen Namen auf die zweite Ausgabe der Hausordnung.

„Es ist allgemein bekannt, dass wichtige Dokumente immer mit einem schwarzen Stift zu unterschreiben sind“, tönte es von der Tür. Hilfesuchend drehte Leo sich zu Phil um, worauf der ihm einen schwarzen wasserfesten Stift und eine Hausordnung von seinem Stapel reichte. Leos Hand zitterte so stark, dass seine Unterschrift nahezu unleserlich war.

Phil beschloss, auch seinen Namen bis zur Unkenntlichkeit zu entstellen. Wer weiß, wozu es gut sein könnte. Mit einem gewinnenden Lächeln brachte er beide Exemplare zu Frau Schwan, die an ihren Fingernägeln kaute.

„Was soll das sein? Eine Fieberkurve oder die ersten Malversuche eines Einjährigen? Ich erwarte eine deutlich lesbare Unterschrift“, tobte sie.

„Leider sind uns die Vordrucke ausgegangen“, sagte Phil gleichgültig.

„Dann wird jeder von Ihnen am Wochenende eine Abschrift davon anfertigen!“

„Ich glaube kaum, dass sich meine Handschrift dadurch verbessern wird.“ Phil wusste selbst nicht, was in ihn gefahren war, doch diese Frau behandelte sie, als ob sie nicht bis drei zählen könnten.

„Jetzt werden Sie nicht unverschämt! Zuerst vergeuden Sie meine wertvolle Zeit und dann wagen Sie es auch noch, meine Anweisungen anzuzweifeln. Ich werde Sie im Auge behalten, Bürschchen.“ Frau Schwan sah ihn hasserfüllt an, ihre Nasenflügel bebten.

„Und nun benutzen Sie endlich Ihren Verstand. Das Fahrtraining bei Frau Ferrani findet eine Etage tiefer am Ende des rechten Korridors statt. Suchen Sie nach einer Tür, auf der ein bunter Rennwagen abgebildet ist. Das werden Sie wohl ohne meine Hilfe schaffen.“ Schnaufend drehte sie sich um und schlurfte den Korridor entlang. Die beiden unterschriebenen Blätterstapel trug sie mit spitzen Fingern weit weg vom Körper, als seien sie schmutziges Altpapier.

Phil und Leo schnappten ihre Rucksäcke und rannten die Treppe hinunter. „Was hat die denn für’n Problem?“, empörte sich Phil. Leo schlotterten noch immer die Knie. „Ich fürchte, wir haben sie uns gerade zum Feind gemacht.“

„Feind? Ich glaube eher, sie ist ein Computervirus. Sie sollte schnellstens isoliert werden.“

„Hoffentlich kommen wir ihr nicht allzu oft in die Quere.“

Als sie vor der Tür mit dem Rennwagen standen, verstummten sie. Leo machte einen Schritt rückwärts. „Nach dir“, hauchte er.

Phil atmete tief durch und öffnete die Tür.

Gas, Kupplung, Bremse

Überrascht betraten Phil und Leo einen großen Raum, in dem mindestens zwanzig Fahrsimulatoren untergebracht waren. Armaturenbrett, Gangschaltung, Pedale sowie die Sitze schienen von ausgedienten Rennautos zu stammen. Die Windschutzscheibe hatte man jeweils durch einen breiten Bildschirm ersetzt.

Die Geräte im hinteren Teil des Raumes waren komplett besetzt, zum Lehrertisch hin lichteten sich die Reihen. Einige Schüler sahen neugierig zu ihnen herüber, andere wiederum waren so in das Fahrtraining vertieft, dass sie die Neuankömmlinge nicht einmal bemerkten.

Leo beobachtete eine Schülerin mit weißblonden Haaren und Sommersprossen, die unmittelbar vor ihnen saß und, ohne den Blick vom Monitor zu lösen, mit der rechten Hand den Schalthebel nach vorn drückte und gleichzeitig mit der linken Hand hektisch am Lenkrad drehte. Ihr rechtes Bein, das sie auf den Boden des Fahrtrainers presste, zitterte vor Anstrengung.

Eine junge Frau mit struppigen, blauschwarzen Haaren erhob sich von einem Beifahrersitz in der hintersten Reihe. „Willkommen beim Fahrtraining. Ihr müsst Leo und Phil sein.“ Sie kam, um sie mit einem Händeschütteln zu begrüßen. Obwohl die Frau in ihrem knallroten Overall sehr zierlich wirkte, hatte sie einen kräftigen Händedruck.

„Mein Name ist Ornella Magdalena Ferrani. Ihr seid spät dran. Sicher hat Frau Schwan euch wegen der Hausordnung aufgehalten. Lasst mich raten – ihr habt mit dem falschen Stift unterschrieben.“

„Woher wissen Sie ...?“

„Nun, ihr seid nicht die Einzigen. Am ersten Schultag habe ich deswegen fast zwei Stunden auf die Klasse gewartet. Aber egal, sucht euch einen Platz, am besten dort in der dritten Reihe, neben Paul Struwwel." Ein Junge mit braunem Kraushaar lächelte ihnen flüchtig zu, bevor er sich wieder auf seinen Bildschirm konzentrierte.

Phil steuerte auf den Fahrsimulator neben dem Jungen zu und setzte sich hinter das Lenkrad. Leo wollte sich auf dem Beifahrersitz niederlassen, doch Frau Ferrani bugsierte ihn energisch hinter das nächste freie Lenkrad.

„Nur keine Scheu, heute ist die letzte Gelegenheit, die Theorie ein wenig zu festigen. Die Funktionsweise der drei Pedale kennt ihr, nehme ich an?"

„Ähm ..."

„Also, rechts außen befindet sich das Gaspedal. Die Kupplung findet ihr ganz links. Ihr braucht sie, um von einem Gang in den nächsten zu schalten, so wie auf dem Hebel abgebildet. Versucht es, einfach Kupplung treten und den Ganghebel in die aufgezeigte Richtung schieben! Mit Gefühl! Wunderbar, jetzt den zweiten Gang. Schön der Reihe nach."

Frau Ferrani ließ Phil und Leo eine Weile üben.

„Seid ihr bereit? Ach ja, beinahe hätte ich's vergessen. Zwischen den beiden Pedalen liegt die Bremse. Wenn ihr ein Rennen gewinnen wollt, solltet ihr sie jedoch nicht allzu oft benutzen. An die hohen Geschwindigkeiten werdet ihr euch sicher schnell gewöhnen."

Leo stöhnte kaum hörbar.

„Na dann los, worauf wartet ihr noch? Sobald ihr den Schlüssel herumdreht, erscheint auf dem Bildschirm eine Übungsstrecke, die Prüfungsstrecke wäre zu schwierig für den Anfang. Falls ihr eine Anleitung zum Fahren wünscht, setzt einfach die Kopfhörer auf. Ihr könnt auch auf originale Fahrgeräusche umstellen, es klingt wie Musik in den Ohren. Leider darf ich keine Lautsprecher anschließen, weil das Dröhnen der Motoren in der Schule unerwünscht ist. Aber ab der nächsten Woche lassen wir es richtig krachen – natürlich nicht wörtlich gemeint."

Frau Ferrani schaute Phil beim Starten zu. „Nicht zu zaghaft Gas geben, sonst geht er wieder aus. Jetzt Kupplung langsam loslassen und beschleunigen! Gut so!"

Leo, der jede Bewegung von Phil genau verfolgt hatte, trat mit voller Wucht auf das Gaspedal. Sein Auto machte auf dem Bildschirm einen

Satz, sodass er vor Schreck auf die Bremse trat. Sofort blieb das Auto stehen, rote Lämpchen blinkten auf dem Bildschirm.

Leo trat noch einmal auf das Gaspedal, doch nichts passierte. „Erst den Schlüssel drehen“, ließ sich Frau Ferrani vernehmen.

Mit zitternden Händen griff Leo nach dem Zündschlüssel. Nach einem kräftigen Ruck hielt er den oberen Teil des Schlüssels in der Hand. Fassungslos starrte Leo auf die Bruchstelle.

„Oh, das macht nichts“, beruhigte ihn Frau Ferrani und schickte ihn zum nächsten Simulator. Irgendjemand prustete laut los, Leo zog den Kopf ein. Unter der genauen Anleitung von Frau Ferrani startete er erneut – diesmal erfolgreich. Leise vor sich hin summend machte Frau Ferrani eine Runde durch die Klasse. „Melanie, wie war deine Zeit?“

„Ich habe mich um eine Minute und acht Sekunden verbessert“, sagte das Mädchen mit den weißblonden Haaren und den Sommersprossen.

„Gut! Versuch noch fünf Minuten rauszuholen. Meide den Sandstreifen in den Kurven! ... Olaf, deine Zeit ist rekordverdächtig. Wenn du so weiter machst, bist du kaum noch zu schlagen.“

Frau Ferrani blieb bei jedem Schüler kurz stehen und wandte sich dann wieder der dritten Reihe zu. „Das sieht verheißungsvoll aus“, sagte sie zu Phil.

Leo drehte eifrig an seinem Lenkrad, aber auf seinem Monitor bewegte sich nichts. Lächelnd beugte sich Frau Ferrani zu ihm herab. „Du musst neu starten oder willst du an dieser Stelle ein Muster auf die Straße bringen?“, fragte sie leise. Sie drehte den Schlüssel, die roten Lämpchen verschwanden aus dem Bild. „Kupplung kommen lassen, Gas geben!“

Leos Wagen hoppelte kurz und stand, die roten Lämpchen blinkten. „Schlüssel, Kupplung, Gas!“

Rote Lämpchen ... Nach dem sechsten Startversuch fuhr Leos Wagen im ersten Gang.

„Prima. Jetzt in den zweiten Gang schalten!“

Ein grässliches Schnarren ertönte, als Leo am Schalthebel zerrte.

„Oh, Schalten ohne Kupplung. Hoffentlich nimmt es dir der Simulator nicht übel.“

Auf dem Bildschirm schwenkte eine weiße Fahne hin und her. „Hm, der ist hinüber. Wir nehmen den nächsten."

Hochrot wechselte Leo das Gerät. Ein paar Schüler in den hinteren Reihen lachten. Beim dritten Versuch schaffte Leo es bis in den zweiten Gang. Doch der dritte Gang war nicht so leicht einzulegen, Leo probierte es mit viel Kraft. Noch bevor Frau Ferrani eingreifen konnte, hatte er den Schalthebel verbogen.

„Ist nicht schlimm, überhaupt nicht schlimm, wir haben noch einige Exemplare." Sie bat Leo, ihr in die erste Reihe zu folgen, in der kein einziger Schüler saß.

„Nur nicht die Nerven verlieren", murmelte sie und kniff sich dabei in den Arm. „Wir versuchen es gemeinsam." Frau Ferrani führte Leos Hand. Bei einer Geschwindigkeit von etwa sechzig Kilometern pro Stunde sagte sie: „Behalte dieses Tempo bei und konzentriere dich auf die Hindernisse." Sie drehte das Lenkrad leicht nach links, um einen Zusammenstoß mit einem Baum zu verhindern.

Leo starrte so angestrengt auf den Bildschirm, dass ihm Tränen in die Augen traten. Seine Füße schienen auf den Pedalen festgeklebt zu sein.

Eine rotbackige, stämmige Schülerin mit braunen Zöpfen rief: „Frau Ferrani, ich habe mich überschlagen. Was soll ich tun?"

„Warte einen Moment, Susanne, dann kannst du neu starten."

Frau Ferrani huschte in die vorletzte Reihe. So konnte sie nicht sehen, wie Leos Wagen von einer Brücke stürzte. Leo wischte mit dem Ärmel einmal über sein Gesicht. Als anstelle der weißen Fahne rote Lämpchen blinkten, umarmte er den Bildschirm. Er startete ohne Hilfe und schaffte es sogar bis in den dritten Gang, doch dann geschah es: Anstelle des vierten Ganges erwischte Leo den Rückwärtsgang, der etwas weiter rechts lag. Das Getriebe des Fahrsimulators schrie wie ein verwundetes Tier. Leo stierte auf die weiße Fahne, die vor seinen Augen hin und her tanzte.

Frau Ferrani stürzte in die erste Reihe. „Was ist passiert? Du meine Güte, du bist ja kreidebleich. Ich denke, wir sollten eine Pause einlegen." Sie wandte sich an die Klasse: „Ich gebe euch eine Viertelstunde. Es ist jetzt genau zehn Uhr."

Sie öffnete die breite Schiebetür zum Balkon. Erfreut strömten die Schüler hinaus. Während es sich die meisten auf bunt gemusterten Liegestühlen bequem machten, führte Frau Ferrani Leo zu einer Bank in einer von Grünpflanzen umwucherten Nische. Ein langbeiniges Mädchen mit wippendem Pferdeschwanz und ein gut aussehender, schwarzhaariger Junge kehrten enttäuscht um und suchten sich zwei freie Liegestühle unter einer Palme.

Phil setzte sich neben Leo. „Ich schaffe das nicht", jammerte Leo und verbarg das Gesicht hinter seinen zitternden Händen.

„Na, na", sagte Frau Ferrani und tätschelte ihm unbeholfen den Arm. „Es ist schließlich euer erster Tag."

„Ich habe vier Fahrtrainer zerstört. Vier!"

„Nicht zerstört, nur – sagen wir mal – vorübergehend außer Gefecht gesetzt. Unsere Techniker haben bis jetzt alles wieder hinbekommen."

Geistesabwesend bewegte Leo die Finger, als würde er einen unsichtbaren Schal stricken.

„Vielleicht ist die Schaltung ein bisschen zu empfindlich für Anfänger", warf Phil ein.

„Schon möglich, aber ein echter Rennwagen ist noch sensibler. Es wird nicht einfacher. Ah, da ist Silvio."

Frau Ferrani ging auf einen Wagen in Form eines breiten Strandkorbes zu, dessen weiß-blau gestreifte Markise gerade nach oben gekurbelt wurde. Neugierig folgte ihr Phil.

Hinter dem Glas einer Kühltheke kamen Behälter mit verschiedenen Eissorten und Früchten, von denen Phil die wenigsten bekannt vorkamen, zum Vorschein. Auf einem kleinen Tisch daneben glänzten eine Saftpresse und einige andere Küchengeräte.

Das Regal an der Rückseite des Wagens war mit Kisten, Flaschen, Süßigkeiten, Bechern und Waffeln vollgestopft. Auf der breiten Ablage davor lagen der Größe nach geordnet Messer und Löffel.

Ein braungebrannter Mann mit schwarzem Schnauzbart und lebhaften Augen wetzte ein gewaltiges Messer. „Hallo, Lena! Was darf es heute sein?", fragte er mit charmantem Lächeln.

„Grüß dich, Silvio. Zweimal etwas zum Aufmuntern und für mich das Übliche."

„Zweimal Vitaminpower und ein frisch gepresster Melonensaft", rief Silvio. In Windeseile zerteilte er mit dem geschärften Messer eine Melone, zwei Kiwis ohne Schale und eine grüne ovale Frucht, presste alles nacheinander aus, fing zuerst den Melonensaft in einem Becher auf, verteilte kurze Zeit später einen grasgrünen Saft auf zwei andere Becher, warf einige honiggelbe und weißliche Kugeln in eine Maschine, die alles unter lautem Schmatzen pürierte, füllte den Brei in die beiden halb vollen Becher, wirbelte die Flüssigkeiten jeweils mit einem Strohhalm durch und stellte die drei Becher schwungvoll auf die Theke.

Frau Ferrani nahm den Becher mit der zartrosa gefärbten Flüssigkeit und einen mit leuchtend hellgrünem Inhalt und lief zurück zur Bank, auf der Leo zusammengekauert saß. Phil stand unschlüssig da. „Wie viel kostet denn das?"

Silvio schmunzelte. „Du bist neu, richtig?" Phil nickte. „Dann pass mal schön auf: Alles, was du in der Schule isst, trinkst oder sonst noch brauchst, bezahlt die Schule."

„Auch das Eis?"

„Auch mein unwiderstehliches Eis."

„Schon allein deshalb nehme ich den Schulstress auf mich", mischte sich Paul Struwwel ein, der sich hinter Phil stellte.

„Schulstress? Bisher musstet ihr euch doch noch gar nicht anstrengen. Das geht erst richtig los, aber ich will euch nicht den Appetit verderben. Also, heute wieder die Megaeistüte?"

„Klar", antwortete Paul.

Die meisten anderen Schüler hatten sich inzwischen eingefunden. Phil griff nach seinem Becher und trat zur Seite, um Platz zu machen. Paul gesellte sich mit einer gigantischen Eistüte dazu.

„Das Eis ist spitze, ich lasse mir immer alle Sorten geben, weil ich mich nicht entscheiden kann. Und was hast du da? Sieht komisch aus."

„Ist irgendein Vitaminsaft. Ich hoffe, er schmeckt nicht so grasig, wie er aussieht. Na dann ..." Phil prostete Paul zu. Er war überrascht, dass die Flüssigkeit angenehm nach Erdbeeren und Banane schmeckte.

„Auf wie viel Hausordnungen habt ihr's beim Abschreiben gebracht?"

„Jeder eine."

„Nur eine? Anscheinend hat sie keinen Platz mehr, ich musste sie zweimal abschreiben. Den absoluten Rekord hält übrigens Claudia mit fünf Hausordnungen.“ Er zeigte auf das Mädchen mit dem Pferdeschwanz, das sich gerade von seinem Freund die Schultern massieren ließ.

„Sie hatte behauptet, sie könne nicht schreiben. Frau Schwan fand das nicht witzig.“ Weil Paul lachen musste, verschluckte er sich beinahe an seiner dritten Eiskugel.

„Warum habt ihr die erste Woche verpasst?“

„Wir ... haben bei den Aussteigern gelebt. Eigentlich wollten wir nicht kämpfen, aber auf Dauer ist das Herumgammeln ziemlich langweilig“, antwortete Phil.

„Verstehe. Und wie ist es so bei den Aussteigern?“

„Na ja, manche sind ganz lustig. Kennst du Manne, den Jäger?“

„Ein paar Mal habe ich ihn im Dorf gesehen. Er verkauft manchmal Felle.“

„Ich habe bei ihm im Zelt gewohnt.“

„Und der da?“ Paul wies mit seiner inzwischen beachtlich geschrumpften Eistüte in Richtung Bank.

„Das ist Leo. Wir kennen uns schon lange“, sagte Phil rasch.

Frau Ferrani stand auf. „Die Pause ist in exakt vier Minuten und neunundzwanzig Sekunden vorbei.“ Die Schüler schlenderten mit ihren leeren Bechern zum Strandkorb. Sobald Phil den letzten Schluck ausgetrunken hatte, stellte er seinen Becher dazu.

Paul stopfte den Rest seiner Eistüte auf dem Weg ins Klassenzimmer in den Mund.

Ein kräftiger Junge mit kurzen, dunkelblonden Haaren stieß mit dem Fuß gegen einen Liegestuhl. „Aufstehen, Kranich, du kannst gleich im Auto weiterschlafen! Bei deinem Tempo merkt das sowieso keiner.“

„Halt die Klappe, Junker!“, murmelte der Geweckte verschlafen, während er seine langen Beine ausstreckte.

Phil wartete auf Leo. Im Vorbeigehen warf ihm der dunkelblonde Junge einen verächtlichen Blick zu.

Der weitere Unterricht verlief ohne besondere Vorkommnisse. Nachdem Frau Ferrani Leo eingeschärft hatte, ausschließlich die Befehle aus den Kopfhörern zu befolgen, setzte er keinen weiteren Fahrsimulator mehr außer Gefecht.

Phil fuhr seine Runden fast fehlerfrei und so schnell, dass Frau Ferrani, die auf einem in den Lehrertisch eingelassenen Bildschirm jeden Fahrsimulator überwachte, es kaum glauben konnte. „Phil, du hast für die Übungsstrecke einen neuen Rekord aufgestellt", verkündete sie am Unterrichtsende.

Beim Hinausgehen musterten ihn die anderen neugierig. Die strahlend blauen Augen des hübschen Mädchens mit dem Pferdeschwanz ruhten besonders lange auf ihm, sodass sich bei dem schwarzhaarigen Jungen an ihrer Seite die Augenbrauen unheildrohend zusammenzogen. Nur Olaf Junker, der Junge mit den dunkelblonden Haaren, würdigte Phil keines Blickes.

„Spitze", raunte der Junge, der in der Pause geschlafen hatte. Er war ungefähr einen Kopf größer als Phil, aber viel schmaler. Sein T-Shirt schlug Falten wie ein altmodischer Lampenschirm. Phil und Leo standen unschlüssig da. „Na, was ist, kommt ihr mit zum Essen?", fragte Paul.

„Aber gerne doch", sagte Leo, dessen Magen schon während des Unterrichts mehrmals so laut geknurrt hatte, dass Frau Ferrani wegen der vermeintlichen Motorengeräusche prüfte, ob seine Kopfhörer einwandfrei funktionierten.

Paul führte sie in den Speisesaal im zweiten Stock. Von den Schülern war niemand zu sehen bis auf zwei, die sich am Büfett bedienten. Suchend blickte sich Leo um. „Wo sind die denn alle hin?"

„Auf den Balkon", antwortete Paul und zeigte auf eine geöffnete Glastür.

Der Balkon erinnerte Phil an ein Gartenlokal. Zwischen Sträuchern und Bäumen in großen Töpfen waren runde Tische so verteilt, dass ein Blick zum Nachbartisch nur unter Verrenkungen möglich war. Allerdings hatten sich die meisten Schüler für die große Tafel vor einer Brombeerhecke entschieden. Hinter der Hecke flüsterte und schmatzte es.

Phil wandte sich wieder dem Büfett zu, allerdings fand er nichts, womit er freiwillig seinen Hunger stillen würde. Es gab Brei und Suppen in unterschiedlichen Farben. Enttäuscht las Phil die handbeschriebenen Schildchen vor den einzelnen Gefäßen. So hieß ein blassrosa gefärbter

Brei *Kraftpudding*, die graue Suppe daneben *Gedächtnistrunk*. Eine veilchenblau gefärbte Suppe trug den verheißungsvollen Namen *Furchtlos*.

„He, die ist was für mich." Leo langte nach einem Teller.

Phils Magen krampfte sich zusammen. „Gibt es hier kein vernünftiges Essen?"

Paul tippte auf eine Schüssel ganz am Rande des Büfetts – *Speise der Vernunft* stand auf dem Schildchen. „Die ist gut, wenn man einen klaren Kopf braucht."

„Nein, ich dachte eher an Spagetti und Pizza und solche Sachen".

„Pagetti und Spizza? Was soll das denn sein?"

„Spagetti und Pizza sind das allerbeste Essen auf der Welt!"

„Besser als Kraftpudding und so?"

„Definitiv!"

„Kann ich mir nicht vorstellen", sagte Paul schulterzuckend.

Voller Sehnsucht dachte Phil an Herrn Bertoli. Lange würde er es ohne Spagetti und Pizza bestimmt nicht aushalten.

Schweren Herzens nahm er einen Teller und füllte sich zwei Kellen dunkelgrüner Entspannungssuppe auf. „Damit wäre ich vorsichtig. Wenn du zu viel davon isst, schläfst du auf der Stelle ein", warnte ihn Paul beim Hinausgehen. Phil bückte sich nach dem Schild. Zur Entspannung wurde eine halbe Kelle empfohlen, vor anstehenden Prüfungen eine ganze Kelle. Bei Einschlafstörungen sollten zwei volle Kellen erst unmittelbar vor dem Zubettgehen eingenommen werden, da unerwünschte Nebenwirkungen wie Bewusstseinstrübungen auftreten konnten.

Phil ließ seinen Teller ganz unten auf dem Wagen für das schmutzige Geschirr verschwinden und entschied sich stattdessen für einen *Neutralen Sattmacher*, der eine gewisse Ähnlichkeit mit Kartoffelbrei aufwies. Die empfohlene Menge richtete sich nach Körpergröße und Gewicht, Phil durfte drei große Löffel voll nehmen. Leo erwartete ihn an der Tür. Gemeinsam peilten sie die Tafel an.

„Unser neues Traumpaar", sagte Olaf Junker. Alle Augen waren auf Phil und Leo gerichtet. Leo zog es vor, sich hinter Phils Rücken zu verstecken.

„Kaum zu glauben, was sich alles hinters Steuer klemmen will."

Das stämmige Mädchen mit den braunen Zöpfen räusperte sich laut und funkelte Olaf böse an.

„Ich finde, sie sollten eine Gewichtskontrolle einführen“, fuhr dieser unbeirrt fort. Neben ihm kicherte ein schmächtiger Junge mit kupferroten Haaren.

Phil stellte seinen Teller ab und sah Olaf fest in die Augen. „Ich halte einen Intelligenztest für wichtiger als eine Gewichtskontrolle.“ Dann setzte er sich neben Paul. Leo zwängte sich mit hochrotem Kopf neben ihn. Es herrschte absolute Stille. Alle warteten auf Olafs Reaktion, man konnte die Spannung spüren. Olaf schob geräuschvoll seinen Stuhl zurück und stand auf. Mit verschränkten Armen baute er sich vor Phil auf. „Denk nicht, dass du hier was zu sagen hast.“ Ohne sich noch einmal umzudrehen, verließ Olaf den Balkon. Der rothaarige Junge hatte es sehr eilig, ihm zu folgen.

„Ich hätte auf den Neuen gesetzt“, raunte ein Junge seinem Nachbarn zu, der ihm zum Verwechseln ähnlich sah.

„Es wäre gut, wenn dem Wichtigtuer mal jemand richtig einheizt“, meinte der schlaksige Junge, der Phil am Schluss der Stunde beglückwünscht hatte.

Das stämmige Mädchen ballte die Fäuste. „Genau! Was bildet sich dieser Junker eigentlich ein?“ Plötzlich streckte sie die rechte Hand aus und hielt sie Leo unter die Nase. „Ich bin Susanne Bartels. Wenn du willst, kümmere ich mich um dich.“ Leo presste die Lippen aufeinander, als Susanne seine Hand quetschte. Hilflos sah er zu Phil.

„Danke, vielleicht werden wir darauf zurückkommen“, antwortete Phil an seiner Stelle. Zufrieden ließ Susanne Leos Hand wieder los und ging. Die meisten waren mit dem Essen fertig und erhoben sich ebenfalls.

Schließlich saßen nur noch Paul, Leo, Phil und Melanie, das Mädchen mit den Sommersprossen, am Tisch. Lustlos rührte Phil in seinem Brei, der wie Milchreis ohne Zucker schmeckte. „Wo steckt eigentlich Silvio?“, erkundigte er sich bei Paul.

„Zu den Mahlzeiten hat er Balkonverbot, damit wir uns nicht ausschließlich von Eis ernähren.“

Leo, der seine Furchtlossuppe bereits ausgelöffelt hatte, beobachtete interessiert Melanie, die eine Brombeere nach der anderen von der Hecke pflückte und in den Mund steckte. „Dürfen wir das?“, fragte er.

Melanie drehte sich um. Ihr blasses Gesicht nahm die rötliche Farbe reifender Brombeeren an, sogar die Sommersprossen verschwanden. Schnell widmete sie ihre Aufmerksamkeit wieder den Beeren. „Ja“, sagte sie in die Hecke hinein, „nur unten im Garten darfst du dich nicht von der alten Hexe erwischen lassen.“

Mit großem Staunen verfolgte Phil, wie sich Leo neben das Mädchen setzte. Eine Weile aßen sie schweigend, dann tupfte sich Melanie die Lippen mit einer Serviette ab. „Ich muss jetzt gehen.“ Ohne jemanden anzusehen, huschte sie durch die Glastür.

Paul sprang auf. „Ich muss auch los. Bis Montag!“

Kaum hatte er den Balkon verlassen, sagte Phil: „Mensch, Leo, du machst dich an das Mädchen ran? So kenne ich dich gar nicht.“

„Ich mich auch nicht“, erwiderte Leo verunsichert. „Muss wohl an der Suppe liegen.“

Daraufhin stellte er seinen Stuhl auf die andere Seite der Hecke. Ein Pferdeschwanz kam zum Vorschein. „Hat man denn nirgends Ruhe?“ Schimpfend zog das Mädchen den Freund in den Speisesaal.

„Das ist schon das zweite Pärchen innerhalb einer Woche, das du vertreibst“, stellte Phil fest. Leo tat ungerührt und widmete sich den Brombeeren.

„Isst du kein Obst?“, fragte er kauend.

„Doch, am liebsten Schokorosinen und Bananensplit.“ Phil trat an die Balkonbrüstung. In einiger Entfernung erhob sich eine düstere Burg. Zwischen der Burg und dem Schulgelände glitzerte ein türkisfarbener See. Er wünschte sich, jetzt dort unten zu sein. „Ob man in dem See baden kann?“

„Da muschdu Frau Schwan fragen – schteht beschtimmt in der Hausordnung“, nuschelte Leo mit vollem Mund.

„Wer weiß, wo die Schwan steckt, wo sie doch immer so beschäftigt ist.“

„Frau Schwan steht genau hinter Ihnen.“

Erschrocken wirbelte Phil herum. Leo hustete und würgte. Er hatte eine Handvoll Früchte auf einmal in seinen Mund gepresst. Drei oder vier zerquetschte Beeren hinterließen rings um seine blau gefärbten Lippen dunkle Flecken.

„Was machen Sie noch hier? An den Wochenenden haben sich sämtliche Schüler vom Schulgelände fernzuhalten. Ich habe alles ausführlich in der Hausordnung erläutert", stieß Frau Schwan hervor.

„Leider hatten wir noch keine Zeit, die Hausordnung zu lesen", sagte Phil kühl.

„W...wir w...wollten gerade gehen", stammelte Leo und lief an ihr vorbei. Im Speisesaal holte Phil Leo ein.

„Warum hetzt du so? Ich glaube kaum, dass Frau Schwan uns hinterherrennen kann."

Leo verlangsamte seinen Schritt. „Vielleicht kennt sie irgendwelche Geheimgänge. Sie hat gar nicht so geschnauft wie heute früh. Wo steckt sie denn, kannst du sie noch sehen?"

Phil kehrte noch einmal um und beobachtete, wie Frau Schwan sich mit zitternden Händen eine krautige Zigarre in den Mund steckte und anzündete.

„Sie sitzt auf dem Balkon und raucht vor Zorn", beruhigte er Leo.

Leo konnte es trotzdem kaum erwarten, die Schule zu verlassen. Erst auf Fridas Terrasse entspannte er sich.

Frida kam gegen Abend. Sie wollte alles haargenau über ihren ersten Schultag wissen.

„Die Fahrsimulatoren halten zu wenig aus. Andauernd ist die Schaltung im Eimer", beschwerte sich Leo. „Und Frau Schwan nervt. Wir müssen jeder zwanzig Seiten Hausordnung abschreiben, nur weil ihr unsere Unterschrift nicht passt." Leo stöhnte auf und griff sich an die Stirn.

„Was ist denn?", fragte Frida besorgt.

„Wir haben die Hausordnung im Zimmer liegen lassen, wir können sie gar nicht abschreiben. Das gibt mächtigen Ärger." Leos Finger zappelten.

„Seid deswegen unbesorgt. Irgendwo kann ich sicher einen Vordruck auftreiben. Mit Frau Schwan ist nicht zu spaßen, sie kann extrem unangenehm werden."

„Wieso *kann*? Sie *ist* extrem unangenehm!“

„Beatrix war schon immer sehr ehrgeizig. Mit albernen Vorschriften wollte sie das Leben im Dorf unter ihre Kontrolle bringen. Aber die Leute haben sich gewehrt und sie dazu gebracht, das Dorf zu verlassen. Seitdem lebt sie in der Schule.“

„Und schikaniert die Schüler“, ergänzte Leo grimmig. „Warum schmeißt der Direktor sie nicht einfach raus?“

„Er hat seine Gründe dafür, Leo“, antwortete Frida. Phil überkam der Verdacht, dass sie ihnen etwas verschwieg.

Ein sprechender Wolf

Am Samstag fuhren Frida, Phil und Leo mit einem Pferdewagen auf die Weide. Frida hatte einen Apparat aufgeladen, mit dem die Schafe geschoren werden sollten. Angesichts des Wagens suchten die Tiere allerdings das Weite.

Während Frida vom Kutschbock kletterte, sang sie mit einschmeichelnder Stimme:

Träum, Schäfchen, träum.
Der Mond guckt durch die Bäum',
bewacht die lieben Schäfchen,
die machen nun ein Schläfchen.
Träum, Schäfchen, träum.

Als Phil die Melodie erkannte, gab es ihm einen Stich. Seine Mutter hatte ihm das Lied früher oft vorgesungen, wenn er nicht schlafen konnte, jedoch mit einem anderen Text.

Grüppchenweise kamen die Schafe zurück und ließen sich widerstandslos ihre ungewöhnlich weiche Wolle abnehmen.

Nach einiger Zeit bat Frida Leo, das Singen zu übernehmen. Leo begann mit einer bekannten Arie der Königin der Nacht aus der *Zauberflöte* von Mozart. Die Schafe hoben den Kopf und lauschten. Dann stoben sie laut blökend auseinander.

„Ich habe das fast jeden Abend gehört", entschuldigte sich Leo.

„Und danach konntest du schlafen?" Frida drückte ihm ihre Blockflöte in die Hand. „Versuch es lieber mit einer sanften, einfachen Melodie. Das mögen sie."

Leo suchte sich einen bequemen Platz unter der Purpureiche und spielte Fridas Schlaflied. Gemächlich trotteten die Schafe zurück und umringten ihn. Mühelos konnte Frida ein Tier nach dem anderen wegführen und mit der Schere bearbeiten.

Phil beförderte die Wolle mit einer großen Heugabel auf einen Pferdewagen und musste feststellen, dass die flauschige Masse nicht so leicht war, wie sie aussah. Im Gegenteil, Phil hatte das Gefühl, als ob sie mit der Zeit immer schwerer wurde. Hinzu kam, dass Leos eintönige Musik nicht nur auf die Schafe ermüdend wirkte. In der ausgedehnten Mittagspause schlief Phil wie ein Murmeltier. Danach fühlte er sich zumindest für die nächste halbe Stunde ausgeruht.

Erst am späten Nachmittag warf Phil die letzte Wolle mitsamt der Gabel auf den Hänger, sein verschwitztes T-Shirt flog in das Gras. Erschöpft streckte Phil sich daneben aus. Jeder Muskel in seinem Rücken und in den Armen tat weh. Obwohl er kein Wort darüber verlor, holte Frida ein Töpfchen mit einer Kräuterpaste aus ihrem Lederbeutel und verteilte etwas davon auf seinem Oberkörper. Schlagartig ließen die Schmerzen nach.

Nachdem Frida fertig war, fing Leo an zu jammern: „Frida, kannst du mich bitte auch einreiben? Diese starre Haltung beim Flötespielen ... Ich bekomme immer Verspannungen.“ Leo rieb sich mit verzerrtem Gesicht den Nacken.

Lächelnd erfüllte Frida seinen Wunsch. Bei der sanften Massage schloss Leo die Augen. Als Frida die Decke und das Leinentuch ausbreitete, wurde er sofort wieder munter. Beiläufig fragte er, was aus der Wolle würde.

„Sie wird gesponnen. Später verwendet man sie zum Weben oder Strikken“, erklärte Frida.

„Hmm ... Gibt es Schafe eigentlich auch noch in anderen Farben?“

Frida lachte hell. „Nein, Leoschatz, da muss ich dich enttäuschen. Aber das ist auch unnötig, die Wolle wird gefärbt. Wenn du willst, zeige ich dir die Färberei.“

„Sehr gerne.“ Leos Augen funkelten.

„Möchtest du auch mitkommen, Phil?“, fragte Frida.

„Ähm ...“ Phil fühlte sich hin- und hergerissen. Einerseits hatte er eine Menge dagegen, dass Frida und Leo etwas ohne ihn unternahmen. Andererseits interessierte ihn Wolle ungefähr so wie ein Kochbuch in lateinischer Sprache.

„Ich glaube eher nicht.“

Noch während Frida mit dem Messer eine dunkelrote Salami zerteilte, nahm Leo sich ein großes Stück. „Ich bin hungrig wie ein Wolf“, verkündete er laut und biss hinein.

„Das kannst du nicht beurteilen“, ertönte eine tiefe Stimme.

Leo verschluckte sich und fing an zu husten.

Frida war sofort auf den Beinen und zerrte ein Gewehr aus ihrem Beutel. Auch Phil und Leo rappelten sich hoch, dabei griff Phil nach Fridas Messer, das in der Salami steckte. Mit tränenden Augen, immer noch hustend, suchte Leo ebenfalls nach einer Waffe. Da nichts Geeignetes herumlag, schnappte er die Flöte und hielt sie drohend in die Höhe, die andere Hand umklammerte das angebissene Stück Salami.

Für den Bruchteil einer Sekunde leuchteten hinter der Eiche zwei hellgrüne Augen. Frida zielte und drückte ab. Der Schuss peitschte durch die Luft. Unter den Schafen brach Panik aus, in Todesangst flohen sie in alle Richtungen. In diesem Durcheinander war es Frida unmöglich, noch einmal zu schießen. Je weiter sich die Schafe entfernten, desto leiser wurde ihr Blöken, bis es schließlich von einem schaurigen Lachen übertönt wurde. „Danke, dass ihr sie geschoren habt. So sind sie noch appetitlicher“, rief dieselbe Stimme. Danach erklang ein langgezogenes Heulen, das ihnen die Haare zu Berge stehen ließ.

„W...was w…war d...das?“, stieß Leo zwischen seinen klappernden Zähnen hervor.

„Das war eine mordende Bestie in Gestalt eines Wolfes“, sagte Frida, deren Augen systematisch die Umgebung absuchten. „Dieser Unhold hat meine Schafe schon öfter überfallen, aber er hat sich noch nie offen gezeigt.“

„Es ist Silver, oder?“, fragte Phil.

Frida nickte: „Manne ist schon lange hinter ihm her, aber der Wolf ist sehr schlau. Leider.“

„Und er kann sp...sprechen?“ Inzwischen zitterte Leo am ganzen Körper.

„Ja“, sagte Frida, als sei das nichts Außergewöhnliches. „Manche Tiere haben diese Fähigkeit, andere glücklicherweise nicht. Was meint ihr, was mir die Schafe für Vorwürfe machen würden, wenn sie könnten. Zu Recht!“

Sie hatten große Mühe, die Schafe wieder zusammenzutreiben. Vergeblich rief Frida nach ihrer Schäferhündin. Einige Schafe waren bis in den Wald hinein gelaufen. Ihr ängstliches Blöken war kaum noch zu hören.

„Wir müssen sie holen, sonst sind sie verloren. Wenn nur Mira hier wäre, sie könnte die anderen zusammenhalten.“ Frida klang besorgt.

„Sollen wir das übernehmen?“, bot Leo an. Sein Blick wanderte hinüber zu dem dichten Wald, der in der einsetzenden Dämmerung bedrohlich wirkte.

Doch Frida bestand darauf, dass sie in ihrer Nähe blieben, also rannten sie gemeinsam zum Wald. Leo schnaufte. Immer wieder machte er Pause, bis Frida und Phil ihn in die Mitte nahmen und mit sich schleiften. Da er sich geweigert hatte, Salami und Flöte herzugeben, hatten sie ihn an den Armen gepackt. „Wir ... müssen ... gar ... nicht ... rein“, japste Leo, als sie den Waldrand erreichten. Er wedelte mit der Flöte. Sobald Frida und Phil ihn losließen, setzte er die Flöte an, brachte jedoch nur einen Jammerlaut zustande. Wortlos reichte er sie an Frida weiter, der es schließlich gelang, die Schafe mit dem vertrauten Lied anzulocken. „Wenn ihr ... mich nicht hä...hättet“, keuchte Leo und lehnte sich schweißüberströmt, aber mit zufriedenem Gesichtsausdruck an einen Baum.

Nachdem sie auch die letzten im Wald verirrten Schafe zurück zu ihrer Herde geschickt hatten, wollte sich Phil erneut bei Leo unterhaken. Dabei fiel sein Blick auf etwas Helles, das durch die Zweige eines Strauches hindurchschimmerte. Er gab Frida ein Zeichen. Gemeinsam gingen sie um den Strauch herum und stießen auf drei blutige Schädel, die eindeutig von Schafen stammten. Zwischen ihren Zähnen steckten Gänseblümchen. Eine dunkelrote Schleifspur führte von dort tiefer in den Wald hinein.

„Dieses Monster!“ Tränen traten in Fridas Augen.

„Was ist denn da?“, rief Leo, der sich vom Baum gelöst hatte.

„Blutige Schafsköpfe. Ein furchtbarer Anblick.“

Leo erwartete sie mit schlotternden Knien. Schweigend liefen sie zurück zu ihrem Lager.

„Ich muss euch bitten, heute Nacht hierzubleiben. Wir werden ein Feuer machen und Wache halten“, sagte Frida ernst.

Es war schon fast dunkel, als sie im Schein der Flammen ihr Brot aßen. Die Schafe lagen dicht zusammengedrängt in ihrer Nähe.

Ein leises Rascheln unweit des Feuers ließ sie aufschrecken. Frida sprang sofort auf, mit dem Gewehr in Richtung des Geräusches zielend.

„Nicht schießen! Ich bin's, Manne!“ Erleichtert ließ Frida das Gewehr sinken.

Manne trat dicht an das Feuer heran. Er trug einen leblosen Körper mit grauem Fell auf den Schultern, den er Frida vor die Füße warf.

„Ein Wolf!“, rief Frida.

„Ja, aber nicht *der* Wolf. Ich kam dazu, wie sie zu viert über deine Hündin hergefallen sind. Diesen habe ich erwischt.“

Frida riss eine Hand vor den Mund. „Was ist mit Mira? Ist sie verletzt?“, flüsterte sie durch ihre Finger hindurch.

„Ich weiß es nicht. Sie ist den anderen hinterhergejagt.“

„Die Wölfe haben Mira in eine Falle gelockt. Während sie angegriffen wurde, haben sie an einer anderen Stelle zugeschlagen. Silver ist sogar bis an die Eiche gekommen.“

„Wie viele?“, fragte Manne leise.

„Bisher haben wir drei gefunden“, antwortete Frida, ebenso leise.

„Dieser Bastard!“

„Mir bleibt keine andere Wahl. Morgen werden wir die Wiese mit Elektrozäunen abriegeln, auch wenn ich die Tiere dadurch einengen muss“, sagte Frida. „Ich denke nicht, dass Silver in dieser Nacht noch einmal auftaucht.“

Manne war derselben Meinung. Trotzdem bot er an, dazubleiben.

Frida ermahnte Phil und Leo, sich unter keinen Umständen von der Feuerstelle zu entfernen.

Während sie auf und ab wanderte und Manne einen Kontrollgang machte, lauschte Leo in die Dunkelheit. „Glaubst du, er kommt zurück?“, raunte er.

„Nein. Er kann sich sicher denken, dass wir aufpassen."

„Ein denkender Wolf, der noch dazu sprechen kann! Ist das gruselig!"

„Ich frage mich, wie lange er uns schon beobachtet hat", sagte Phil.

Leo sah ihn entsetzt an. „Glaubst du, dass er auch Menschen tötet?"

„Ich hoffe nicht!" Phil dachte an seine Mutter, die vielleicht hilflos irgendwo umherirrte.

„Ich habe mal gelesen, dass Wölfe Feuer meiden." Leo rückte so dicht an die brennenden Zweige heran, dass Phil befürchtete, er würde in Flammen aufgehen.

Die Nacht verlief ruhig. In der Morgendämmerung kam Mira zurück. Sie sah zerzaust aus und blutete aus mehreren Wunden. Frida behandelte sie mit Zwiebelsaft, bevor sie auf ihrem Schimmel ins Dorf ritt. Manne blieb bei der Herde. Unermüdlich drehte er seine Runden, mit Phil und Leo im Schlepptau.

Es dauerte den halben Sonntag, bis ein großes Stück Wiese vollständig eingezäunt war. Ein Mann mit merkwürdig abstehenden Haaren schloss neben dem eingebauten Tor einen Generator an. Als er ihn einschaltete, knisterte es leise. Frida wirkte zufrieden. „Nun können die Wölfe ruhig kommen, wir erwarten sie mit Hochspannung", sagte sie und bedankte sich bei allen Helfern.

Sie belehrte die Schafe, dem Zaun nicht zu nahe zu kommen. Zur Abschreckung warf sie eine Handvoll geschorener Wolle auf den Draht, die sofort verschmorte. Die Schafe waren so geschockt, dass sie in die entgegengesetzte Richtung auf den Zaun zurasten. Sicher wären die Ersten gegrillt worden, hätte Mira sie nicht zurückgetrieben. „Sie sind manchmal schwierig", seufzte Frida.

Als sich sämtliche Männer verabschiedet hatten, rief Frida die Pferde. Einen Augenblick später stürmten sie heran, voran der schwarze Hengst, der übermütig über den Zaun sprang. Ein paar Schafe suchten blökend das Weite.

„He, das ist kein Parcours", rief Frida erschrocken, doch das Pferd warf nur laut wiehernd den Kopf zurück, nahm Anlauf und setzte mühelos wieder über.

„Angeber." Zärtlich tätschelte Frida seinen glänzenden Hals.

Phil fragte sich, ob es dem Hengst wohl egal war, was bei solchen gewagten Sprüngen aus seinem Reiter wurde.

Vor den mit Schafswolle beladenen Wagen spannte Frida den Schimmel und die fuchsrote Stute. Leo kletterte hinauf und ließ sich in den weichen, weißen Berg fallen. „Und du willst wirklich nicht mit?"

„Immer noch nicht." Wenn Phil sich einmal entschieden hatte, änderte er nur ungern seine Meinung. Außerdem nervte es ihn, wenn er mehrmals dasselbe gefragt wurde. Der schwarze Hengst schnaubte ungeduldig. „Wir sollten heute keine großen Sprünge machen", sagte Phil in der Hoffnung, das Pferd würde ihn verstehen, und schwang sich müde auf dessen Rücken.

Tatsächlich lief der Hengst etwas langsamer, Phil bedankte sich mit extra Streicheleinheiten. Dann lümmelte er sich in einen von Fridas Liegestühlen. Er zog das Foto seiner Eltern aus der Tasche und strich mit dem Finger darüber. Mit einem unangenehmen Stechen in der Magengegend dachte er an die Begegnung mit dem Wolf. Angst überkam ihn, dass seine Hilfe zu spät kam. Doch Phil verscheuchte sie sofort wieder. Er musste seine Eltern finden, egal, was passierte. Und er musste Leo heil aus dieser Sache herausbringen. Furcht konnte er sich nicht leisten.

Hufgetrappel schreckte ihn auf. Er musste eingenickt sein, das Foto lag auf dem Terrassenboden. Als er sich danach bückte, beobachtete er aus den Augenwinkeln, wie Leos fuchsrote Stute herangetrabt kam, direkt auf ihn zu. Wenn sie jetzt bremst, habe ich Leo auf dem Schoß, dachte Phil und machte sich auf einen Sturz gefasst. Doch Leo schaffte diesmal den Absprung, bevor Emma unsanft nachhalf. Die Stute ließ sich von ihm streicheln, empfing eine Belohnung von Frida und schritt würdevoll von dannen.

Ausgelassen tanzte Frida mit Leo über die Terrasse. Dann ließ sich Leo auf den Liegestuhl neben Phil fallen und reckte den rechten Daumen in die Höhe.

Etwas außer Atem beugte sich Frida über das Foto in Phils Hand. „Sind das deine Eltern?", fragte sie.

„Ja." Phil reichte ihr das Bild.

„Sie sehen glücklich aus. Du vermisst sie bestimmt sehr." Frida sprach mit gedämpfter Stimme. Plötzlich überkam Phil eine tiefe Traurigkeit. Hastig steckte er das Bild wieder in seine Hosentasche.

Frida strich ihm sanft über das Haar. „Ich glaube, wir könnten jetzt alle eine Stärkung brauchen. Hat jemand Lust, mir zu helfen?"

Beinahe gleichzeitig erhoben sich Phil und Leo und folgten Frida in die Küche. Etwa fünf Minuten später schickte sie die beiden wieder auf die Terrasse zurück, Phil mit einem Pflaster um den Finger und Leo mit Tränen in den Augen vom Zwiebelschneiden.

Allerdings hatte sie Phil einen Korb mit Geschirr in die Hand gedrückt. Zuoberst stand eine Schüssel voller kleiner, brauner Kugeln mit Stiel, die kräftig nach Schokolade rochen. Es kostete ihn einige Willenskraft, nicht augenblicklich darüber herzufallen, er musste ständig schlucken. In stummem Einvernehmen stellten sie die Schüssel unter den Tisch und stülpten den leeren Korb darüber, nachdem sie das Geschirr auf dem Tisch verteilt hatten.

Bis Frida ihnen die ersten knusprigen Kartoffelpuffer auf die Teller legte, war Phil mit seinen Gedanken bei den Kugeln unter dem Tisch.

„Wo ist denn die Schüssel mit den Schokobeeren?", wunderte sich Frida. „Ihr hättet euch doch schon welche nehmen können."

Leos Hand war zuerst in der Schüssel. „Die Puffer sind sowieso noch zu heiß."

Die Schokobeeren, wie Frida sie nannte, erinnerten Phil im Geschmack an mit Schokolade überzogene Erdbeeren. „Die sind besser als die Erdbeerspieße auf dem Weihnachtsmarkt. Da bröckelt immer die Schokolade ab. Ob so was auch bei uns wachsen würde?"

Leo grunzte etwas und stopfte eine Beere nach der anderen in den Mund. Sein Strickpullover wölbte sich bereits bedenklich, bevor er sich über die Kartoffelpuffer hermachte.

Auch Phil aß so viel, dass er den Knopf seiner Jeans öffnen musste. Nach dem Essen wurden seine Augenlider schwer. Leo gähnte ausgiebig hinter vorgehaltener Hand.

„Das Wochenende war anstrengend", sagte Frida. „Ihr solltet ins Bett gehen, damit ihr den fehlenden Schlaf von letzter Nacht nachholt."

Auf ihren Kopfkissen lag jeweils eine handgeschriebene Hausordnung der Schule, in unterschiedlicher Schriftform. Frida brachte ihnen einen wasserfesten schwarzen Stift zum Unterschreiben. „Den gab's gratis dazu."

„Danke, Frida, du hast uns das Leben gerettet!", rief Leo. „Wo hast du die her?"

„Im Dorf hat sich jemand darauf spezialisiert, natürlich unter strengster Geheimhaltung. Aber ich glaube, jeder außer Frau Schwan weiß Bescheid. Ihr solltet in Zukunft diese Strafarbeit trotzdem vermeiden, die Preise sind ziemlich hoch."

Phil und Leo bemühten sich um eine Unterschrift, die einigermaßen zum Schriftbild ihrer Hausordnung passte. „Jetzt wird die alte Hexe wohl zufrieden sein", bemerkte Leo, während er sein Exemplar im Rucksack verschwinden ließ.

Als er anschließend seinen Pullover auszog, purzelten vier hellblaue, ovale Bälle heraus. „Nanu, wo kommen die denn her?" Leo stürzte hinterher, um sie einzusammeln.

„Was ist das?" Phil hob einen Ball von der Größe eines Straußeneis auf. Er war weich und von faseriger Struktur.

Leos Gesicht färbte sich rosa. „Das sind ... ähm ... Softbälle."

Phil warf den Ball in die Luft und fing ihn wieder auf.

„Liegt ganz gut in der Hand, nicht wahr?", sagte Leo lebhaft.

„Schon, aber er hält nicht viel aus." Phil zog an einem Faden, der sich gelöst hatte. Argwöhnisch blickte er Leo an. „Ist das etwa Wolle?"

„Wolle?" Leo tat erstaunt und nahm Phil den Ball aus der Hand, als sähe er ihn zum ersten Mal. „Du hast recht, es ist tatsächlich Wolle. Das ist ja prima, jetzt kann ich uns was Warmes zum Anziehen stricken."

„Na, so ein Zufall." Phil verzog den Mund. „Da hat sich der Ausflug mit Frida wohl gelohnt. Sag bloß, du hast auch das passende Werkzeug mit."

„Du meinst Stricknadeln. Keine Sorge, ich habe immer eine kleine Auswahl dabei."

„Sorgen mache ich mir eher, dass jemand aus der Klasse davon Wind bekommt. Die würden das bestimmt lustig finden." Wohlig streckte Phil sich auf seinem Bett aus. „Lass dich bloß nicht damit erwischen."

„Solange du mich nicht verpfeifst ..."

„Warum sollte ich?“

„Ach, nur so. Gute Nacht!“

Phil war bestürzt. Wie kam Leo auf die Idee, dass er ihn bloßstellen wollte? Nach ihrem ersten Tag in der Schule befürchtete er, dass es Leo ohnehin schwer genug haben würde.

Erste Fahrversuche

Am nächsten Morgen wirkte Leo zerstreut. Er packte seine frisch gewaschenen Sachen in den Rucksack und packte gleich darauf alles wieder aus, um nachzusehen, ob etwas fehlte. Dann hielt er sich plötzlich den Bauch und rannte auf die Toilette.

Als Leo endlich am Frühstückstisch saß und verkündete, er habe Bauchschmerzen und wahrscheinlich Fieber, legte Frida ihm die Hand auf die Stirn. „Du hast tatsächlich Fieber." Leos Gesicht nahm einen leidenden Ausdruck an. „So kann ich auf keinen Fall in die Schule gehen."

„Du hast Glück, gegen dieses Fieber habe ich ein schnell wirkendes Mittel." Frida holte ein braunes Fläschchen aus dem Schrank und träufelte etwas dunkle Flüssigkeit in Leos Kräutertee.

„Was ist das?", fragte Leo misstrauisch.

„Hopfentropfen. Damit geht es dir bald wieder besser und du kannst am Unterricht teilnehmen."

„Da bin ich aber froh." Missmutig schlürfte Leo seinen Tee. Nach einer Weile glätteten sich seine Gesichtszüge. Auf dem Weg zur Schule wirkte er sogar entspannt.

Nachdem sich Leo davon überzeugt hatte, dass alle von ihm beschädigten Fahrsimulatoren repariert worden waren, nahm er erleichtert neben Paul und Phil in der dritten Reihe Platz.

„Macht es euch gar nicht erst bequem", begrüßte sie Frau Ferrani. „Wir gehen gleich zu den Umkleideräumen."

Sie führte die Klasse die Marmortreppe hinunter in die Halle und durch eine Hintertür hinaus. Durch ein kleines Tor verließen sie das Schulgelände und folgten einer schmalen Straße.

„Warum müssen wir uns umziehen?“, fragte Leo. „Sicher, weil wir uns im Unterricht schmutzig machen“, bemerkte der schmächtige Junge mit den kupferroten Haaren spöttisch.

Vor dem letzten Eingang eines flachen Gebäudes blieb Frau Ferrani stehen. „Hier befinden sich Umkleideraum und Toiletten für die Jungen. Den Scanner betretet ihr bitte nacheinander, damit eure Körpermaße erfasst werden. Dazu stellt ihr euch mit dem Gesicht zur Tür, und zwar so.“ Frau Ferrani spreizte leicht ihre Arme und Beine.

„Etwa zehn Sekunden behaltet ihr diese Körperhaltung bei, lediglich das Atmen ist erlaubt.“

„Woher weiß ich, wann der Scanner fertig ist?“, fragte Susanne.

„Du solltest lieber die doppelte Zeit einplanen, wenn das überhaupt reicht“, flüsterte Olaf Junker, sodass Frau Ferrani es nicht hören konnte.

„Der Scanner signalisiert das Ende der Untersuchung durch einen Piepton. Gleichzeitig öffnet sich die Tür. Ihr erhaltet eure persönliche Ausrüstung aus dem Kleiderautomaten daneben. Noch Fragen?“ Frau Ferrani ließ sie die Uhren vergleichen. „Wir treffen uns in exakt dreißig Minuten vor der mittleren Tür. Die Mädchen kommen bitte mit mir. Die Zeit läuft ab jetzt.“

Mit federnden Schritten entfernte sie sich, Susanne und Melanie folgten ihr. Das hübsche Mädchen mit dem Pferdeschwanz verabschiedete sich umständlich von seinem Freund, bevor sie den anderen hinterhertänzelte. Ihr kurzer Rock verdeckte die langen Beine nur notdürftig.

Die meisten Jungen sahen ihr nach. „Also, von mir aus braucht sie sich nicht umzuziehen“, meinte Paul.

Olaf riss die Tür zum Umkleideraum auf. „Damit das klar ist: Ich gehe als Erster rein.“ Er drückte auf einen Knopf unterhalb eines leuchtenden grünen Lämpchens. Hinter einer Schiebetür wurde eine schwarz ausgekleidete Kammer sichtbar. Olaf stellte sich in die Mitte, die Tür schloss automatisch. Das Lämpchen über dem Knopf leuchtete jetzt rot.

Phil betrachtete die Jungen, die vor der Tür Aufstellung genommen hatten. Ganz vorn stand der schlaksige Junge, der alle anderen fast um einen Kopf überragte. Er hatte am Wochenende irgendwas mit seinen Haaren gemacht. Zumindest konnte Phil sich nicht daran erinnern, dass sie schon am Freitag moosgrün gewesen waren. Phil stieß Paul an. „Wie heißt der Lange da vorne – mit dem Moos auf dem Kopf?“

Paul grinste: „Lukas Kranich, kannst ihn auch den Langen nennen.“

„Und der Schwarzhaarige daneben, der mit dem Mädchen zusammen ist?“

„Marcel Lutter. Er ist der derzeitige Freund von Claudia Schiefer. Der Rothaarige heißt Stefan Wuttig, die Klette von Olaf Junker – das ist der, der gerade gescannt wird. Wuttilein dackelt ihm hinterher wie ein Schoßhündchen. Kannst du beide vergessen, wenn du mich fragst.“

Die Schiebetür öffnete sich und Olaf Junker kam heraus. Gleich darauf verschwand Lukas Kranich in der Kammer.

„Er denkt, er ist der Größte.“ Paul nickte mit dem Kopf in Richtung Olaf, der den anderen gelangweilt erklärte, was im Scanner passiert. „Ein bisschen Konkurrenz würde dem ganz gut tun.“

Als Lukas die Kammer verließ, leuchteten seine Haare wie die Zeiger auf Phils Armbanduhr bei Nacht. Marcel Lutter war als Nächster dran. Olaf hatte inzwischen seine Sachen aus dem Kleiderautomaten genommen und begann sich umzuziehen.

„Und der Rest?“

„Der hinter Wuttig ist Jan Hildebrandt, dann kommen Kai Trabitz und Michael Bullok. Die Zwillinge auf der anderen Seite heißen Julian und Bastian Richter. Ich kann sie nicht auseinander halten. Einer von den beiden ist größer, ich kann mir leider nie merken, welcher.“

Lukas zog seinen knallroten Anzug über und drehte sich vor dem Spiegel. „Na, wie sehe ich aus?“

„Wie ein Rhabarberstängel.“ Die Antwort kam von Stefan Wuttig.

„Ich bin gespannt, wie sich deine Haarfarbe mit dem Anzug verträgt, Wuttig“, erwiderte Lukas und stieg in die festen Knöchelschuhe.

Phil betrat als Vorletzter die Kammer. Während ein hellgrüner Lichtstrahl ihn Millimeter für Millimeter abtastete, schloss Phil die Augen. „So ungefähr muss sich ein Stück Fleisch in der Mikrowelle fühlen“, raunte er Leo hinterher zu.

„Ich befürchte, meine Garzeit ist etwas länger.“ Nicht ohne Neid betrachtete Leo seine Klassenkameraden in ihren roten Anzügen. Seine Sorge war jedoch unbegründet, der Scanner arbeitete bei ihm genauso schnell wie bei den anderen zuvor. Allerdings spuckte der Automat für ihn keinen Anzug aus. Eine monotone Stimme teilte ihm mit, dass die erfassten Körpermaße die Standardwerte überschritten und ein Schutzanzug in der ermittelten Konfektionsgröße nicht vorrätig sei. Innerhalb der nächsten Viertelstunde werde jedoch eine Sonderanfertigung zur Verfügung gestellt.

Leo lief feuerrot an und verkroch sich auf eine Bank in der hintersten Ecke.

„Ich hab's doch gesagt, du bist zu fett“, rief Olaf beim Hinausgehen.

„Hoffentlich haben sie genügend Stoff für deinen Anzug“, höhnte Stefan, der an Olafs Hacken klebte.

Während einer nach dem anderen den Umkleideraum verließ, setzte sich Phil neben Leo. „Vergiss die Typen. Sie sind einfach schlecht programmiert.“

Paul, der sich beim Umziehen Zeit gelassen hatte, lachte. „Schlecht programmiert, das habe ich auch noch nicht gehört.“ Er stellte sich vor den Kleiderautomaten. „Kann ich hier irgendwo meine Wunschfarbe eingeben?“

„Schüler tragen ausschließlich rote Schutzanzüge, um die Bergung nach einem Unfall zu erleichtern“, klärte ihn der Automat auf.

Leo zuckte zusammen. „Unfälle? Was denn für Unfälle?“

Im Kleiderautomaten raschelte es. Paul zog ein dickes, rotes Bündel heraus und brachte es zu Leo. „Ich glaube, das ist für dich.“

Nach einem Blick in den Spiegel weigerte sich Leo zunächst, den Umkleideraum zu verlassen. „Ich sehe aus wie eine Presswurst“, jammerte er.

Phil bot Leo an, dicht vor ihm zu laufen, aber Leo versprach sich davon nicht viel. Erst als Paul von draußen durch die Tür rief, sie würden gleich anfangen, setzte sich Leo widerwillig in Bewegung. Sein Erscheinen löste bei den meisten Schülern Gelächter aus. Nur Susanne hauchte Leo ins Ohr, dass sie ihn in seinem Anzug knuddelig fand, woraufhin Leos Gesichtsfarbe mit der des Anzugs konkurrierte.

Frau Ferrani war zufrieden, dass sie fast zwei Minuten eingespart hatten, und schickte die Klasse in den Unterrichtsraum hinter der zweiten Tür.

„Ich sehe nur einen Fahrsimulator“, stellte Leo fest. „Ja, aber dafür sind in die Tische Flachbildschirme eingelassen“, erwiderte Phil.

„Ich wollte euch diesen Raum nur kurz zeigen“, unterbrach Frau Ferrani ihre Unterhaltung. „Hier werden wir eure Rennen auswerten. Die Fahrweise jedes Einzelnen wird von Anfang bis Ende der Strecke aufgezeichnet.“

Sie brachte die Klasse zu einer gläsernen Halle, die sich in unmittelbarer Nähe des Flachbaus befand. Im Inneren arbeiteten unzählige Leute in dunkelblauen Arbeitsanzügen in und unter aufgebockten Autos. Ein Mann in einem roten Overall erwartete sie am Eingang.

„Es ist alles vorbereitet, Lena – die Wagen stehen bereit.“

„Danke, Micha“, sagte Frau Ferrani und zur Klasse gewandt: „Darf ich vorstellen – Michael Schumann, einer eurer zukünftigen Fahrlehrer.“

Leo starrte den Mann an wie einen Außerirdischen. „Ist das nicht der berühmte Rennfahrer? W...was will der hier? So schnell wie der kann doch kein normaler Mensch fahren.“

„Hier gibt es keine normalen Menschen, Leo. Schon vergessen? Stell dir vor, was man von dem alles lernen könnte.“

„Da bin ich kein bisschen scharf drauf. Ich will nur überleben, verstehst du?“ Leo sah aus, als stünde er kurz vor einer Ohnmacht. Willenlos ließ er sich von Phil hinter den anderen her ziehen. Vor einem Gebilde, das einer Startanlage für Pferderennen ähnelte, machten sie halt. Etwa hüfthohe Gummiwände unterteilten einen asphaltierten Platz in zwanzig gleich große Bahnen. In das letzte Stück hatte man jeweils ein Kiesbett eingelassen. Am Anfang jeder Bahn stand ein Rennwagen mit einer fetten Ziffer auf dem Dach. Den Kratzern und Dellen nach waren die Wagen schon auf zahlreiche Hindernisse gestoßen, nicht ausschließlich aus Gummi.

„Das ist mein Ende“, murmelte Leo.

Paul versetzte der äußeren Wand einen Tritt. Sein Schuh verschwand kurzzeitig in der Gummimasse. „Uns kann nichts passieren, ist doch alles weich.“ Begeistert beobachtete er, wie der Abdruck wieder verschwand.

Frau Ferrani wartete, bis der letzte Schüler eingetroffen war. „Jeder sucht sich einen Wagen. Leo, dich würde ich bitten, gleich die erste Bahn zu nehmen. Ich bleibe in deiner Nähe.“ Ergeben trottete Leo zu dem arg zerbeulten Wagen mit der Nummer eins.

Susanne baute sich vor der zweiten Bahn auf. „Hallo, mein süßes Hasenherz. Was dagegen, wenn ich neben dir fahre?"

„Oh ... eigentlich wollte mein Freund Phil schon neben mir fahren. Ich hoffe, das macht dir nichts aus." Leo sendete Phil einen stummen Hilferuf.

„Wie du willst, nehme ich eben die nächste Bahn. Ich hoffe nur, dein Freund steht nicht immer zwischen uns." Kichernd stampfte Susanne zur dritten Bahn hinüber. Paul, der gerade den Wagen mit der Nummer drei inspizierte, hob sie mühelos beiseite mit der unmissverständlichen Aufforderung, sich eine neue Bahn zu suchen.

Phil gluckste. „Also, ich möchte wirklich nicht zwischen euch stehen, Leo. Ich kann auch woanders trainieren."

„Bleib bloß, wo du bist, und beschütze mich vor diesem Mo...M... ädchen", stotterte Leo.

Frau Ferrani erklärte den Schülern noch einmal, was sie zu tun hatten: Kupplung treten, Startschlüssel drehen, Kupplung kommen lassen, gleichzeitig Gas geben – anfahren, beschleunigen, schalten, bremsen, schalten, anhalten, von vorne anfangen. Vor dem Kiesbett sollten sie wenden und wieder zurückfahren.

Phil gelang das Anfahren bereits beim zweiten Versuch. Frau Ferrani jubelte laut. Daraufhin legte Olaf einen Start mit quietschenden Reifen hin. „Mehr Fußspitzengefühl, Olaf, um die Geschwindigkeit kümmern wir uns später", rief sie ihm zu, was ihn offenbar noch wütender machte. Er ließ den Motor laut dröhnen und schoss vorwärts. Erst auf den letzten Metern bremste er abrupt. Sein Wagen rutschte mit rauchenden Reifen noch ein Stück über den Asphalt und kam erst im Kiesbett zum Stehen. Olaf wendete und raste zum Anfang der Bahn zurück. Frau Ferrani erwartete ihn.

„Zügle dein Temperament und halte dich strikt an meine Anweisungen, oder ich verweise dich des Platzes", sagte sie mit einer gefährlichen Ruhe in der Stimme.

„Aber dieses Training ist Kinderkram. Ich bin kein Anfänger mehr", widersprach Olaf.

„Gibt es hier ein Problem?" Michael Schumann stand plötzlich hinter ihnen.

„Olaf Junker fühlt sich unterfordert. Aber ich kann ihn nicht ohne Aufsicht in die Arena lassen und die anderen Schüler brauchen das Anfahr-Training."

„Wenn er das Anfahren beherrscht, könnte ich schon mit ihm trainieren, natürlich nur, wenn Olaf damit einverstanden ist", schlug Herr Schumann vor.

„Ich beherrsche das Anfahren schon lange", erwiderte Olaf trotzig.

„Dann sind wir uns also einig. Ich schicke ihn zum Unterrichtsschluss zurück. Du kannst dich voll auf die anderen Schüler konzentrieren."

„Danke, Micha, das ist ein guter Vorschlag." Plötzlich lief Frau Ferrani zur ersten Bahn, wo Leo es nach etlichen Versuchen endlich geschafft hatte, zu starten, und nun mit Vollgas auf die Gummiwand zusteuerte.

„Bremsen, Leo, BREMSEN!", schrie sie, doch ihre Warnung ging in einem knirschenden Geräusch unter. Phil, der sich gerade wieder auf Startposition befand, sprang aus dem Wagen und stürmte zu Leo. Schwer atmend riss er die Wagentür auf. Leo war weiß wie eine Kalkwand und stierte mit weit geöffneten Augen vor sich hin. Äußerlich schien er unverletzt zu sein, sein Wagen steckte in der Gummiwand.

„Rück mal rüber!"

Leo bewegte sich wie von unsichtbarer Hand gesteuert. Phil brachte den Wagen nach einer geschickten Wendung zurück zum Start. Frau Ferrani half Leo beim Aussteigen. „Danke, Phil", sagte sie.

„Tut dir etwas weh?" Leo schüttelte den Kopf. „Dann setz dich einen Augenblick auf die Bank dort drüben und atme tief durch. Phil, du bleibst bitte bei ihm, bis ich wieder hier bin."

Während Phil den zitternden Leo zu einer Bank vor dem Übungsplatz brachte, hastete sie zurück zu Olaf. Unterwegs scheuchte sie einige neugierige Schüler in ihre Autos.

„Wer ist der Junge, der den Wagen zurückgelenkt hat?", wollte Herr Schumann wissen.

„Das ist Phil Marten. Er ist erst am vorigen Freitag bei uns eingestiegen."

„Scheint mir ein Naturtalent zu sein. Ich würde ihn auch gern mitnehmen."

„Ich weiß nicht, es ist erst sein zweiter Trainingstag", gab Frau Ferrani zu bedenken.

„Er packt es, Lena, ich habe einen Blick dafür."

Nach einigen Sekunden Bedenkzeit willigte Frau Ferrani ein.

Eben hatte Phil Leo überredet, ein paar Schritte zu laufen, als Frau Ferrani vor ihnen stand. „Phil, Herr Schumann möchte mit dir und Olaf in der Arena trainieren."

Phil wurde heiß unter seinem Anzug. „Aber ich fahre noch nicht so gut wie Olaf."

„Das ist nur eine Frage der Zeit."

Als Leo ihn kläglich von der Seite anschaute, bekam Phil ein schlechtes Gewissen. „Und was ist mit Leo?"

Frau Ferrani beruhigte ihn. „Ich werde ihn nicht mehr aus dem Auto, ähm, ich meine aus den Augen lassen, bis er das Anfahren beherrscht."

Behutsam klopfte Phil Leo auf die Schulter. „Bis nachher."

Leo nickte abwesend.

Training in der Arena

Olaf konnte seinen Ärger über den unerwarteten Konkurrenten schlecht verbergen. „Komm in die Gänge, Marten, wir haben nicht den ganzen Tag Zeit!“, stieß er hervor.

„Den Zeitplan für das Fahrtraining stelle grundsätzlich ich auf!“, bemerkte Herr Schumann. Olaf biss sich auf die Unterlippe.

Der Lehrer führte sie an einer gewaltigen Konstruktion aus durchsichtigem Material vorbei. Von Weitem konnte man das Bauwerk für eine Achterbahn halten, die zwar kurvenreich, aber ohne große Höhenunterschiede war. Ein Looping-Element fehlte ganz. Ebenso vermisste Phil die Schienen. Dafür war die Bahn erheblich breiter als eine herkömmliche Achterbahn. Wenn er es recht bedachte, ähnelte sie eher einer verschlungenen Straße.

Die Arena war ein langgezogenes Oval mit erhöhten Sitzreihen auf der einen und riesigen Bildschirmen auf der gegenüberliegenden Seite. Die Bildschirme waren auf dem Dach eines flachen Gebäudes montiert, das Werkstatt, Tankstelle und Waschanlage in sich vereinte. Auf einer der schmalen Seiten befand sich eine Tribüne. Phil erinnerte sich an das Gebilde auf seinem Monitor. Leo hatte es mit einem Fußballstadion ohne Tore verglichen. Damit hatte er nicht ganz unrecht, nur dass die Sitzreihen lediglich eine Hälfte ausmachten.

Sie betraten die Arena durch ein Tor unter der Tribüne, dabei kamen sie an aufgereihten Autos in verschiedenen Farben vorbei. Etwas weiter rechts gab es einen Eingang für die Zuschauer. Zwischen der Rasenfläche in der Mitte und der Balustrade verlief eine Asphaltstraße, links und rechts von einem Kiesbett umgeben. Die Autos glichen modernen Sportwagen. Vor der letzten Reihe blieb Herr Schumann stehen. „Sucht euch einen Rennwagen aus, vom Typ her sind alle gleich.“

Olaf steuerte auf ein neu aussehendes, schwarz glänzendes Fahrzeug zu. Phil entschied sich praktischerweise für das Auto daneben. Die beiden vorderen Kotflügel seines Fahrzeugs waren eingedellt. Olaf schnaubte verächtlich. „Du denkst wohl, an der alten Klapperkiste fallen ein paar zusätzliche Beulen nicht auf, Marten?", zischte er.

„Nun, ganz ohne anzuecken ist auch dein Wagen bisher nicht durchs Leben gekommen, Olaf." Grinsend klopfte Herr Schumann mit dem Fingerknöchel an das Heck des schwarzen Autos.

Phil ging herum und sah, warum er sich so amüsierte. Die gesamte hintere Front des Fahrzeugs war eingedrückt und es hatte niemand viel Mühe darauf verwendet, die ursprüngliche Form wiederherzustellen.

„Na ja, immerhin musst du beim Rückwärtsfahren nicht so aufpassen", stichelte Phil und handelte sich damit einen feindseligen Blick von Olaf ein.

„Einsteigen, meine Herren", rief Herr Schumann.

Ihre erste Aufgabe bestand in einer Probefahrt innerhalb der Arena.

Während Olaf mit quietschenden Reifen davonraste, fuhr Phil zunächst vorsichtig. An das Kuppeln und Schalten hatte er sich mittlerweile gewöhnt, aber er hatte keine Ahnung, worauf er beim Lenken eines richtigen Wagens achten musste. In der ersten Kurve hatte er Angst, auf dem Sandstreifen zu landen, doch nichts dergleichen geschah, der Wagen lenkte sich sehr gut. Auf der geraden Strecke trat Phil das Gaspedal voll durch. Der Wagen schoss wie ein Pfeil davon, dabei wurde Phil in den Sitz gepresst. Sein Herz pochte heftig gegen die Rippen und das Blut prickelte in seinen Adern. Ein winkender Herr Schumann beendete seinen Geschwindigkeitsrausch.

„Nun, wie war's?", fragte Herr Schumann.

„Wow, der Wagen geht ab wie Schmidts Katze", rief Phil begeistert.

Herr Schumann sah ihn erstaunt an. „Also, ich weiß gar nicht so genau, ob Familie Schmidt noch eine Katze hält. Aber die Müllers besitzen einen Jagdhund, der ihnen einmal beim Startschuss eines Rennens ausgebüxt ist. Der hat auf den ersten hundert Metern alle Wagen überholt, das war toll. Wie kommst du jetzt darauf?"

Phil grinste. „Ähm, ich wollte eigentlich nur ausdrücken, dass der Wagen ziemlich schnell ist."

Jetzt verstand Herr Schumann. „Du meinst, der Wagen geht ab wie Müllers Hund?"

„Genau das wollte ich damit sagen, Herr Schumann."

„Freut mich, wenn er dir gefällt. Dann werde ich euch jetzt zeigen, wie ihr alles aus eurem Wagen herausholen könnt."

Herr Schumann fuhr abwechselnd bei Phil und Olaf auf dem Beifahrersitz mit. Nach jeder Runde wertete er an einem kleinen Bordcomputer die Abweichung von der optimalen Strecke aus, welche er mit speziellen Lampen auf die Strecke projizierte. Doch schon bald verzichtete er darauf, damit die beiden selbst das Gefühl für die Bahn entwickeln konnten.

Phil machte sehr schnell Fortschritte. Olaf dagegen hatte auf seiner privaten Rennbahn zu Hause, die er nicht oft genug erwähnen konnte, bereits seinen eigenen Fahrstil entwickelt und war wenig erfreut über Verbesserungsvorschläge. Herr Schumann ließ sich dadurch jedoch nicht aus der Ruhe bringen: „Ich möchte nur, dass ihr die gleiche Chance bekommt. Was ihr daraus macht, ist eure Sache."

Viel zu schnell neigte sich das erste Fahrtraining seinem Ende zu. Den Abschluss bildete ein Wettrennen zwischen Phil und Olaf über drei Runden, das Olaf knapp für sich entschied.

Herr Schumann brachte sie zurück zum Umkleideraum, wo die anderen sie bereits ungeduldig erwarteten.

Während Stefan Wuttig an Olafs Lippen hing, bestürmten die anderen Phil mit Fragen. Wo seid ihr gefahren? Wie schnell sind die Wagen? Wie ist die Beschleunigung?

Phil war es unangenehm, plötzlich im Mittelpunkt zu stehen. Trotzdem gab er bereitwillig Auskunft.

„Mann, von null auf hundert in vier Sekunden?"

„Das schafft mein Vater auch, wenn ich vergessen hab, den Müll rauszubringen."

„Ob wir für das Rennen noch schnellere Wagen kriegen?"

„Also, mir reichen zweihundertsiebzig Kilometer in der Stunde. Ich glaube, da würde auch keine Gummiwand mehr helfen."

Das Wort Gummiwand löste bei Phil Unbehagen aus, er hatte Leo noch nicht gesehen.

„He, Marten!“, rief Olaf herüber. „Hast du auch erzählt, wie ich dich abgehängt habe?“

Alle Augen waren auf Phil gerichtet. „Ich hoffe, du hast den Augenblick genossen, Junker, denn es wird in Zukunft nicht mehr allzu oft vorkommen“, erwiderte Phil. Die Umstehenden nickten anerkennend. Phil ärgerte sich, dass er sich von Olaf provozieren ließ. Dabei war es momentan viel wichtiger, herauszufinden, wo Leo steckte. Gerade wollte Phil bei Paul nachfragen, als sich die Tür öffnete und ein rotgesichtiger, strahlender Leo hereinkam.

„Hallo, Leo, alles klar bei dir?“, fragte Phil erleichtert.

„Alles im grünen Bereich“, antwortete Leo gut gelaunt. „Ich habe es geschafft, zehnmal hintereinander ohne besondere Zwischenfälle zu starten, und das in ein und demselben Fahrzeug. Also, der dritte Wagen war bisher wirklich der beste, den ich unter meinem Hintern hatte.“

„Der dritte Wagen? Was ist aus den beiden ersten Autos geworden?“

„Die haben bei meinen Fahrversuchen etwas die Fassung verloren. Frau Ferrani war zwischendurch übrigens auch mal kurz davor, aber dann hat Melanie mir Nachhilfe gegeben.“ Leo vergewisserte sich, dass von den anderen niemand zuhörte. „Du weißt doch, die niedliche Blonde mit den Sommersprossen, mit der ich am Freitag Brombeeren gefuttert habe. Zum Glück war sie eine Spur schneller als Susanne. Als die das mitgekriegt hatte, wollte sie Melanie wegtragen, aber die hat sich nicht abservieren lassen. Und dann ging plötzlich alles wie geschmiert. Und bei dir?“

Phil sah Leo ungläubig an. „Mensch, Leo, jetzt reißen sich schon die Mädels um dich. Ich fasse es nicht!“ Er machte eine kurze Pause „Tja, was soll ich sagen, der Michael Schumann ist cool und die Wagen sind unglaublich schnell. Ich hätte nie gedacht, dass Autofahren solchen Spaß macht.“

„Na ja, wenn Melanie neben mir sitzt, find’ ich es auch ganz nett. Ohne Auto wär’s natürlich noch besser.“

Am Mittagsbüfett entschied sich Leo erneut für eine große Portion von der veilchenblauen Furchtlossuppe. „Mensch, pass bloß auf mit dem Zeug, sonst wirst du noch übermütig“, warnte Phil, der einige Löffel von dem neutralen Sattmacher auf seinen Teller klatschte.

An der langen Tafel auf dem Balkon winkte Susanne Leo zu und deutete auf den leeren Stuhl neben sich. Sehnsüchtig schaute Leo auf die freien Plätze neben Melanie. Phil rettete die Situation, indem er sich so hinsetzte, dass zwischen ihm und Melanie ein Stuhl für Leo frei war. Leo zuckte bedauernd die Schultern, als ob er keine Wahl hätte, und ließ sich neben Melanie nieder.

„Was liegt heute noch an?", wollte Phil von Paul wissen, der ihm gegenüber saß.

„Habt ihr die Hausordnung etwa immer noch nicht im Kopf?", erwiderte Paul mit gespielter Entrüstung. „Von drei bis vier Uhr ist Mittagsruhe, das heißt Abschlaffen auf den Zimmern. In dieser Zeit geht Trixi auf Patrouille."

„Wer ist Trixi?", unterbrach ihn Phil.

„Beatrix Schwan. Wer würde sonst Jagd auf unvorsichtige Schüler machen? Nach der Mittagsruhe ist übrigens Freizeit angesagt. Ihr könnt schwimmen, Muskeln trainieren, Eis essen oder euch zum freiwilligen Arbeitseinsatz bei Frau Schwan melden. Dafür wären euch übrigens alle dankbar, dann lässt sie nämlich uns in Ruhe. Apropos Ruhe – die herrscht ab Punkt zehn Uhr, und zwar gnadenlos. Wer sich danach noch auf dem Flur erwischen lässt, ist fällig."

„Was passiert mit ihm?", fragte Leo.

„Wissen wir nicht, das hat sich noch keiner getraut, aber Trixi liegt garantiert auf der Lauer." Paul stand auf. „Na dann, man sieht sich – spätestens zum Abendessen halb sieben hier."

Nach und nach leerte sich der Tisch. Auch Melanie war gegangen und Leo hatte es plötzlich eilig, ins Zimmer zu kommen, denn es war kurz vor drei. Phil überholte ihn und wollte die Tür öffnen, aber sie war verschlossen.

„Na toll, Frau Schwan hat vergessen, uns den Schlüssel zu geben. Was nun?"

„Jetzt kommen wir nicht rein."

„Danke für den Tipp!"

„Wir müssen sie suchen." Leo machte ein Gesicht, als würde er in eine Zitrone beißen.

„Wahrscheinlich hat sie ihr Büro unten in der Halle. Wir könnten uns auf dem Weg dorthin in aller Ruhe umgucken.“ Phil schlenderte den Flur entlang. „Hier haben die Türen Nummern, das sind sicher Schlafräume.“

Auch auf der anderen Treppenseite waren die Türen durchnummeriert, bis auf den Speisesaal am Ende des Ganges.

Eine Etage tiefer setzten sie ihren Rundgang fort. Alle Räume waren verschlossen, unter ihnen der Unterrichtsraum mit den Fahrsimulatoren. Eine Tür, auf die ein Schwert gemalt war, bewegte Leo zu einer raschen Umkehr.

Im Erdgeschoss entdeckten sie neben dem Büro des Direktors eine Tür, auf der mit geschwungenen, goldenen Buchstaben stand:

Beatrix Schwan
Stellvertretende Schulleiterin
Ausbildungs-, Personal- und
Gebäude-Management

„Treffer“, sagte Phil. „Wie konnten wir das bisher übersehen, wo Frau Schwan doch so wichtig ist?“

Leo war unnatürlich blass. „Bringen wir es hinter uns“, flüsterte er.

Auf Phils Klopfen reagierte niemand. „Schauen wir uns mal auf der anderen Seite um.“

Rechts von der Treppe stießen sie auf Türen mit der Aufschrift *Gästezimmer, Reinigung, Küche, Krankenstation, Kraftraum* und *Strombehandlung*, die ohne Ausnahme abgeschlossen waren.

„Ob es einen besonderen Grund dafür gibt, dass die Krankenstation genau zwischen Küche und Kraftraum liegt?“, fragte Phil belustigt.

„Strombehandlung finde ich viel gruseliger. Ob Frau Schwan hier unbeugsame Schüler zur Vernunft bringt?“, fragte Leo schaudernd zurück.

„Wer weiß. Ob wir nachher ...“

„Was haben Sie hier verloren?“ Wie aus dem Nichts war Frau Schwan aufgetaucht und funkelte sie böse an. „Steht nicht eindeutig in der Hausordnung, die Sie hoffentlich fein säuberlich abgeschrieben haben, dass Sie sich während der Mittagsruhe ausschließlich in Ihrem Zimmer aufzuhalten haben?“

„Genau da liegt das Problem, Frau Schwan. Wir kommen nicht in unser Zimmer und waren deshalb auf der Suche nach Ihnen“, bemerkte Phil ruhig. Leo war hinter seinem Rücken in Deckung gegangen.

„Sie haben doch wohl nicht ernsthaft geglaubt, mich in der Nähe des Kraftraumes zu finden. Mein Büro liegt auf der linken Seite der Eingangshalle und ist kaum zu übersehen.“

„Da haben Sie recht, aber auf unser Klopfen hat niemand reagiert, also haben wir angefangen, nach Ihnen zu suchen“, beteuerte Phil mit Unschuldsmine.

Frau Schwan musterte sie argwöhnisch. Phil konnte sich vorstellen, dass sie ihnen liebend gerne eine Strafe aufgebrummt hätte, nur lieferten sie ihr anscheinend keinen triftigen Grund. Mürrisch führte sie Phil und Leo in ihr Büro.

Sie betraten einen Raum ohne Fenster, dessen einzige Einrichtung aus einem breiten, mit Bürotechnik vollgestellten Schreibtisch, einem niedrigen Drehstuhl und einer Schlafcouch bestand. Die Wände waren mit einem schmuddeligen bräunlichen Stoff bespannt. Ein merkwürdiger Gestank, der offensichtlich von den verkohlten Kügelchen in einer Suppenschüssel ausging, nahm ihnen fast den Atem.

Zunächst kontrollierte Frau Schwan die Abschriften der Hausordnung. Mit einem feuchten Lappen prüfte sie, ob Phil und Leo einen wasserfesten Stift verwendet hatten. Hinter ihrem Rücken tippte Phil sich an die Stirn.

Wortlos legte Frau Schwan die beiden Stapel beiseite. Dann hämmerte sie mit ihren kurzen, dicken Fingern auf der Computertastatur herum. Phil und Leo mussten nacheinander die rechte Hand auf einen Scanner legen und ihren Namen aussprechen.

„Wenn Sie Ihr Zimmer betreten wollen, reicht es aus, wenn einer von Ihnen den Türknauf berührt und seinen vollständigen Namen nennt. Und nun halten Sie mich gefälligst nicht länger von der Arbeit ab.“

„Puh, war das ein Mief da drin“, beschwerte sich Leo, nachdem sie fluchtartig das Büro verlassen hatten. „Ob sie Schafsmist raucht?“

„Das würde erklären, warum sie so übel drauf ist. Bin gespannt, ob es funktioniert.“ Eine Hand am Knauf sprach Phil laut seinen Namen aus, worauf sich die Tür problemlos öffnen ließ. Erschöpft warfen sie sich auf ihre Betten.

Phil war am Einnicken, als er Türengeklapper und Stimmen auf dem Flur hörte. Einen Augenblick später klopfte es. „Phil, Leo, seid ihr da drin?“

Schneller als Leo raffte Phil sich auf und öffnete die Zimmertür. In Badeshorts und Schlappen stand Paul davor. „Kommt ihr mit schwimmen?“

„Wir haben keine Badesachen mit.“

„Macht nichts, die kriegt ihr oben.“

Dem Lärm nach zu urteilen, waren sämtliche Schüler auf der Treppe unterwegs. Sie endete in einem Palmengarten unter der Glaskuppel. Eine Strohhütte zwischen Bäumen diente als Verkaufsstand.

Eine Frau mit hochgestecktem Haar und grell geschminktem Gesicht erhob sich graziös aus einer Hängematte und kam mit breitem Lächeln auf sie zu. Ihr bronzefarbener Körper wurde nur von einem perlenbestickten Tuch verhüllt, dafür trug sie reichlich Schmuck. Die großen, schwarzen Augen waren unverwandt auf Phil gerichtet.

„Dich kenne ich noch gar nicht. Ich bin Sangria“, sagte sie mit einer samtweichen Stimme. Sie streckte ihm ihre zierliche, mit funkelnden Ringen und Armreifen geschmückte Hand entgegen. Phil nahm sie und murmelte „Phil Marten“ in Richtung ihres Bauchnabels. Die Frau fasste mit ihren schlanken Fingern unter sein Kinn und hob mit sanftem Druck seinen Kopf nach oben, sodass er ihr direkt in die Augen sehen musste. Irritiert stellte er fest, dass sie unnatürlich lange, schwarze Wimpern hatte. „Ich habe deinen Namen leider nicht verstanden, mein Lieber.“

Phil merkte, wie er rot wurde. „Phil. Phil Mat’n. Wir hätten gern Badesachen.“

„Nur nicht so schüchtern. Welche Größe darf es denn sein?“ Eingehend musterte Sangria Phil von oben bis unten, was das brennende Gefühl auf seinen Wangen noch verstärkte.

„Ähm, ich bin mir nicht sicher“, sagte er verlegen. Die Frau reichte ihm ein dunkelblaues Bade-Set, bestehend aus Shorts und Badeschuhen. Mit den Worten „Das wird dir sicher gut stehen“ führte sie ihn am Arm zu einer Umkleidekabine in der Strohhütte. Phil war halb benommen von dem schweren, süßlichen Duft, der ihn dort umfing.

Kurze Zeit später zog sich Leo in der Kabine nebenan um. Sie trafen sich vor dem Spiegel. „Passt wie angegossen. Die Frau hat ein ziemlich gutes Augenmaß", stellte Phil fest.

„Sie hat dich ja auch lange genug angestarrt", bemerkte Leo, der sich vergebens bemühte, seinen Bauch vollständig in einer schwarzen Shorts mit leuchtend gelben Bananen zu verstecken. „Bist du sicher, dass du so was tragen willst?", fragte Phil misstrauisch.

„Ganz sicher. Ist nämlich das Einzige in meiner Größe. Es sei denn, ich verzichte darauf, meinen wabbeligen Körper öffentlich zur Schau zu stellen." Traurig betrachtete Leo sein Spiegelbild.

„Na ja, es gibt Schlimmeres", tröstete ihn Phil.

„Was denn zum Beispiel?"

„Ähm, kleine Bärchen auf den Shorts?"

„Hmm."

„Hoffentlich verlangt sie kein Geld dafür", flüsterte Phil.

„Von dir bestimmt nicht. Ich glaube, sie hat dich ins Herz geschlossen." Leo griente.

„Ihr müsst beide nicht bezahlen. Das geht auf Kosten des Hauses", ertönte plötzlich die Samtstimme. „Vi...vielen Dank auch", stotterte Leo, raffte seine Sachen zusammen und stürmte aus der Hütte. Phil beeilte sich, hinterherzukommen. Auf keinen Fall wollte er mit dieser Frau allein bleiben. „Wiedersehen", murmelte er beim Hinausgehen. Paul und Leo warteten. Gemeinsam steuerten sie auf einen Lianenvorhang zu, als Sangria Phils Namen rief. Phil stellte sich taub.

„Du hast etwas vergessen." Alle drei drehten sich um. Während Paul losprustete und Leo erfolglos einen Lachkrampf unterdrückte, hätte Phil sich am liebsten unsichtbar gemacht. Sangria wedelte mit seiner Unterhose. Er musste sie in der Hütte verloren haben. Phil merkte, wie sein Kopf zu glühen anfing. Mit Bodenblick lief er zurück, riss seine Unterhose an sich und nuschelte etwas, das wie „nke" klang. Dann flüchtete er hinter den dichten Vorhang.

Vor ihm krümmten sich Paul und Leo vor Lachen, Phil hingegen blieb der Mund offen stehen. Im ersten Moment hatte er den Eindruck, unter der Glaskuppel in *Sanders' Playworld* zu stehen, nur wirkte hier alles viel größer. Aus dem See winkten die Zwillinge.

Phil stieß Leo den Ellenbogen in die Rippen. „Kommt dir das bekannt vor?" Immer noch glucksend sah Leo sich um.

„Ihr wart schon mal hier?" Paul wischte sich die Lachtränen aus den Augen.

„Nicht direkt", antwortete Phil schnell. Verwundert sah Paul ihn an.

„Was sind das für Räume dort drüben?", lenkte Phil ab.

„Entspannungs- und Massageräume. Neben uns sind die Umkleideräume. Das hier oben ist echt das Beste an der Schule. Schon dafür lohnt sich die Schinderei am Vormittag."

Phil nickte. „Voll abgefahren."

Paul klopfte ihm mitfühlend auf die Schulter. „Vergiss mal das Autorennen für 'ne Weile! Entspann dich!" Er stürmte ins Wasser, seine Schlappen flogen auf den schneeweißen Sand, der das Ufer des Sees bildete. Phil und Leo ließen ihre Sachen fallen und folgten ihm.

Lukas Kranich rollte sich aus einer Hängematte und warf sich der Länge nach in den See. Von Weitem hätte man seine grünen Haare für eine schwimmende Wasserpflanze halten können.

Solange Phil seine Runden drehte, genoss Leo eine Wasserfallmassage. Wenig später waren beide in eine Seeschlacht verwickelt.

Zwischendurch ruhten sie sich in den Hängematten aus oder holten sich von Silvio, dessen Wagen inmitten von Orangen- und Zitronenbäumchen stand, abwechselnd Eis und Getränke.

Zum Abendbrot waren sie so vollgestopft, dass sie sich auf den *Gute-Nacht-Tee* beschränkten.

Rennstrecke mit Hindernissen

Nach zwei Portionen Furchtlossuppe fragte Leo Melanie beim Frühstück, ob sie wieder mit ihm üben würde. Phil war froh, dass Melanie einwilligte. So musste sich Leo wenigstens nicht alleine quälen. Er selbst freute sich auf die Fahrstunden in der Arena.

Nach einigen Runden zum „Aufwärmen“, bei denen Phil dicht hinter Olaf blieb, konzentrierten sie sich auf Überholmanöver. Olaf hatte grundsätzlich etwas dagegen, überholt zu werden, doch Herr Schumann zeigte Phil einige Tricks und schon bald konnte Olaf nicht mehr verhindern, dass Phil ihm davonfuhr.

Nach einer Pause tauchten die anderen Schüler auf, begleitet von Rennfahrern, die Phil aus dem Fernsehen kannte, wie Maik Heckerle, Ralf Schumann, Timmi Reitkönig und Alfons Ferdinand. Jeder Schüler bekam einen Lehrer zugeteilt. Claudia bestand darauf, von Timmi Reitkönig trainiert zu werden – „wegen der schönen, blauen Augen“.

Vergeblich hielt Phil nach Leo Ausschau. Auch Melanie und Frau Ferrani fehlten. Paul vermutete, dass Leo sich immer noch weigerte, mit dem Auto außerhalb der Gummimauern zu fahren.

Herr Schumann winkte Phil und Olaf zu sich heran. „Hier wird es gleich ein bisschen eng. Ich schlage vor, dass wir uns aus dem Staub machen und mal eure Rennstrecke abfahren.“ Er entschied sich dafür, bei Olaf mitzufahren, und wies Phil an, immer dicht hinter ihnen zu bleiben.

Kurze Zeit später setzte sich der schwarze Wagen in Bewegung. Bevor sie die Kurve gegenüber der Tribüne erreichten, verschwand ein Teil der Balustrade im Boden. Phil folgte Olaf auf eine breite Asphaltstraße, die aus der Arena hinausführte. Im Rückspiegel sah er, dass die Balustrade die Ausfahrt sofort wieder versperrte.

Die Straße wand sich abwechselnd nach links und nach rechts, wobei es vorkam, dass hinter einer Kurve mitten auf der Fahrbahn ein Baum wuchs oder ein großer Stein lag. Da sie langsam fuhren, konnte Phil jedem Hindernis rechtzeitig ausweichen.

Nach einigen Kilometern ging es in einen schmalen Tunnel, der in einen Felsen hineinführte. Das kantige Felsgestein sendete ein gelbliches Licht aus, dass jedoch umso schwächer wurde, je weiter sie sich vom Tunneleingang entfernten. Phil nahm den Fuß vom Gaspedal und suchte nach dem Schalter für die Scheinwerfer. Plötzlich hörte er ein hässliches Knirschen. Vor Schreck würgte er den Motor ab. Als er endlich das Licht eingeschaltet hatte, stellte er fest, dass der Tunnel nur wenig breiter als sein Wagen war. Mit dem rechten Außenspiegel musste er die Tunnelwand gestreift haben, zumindest war der nach innen geklappt.

Die Scheinwerfer tauchten den Tunnel in ein gespenstisches Licht, an den Felswänden schimmerten winzige Leuchtkügelchen. Zum Glück sprang der Motor auf Anhieb wieder an. Zuerst war Phil darauf bedacht, Abstand zu den Tunnelwänden zu halten, doch dann wurde er unwillkürlich schneller. Schließlich preschte sein Auto aus dem Ausgang und kam erst weit dahinter zum Stehen. Phil wischte sich die vor Anstrengung feucht gewordenen Hände an seiner Jeans ab und stieg aus.

Der schwarze Wagen parkte am Straßenrand. Herr Schumann befestigte dessen linken Außenspiegel mit Klebeband, Olaf stand daneben. Er verzog den Mund zu einem verächtlichen Grinsen. „Na, Marten, Angst gehabt?"

„Nur, dass der Wagen Kratzer abbekommt, so wie deiner."

Tatsächlich war die Fahrerseite des schwarzen Autos arg zerschrammt und mit einer dünnen, gelblichen Schicht überzogen. Nachdem Herr Schumann mit dem Klebeband fertig war, umrundete er einmal Phils Wagen. Er ließ den Spiegel zurückschnappen. „Ist das alles?"

„Ich glaube, ja."

„Nicht schlecht für den Anfang."

Phils Herz hüpfte vor Freude.

Nach dem Tunnel führte die Straße geradewegs in einen breiten, flachen Fluss. Olafs Wagen erzeugte zwei Fontänen, von denen das Wasser bis auf Phils Scheiben spritze. Auf den abgeschliffenen Kieselsteinen fuhr es sich ungewohnt. Ab und zu sprang ein Fisch zur Seite.

Eine breite Straße brachte sie wieder die Böschung hinauf. Oben teilte sie sich in drei parallel zueinander verlaufende Betonspuren, von denen jede genau für die Spurbreite eines Autos ausgelegt war. Diese Spuren führten durch feinen, gelben Sand wie Schienen durch eine Wüste. Auf beiden Seiten trennte ein hoher Zaun die sandige Ebene von einem Wald.

Der schwarze Wagen scherte aus und wechselte von der mittleren auf die rechte Spur. Phil schaffte es gerade noch, ihm zu folgen. Erst jetzt fiel ihm auf, dass die drei Betonspuren in regelmäßigen Abständen schräg miteinander verbunden waren. Olaf entschied sich für die linke Spur und gleich darauf wieder für die mittlere.

So ging es noch eine Weile hin und her, bis die drei Betonspuren vor einem Feld endeten, das mit grünen Kohlköpfen bewachsen war. Wie ein Hase auf der Flucht wich Olaf ihnen in wilden Haken aus.

Phil fragte sich, was er da trieb. Vermutlich durften sie den Kohlköpfen nicht zu nahe kommen. In der Ferne tauchte eine Hängebrücke auf. Demnach überquerten sie gerade das Feld, das ihm Leo zu Hause auf dem Bildschirm gezeigt hatte. Irgendwo hier musste sich die Stelle befinden, an der er und seine Eltern die digitale Welt betreten hatten. Phil lenkte sein Auto dichter an den Wald heran. Tatsächlich entdeckte er die Eiche mit den zwei Stämmen. Er stoppte und wollte aussteigen, doch Olaf raste laut hupend auf ihn zu.

Herr Schumann hielt den Kopf aus dem Fenster und formte die Hände zu einem Sprachrohr. „Achte auf die Killerkakteen! Sie schießen, wenn sie sich belästigt fühlen.“ Killerkakteen? Phil traute seinen Augen kaum. Die vermeintlich harmlosen Kohlköpfe waren mit fingergroßen, metallisch blinkenden Stacheln besetzt. Und nicht nur das! Anscheinend versuchten sie, ihn zu umzingeln. Eine Pflanze hatte einen ihrer dickfleischigen Auswüchse, an dessen Ende ein besonders großer Stachel wuchs, leicht angehoben und zielte auf Phils linken Vorderreifen.

Keinen Moment zu früh startete Phil und schoss durch eine seitliche Lücke hindurch. Im Rückspiegel sah er, dass die Pflanze den Auswuchs wie einen Arm bewegte. Bevor sie ihn in Schussposition gebracht hatte, war Phil außer Reichweite. Erst auf der Hängebrücke wagte er es, das Tempo zu drosseln.

Die Brücke war schmal und schwankte leicht, aus der Tiefe drang ein tosendes Geräusch herauf. Nach einigen Metern hielten sie an. Phil versuchte, sich die Landschaft rings um den Wald herum einzuprägen. „Du trödelst wie'n Sonntagsfahrer, Marten. Musstest wohl erst die Gegend begucken?", fuhr Olaf ihn an.

„Was kümmert's dich?" Phil beugte sich über das Geländer. Zerklüftete Felsen aus dunkelgrauem bis schwarzem Gestein bildeten eine tiefe Schlucht. Auf ihrem Grund tobte ein reißender Fluss, der nur aus Strudeln und Stromschnellen zu bestehen schien. Wasser spritzte an den Felswänden hoch, in den Tröpfchen brach sich das Licht und erzeugte unzählige farbenprächtige Regenbögen.

Unter und neben der Brücke erstreckte sich ein Netz aus dicken Seilen von einer Felswand zur anderen.

„Ist beeindruckend, nicht wahr?", sagte Herr Schumann. „Hier können Fahrfehler ganz fatale Folgen haben."

Phil nickte. „Kann ich mir vorstellen."

„Deshalb haben wir dieses Sicherheitsnetz gespannt. So kann niemand in die Schlucht stürzen. Allerdings verliert ein Fahrer, der uns ins Netz gegangen ist, meistens das Rennen, denn die Bergung dauert eine gewisse Zeit. Also fahrt lieber vernünftig."

„Was ist, wenn jemand drüber weg fliegt?", mischte sich Olaf ein.

„Das ist unmöglich. Selbst ein Wagen mit Höchstgeschwindigkeit würde darin landen. Aber bisher hat es keiner fertiggebracht, von der Brücke zu fallen."

Ausgerechnet jetzt musste Phil an Leo denken.

„Bevor wir unsere kleine Rundreise dort fortsetzen", Herr Schumann deutete auf das gewaltige Gebirge, das sich auf der anderen Seite der Schlucht vor ihnen auftürmte, „möchte ich euch empfehlen, bei jedem Zwischenstopp unbedingt die Handbremse anzuziehen, andernfalls rollt euer Wagen schneller wieder herunter, als euch lieb ist. Legt jemand Wert darauf, das Anfahren an der ersten Steigung zu üben?"

„Ich weiß, wie man am Berg anfährt." Olaf sah Phil provozierend an.

Phil wäre es lieber gewesen, wenn Herr Schumann bei ihm mitgefahren wäre, doch darum bitten mochte er nicht. Selbstbewusst erwiderte er Olafs Blick. „Und ich muss das nicht extra üben."

„Für dich ist das keine Hürde, da bin ich ganz sicher", ermunterte ihn Herr Schumann. „Gib einfach ein bisschen mehr Gas!"

Sie bestiegen die Wagen und überquerten die Brücke. Je näher sie dem Gebirge kamen, desto bedrohlicher wirkte es. Phil konnte sich kaum vorstellen, dass es einen Weg durch die hohen Felsen gab. Umso überraschter war er, dass eine zweispurige Straße in Serpentinen nach oben führte. Es ging steil bergauf und Phil flehte den Motor an, ja nicht auszugehen. Er legte keinen Wert darauf, zu testen, ob er das Anfahren am Berg wirklich beherrschte.

Obwohl Phil sich auf die kurvenreiche Straße konzentrieren musste, erhaschte er ab und zu einen Blick auf die Landschaft. Zerfurchte und glatte Felsen wechselten sich ab, nur wenige Halme und Moosflechten behaupteten sich auf dem Gestein. Auf einer Hochebene machten sie Halt. Herr Schumann führte sie an den Rand des Felsens.

In der Ferne funkelte das Kuppeldach der Schule. Phil sah die Achterbahn und die Arena sowie einen Teil der Strecke, die sie bisher zurückgelegt hatten. Neben dem Plateau, auf dem sie sich befanden, bildeten die Felsen eine etwas flachere Ebene, auf der sich ein dichter Wald angesiedelt hatte. Zwischen beiden Felslandschaften strömte ein breiter Fluss, der sich donnernd neben einem nahezu rechteckigen Felsvorsprung in die Schlucht ergoss. Weit und breit war keine Brücke zu sehen und die Straße endete auf diesem Felsvorsprung.

Herr Schumann wies nach unten. „Die Straße führt zu der schmalsten Stelle der Schlucht. Sie ist dort, wo ihr die Sprungschanze seht, nur einen Meter breit. Bei einer Geschwindigkeit von mindestens einhundertfünfzig Kilometern in der Stunde schafft ihr den Sprung mühelos."

„Wir sollen über diese Schlucht fliegen?", fragte Phil ungläubig. Fliegende Autos kannte er bisher nur aus Filmen.

„Es sieht schlimmer aus, als es ist", versicherte Herr Schumann.

„Und wenn ich nicht schnell genug bin?"

„Dann bleibst du stecken und wir holen dich wieder heraus. Auch dort haben wir ein Sicherheitsnetz gespannt. Es kann euch absolut nichts passieren."

Phil hatte Angst und es war ihm egal, was Olaf von ihm dachte. Doch auch der wirkte nervös. Er kaute auf seiner Unterlippe und vermied es, jemanden anzusehen.

„Wie geht es danach weiter?" Phil versuchte, noch etwas Zeit zu gewinnen.

„Dreispurig geht es durch den Wald zurück zu dem flachen Fluss, den ihr schon durchfahren habt. Diesmal benutzt ihr eine Brücke. Während ihr im Wald mit variablen Hindernissen zu rechnen habt, wird euch nach der Brücke nichts mehr aufhalten. Bis zur Achterbahn ist die Straße schnurgerade. Für die Fahrer ist das die letzte Gelegenheit, sich ihren Platz zu sichern, denn auf der Achterbahn sind Überholmanöver riskant. Zwar haben zwei Wagen nebeneinander Platz, aber durch die engen Kurven wird es schwierig. Die Arena bildet den Abschluss der Strecke."

Phil schwirrte der Kopf. „Was sind variable Hindernisse?"

„Das sind Hindernisse, die nach dem Zufallsprinzip plötzlich auf der Strecke auftauchen. Das heißt, ihr könnt sie euch nicht einprägen wie auf dem ersten Abschnitt der Strecke, sondern müsst schnell reagieren. Bei jedem Durchgang wechseln die Hindernisse, aber die Anzahl ist für jeden Teilnehmer gleich."

„Ist diese Strecke die Prüfungsstrecke oder gibt es noch eine andere?"

„Das ist die Prüfungsstrecke. Ihr habt drei Wochen Zeit zum Üben, dann findet die öffentliche Prüfung statt. Bis dahin könnt ihr die Strecke mit verbundenen Augen fahren, dafür sorge ich."

„Bei welcher Zeit liegt der Rekord?", ließ sich Olaf vernehmen.

„Bei dreiunddreißig Minuten und sechzehn Sekunden."

„Haben Sie ihn aufgestellt?", fragte Phil neugierig.

„Ja, aber ich müsste mich sehr irren, wenn es nicht demnächst eine neue Bestzeit geben wird", antwortete Herr Schumann augenzwinkernd. „Na dann, gehen oder besser fahren wir es an! Alles klar, Phil? Beim Fliegen unbedingt das Lenkrad festhalten, damit du gerade aufkommst. Und denk dran – mindestens hundertfünfzig bis zur Schlucht, sonst verpasst du vielleicht das Mittagessen."

An Essen mochte Phil im Moment nicht denken. Mit einem mulmigen Gefühl im Magen verfolgte er, wie der schwarze Wagen die Straße hinabraste und in einem eleganten Bogen auf der anderen Seite der Schlucht landete. Er fuhr noch etwa hundert Meter und wartete dann. Phil stieg mit weichen Knien ein und startete den Motor. „Ich muss nur genügend beschleunigen und die Sprungschanze erwischen", murmelte er. Immerhin war sie so breit, dass sogar zwei Autos nebeneinander darauf Platz hatten. Man könnte direkt ein Autowettspringen veranstalten, dachte Phil, doch sein Versuch, sich mit dieser Vorstellung selbst aufzumuntern, scheiterte.

Er holte tief Luft und gab Gas. Als der Zeiger des Tachometers die Zahl Einhundertfünfzig erreicht hatte, erstarrte sein Fuß auf dem Pedal. Kurz vor der Schanze kontrollierte er ein letztes Mal die Geschwindigkeit, dann hob er auch schon ab. Für einen Moment schloss Phil die Augen. Das Gefühl, zu fliegen, war überwältigend, besser als ein Sprung vom Zehn-Meter-Turm. Bei der Landung wurde Phil allerdings heftig durchgeschüttelt.

Herr Schumann hielt seinen gestreckten Daumen aus dem Fenster und die Fahrt ging weiter. Bald darauf erreichten sie den Wald. Eine Weile geschah nichts und in Phil keimte die Hoffnung auf, dass man die variablen Hindernisse vergessen hatte. Noch während er beobachtete, wie Olaf einem Wildschwein auswich, krachte er in einen Hirsch hinein. Phil drückte das Bremspedal fast bis auf den Fahrzeugboden und hielt schützend die Arme vors Gesicht. Sein Wagen schlingerte. Erschrocken griff Phil nach dem Lenkrad, um nicht von der Straße geschleudert zu werden. Der Hirsch war weg, als hätte er sich in Luft aufgelöst. Gerade wollte Phil anhalten, als ein ausgewachsener Adler auf ihn zuflog. Er hatte Mühe, ihm auszuweichen, denn der Vogel hatte es anscheinend auf ihn abgesehen. In letzter Sekunde riss Phil das Steuer herum und entging so dem Zusammenstoß. Mit hämmerndem Herzen setzte er die Fahrt fort.

Das nächste Hindernis ließ nicht lange auf sich warten, ein Baum versperrte die halbe Straße. Kurz vor dem Ende des Waldes konnte Phil nur durch einen gewagten Schlenker verhindern, dass ihm eine Kröte unter die Räder geriet.

Auf der freien Strecke jagte Olaf davon. Phil trat das Gaspedal voll durch, um ihn wieder einzuholen. Die Straße fuhr sich gut und Phil fragte sich, warum nicht die gesamte Strecke so harmlos sein konnte. Nur um den Spielern ein bisschen Nervenkitzel zu verschaffen, dachte sich jemand solche Schikanen aus. Phil musste grinsen, als ihm einfiel, wer sich diese Schikanen ausgedacht hatte – und für wen.

Bald tauchte die Achterbahn vor ihm auf. Die Straße verengte sich und wand sich in einer Spirale nach oben. Anschließend ging es in Schlingen und Achten auf und ab. Zum Schluss führte eine sanfte Biegung zur Arena.

Als sie sich dem Oval näherten, verschwand wiederum die Balustrade und Phil sah, wie unterhalb der Tribüne ein roter Wagen in die aufgereihten Autos raste, worauf einige von ihnen durch die Luft gewirbelt wurden. Schüler und Lehrer brachten sich in Sicherheit.

Phil wünschte sich, dass Leo nach wie vor auf dem Übungsplatz das Anfahren übte und somit nicht der Unglücksfahrer sein konnte. Er parkte seinen Wagen etwas abseits. Inzwischen waren einige Fahrlehrer herbeigeeilt. Sie öffneten die zerbeulte Tür des roten Wagens. Heraus kletterte leichenblass und am ganzen Körper zitternd – Leo. Er tat Phil unendlich leid, als er so kläglich dastand.

Rennfahrer Maik Heckerle half Leo beim Abnehmen des Helms. „Bist du in Ordnung?"

„Ich ja, aber die Autos ..." Leo schluckte.

„Um die Wagen kümmern wir uns später. Gönn dir eine kurze Verschnaufpause, dann suchst du dir einen neuen Wagen. Nächstes Mal komme ich wieder mit." Er klopfte Leo auf die Schulter, sodass der noch ein wenig mehr einknickte.

Mit gesenktem Kopf schlich Leo an den Lehrern und Schülern vorbei.

„Deine erste Runde?", fragte Phil mitfühlend.

Leo nickte bekümmert. „Die erste ohne Trainer."

„Und wie viele bist du schon mit deinem Lehrer gefahren?"

„Dreißig oder vierzig. Wenn jemand neben mir sitzt und sagt, was ich tun soll, geht alles viel besser."

Eine Pause entstand.

„Und wie lief es bei dir heute?"

„Wir sind die gesamte Rennstrecke abgefahren, aber langsam."

„Und – ist es gefährlich?"

Phil dachte an den engen Tunnel, die schießenden Kakteen, die beweglichen Hindernisse und den Flug über die Schlucht. Konnte er Leo das jetzt antun?

„Eigentlich nicht. Mit ein bisschen Übung kriegt das jeder hin."

„Wenn du dich da mal nicht irrst. Erzähl mir was über die Strecke! Hat sie viele Kurven?"

„Kurven ... gibt es einige, außerdem ein paar Hindernisse und einen Tunnel, und dann fährst du über ein Feld mit … ähm ... merkwürdigen Grünpflanzen. Es grenzt an den Wald mit der zweistämmigen Eiche, dahinter kommt die Brücke. Du hast mir die Stelle am Monitor gezeigt – erinnerst du dich?"

„Sehr gut sogar. Da hatte ich noch keine Ahnung, worauf ich mich einlasse."

„Möchtest du lieber bei Frida bleiben?"

Melanie kam herübergeschlendert. Leos Miene hellte sich etwas auf.

„Nein, ich habe doch versprochen, dir zu helfen. Solange sie mich lassen, werde ich das eine oder andere Auto noch schrotten."

Michael Schumann winkte Phil zu sich heran. Phil nickte. „Ich muss gehen. Und Leo – du kriegst das hin!"

„Was, die Autos zu schrotten?", rief Leo ihm nach.

Herr Schumann tippte auf seine Armbanduhr. „Eine zweite Runde schaffen wir heute leider nicht mehr. Ich möchte gern die Strecke mit euch auswerten."

Im Unterrichtsraum des Flachbaus sahen sie sich an einem der in die Tische eingelassenen Bildschirme nacheinander die Filme von Olafs und Phils Testfahrt an. Phil hatte das Gefühl, als säße er erneut hinter dem Steuer. Das gesamte Armaturenbrett war sichtbar, der Blick durch die Frontscheibe wurde als Panoramabild dargestellt. Von Phil und Olaf war nicht viel zu erkennen. Ohne Herrn Schumann als Beifahrer wären sie in ihren roten Anzügen und Helmen unmöglich zu unterscheiden gewesen. Jede ihrer Schalt- und Lenkbewegungen war aufgezeichnet worden, in Bild und Ton. Selbst das knirschende Geräusch, das Phils Außenspiegel im Tunnel verursacht hatte, war deutlich zu hören. Die Sicht im Tunnel war wegen der Dunkelheit schlecht. Allerdings konnte man einen hübschen Funkenflug beobachten, als Olafs Wagen an der Tunnelwand entlangschrammte.

Insgesamt war Herr Schumann mit seinen beiden Schützlingen zufrieden, nur der überfahrene Hirsch kostete Phil zwei Strafminuten. Das Tier erschien mit gesenktem Geweih und scharrenden Hufen auf dem Bildschirm.

Draußen zog eine lärmende Schülerschar vorbei. Kurz darauf rumorte es in den Umkleideräumen. Herr Schumann zeigte noch den Film zu Ende. Als Phil und Olaf sich endlich umgezogen hatten, waren die anderen schon unterwegs zur Schule. Susanne Bartels hatte sich bei Leo untergehakt und schleifte ihn neben sich her. Melanie lief hinter den beiden. Phil sprintete an ihr vorbei und griff Leo unter den noch freien Arm.

„Ähm, Susanne, ich muss mal dringend mit Leo unter vier Augen sprechen. Ob du ihn mir bitte überlassen würdest?“

Widerwillig zog Susanne ihren Arm zurück. Leo seufzte erleichtert. „Danke, jetzt habe ich nur noch *ein* großes Problem.“

„Welches denn?“

„Autofahren!“

Küchendienst

Nach dem Mittagessen liefen Phil und Leo zur Kuppel. Sangria schlummerte in ihrer Hängematte. Als sich Phil und Leo vorbeischleichen wollten, öffnete sie ihre Augen einen Spaltbreit. „Hallo, ihr zwei, kann ich euch etwas Gutes tun?"

„Nein danke, Frau ... ähm ... Sangria. Nur keine Hektik!", rief Phil. Sie verschwanden hinter dem Lianenvorhang.

In der Umkleidekabine merkte Leo, dass er seine Badeshorts vergessen hatte. „Oh Mann, noch mal Treppe steigen", maulte er.

„Lass dich nicht von Frau Schwan erwischen, es ist Mittagsruhe!", warnte Phil, bevor er sich in den See stürzte. Nach einigen Runden Brustschwimmen genoss er es, einfach auf dem Wasser zu treiben. Plötzlich rief ihn jemand. Am Ufer stand Leo – in Jeans.

„Was ist los?"

„Ich krieg' die Tür nicht auf."

„Du musst den Türdrücker anfassen und deinen Namen aussprechen."

„Hab ich doch, aber es tut sich nichts."

Gemächlich kraulte Phil ans Ufer und zog sich um. Leise gingen sie die Treppe hinunter. Ohne Probleme öffnete Phil die Zimmertür. Er schloss sie wieder. „Jetzt du!"

Leo griff nach dem Knauf und sagte laut „Leo Kissing", aber die Tür ließ sich nicht öffnen. Auch der zweite Versuch scheiterte. Schließlich rüttelte er am Knauf und brüllte seinen Namen.

„Mensch, Leo, sei bloß still! Wir fragen nachher Frau Schwan. Bestimmt hat sie bei deinem Namen einen Fehler gemacht."

„Frau Schwan pflegt keine Fehler zu machen", fauchte jemand hinter ihnen. Phil fluchte lautlos und drehte sich um. Leo klammerte sich am Türgriff fest.

„Unbefugtes Lärmen in der Mittagsruhe bedeutet einen Verstoß gegen die Hausordnung. Dafür werden Sie beide für den Rest des Tages Strafarbeit in der Küche leisten!“ Triumphierend funkelte Frau Schwan sie an.

„Aber vorher erklären Sie uns, warum Leo diese Tür nicht aufbekommt.“ Es gelang Phil schlecht, seinen Ärger über den verdorbenen Nachmittag zu verbergen.

Frau Schwan baute sich drohend vor ihm auf, was sehr lächerlich wirkte, weil sie mehr als einen Kopf kleiner war als er.

„Leo ist kein vollständiger Name. Koseform für Leopold hat mir der Computer bei der Eingabe mitgeteilt. Wir sind kein Kindergarten! In dieser Schule wird Herr Kissing unter dem Namen Leopold Kissing geführt. Versuchen Sie es!“

Entsetzt starrte Leo sie an. „Leopold Kissing?“ Die Tür gab augenblicklich nach und Leo stolperte ins Zimmer.

„Sie können hier doch nicht willkürlich die Namen ändern“, empörte sich Phil.

„Was meinen Sie, was ich alles kann“, erwiderte Frau Schwan. Dann wandte sie sich an Leo: „Was immer Sie hier wollten, werden Sie in der Küche nicht brauchen.“

„Möchte wissen, wie sie das fertiggebracht hat. Ob sie meine Stimme imitieren kann?“, raunte Leo Phil zu, während sie ihr ins Erdgeschoss folgten.

Ein hagerer Mann mit grauem Spitzbart empfing sie im weißen Kittel. In der Hand hielt er einen dampfenden Erlenmeyerkolben, der mit einer violetten Flüssigkeit gefüllt war.

„Guten Tag, Hubertus!“

„Sei gegrüßt, Beatrix. Ah, wie ich sehe, hast du mir die versprochene Hilfe gebracht. Vielen Dank. Wie lange darf ich sie behalten?“

„Solange du sie benötigst. Morgen früh um acht Uhr beginnt der Unterricht, daran müssen sie teilnehmen.“

„Wunderbar, wunderbar. Na dann, an die Arbeit, es gibt viel zu tun.“

Der Mann gab Frau Schwan zum Abschied ein kleines Päckchen, das sie umgehend in einer Tasche ihres weiten Kleides verschwinden ließ. Phil und Leo bekamen weiße Kittel. Zunächst mussten sie das schmutzige Geschirr und die Essensreste aus dem Speisesaal holen. Dazu fuhr

Herr Pampus, so hatte er sich vorgestellt, mit ihnen in einem großen Lastenaufzug in die zweite Etage. Der hielt genau hinter dem Mittagsbüfett. Mühelos konnten sie die komplette Theke und den Wagen mit dem schmutzigen Geschirr hineinrollen. „Jetzt weiß ich auch, wie Frau Schwan so schnell die Treppe raufgekommen ist“, flüsterte Phil.

Mit dem Reinigen des Geschirrs waren Phil und Leo eine Weile beschäftigt. Herr Pampus war derweil hinter einer Tür mit der Aufschrift *Labor* verschwunden.

„Was ein Labor wohl in einer Küche zu suchen hat?“ Vergebens bemühte sich Leo, durch das Schlüsselloch etwas zu erkennen.

„Wahrscheinlich wird dort unser Essen zusammengebraut“, vermutete Phil.

Beim Inspizieren der Kücheneinrichtung kam Leo zu dem Ergebnis, dass der Backofen noch nie benutzt worden war. „Dabei könnte ich gerade jetzt einen Schokoladenkuchen vertragen.“

„So was werden wir hier kaum finden.“

Herr Pampus brachte ihnen dicke Bündel verschiedener Kräuter, Blumen und Wurzeln. Er zeigte ihnen, was sie damit machen sollten. Für jede Sorte stellte er ihnen ein dickbauchiges, beschriftetes Glas hin. Phil und Leo hatten Mühe, nichts durcheinanderzubringen.

Einmal war Phil nicht mehr sicher, ob er gerade die Furchtlosminze oder die Schlafmelisse bearbeitete. Leo empfahl ihm zu kosten und bot an, allein weiterzumachen, falls es die Schlafmelisse war. Phil probierte ein Blatt. „Es schmeckt nach Pfefferminze.“ Er schüttete den beachtlichen Haufen von seinem Brett in das Glas für die Furchtlosminze. Einige Minuten später konnte Leo gerade noch verhindern, dass Phil aus der Küche geradewegs in das Büro von Frau Schwan stürmte, um seinem Ärger über Leos verschandelten Namen Luft zu machen.

„Ich glaube, du solltest lieber die Finger davon lassen.“ Leo zog das Bündel mit der Furchtlosminze zu sich herüber, einige Blätter ließ er dabei in seiner Hosentasche verschwinden.

Schon bald begannen die Vorbereitungen für das Abendessen. Während Herr Pampus am Herd hantierte, füllten Phil und Leo die fertigen Speisen und Getränke in Krüge und Schüsseln und richteten das Büfett an. Herr Pampus rief ihnen zu, welche Beschreibung zu welchem Gefäß gehörte. In der Eile verwechselte Leo den *Gute-Nacht-Tee* mit dem *Aufmunterungstrunk*, was zur Folge hatte, dass einige der Schüler abends in den Fluren herumalberten, anstatt in ihren Betten zu liegen, sehr zur Freude von Frau Schwan, die auf diese Weise für die restliche Woche Küchenhilfen einteilen konnte.

Phil und Leo hatten kaum Zeit zum Essen, erst spätabends durften sie gehen. Müde und kaputt schlurften sie die Treppe hoch. Phil ging noch ein Stockwerk höher, um seine Badeshorts aus dem Umkleideraum zu holen. Es duftete nach frisch gewaschenen Handtüchern.

Er überlegte, ob er sich noch einmal umziehen sollte. Im See spiegelte sich der Nachthimmel. Ein unnatürlich großer Mond und viele blinkende Sterne glitzerten auf der glatten Wasseroberfläche. Plötzlich verblasste ein Teil der Sterne und Phil machte die Umrisse eines Schattens von enormer Größe aus, der langsam über die Kuppel hinwegschwebte. Er folgte ihm bis zum Ende des künstlichen Strandes. Als Phil gerade gehen wollte, löste sich ein Teil des Schattengebildes und kam direkt auf ihn zu. Phil erstarrte. Aus zwei kaum wahrnehmbaren, schimmernden Pünktchen wurden leuchtend rote Augen, die schließlich so nah waren, dass Phil die Pupillen erkennen konnte: ein schwarzer Strich längs durch das glühende Auge. Die Augen waren riesig, dieses Wesen musste um einiges größer als er selbst sein. Es schaute ihn unablässig an. Schließlich schaffte Phil es, sich aus seiner Starre zu lösen. Er beeilte sich, die Kuppel zu verlassen. Auf der Treppe warf er noch einmal einen Blick aus dem Fenster und stolperte fast, denn ein Paar roter Augen stierte durch das Glas. Die restlichen Stufen berührte Phil kaum, so schnell bewegte er seine Füße. Er packte die Türklinke, stieß seinen Namen aus und stürmte ins Zimmer. Die Tür krachte ins Schloss, schwer atmend lehnte er sich dagegen. Seine Augen versuchten, die Dunkelheit hinter der Fensterscheibe zu durchdringen. Für einen Moment glaubte Phil, glühende Lichter zu sehen.

Leos Kopf schraubte sich aus dem Kissen. „Is'n los?"

„Ich habe Schatten gesehen. Mit roten Augen", keuchte Phil.

Leo sank in sein Kissen zurück. „Wer hat'n Schatten?", murmelte er und drehte sich auf die Seite. Seine gleichmäßigen Atemzüge verrieten Phil, dass er wieder eingeschlafen war.

Mir rasendem Puls verkroch sich Phil unter der Bettdecke. Wilde Träume von rotäugigen Drachen, die ihn in die Schlucht werfen wollten, bescherten ihm eine unruhige Nacht.

Am nächsten Morgen fühlte er sich, als hätte er kaum geschlafen. Auch Leo wirkte müde. Zerstreut zog er zwei verschiedene Socken an und bemerkte nicht, dass er sein T-Shirt verkehrt herum trug.

Beim Frühstück entschieden sich beide für den blassrosa Kraftpudding, wobei Leo zusätzlich eine große Portion von der Furchtlossuppe verdrückte.

Während des Fahrtrainings entspannte sich Phil. Er und Olaf fuhren die Strecke allein, Herr Schumann verfolgte ihre Fahrt auf dem Bildschirm.

Phil legte gute Zeiten vor. Zwar fuhr Olaf schneller als er, doch er machte viele Fehler, indem er einige Hindernisse rammte und mehrere Tiere ignorierte. Eine getigerte Katze musste sogar zweimal dran glauben. Bei der Auswertung kratzte sie fauchend von innen am Bildschirm. Nicht ohne Schadenfreude lachte Phil über Olafs verdattertes Gesicht. Er selbst fuhr nahezu fehlerfrei. Seine Lieblingsstrecke wurde das Gebirge, insbesondere der Flug über die Schlucht.

Dreimal schafften sie es, die Rennstrecke zu absolvieren. Dazwischen gab es kurze Pausen für die Auswertung und einen kleinen Imbiss bei Silvio, der mit seinem Wagen unterhalb der Tribüne stand.

Leo sah Phil erst auf dem Weg zum Mittagessen. Diesmal hatte sich Melanie vorsorglich bei ihm eingehakt und Phil ließ die beiden allein. Auch während des Essens hatte Phil keine Gelegenheit, mit Leo zu sprechen, weil sich dieser mit Melanie an einen der kleinen Tische zurückgezogen hatte.

Noch bevor Phil mit dem Essen fertig war, verließ Leo den Balkon, ohne jemanden eines Blickes zu würdigen.

Da er nicht im Zimmer war, vermutete Phil ihn unter der Kuppel. Dort fand er ihn schließlich auch, zusammengerollt in einer Hängematte. Phil hockte sich daneben in den warmen Sand. „Wie geht es dir?"

„Grottenschlecht."

„Bist du die Strecke abgefahren?"

„Ja, und vielen Dank auch, dass du mich vorgewarnt hast. Von wegen, das ist nicht schlimm. Ich dachte, ich muss sterben. Und wenn nicht Maik Heckerle neben mir gesessen hätte, wäre ich auch gestorben – todsicher!"

Phil schwieg betreten.

„Ich glaube, ich bin zu dämlich zum Autofahren."

„Vielleicht redest du dir das nur ein?"

„Ach ja? Heute habe ich zur Abwechslung mal nur zwei Wagen zu Schrott gefahren, aber nur, weil Herr Heckerle mir ab und zu ins Lenkrad gegriffen hat. Am besten schicken sie immer gleich eine Kolonne mit Ersatzwagen hinter mir her. Wenn ich fertig bin, können sie dann meine Blechhaufen einsammeln." Leo war den Tränen nah.

Phil hatte keine Idee, wie er ihn aufmuntern könnte. Er sah zu Silvio hinüber.

„He, Leo, was hältst du von einem Mega-Eis?"

„Als ob das hilft." Eine Weile lag Leo regungslos da, dann flüsterte er auf einmal: „Ich möchte die größte Waffel mit Schokoladeneis, darüber Schokosoße und extra viel Raspelschokolade obendrauf."

Als Phil die Bestellung bei Silvio aufgab, zitterte dessen Schnauzbart. „Na, da hat wohl jemand Kummer?"

„Kann man wohl sagen."

„Das wird schon wieder. Egal, was passiert, Silvios Gute-Laune-Eis ist besser als jeder Pamps, den der alte Hubertus Pampus zusammenrührt." Er drückte Phil zwei große Eistüten in die Hand.

Nach dem Eis besserte sich Leos Stimmung und er war sogar bereit, mit Phil um die Wette zu schwimmen.

Ein Auto für Leo

Am nächsten Morgen verteilte Frau Ferrani Namensschilder.

Leo fluchte: „Diese alte Hexe!“ Auf dem weißen Stoff seines Schildes leuchtete in fetten Buchstaben LEOPOLD KISSING.

Irritiert sah Frau Ferrani ihn an. „Stimmt was nicht?“

„Ich heiße nicht Leopold, sondern Leo. Schlicht und einfach Leo!“ Leos Stimme vibrierte.

„Aber das ist doch kein Grund, sich so aufzuregen. Wir nennen dich weiterhin Leo, ist doch auch viel kürzer.“

Im Umkleideraum gab es Gelächter, als Leo das Stück Stoff auf das Rückenteil seines Anzugs heftete.

„Sag mal, willst du allen Ernstes Leopold genannt werden?“, fragte Kai Trabitz.

„Nein danke. Leo reicht mir vollkommen“, antwortete Leo gereizt.

„He Poldi, wie viele Wagen hast du dir für heute vorgenommen?“, rief Stefan Wuttig. Das war zu viel für Leo. Mit hochrotem Kopf rannte er nach draußen, die Schuhe in der Hand.

„Er heißt Leo, und jedem, der sich das nicht merken kann, schreibe ich es gerne auf“, sagte Phil laut. Er schnappte sich Leos Helm und Handschuhe und ging zur Tür.

„Uuhh, Poldis Freund hat ein Machtwort gesprochen. Willst du uns etwa drohen, Marten?“, ließ sich Stefan vernehmen, der näher an Olaf herangerückt war.

Phil drehte sich noch einmal um. „Aber nicht doch, Wuttig, ich wollte dir nur eine kleine Gedächtnisstütze anbieten. Aber einen Namen mit drei Buchstaben kriegst du vielleicht auch so hin.“ Damit verließ er die Umkleide.

Leo kämpfte mit einem Doppelknoten in seinem linken Schnürsenkel, als Phil ihm den Rest der Ausrüstung brachte.

Unterwegs zur Arena klopfte Stefan Leo auf den Rücken. „Nimm es halb so schwer!“, sagte er versöhnlich, bevor er Olaf hinterherlief.

Melanie stieß etwas später zu ihnen. Sie riss Leo einen Zettel mit der Aufschrift *Bitte um Futterspenden!* vom Rücken.

„Was war das?“, fragte Leo misstrauisch.

„Ich habe nur dein Namensschild glatt gestrichen. Übrigens gefällt mir dein richtiger Name.“

„Mein richtiger Name ist LEO!“

„Ist ja schon gut. Bin gleich wieder da.“

Melanie wartete auf Claudia. Etwas später klebte der Zettel an Stefans Rücken. Das Wort *Futter* war mit rotem Lippenstift durchgestrichen und durch *Gehirnzellen* ersetzt worden.

In der Arena verkündete Frau Ferrani den Schülern, dass jeder für sich die Strecke üben dürfe. Die Fahrlehrer würden sie nach den einzelnen Runden erwarten. Leo startete als Letzter. Er saß in einem Wagen, der aus den Resten verschiedenfarbiger Autowracks zusammengesetzt worden war.

Bei seinem letzten Rennen sah Phil kurz vor dem Ende des Waldes ein grünes Auto an einem Baum kleben. Er bremste scharf und stieg aus. Mit tassengroßen Augen saß Leo hinter dem Lenkrad, den leeren Blick auf den Baumstamm gerichtet. Phil riss die Tür auf und half ihm, aus dem demolierten Wagen zu klettern. „Ich nehme dich mit. Ich glaube, dein Auto ist fahruntüchtig.“

Leo ächzte. „Das bin ich auch.“

Als Phil startete, rauschte Olaf an ihnen vorbei.

„Was ist mit dem bunten Auto passiert?“, fragte Phil und fuhr los.

„Den ersten Wagen habe ich am Tunnel zerlegt. Hab irgendwie die Einfahrt verpasst. Den Ersatzwagen habe ich in den Sand gesetzt, den mussten sie nur wieder rausziehen. Dafür hat ein Kaktus anschließend beide Hinterreifen erwischt. Dafür konnte ich wirklich nichts.“

„Und wie bist du über die Schlucht gekommen?“

„Mit neuen Reifen. Auf der Brücke bin ich ganz vorsichtig gefahren. Irgendwer hat wie wild hinter mir gehupt, danach bin ich noch langsamer geworden."

„Hast du gesehen, wer es war?"

„Klar, gleich hinter der Brücke hat er mich überholt. Es war Stefan Wuttig. Beinahe wäre er gegen die Felswand gedonnert, als er mir den Stinkefinger gezeigt hat."

„Verdient hätte er es."

„Vor Schreck habe ich zu wenig Gas gegeben und dachte schon, ich rolle rückwärts wieder runter. Melanie hat mich gerettet, sie hat mich durch das ganze Gebirge geschoben. Erst auf dem Plateau hat sie mich überholt. Ich muss mich noch bei ihr bedanken."

„Und dann?"

„Dann habe ich mich rollen lassen. Kurz vor der Schlucht wollte ich bremsen."

Phil stöhnte auf.

„Na ja, ich habe Bremse und Gas verwechselt, so bin ich drübergekommen."

„Glück gehabt. Den Wald hättest du auch beinahe geschafft."

„Ja, wenn ich nicht versucht hätte, einer Wildschweinfamilie auszuweichen. Beim nächsten Mal werde ich einfach durchfahren. Auf die Strafminuten kommt's bei mir sowieso nicht an. Toll wäre nur, wenn ich wenigstens einmal ein Auto heil durchbringe."

Sie hatten das Ende der Rennstrecke erreicht. Phil wurde schon von Michael Schumann und einem verächtlich grinsenden Olaf Junker erwartet. „Diesmal war ich schneller, Marten."

„Es war sehr anständig von dir, Leo mitzubringen, Phil. In der Prüfung solltest du allerdings auf derlei Rettungsaktionen verzichten. Dafür sind wir zuständig", mahnte Herr Schumann.

Da für Phil der Unterricht beendet war, schlenderte er zu dem Computer herüber, an dem Maik Heckerle zusammen mit Leo dessen Rennen auswertete.

Soeben hatte Leo einen Fuchs überfahren. Am Bildschirm erschien ein Friedhof mit sechs Gräbern, auf jedem Grabstein war ein Tier abgebildet. „Kröten und Eichhörnchen gibt's wohl auch?“, staunte Leo. „So was Kleines ist mir noch gar nicht untergekommen.“

„Anscheinend doch. Zum Glück lassen wir keine echten Tiere auf euch los, sonst wären besonders die kleineren Arten bald ausgerottet“, bemerkte Herr Heckerle.

Auf dem Bildschirm setzte sich Leos Wagen wieder in Bewegung. Kurz darauf sah man eine Wildschweinfamilie und wie Leo bei dem Versuch, an ihr vorbeizukommen, auf einen Baum zusteuerte. Es schepperte und der Baum verdeckte einen großen Teil des Bildschirms. Auf der verbliebenen freien Fläche beobachtete Phil, wie sein eigener Wagen mit rauchenden Reifen neben Leos hielt. Während er Leo beim Umsteigen half, blitzten zwischen den Blättern des Baumes, der Leo zum Verhängnis geworden war, zwei leuchtende rote Punkte auf.

„Was war das?“, rief Phil. „Was denn?“ Aufmerksam betrachtete Herr Heckerle den Monitor.

„Eben im Wald, rote Lichter.“ Phils Herz schaltete einen Gang höher, als er an die unheimlichen Augen dachte, die ihn durch die Kuppelwand angestarrt hatten. Herr Heckerle ließ den Film in Zeitlupe einige Sekunden zurücklaufen.

„Da!“ Ungeduldig tippte Phil auf den Bildschirm.

Der Film stoppte. „Diese Lichter meinst du? Das liegt sicher an der Kameraeinstellung. Irgendetwas spiegelt sich dort.“ Schulterzuckend drückte Herr Heckerle auf Wiedergabe.

Allmählich füllte sich der Klassenraum mit aufgedrehten Schülern und erschöpften Fahrtrainern, die nach jedem Rennen, das sie an den Monitoren verfolgt hatten, zur Arena gehetzt waren, um ihre Schützlinge in Empfang zu nehmen.

Herr Heckerle schaltete den Computer aus. „Ihr könnt euch jetzt umziehen. Leo, du wartest bitte anschließend dort. Ich habe eine Überraschung für dich.“

Leo zuckte zusammen. Im Umkleideraum war er noch zerstreuter als sonst. Vergeblich mühte er sich, seine Schnürsenkel mit den derben Schutzhandschuhen zu lösen. „Ob sie mich jetzt rauswerfen?“, murmelte er. Nachdem er endlich seine Schuhe ausgezogen hatte, suchte er verzweifelt seinen Helm. „Wo steckt nur dieses verdammte Ding?“

„Leo, du trägst den Helm auf deinem Kopf, das Visier ist hochgeklappt“, sagte Phil mitfühlend.

„Ach so, ich habe mich schon gewundert, warum mein Kopf so schwer ist.“

Leo nahm den Helm ab und drehte ihn in seinen Händen. „Vielleicht brauche ich den nie wieder.“

Phil fragte sich, ob es für Leo nicht besser wäre, wenn sie ihn gehen ließen. Gemeinsam warteten sie vor der Umkleide. Die anderen Schüler hatten es nicht eilig, zum Essen zu kommen. Sogar Olaf und Stefan blieben in der Nähe. Anscheinend hatte sich herumgesprochen, dass Leo eine Überraschung bevorstand.

Maik Heckerle winkte von der Werkstatt herüber. Die Klasse setzte sich in Bewegung, allen voran Phil und Leo.

Als sie sich vor der gläsernen Halle versammelt hatten, kam Herr Heckerle in einem nagelneuen, hellgrünen Mercedes herausgefahren, gefolgt von zahlreichen Leuten in blauen Arbeitsanzügen. Herr Heckerle bat die Schüler, Platz zu machen, und steuerte dann den Wagen direkt auf einen großen Walnussbaum vor dem Gebäude zu.

Atemlos beobachteten Schüler und Monteure, wie der Mercedes ungebremst gegen den Stamm krachte, im nächsten Moment zurückfederte und zum Stehen kam. Ein Walnussregen ergoss sich polternd auf das Fahrzeug, dessen Vorderseite sichelförmig eingedrückt war. Die Nüsse hinterließen kleine Dellen auf seiner Oberfläche.

Leo schüttelte verständnislos den Kopf. „Und ich dachte immer, wir sollen um die Bäume herumfahren.“

Melanie griff nach seiner Hand. „Guck mal, das Auto!“

Motorhaube und Stoßstange nahmen ihre ursprüngliche Form wieder an, auch die kleinen Dellen verschwanden rasch. Nicht einmal der Lack behielt einen Kratzer.

Die Monteure jubelten. Herr Heckerle wendete das Fahrzeug und lenkte es mit hoher Geschwindigkeit gegen die Glaswand des Gebäudes.

Ein Raunen ging durch die Menge, als der Mercedes vollkommen unbeschadet zurücksetzte.

Freudestrahlend stieg Herr Heckerle aus und klopfte auf das Dach des Wagens. „Der Werkstoff ist eine Neuentwicklung aus den Fasern des Gummibaumes. Er ist extrem zugfest und dabei geschmeidig. Kein Unfall wird mehr Spuren hinterlassen. Das Auto gehört dir, Leo!"

Lauter Beifall ertönte. Leo wusste vor Verlegenheit nicht, was er sagen sollte. Hochrot ließ er sich von Herrn Heckerle den Autoschlüssel überreichen und die Hände schütteln.

„Übrigens werden demnächst alle Schüler einen solchen Wagen erhalten", rief Herr Heckerle.

Begeistert umringten die Schüler den Mercedes, um ihn zu befühlen und zu beklopfen. Alle redeten durcheinander. „Dann kann ich ja im Tunnel voll durchstarten!" „Ob das auch bei den Felsen funktioniert?"

Nur Olaf blickte finster drein. „Ich soll in einem Gummiauto fahren, nur damit sich jeder Depp hinters Lenkrad setzen darf? Ich mach' mich doch hier nicht zum Leopold!" Wütend stapfte er davon. Mit den Worten „Tja, ich muss dann mal..." trottete Stefan ihm nach.

Zuerst hatte es den Anschein, als ob Herr Heckerle die beiden zurückrufen wollte, doch dann winkte er nur ab: „Wir möchten, dass euch nichts passiert und den Wagen möglichst auch nicht."

„Gibt's auch verschiedene Farben, zum Beispiel bananengelb?", wollte Paul wissen.

Herr Heckerle wechselte einen Blick mit den Männern in den blauen Overalls. „Lasst euch überraschen", meinte er vergnügt und hob beide Hände. „Schluss für heute. Wir sehen uns morgen."

Lange nach den anderen trafen Phil, Leo und Melanie auf dem Balkon ein. Bevor sie sich einen Platz suchen konnten, verstellte Olaf Leo den Weg. „Du bist ein Versager, Kissing, eine Schande für die ganze Schule. Nur weil du zu dämlich zum Autofahren bist, werden wir in Zukunft wie Frösche über die Straße hüpfen. Verschwinde bloß, dich brauchen wir hier so dringend wie einen Pickel auf der Nase!"

Nach Leos Gesichtsausdruck zu urteilen, musste hinter seiner Stirn Hochbetrieb herrschen. Langsam hob er seinen Teller mit dem Aufmunterungspudding auf Höhe von Olafs Gesicht, worauf der einen Schritt zurückwich.

Phil stellte seinen Teller bei Paul ab. „Wer hier eine Schande ist, Junker, wird sich noch zeigen. Oder hast du Angst, dass Leo dich irgendwann überholt?“

„Hab schon bessere Witze gehört, Marten. Niemand ist schneller als ich, und schon gar nicht Poldi. Der kann sich ja nicht mal die Strecke merken.“

„Abwarten! Ich werde so lange mit Leo trainieren, bis er es drauf hat.“ Als ob Olaf gar nicht da wäre, suchte Phil sich einen freien Stuhl. Paul schob ihm seinen Teller hinüber. „Hör mal, Phil, wenn ihr noch jemanden braucht … ich mache mit.“

„Ich könnte Leo beibringen, wie man auf zwei Rädern fährt“, rief Lukas vom anderen Ende.

„Nein danke, das habe ich schon oft genug ausprobiert“, lehnte Leo ab.

Susanne Bartels sah Leo verträumt an. „Ach Leo, ich würde mich liebend gern um dich kümmern.“

„Das ist wirklich nicht nötig“, murmelte Leo, der sich neben Melanie setzte.

„Schade, ich wollte dir auch gerade meine Hilfe anbieten“, sagte Melanie enttäuscht.

„Doch, ähm, wenn ich es mir recht überlege, brauche ich doch Hilfe.“ Verlegen machte sich Leo über seinen Puddingberg her.

Hypnose

Trotz Olafs Beleidigungen beim Mittagessen war Leo gut gelaunt. Mit dem neuen, unverwüstlichen Auto und ein paar zusätzlichen Fahrstunden malte er sich Chancen aus, die Rennstrecke irgendwann ohne Katastrophen zu absolvieren.

Für den Nachmittag waren Phil und Leo mit den anderen zum Schwimmen verabredet. Im Umkleideraum trafen sie auf Olaf und Stefan.

Stefan spielte mit einem Stück Seife, indem er es abwechselnd hochwarf und wieder auffing. „Na, Poldi, willst du planschen? Hast du auch eine Gummiente mitgebracht, passend zu deinem Auto?“ Er und Olaf brachen in dröhnendes Gelächter aus.

Leo kehrte ihnen den Rücken zu. Phil hatte inzwischen sein T-Shirt ausgezogen. Stefan zeigte mit dem Finger auf das Drachenamulett, das Phil Tag und Nacht trug, und prustete noch lauter. „He, Marten, ich dachte, Goldkettchen sind nur was für Mädchen!“

Phil umfasste schützend das Amulett und wünschte sich, Stefan würde in die Seife beißen und endlich seinen Mund halten. Im nächsten Moment würgte und spuckte Stefan, nachdem er die angebissene Seife gegen das rechte Schienbein von Olaf geschleudert hatte. Dieser fluchte laut: „Was soll der Blödsinn? Deinetwegen rutsche ich noch aus!“

Prompt stellte Phil sich vor, wie Olaf auf die Seife trat und schwungvoll auf seinem Hintern landete. Sekunden später wälzte sich Olaf auf dem Fußboden. Jetzt waren Phil und Leo diejenigen, die sich vor Lachen bogen. Mit tränenden Augen verließen sie den Umkleideraum.

„Wie kann man nur so dämlich sein?“ Leo konnte sich kaum beruhigen. „Sch...schade, dass nur wir beide das erleben durften“, japste er.

„Ich glaube, ich kriege so was noch öfter hin.“

„Wie denn?"

„Wenn mich nicht alles täuscht, kann ich mit Hilfe des Amuletts den Willen der Spielfiguren beeinflussen. Ist eine Erfindung meiner Eltern. Sie wollten mich zum Geburtstag damit überraschen." Gedankenverloren spielte Phil mit dem Drachenanhänger. „Mensch, Leo, wenn das funktioniert … Das sind ja ungeahnte Möglichkeiten! Warum bin ich nicht eher darauf gekommen?"

Sie standen am Ufer des Sees. „Wir machen jetzt ein Experiment. Achte auf Paul! Ich werde ihn dazu bringen, vor unseren Füßen ein Rad zu schlagen."

Paul schlug ein perfektes Rad, verwirrt blickte er die beiden an.

„Was war das denn eben?", rief Lukas.

„Mir war mal so." Schulterzuckend trabte Paul zurück ins Wasser.

„Achtung, gleich macht Lukas einen Handstand und die Zwillinge schießen dazu Purzelbäume", raunte Phil Leo zu. Lukas lief sogar noch ein Stück auf seinen Händen, während sich Julian und Bastian im Sand kugelten.

Phil klatschte in die Hände. „Danke, das reicht. Ihr wart echt gut, Jungs."

Leo war beeindruckt. „Da kommen diese aufgeblasenen Angeber. Bitte lass Junker und Wuttig stolpern, aber so, dass sie ihre große Klappe voll Sand kriegen."

„Aber gerne doch." Phil grinste.

Sobald sie das Ufer betraten, stellte Stefan Olaf ohne ersichtlichen Grund ein Bein. Olaf fluchte laut und riss Stefan im Fallen mit sich, sodass beide mit dem Gesicht zuerst in dem feinen Sand landeten. Es dauerte eine Weile, bis Olaf seinen Mund so weit gesäubert hatte, dass er Stefan wüst beschimpfen konnte, woraufhin sich dieser immer wieder entschuldigte.

Prustend warfen sich Phil und Leo in den See und genossen den Rest des Tages.

Allerdings konnte Phil trotz des Amuletts Silvio nicht dazu bewegen, ihm ein Eis zu bringen. Als er Olaf heimlich überreden wollte, feuerte ihm dieser die Eistüte vor den Liegestuhl. Phil schob den Misserfolg darauf, dass er sich nicht genügend angestrengt hatte.

Die anderen Mitschüler konnte er leichter beeinflussen und so kam es, dass Leo beim Wettschwimmen gewann, ohne dass er Verdacht schöpfte. Lukas, der für gewöhnlich wie ein Pfeil durch das Wasser schoss, musste beispielsweise grundsätzlich vor dem Ziel seine Badeshorts festhalten.

Leos gute Laune hielt sogar noch am nächsten Morgen an. Immerhin gelangen ihm zwei Testfahrten mit dem neuen Wagen. Zunächst fuhr er sehr langsam. Sobald er jedoch die Erfahrung gemacht hatte, dass ihm kein Baum oder Felsen mehr etwas anhaben konnte, wurde er mutiger. Ab und zu sah man sein Auto auf der Straße hin und her hüpfen. In der Sandwüste und auf dem Kakteenfeld fuhr Leo allerdings wieder im gewohnten Schneckentempo. Merkwürdigerweise schossen die Kakteen nicht auf ihn, wahrscheinlich hielten sie das leuchtend grüne Auto für einen Artgenossen.

Dafür stürzte Stefan Wuttig von der Brücke in das Sicherheitsnetz, als er von einem wütenden Kaktus verfolgt wurde. Es verging viel Zeit, bis man ihn aus seiner misslichen Lage befreit hatte. Der Kaktus wurde eingefangen und weit entfernt von der Rennstrecke wieder ausgesetzt.

Insgesamt waren die Fahrlehrer sehr zufrieden, vor allem Maik Heckerle. Pünktlich entließen sie ihre Schützlinge ins Wochenende.

Phil und Leo wollten sich das Mittagessen ersparen und die Schule vorzeitig verlassen. Am Hauptausgang liefen sie Frau Schwan in die Arme, die sie aufgrund des verfrühten Aufbruchs dazu verdonnerte, sämtliche Flure und Treppen zu reinigen. Am Abend wollte Frau Schwan ihre Arbeit dann prüfen und sie erst nach Hause entlassen, wenn es keinerlei Beanstandungen gab. Sie öffnete ihnen eine kleine Kammer mit Putzutensilien und verschwand in ihrem Büro.

„Das war's dann." Leo kauerte sich auf die unterste Treppenstufe. Melanie kam und setzte sich neben ihn. „Ihr hattet es vorhin so eilig, ich hatte gar keine Gelegenheit, euch ein schönes Wochenende zu wünschen." Sie sah Leo vorwurfsvoll an.

„Dazu hast du jetzt noch lange Gelegenheit", erwiderte Phil an seiner Stelle. „Wir machen hier nämlich noch ein bisschen sauber."

Melanies Lachen war eine Mischung aus Schadenfreude und Mitleid. „Hat euch Trixi also erwischt?"

„In der Tat. Hast du nicht Lust, uns Gesellschaft zu leisten?“, fragte Leo zaghaft.

Sag ja! Phil griff nach seinem Amulett.

„Warum nicht? Ihr kommt mit dem Wischlappen ohnehin nicht zurecht, vermute ich mal.“

Obwohl Phil nicht wusste, ob seine Überredungskünste bei Melanie überhaupt nötig gewesen wären, freute er sich. Als er überlegte, wen er noch einspannen könnte, kamen Jan und Kai die Treppe herunter. Unauffällig berührte Phil den goldenen Drachen. Plötzlich drehten sich beide um und fragten, ob sie mitmachen dürften. Phil tat sehr überrascht. „Danke, Jungs, damit hätte ich jetzt echt nicht gerechnet. Da drüben gibt es Eimer und was man sonst noch so braucht.“

Susanne riss Leo den Lappen aus der Hand. „Darf ich dir hilfreich unter die Arme greifen?“ Im selben Moment kam Melanie mit einem Eimer Wasser aus dem Bad. Das Funkeln in Susannes Augen erlosch. „Wie ich sehe, ist da schon besetzt.“ Beim Hinausgehen stieß sie Leos Eimer um. Phil musste sich sehr konzentrieren, bevor sie bereit war, die Pfütze zu beseitigen. Schnaufend presste sie das letzte Wasser aus dem Lappen und warf ihn Leo ins Gesicht. Glücklicherweise war der Lappen trocken wie nach einem Schleudergang.

„Schade, sie hätte bestimmt viel geschafft“, sagte Phil bedauernd, als Susanne nach einem gehässigen Blick auf Melanie hinausgestürmt war.

Melanie stemmte die Fäuste in die Hüften: „Ich bin auch nicht schlecht!“ Sie teilte Gruppen ein. Kai und Jan kommandierte sie in die erste Etage ab, während sie mit Leo weiter nach oben ging. Im Erdgeschoss blieb nur Phil zurück. Gerade sah er Pauls Wuschelkopf durch die Tür verschwinden. Gleich darauf kam Paul zurück und bot Phil seine Hilfe an. „Ich weiß auch nicht, was in mich gefahren ist“, murmelte er entgeistert.

Nach einer guten Stunde war die Arbeit erledigt. Die freiwilligen Helfer trollten sich. Phil und Leo beschlossen, sich die Zeit bis zum Abend unter der Kuppel zu vertreiben.

Es war niemand zu sehen, auch Sangria war schon gegangen. Leo rieb sich den Nacken. „Das war ganz schön anstrengend. Was meinst du, ob noch jemand da ist, der uns massiert?“

Sie gingen hinüber zu den Massageräumen. An jeder Tür gab es einen grün leuchtenden Knauf mit der Aufschrift *Frei*.

Der Raum, den Phil betrat, war in warmen Orangetönen gehalten. In der Mitte stand eine Liege, daneben ein Tischchen mit verschiedenen kunstvoll gearbeiteten Flaschen und Dosen. Es duftete angenehm nach Orange. Eine zierliche Frau mit schulterlangem, schwarzem Haar schaute aus dem Fenster. Als sie sich umdrehte, hielt Phil die Luft an. Diese Frau war seine Mutter. „Mams", schrie Phil und stürzte auf sie zu.

„Keinen Schritt weiter!" Abwehrend hob die Frau die Hände. Erschrocken blieb Phil stehen. „Das ist übrigens ein nicht gerade origineller Versuch, einer Frau näherzukommen", sagte die Frau mit einer Phil unbekannten Stimme.

Phils Gesicht fing an zu glühen, am liebsten wäre er hinausgerannt. „Verzeihung, aber ich dachte, … ich meine … also, Sie sehen wirklich genau wie meine Mutter aus. Sie ist verschwunden und ich dachte, ich hätte sie gefunden", entschuldigte sich Phil. Die Frau musterte ihn eingehend. Sie hatte die tiefblauen Augen seiner Mutter, aber aus der Nähe betrachtet stellte Phil fest, dass die kleinen Lachfältchen fehlten. Diese Frau sah jünger aus.

„Das tut mir leid", sagte sie schließlich, „aber ich kann dir nicht helfen, es sei denn, du möchtest eine Massage."

„Nein danke, vielleicht ein andermal." Phil stolperte aus dem Raum.

Nach diesem Schock tauchte er so lange im See, bis der brennende Schmerz in seinen Lungen unerträglich wurde. Mit letzter Kraft schleppte er sich ans Ufer und ließ sich in den Sand fallen. Die Augen weit geöffnet, rang Phil nach Atem.

Übermütig klatschte Leo mit der flachen Hand auf seinen Bauch. „So eine Massage sollten wir uns öfter gönnen. Ich bin total entspannt." Er hockte sich neben Phil. „Stimmt was nicht?"

„Die Frau, die mich massieren wollte, sieht haargenau wie meine Mutter aus, bloß jünger."

„Und?"

„Was und?"

„Hast du sie gefragt?"

„Natürlich, aber sie meinte, sie kann mir nicht helfen." Phil stürzte sich erneut ins Wasser, Leo zog sich in eine Hängematte zurück.

Zur vorgegebenen Zeit meldeten sie sich bei Frau Schwan. Als sie umständlich begann, mit weißen Handschuhen die Sauberkeit sämtlicher Flure und Treppen zu kontrollieren, erschien Frida.

„Guten Abend, Beatrix. Ich nehme meine Jungs mit nach Hause. Ich bezweifle, dass es einen triftigen Grund gibt, mich davon abzuhalten."

„Sie dürfen gehen, wenn sie ihre Strafarbeit zu meiner Zufriedenheit erledigt haben."

„Willst du es verantworten, wenn ihnen nachts da draußen etwas zustößt? Solltest du was zu beanstanden haben, kannst du es ihnen am Montag mitteilen. Ich wünsche dir ein angenehmes Wochenende."

Frau Schwan sah Frida hasserfüllt an, aber sie widersprach nicht.

Draußen warteten die Pferde. Frida hatte einen Klapphocker dabei, den Leo als Aufstiegshilfe benutzte. Phils schwarzer Hengst stürmte als Erster los. Weder Leos Stute noch Fridas Schimmel konnten ihn einholen. Als die anderen eintrafen, saß Phil bereits auf der Terrasse.

Zum Abendessen füllte ihnen Frida dampfende Suppe auf. Zwischen Gemüse- und Fleischstückchen schwammen kurze, gelbliche Nudeln.

„Wo hast du die Nudeln her? Selbst gemacht?", fragte Phil, nachdem er einen Löffel voll gekostet hatte.

„Diese Teigrohlinge – wie nennst du sie? Nudeln?"

„Ja, genau!"

„Also, die Nudeln habe ich bei Herrn Bertoli geholt. Er betreibt einen Stand im Dorf mit lauter ungewöhnlichen Sachen wie eben diesen Nudeln, pürierten Tomaten in Gläsern und Gewürzen."

In Phil, der seit einigen Tagen einen regelrechten Heißhunger auf Pizza und Spagetti verspürte, keimte Hoffnung auf. „Den Bertoli müssen wir uns unbedingt mal ansehen!"

Frida bot an, ihnen den Weg zu zeigen.

„Gern, aber zuerst möchte ich zu Manne und ihn fragen, ob er mit mir noch einmal den Wald absucht. Vielleicht finden wir eine Spur von meiner Mutter", sagte Phil.

„Mir wäre es lieber, wenn Manne dich abholt." Frida versprach, sich darum zu kümmern.

Am nächsten Morgen saß Manne noch vor Phil und Leo am Frühstückstisch. „Hast du schon eine Vorstellung, wo du mit der Suche beginnen möchtest?", fragte er.

„An der Eiche mit den zwei Stämmen."

„Also dort, wo ich dich aufgegabelt habe." Phil nickte.

Nach dem Frühstück, bei dem Manne mehr aß als Phil und Leo zusammen, und das wollte wirklich was heißen, packte Frida zwei Proviantbeutel. Interessiert verfolgte Leo, wie sie frische Brotstangen, Käse und mehrere kleine Salamis hineintat. „Ich gehe mit", verkündete er schließlich.

Lächelnd füllte Frida einen dritten Beutel. Manne reichte sie außer seinem Proviantbeutel ein mit Papier umwickeltes Paket. Er verstaute alles in seiner ausgefransten Umhängetasche, Phil und Leo holten ihre Rucksäcke.

Obwohl Manne außer der schweren Tasche seine vollständige Jagdausrüstung trug, ging er mit schnellen Schritten voran. Schon nach kurzer Zeit brach Leo der Schweiß aus. Sie liefen zunächst über die Wiesen bis in den Wald, in dem die Aussteiger lebten, überquerten den Fluss und erreichten etwa zwei Stunden später die zweistämmige Eiche.

Die Kakteen, die dem Zaun am nächsten waren, überwachten jede ihrer Bewegungen, die Stacheln abschussbereit.

Manne untersuchte die Stelle gründlich. „Leider sind die Spuren teilweise schon verwischt", sagte er bedauernd. Er führte Phil und Leo durch die Eiche hindurch in den Wald zurück. Vor einigen hohen Tannen blieb er stehen.

„Wahrscheinlich sind deine Eltern von hier aus direkt zu uns gekommen. Ich selbst verirre mich selten in diese Gegend, seitdem sich hier Pusteltannen angesiedelt haben." Manne zeigte mit der Speerspitze auf einen Nadelbaum vor ihnen. „Das Gift ihrer Nadeln verursacht nicht nur äußerst schmerzhafte Pusteln, sondern auch hohes Fieber. Du hast bereits mit einem jungen Exemplar Bekanntschaft gemacht. Erinnerst du dich, Phil?"

Unwillkürlich strich Phil über seinen rechten Arm.

Systematisch durchforstete Manne mit ihnen den Wald. Einmal entdeckte er ein schwarzes, gewelltes Haar, das von Phils Mutter stammen könnte.

Um die Mittagszeit trafen sie im Lager der Aussteiger ein. Während die Männer schwatzend um das Feuer saßen, rührte der bärtige Jonny in seinem gewaltigen Kessel. „Hallo, Manne! Wie ich sehe, bringst du Gäste mit."

Zur Begrüßung drückte er Phil und Leo einen Topf mit Suppe in die Hand. „Du hast also deinen Freund gefunden, Phil", sagte er.

„He, das ist der Bengel, der vom Himmel gefallen ist", rief jemand. Phil erinnerte sich an den Mann, er hatte ihn auf die Spur von Leo gebracht. Sein Name war Dominic.

„Hicks, kann mir nich vorstell'n, dass der flieg'n kann, hicks", lallte ein Mann mit glasigen Augen.

Jonny schüttelte den Kopf. „Wo hat Harry schon wieder das Bier her?" Als Manne ihm die Umhängetasche reichte, steckte er seine große Nase hinein und schloss für einen Moment die Augen. „Schinken!", rief er entzückt, riss das Papier ab, legte das Stück auf einen blank gescheuerten Baumstumpf und zerteilte es mit dem Messer. Er warf jedem seinen Anteil zu. Geschickt fingen die Männer die Scheiben auf. Harry, dessen zittrige Hand ziellos in der Luft hin und her pendelte, brachte Jonny den Schinken selbst vorbei, zusammen mit einem Topf Suppe. Den Bierkrug nahm er kurzerhand mit, ohne sich um Harrys Gejammer zu scheren.

Tom, der junge Mann mit den strähnigen Haaren, kam etwas später. „Was habt ihr hier zu suchen?", fuhr er Phil und Leo an.

„Reg dich ab, Tom", sagte Manne. „Sie machen nur einen kleinen Ausflug mit mir. Bald sind sie wieder fort."

Diese Aussicht schien Tom zu beruhigen, zumindest begnügte er sich damit, ab und zu einen grimmigen Blick in ihre Richtung zu schicken.

Gleich nach dem Essen brachen Manne, Phil und Leo wieder auf. Manne zeigte ihnen die Stelle, wo Phils Vater entführt worden war. Danach folgten sie der Spur, die Anna Marten bei ihrer Flucht hinterlassen hatte. Leo kaute unterdessen genüsslich an einer Salami. An einer alten, knorrigen Kastanie blieb Manne stehen. „Diese Gegend kenne ich mittlerweile auswendig. Ab hier ist Schluss, als hätte sich deine Mutter in Luft aufgelöst." Manne stocherte mit seinem Speer im Boden. „Ich vermute, dass sie ebenfalls von den Wächtern verschleppt wurde, eine andere Erklärung habe ich nicht."

„Dann wären meine Eltern wenigstens zusammen“, sagte Phil leise. Ein Geräusch ließ sie aufhorchen. Leo schwenkte seine Salami wie einen Knüppel. In ihrer Nähe bewegten sich kaum merklich die Grashalme, etwas Braunes schimmerte hervor. Ganz plötzlich richteten sich zwei lange, braune Ohren auf.

„Ein Hase“, stellte Leo erleichtert fest.

Schon beim ersten Rascheln hatte Manne seinen Bogen gespannt. Mit der Pfeilspitze verfolgte er jede Bewegung im Gras.

Der Hase hoppelte ein Stück auf Leo zu, dann setzte er zum Sprung an. Mitten in der Luft durchbohrte ihn der Pfeil. Das Tier erschlaffte und fiel zu Boden. „Aber das war doch nur ein Hase“, rief Leo erschüttert.

„Das war nicht irgendein Hase, das war der Gemeine Zehenbeißer. Du hast ihn mit der Wurst angelockt.“ Manne zog den Pfeil aus dem Tier, wischte ihn an einem Grasbüschel ab und steckte ihn wieder in seinen Köcher. Danach packte er den Hasen bei den Ohren und zog das Mäulchen auseinander. Zum Vorschein kam die kleinere Ausführung eines Raubtier-Gebisses.

„Er verbeißt sich in den Zehen seines Opfers und bringt es auf diese Weise zu Fall. Dann macht er sich darüber her.“

Leo schüttelte sich. „Der hat schon so einen fiesen Gesichtsausdruck.“ Während Manne mit dem Hasen hantierte, hatte Phil das merkwürdige Empfinden, dass außer ihnen noch jemand da war. Blitzschnell wirbelte er herum. Für den Bruchteil einer Sekunde glühte zwischen den Blättern der Kastanie ein rotes Augenpaar. Oder hatte er sich das nur eingebildet? Phil wollte um den Baum herumlaufen, blieb jedoch mit der Fußspitze an der Wurzel hängen und stürzte.

„Nanu, was hat dich denn umgehauen?“ Manne lachte nicht, dagegen wieherte Leo wie ein Pferd. „Mensch, Phil, für so was bin ich doch zuständig.“

Phils Kopf schnellte nach oben, doch in der Baumkrone gab es weder rote Augen noch etwas anderes Verdächtiges. Wahrscheinlich hatte er sich getäuscht.

„Ich dachte, ich hätte was gesehen.“ Phil rappelte sich wieder auf. Dabei fiel sein Blick in einen Hohlraum, den die Wurzel des Baumes an einer Stelle bildete. Auf dem Boden schimmerte etwas Hellblaues, das ihm irgendwie bekannt vorkam. Er griff in das Loch und angelte ein kleines Seidentuch heraus. „Das gehört meiner Mutter!“, rief er. In eine Ecke waren ihre Initialen gestickt worden: A. M.

„Möglicherweise wollte sie ein Zeichen hinterlassen. Wie konnte ich das übersehen?“ Der Hase flog ins Gras und Manne umrundete die Kastanie.

Währenddessen faltete Phil das Tuch auf die Größe seiner Hosentasche zusammen und steckte es ein.

„Wir suchen weiter.“ Manne warf sich den Hasen über die Schulter. „Bleibt immer in meiner Nähe!“

„Es gibt nichts, was ich im Moment lieber täte“, murmelte Leo, der vor jedem Schritt das Gras nach braunen Ohren absuchte.

Stück für Stück durchkämmten sie das Gebiet um die alte Kastanie herum. Phil wurde das unbestimmte Gefühl nicht los, dass sie beobachtet wurden, doch so oft er sich auch umdrehte, rote Augen bekam er nicht noch einmal zu Gesicht. Mit der Zeit gab er es auf, ständig nach hinten zu gucken.

Erst als die Dämmerung einsetzte, machten sie sich auf den Heimweg. Frida erwartete sie bereits. Sie hatte das Abendessen vorbereitet und die Terrasse mit Fackeln und Kerzen in ein Lichtermeer verwandelt.

Während Manne den Hasen in einem luftigen Holzschuppen am Ende des Gartens aufhängte, zeigte Phil Frida das Tuch seiner Mutter. Weshalb er darüber gestolpert war, behielt er für sich. Frida bewunderte den zarten Stoff. Anschließend entschuldigte sie sich für ihre Taktlosigkeit und strich Phil tröstend über den Arm.

Bevor Manne ging, fragte Phil, ob er sich genau daran erinnern könne, wer von seinen Eltern den Digitalisierer bei sich hatte.

„Das war dein Vater“, antwortete Manne ohne Zögern. „Er hatte den schwarzen Kasten in der Hand, als er entführt wurde. Warum?“

„Ach, nur so.“

„Glaubst du, deine Mutter hat deinen Vater allein zurückgelassen?“, mischte Frida sich ein.

„Nein, auf keinen Fall! Außerdem wären wir uns zu Hause begegnet“, erwiderte Phil schnell.

Manne strich sich über den verfilzten Bart. „Mein Instinkt sagt mir, dass wir deine Mutter bald finden, und auf meinen Instinkt konnte ich mich bisher immer verlassen.“ Er winkte kurz und verschwand in der Dunkelheit.

„Dass er sich nicht gruselt“, flüsterte Leo.

Frida schmunzelte. „Manne fürchtet sich vor nichts und niemandem.“

Herr Bertoli

Am Sonntagmorgen erwachte Phil mit knurrendem Magen. Er erinnerte sich an den Proviantbeutel und tastete nach seinem Rucksack. So leise wie möglich zog er den noch unberührten Beutel heraus und beförderte dessen Inhalt auf seine Bettdecke. Sofort roch es im ganzen Zimmer nach frisch geräucherter Salami.

Keine Minute später regte sich Leo. „Gibt's schon Frühstück?", murmelte er im Halbschlaf.

Kauend dachte Phil über den gestrigen Tag nach. Hatte er wirklich glühende Augen gesehen oder spielte ihm seine Fantasie einen Streich?

Indem er laut gähnte, riss Leo ihn aus seinen Gedanken. „Ich hab einen Mordshunger. Hast du noch was zum Beißen?"

„Ja, hier." Phil zeigte auf seine Zähne.

„Sehr witzig. Mein Proviantbeutel ist leider leer."

Phil warf Leo eine Salami hinüber und erhielt ein begeistertes „Danke, du bist meine Rettung" dafür.

„Ich weiß."

Leo hielt sich die Salami unter die Nase. „Wir sollten Frida bitten, uns für die Schule was davon einzupacken."

„Guter Vorschlag. Aber zuerst begucken wir uns den Bertoli, von dem Frida erzählt hat."

Wenig später saßen sie in der Küche. Es gab Eier, Wurst, verschiedene Pasteten und Käse, dazu warmes Brot und frisch gepresste Obstsäfte.

„Liegt was Besonderes an?", fragte Phil verwundert.

„Nein, ich wollte euch nach den gestrigen Strapazen nur ein wenig aufmuntern", antwortete Frida.

Sowohl Phil als auch Leo vergaßen augenblicklich, dass jeder von ihnen bereits eine kleine Salami im Magen hatte.

„Wie geht's eigentlich den Schafen?", erkundigte sich Phil, als er die gebratene Leber des Gemeinen Zehenbeißers probierte.

„Seitdem sie sich sicher fühlen, leben sie richtig auf."

Leo unterbrach seine gleichmäßige Kaubewegung. „Und die Wölfe? Haben sie versucht, den Zaun zu stürmen?"

„An mehreren Stellen sind mir versengte Haare aufgefallen. Ich hoffe, sie haben es aufgegeben."

„Das muss ich auch bald." Phil zog an seinem Hosenbund, doch die Jeans weigerte sich nachzugeben.

Nach dem Frühstück zeigte Frida ihnen den Weg ins Dorf. Er führte durch die Wiese hinter dem Haus und anschließend an einem Erdbeerfeld vorbei. Auf der anderen Seite standen in mehreren Reihen Sträucher mit Schokobeeren und anderen Früchten, von denen sie manche schon bei Silvio gesehen hatten. Links und rechts vom Weg wuchsen verschiedene Obstbäume.

„Erinnere mich daran, dass ich mir vor unserer Abreise ein paar Pflanzen mitnehme", sagte Leo. „Pflanzen, Wolle … Ich muss mir bald einen Zettel machen."

„Vergiss dein Nachthemd nicht", meinte Phil grinsend. Seine Augen huschten über jede Baumkrone. Einmal leuchtete zwischen dichten Blättern etwas Rotes auf, aber es waren nur vereinzelte Kirschen, die man bei der Ernte übersehen hatte. Ich glaube, ich drehe langsam durch, dachte Phil.

Hinter einem flachen Hügel stießen sie auf eine Straße, die ins Dorf hineinführte, geradewegs zu einem weiträumigen Marktplatz, der offensichtlich das Zentrum bildete. Ihnen gegenüber stand ein mehrstöckiges Haus mit einem großen Schaufenster im Erdgeschoss. *Sauerbiers Waren aller Art* stand in verschnörkelten Lettern darüber.

„Sauerbier? Den gibt's doch auch bei uns zu Hause. Meine Mutter holt sich immer so schleimiges Grünzeug für ihre Gesichtsmasken", erzählte Leo.

„Meine Mutter nimmt das Zeug zum Kochen. Ich habe ihr schon so oft gesagt, dass sie einen Fehler macht, aber sie denkt, man kann das essen."

„Kann man angeblich auch, aber zum Glück hat meine Mutter keine Ahnung vom Kochen.“

Phil lachte auf. „Vom Backen auch nicht, nimm’s mir nicht übel. Und meine Mutter hat nur ein bisschen Ahnung. Das macht die Sache so gefährlich, weil sie es immer wieder probiert.“

Ein Stückchen weiter umrankten Weinreben ein haushohes Fass mit einer schmalen Tür. Einzelne Buchstaben schimmerten hindurch. Leo entzifferte sie mühsam: „Z...m F…ss...en.“

„Zum Fässchen“, half Phil nach. „Dominic, der Aussteiger, ist wohl hier gelandet, nachdem du ihm den Besuch bei Frida vermasselt hast.“

Ein Verkaufsstand auf der rechten Seite des Platzes lockte sie mit dem Duft nach überbackenem Käse an. Aus einem Kupfertopf dampfte es, neben dem Feuerherd hingen blankgeputzte Pfannen sowie hölzerne Löffel und Schöpfkellen. Auf dem Verkaufstresen stapelten sich Gläser mit rotem, gelbem und grünem Inhalt. Kräuterbündel und aufgefädeltes getrocknetes Gemüse bildeten einen duftenden Wandteppich.

Ein Mann, der Phil unheimlich bekannt vorkam, holte etwas aus einem gemauerten Backofen, was auf den ersten Blick wie Pizza aussah. Phil begrüßte ihn wie einen alten Bekannten. „Hallo, Herr Bertoli. Was haben Sie da Leckeres?“

Herr Bertoli, der dem Original aufs Haar glich, wischte sich die mehligen Hände an einem Tuch ab und strahlte Phil an.

„Es ist eine neue Kreation: Hefeteig mit passierten Tomaten und meiner exzellenten Kräutermischung, darüber ein wenig geraspelten Käse. Ich nenne es Hefestück mit Kräutertomaten und Käse. Magst du probieren?“

Obwohl Phil noch satt vom reichlichen Frühstück war, schaffte er es sogar, ein größeres Stück als Leo in sich hineinzustopfen.

Herr Bertoli sah sie erwartungsvoll an. „Wie gefällt euch meine Erfindung?“

„Schmeckt sensationell. Mir fällt da auch ein passender Name ein. Pizza Margherita“, sagte Phil.

„Pizza Margherita? Pizza Margherita. Das klingt gut.”

„Und wenn Sie einige Salamischeiben unter den Käse legen, könnten Sie das Ganze Pizza Salami nennen.“

„Salami unter den Käse? Warum nicht? Junge, du hast Fantasie. So einen wie dich könnte ich gut gebrauchen. Willst du bei mir anfangen?"

„Ich muss zur Schule. Warum bauen Sie Ihren Stand nicht dort auf? Dann müssten wir nicht immer Brei und Suppe essen."

„Ich habe mich seinerzeit um die Stelle als Koch beworben, aber dieser Quacksalber Hubertus Pampus hat das Rennen gemacht." Herr Bertoli klang ärgerlich.

„Hat Ihnen der Direktor gesagt, warum?"

„Bis zum Direktor bin ich gar nicht gekommen, Frau Schwan hat mich vorher abgewimmelt. Sie war der Meinung, ich würde die Schüler zu sehr verwöhnen."

„Das sieht ihr ähnlich."

„Wir könnten doch ein bisschen davon in die Schule schmuggeln", ließ Leo sich vernehmen.

Sofort war Phil Feuer und Flamme. „Das ist es, Leo! Wir müssen dem Direktor eine Pizza unterjubeln, ohne dass Frau Schwan etwas merkt. Vielleicht kommt er auf den Geschmack und stellt Herrn Bertoli ein."

„Hmm, aber ganz möchte ich auf meine Furchtlossuppe nicht verzichten. Schließlich bin ich schon etwas mutiger geworden."

„Wenn Herr Bertoli eingestellt wird, heißt das noch lange nicht, dass Herr Pampus gehen muss. Sie könnten doch zusammen eine Furchtlos-Pizza oder so was entwickeln", widersprach Phil.

Herr Bertoli holte einen Teigklumpen aus einer Schüssel. „Der Plan gefällt mir, also mache ich eine unwiderstehliche Pizza für den Direktor."

„Und wir lenken morgen früh Frau Schwan ab, damit Sie es diesmal bis zu ihm schaffen."

Der Teigklumpen wanderte zwischen Herrn Bertolis Händen hin und her. „Ich habe da ein kleines Problem. Als Frau Schwan mir mitgeteilt hatte, warum Herr Pampus die Stelle bekommt, bin ich, vorsichtig ausgedrückt, etwas ... unhöflich geworden. Daraufhin hat sie mir lebenslanges Hausverbot erteilt. Ich kann die Pizza unmöglich selbst vorbeibringen."

„Wir übernehmen das", bot Phil an.

„Wirklich?" Der mit Mehl bestäubte Schnauzbart von Herrn Bertoli zitterte vor Begeisterung. „Na, dann an die Arbeit!" Herr Bertoli wirbelte den Teig einige Male durch die Luft und brachte ihn anschließend in eine gleichmäßig runde Form. Den Belag wählten sie gemeinsam aus.

Während die Pizza im Ofen garte, trat ein merkwürdig gekleideter Mann aus Sauerbiers Laden. Über einer geflickten Hose trug er ein verwaschenes Hemd, dessen ursprüngliche Farbe nicht mehr festzustellen war. Seine Füße waren mit schmutzigen Lappen umwickelt und um die Schultern hing ein abgewetztes Fell, das eine Schnur wie einen Umhang zusammen hielt. Unter einem speckigen Schlapphut lugten lange, fettige Haare hervor. In der Hand trug der Mann ein Paket. Er schaute sich mehrmals nach allen Seiten um, bevor er ein Geschäft betrat, über dessen Eingangstür ein großer Holzschuh baumelte.

„Der benimmt sich, als hätte er gerade den Laden ausgeraubt", bemerkte Phil.

Herr Bertoli kam hinter seinem Stand hervor. „Ach, das ist nur Horst. Er wohnt ganz allein in einer Höhle irgendwo im Verrückten Wald. Keiner weiß, ob er schon vorher verrückt war oder es erst dort geworden ist. Hab ihn schon lange nicht mehr gesehen."

Inzwischen war die Pizza fertig vorgebacken. Interessiert verfolgten Phil und Leo, wie sie zusammen mit einem Zettel für Frida in einem flachen Pappkarton verschwand.

„Mein Name steht drauf. Ich kann mich doch auf euch verlassen?", fragte Herr Bertoli.

„Keine Sorge, Ihre Pizza ist bei uns in guten Händen", versicherte Leo.

Herr Bertoli sah ihn merkwürdig an. „Ich meinte, gleich morgen früh bekommt der Direktor seine Pizza", fügte Leo rasch hinzu.

Auf dem Rückweg fiel ihnen eine Kastanienallee auf, deren Pflastersteine im hellen Licht funkelten.

„Das ist bestimmt die Straße, die zur Schule führt", vermutete Leo. „Guck dir mal das Straßenschild an, goldene Buchstaben. Was für ein Luxus."

„Sie ist ja auch mit Smaragden gepflastert. Bin gespannt, wie sie heißt." Sie näherten sich dem Schild, bis sie den Namen lesen konnten.

„Beatrix-Schwan-Allee. Ich hätte es wissen müssen."

Ohne Umwege brachten Phil und Leo die Pizza zu Frida. Phil trug den Karton wie einen wertvollen Schatz.

Als Frida von ihrem Plan hörte, lachte sie. „Die Frage ist, ob ihr so ohne Weiteres in das Büro des Direktors spazieren könnt. Vielleicht solltet ihr Olaf Junker bitten, schließlich ist er sein Sohn.“

„Olaf Junker ist der Sohn des Direktors? Deshalb führt der sich auf, als ob alle nach seiner Pfeife tanzen müssten!“, rief Leo erbost.

Phil griff nach seinem Amulett. „In diesem Fall sollten wir ihn tatsächlich um Hilfe bitten.“

Pizza für den Direktor

Am Montagmorgen ließen sich Phil und Leo etwas früher wecken. Frida hatte die Pizza bereits fertig gebacken und gut verpackt. Unterwegs überlegten sie, wo sie Olaf abfangen könnten. Sie beschlossen, sich im Park zu verstecken.

Das Tor stand weit offen. Da niemand zu sehen war, liefen Phil und Leo hindurch und bogen auf einen der Seitenwege ein. Ein Johannisbeerstrauch in der Nähe des Eingangsportals bot sich als Versteck an. Von dort aus konnten sie den Hauptweg überwachen, ohne selbst entdeckt zu werden.

Olaf kam kurz nach ihnen.

„Ob sein Vater überhaupt schon da ist?“, flüsterte Leo.

„Das hoffe ich.“

Gerade, als Phil hinter dem Strauch hervorkommen und sich Olaf nähern wollte, tauchte Frau Schwan auf.

„Mist – was nun?“

Leo zeigte auf den Springbrunnen, der etwas weiter weg von ihnen plätscherte.

„Ich gehe baden.“

„Nicht nur du, vielleicht fällt die ganze Sache ins Wasser.“

„Nein, Phil, du verstehst nicht. Ich springe in den Springbrunnen.“

„Hör zu, so tragisch ist das mit der Pizza auch wieder nicht. Wir probieren es nachher noch einmal.“

„Nein, während Frau Schwan mich fertig macht, nimmst du dir Olaf vor. Achtung – los!“

Wie ein Besessener rannte Leo auf den Springbrunnen zu. Dann warf er seinen Rucksack ab, zog die Turnschuhe aus, setzte sich auf den Rand und ließ die Beine ins Wasser baumeln.

Laut schimpfend watschelte Frau Schwan über die Kieselsteine. Phil nutzte die Gelegenheit, um von ihr unbemerkt in die Eingangshalle zu gelangen. Olaf hatte bereits die Treppe erreicht.

„Hallo, Olaf!“, rief Phil. „Ich habe hier was für deinen Vater.“

Nach kurzem Zögern drehte Olaf sich um. Ungerührt betrachtete er den Karton in Phils Händen. „Falls du dich bei ihm einschleimen willst – vergiss es!“

„Ich habe nicht die Absicht, mich einzuschleimen. Ich möchte nur, dass du ihm das hier bringst.“

„Warum sollte ich dir einen Gefallen tun?“ Olaf kehrte ihm den Rücken zu. Mit der freien Hand umfasste Phil das Drachenamulett und beschwor Olaf, den Karton zu nehmen.

Olaf stieg die Stufen hinauf, zuerst schnell, dann immer langsamer. Auf halber Höhe stoppte er und kam mit bedächtigen Schritten wieder herunter. Dicht vor Phil blieb er stehen.

Phil hielt das Drachenamulett fest umklammert. Olaf sah ihn misstrauisch an. „Ich weiß nicht, was hier läuft, Marten, aber lass mich in Zukunft in Ruhe oder ...“ Er presste die Lippen aufeinander.

„Oder was?“

„Wirst schon sehen“, stieß Olaf hervor und entriss Phil den Karton mit der Pizza.

Bevor er das Büro seines Vaters erreicht hatte, öffnete sich die Tür und Herr Junker trat heraus. „Guten Morgen, die Herren“, sagte er gut gelaunt. Olaf hielt ihm den Karton hin. „Für mich?“

„Von dem da.“ Olafs Daumen zeigte in Phils Richtung.

Herr Junker öffnete den Deckel des Kartons. „Es duftet verführerisch. Was ist das?“

„Das ist eine Pizza. Herr Bertoli schickt sie Ihnen. Er möchte sich gern als Koch an der Schule bewerben“, erwiderte Phil.

Nach und nach trafen die Schüler ein. „Hmm, was riecht hier so lecker?“, rief Paul.

Herr Junker begrüßte jeden einzeln und wollte wissen, wie sie bei der Ausbildung vorankämen. „Oh, ziemlich schnell“, versicherte ihm Paul, der wie alle anderen den Inhalt des geöffneten Kartons mit den Augen verschlang.

„Nun, worauf wartet ihr noch? Der Unterricht beginnt in Kürze“, wunderte sich Herr Junker.

„Wir warten auf Leo, er müsste jeden Moment kommen“, sagte Michael Bullock.

„Ich wette hundert zu eins, dass er von der Schule fliegt“, raunte Stefan Melanie zu.

Die Tür zur Halle sprang auf und Frau Schwan trat ein, Leo wie einen Schwerverbrecher vor sich her treibend.

Der Anblick der Schüler steigerte ihre Wut, falls das überhaupt noch möglich war.

„Was stehen Sie hier herum? Wer nicht innerhalb der nächsten zehn Sekunden mein Blickfeld verlassen hat, wird von der Schule verwiesen, genau wie Ihr ehemaliger Klassenkamerad hier. Also – eins, zwei ...“

„Guten Morgen, Beatrix“, unterbrach sie Herr Junker.

„Oh, Herr Direktor. Ich wünsche Ihnen ebenfalls einen guten Morgen.“ Frau Schwan ersparte sich den Versuch eines Lächelns.

„Ich wusste nicht, dass Herr Kissing uns verlassen möchte. Dabei hatte Herr Heckerle mir erst letzte Woche versichert, dass ihm nur das richtige Auto und ein wenig Selbstvertrauen fehlen.“

„Was ihm in erster Linie fehlt, ist der nötige Respekt vor Schuleigentum“, stieß Frau Schwan hervor.

„Davon höre ich zum ersten Mal, Beatrix. Was ist vorgefallen?“

„Trotz meiner Warnungen hat er einen Springbrunnen vorsätzlich mit seinen Füßen beschmutzt.“

„Ich wollte sie nur abkühlen“, warf Leo zaghaft ein.

„Aber Beatrix, der Park ist für die Erholung der Schüler da, dazu zählen ebenso die Springbrunnen. Ich sehe keinen Grund, den Jungen zu bestrafen.“

„Ich habe in der Hausordnung ausdrücklich darauf hingewiesen, dass den Schülern das Baden in den Springbrunnen verboten ist. Alle haben es mir unterschrieben.“

Einige stöhnten leise.

„Steht dort wirklich ‚Baden‘? Nun, Beatrix, vielleicht sollten wir die strengen Regeln etwas lockern. Sobald es meine Zeit erlaubt, werde ich mich damit befassen.“

„Nicht nötig, Herr Direktor, mit solchen Nichtigkeiten sollten Sie sich nicht belasten“, schmeichelte Frau Schwan.

„Gut, ich danke dir, Beatrix.“

Erst jetzt bemerkte Frau Schwan den Karton in den Händen des Direktors. „Darf ich fragen, was Sie da haben?“

Herr Junker schmunzelte. „Ein Schüler war so aufmerksam, mir eine Kostprobe des werten Herrn Bertoli mitzubringen, wofür ich mich herzlich bedanke. Trotzdem schlage ich vor, dass wir Frau Ferrani nicht länger warten lassen. Ich wünsche euch allen einen erfolgreichen Tag.“ Herr Junker verschwand in seinem Büro.

Die Schüler wollten sich so rasch wie möglich entfernen, doch Frau Schwan rief ihnen zu: „Stillgestanden!“. Da nun sämtliche Schüler auf sie herab sahen, erklomm sie eilig die ersten fünf Treppenstufen.

„In Zukunft erwarte ich, dass der Direktor von Ihnen nicht mehr belästigt wird. *Ich* bin für Sie zuständig. Wagen Sie es nicht, meine Autorität in Frage zu stellen, indem Sie mich übergehen. Des Weiteren ist das Mitbringen von Lebensmitteln verboten. Ich werde diesen Punkt sofort in die Hausordnung aufnehmen. Von wem hat der Direktor den Karton erhalten?“ Die Klasse schwieg. Frau Schwan blickte boshaft in die Runde. „Sie dürfen erst gehen, wenn sich der Schuldige gemeldet hat“, zischte sie. Olaf sah Phil mit verschränkten Armen an, doch Phil hatte keine Lust auf Küchendienst. Sollte allerdings jemand anderes verdächtigt werden, würde er sich sofort stellen. Er war gespannt, ob Olaf ihn verriet.

Frau Ferrani kam die Treppe herunter. „Guten Morgen. Ihr solltet euch beeilen, ihr seid spät dran!“

„Die Klasse ist mir noch eine Antwort schuldig“, sagte Frau Schwan.

„Oh, hallo, Frau Schwan, Sie habe ich glatt übersehen. Tut mir leid, aber wir haben einen straffen Zeitplan. Wäre es möglich, das Problem nach dem Unterricht zu klären?“

Man konnte sehen, dass Frau Schwan mit sich kämpfte. „Also gut, ich erwarte die schriftliche Stellungnahme des Verantwortlichen bis heute Abend in meinem Briefkasten.“ Sie deutete auf einen schneeweißen Kasten neben ihrer Tür, auf dem in goldenen Buchstaben ihr Name stand. „Weiterhin werden Sie hier auf einem Tisch die aktualisierte Ausgabe der

Hausordnung vorfinden. Jeder von Ihnen wird mir ein Exemplar unterschreiben und ein zweites zum Selbststudium an sich nehmen."

Erhobenen Hauptes verließ sie die Treppe und ging in ihr Büro. Mit einem Knall flog die Tür ins Schloss.

„Bitte bringt eure Sachen in die Zimmer und kommt sofort wieder hierher", rief Frau Ferrani.

Die Klasse stürmte nach oben und versammelte sich anschließend wieder in der Halle. Im Eiltempo ging es zur Arena. Phil und Leo liefen zum Schluss. „Danke, dass du dich geopfert hast, Leo. Ich hoffe, es war nicht allzu schlimm."

„Ich hab's überlebt."

Der Tag verging rasend schnell, im wahrsten Sinne des Wortes. Die Schüler fuhren unter Wettkampfbedingungen. Phil und Olaf lieferten sich erbitterte Rennen, wobei sie abwechselnd in Führung lagen. Leo blieb weit hinter den anderen zurück, dafür hatte er keinen einzigen Unfall. Allerdings verzichtete er darauf, den variablen Hindernissen auszuweichen.

Nach dem Unterricht fragte Phil Frau Ferrani, ob er am Nachmittag mit Leo trainieren dürfe. Frau Ferrani fuhr sich durch ihre widerspenstigen Haare.

„Dazu brauchen wir die Einwilligung von Frau Schwan. Das wird schwierig, ihr kennt sie ja."

Sie sah in Leos enttäuschtes Gesicht. „Aber versuchen können wir es. Ich hole euch nach dem Mittagessen ab."

Frau Schwan hatte extrem schlechte Laune. Gerade hatte sie ihren Briefkasten geöffnet und keinen Zettel vorgefunden, als Frau Ferrani um zusätzliche Fahrstunden bat. Sie musterte Leo boshaft. „Für einen normal begabten Schüler dieser Einrichtung ist der Unterricht völlig ausreichend. Wer die geforderte Leistung in dieser Zeit nicht erbringt, muss uns früher oder später verlassen."

„Aber Leo strengt sich wirklich an. Er braucht nur etwas mehr Übung, damit er seine Angst überwindet. Ich möchte ihm gerne helfen", bat Frau Ferrani, doch Frau Schwan genoss es offensichtlich, sich an Leo auf diese Weise für ihre Niederlage am Morgen zu rächen.

„Ich schätze Ihr Engagement, Frau Ferrani, aber ich muss an das Wohl der Schule denken. In diesem Fall ist der Aufwand für einen einzelnen Schüler – noch dazu einen leistungsschwachen – einfach zu hoch. Das ist mein letztes Wort.“ Honigsüß lächelnd verschwand sie in ihrem Büro.

„Nichts zu machen, Leo, aber Kopf hoch. Ich bin überzeugt, dass du es trotzdem schaffst. Wir sehen uns morgen.“ Frau Ferrani schüttelte jedem die Hand und eilte davon.

Leo starrte auf das Namenschild an der Bürotür. „Sie sollte Blinddarm heißen!“, stieß er hervor.

„Warum?“, fragte Phil.

Wütend setzte Leo seinen Namen auf das letzte Blatt der Hausordnung, wobei er LEO in fetten, zittrigen Druckbuchstaben schrieb, während *Kissing* dem Abdruck eines Regenwurms nach einem Schlammbad glich. „Weil sie immer gereizt und absolut überflüssig ist!“

Auch ohne Nachhilfe erzielte Leo während des täglichen Fahrtrainings kleine Fortschritte, zum Beispiel fuhr er einmal ganz ohne Leuchtspur durch den Tunnel, allerdings in Schrittgeschwindigkeit. Zwar konnte er überhaupt nicht verstehen, dass Phil sich auf die Fahrstunden freute, aber zumindest konnte er sich gemeinsam mit ihm und den anderen nachmittags unter der Kuppel entspannen, worüber Phil sehr froh war.

Am Ende der Woche durften sich die Schüler ihre neuen Rennwagen aussuchen. Sie waren noch schneller und wendiger als ihre bisherigen und aus dem gleichen unverwüstlichen Material wie Leos Gummiauto, aber vor allem sahen sie fantastisch aus.

Phil entschied sich für einen kirschroten Ferrari, nachdem ihm Olaf mit der Bemerkung „Der ist für mich reserviert“ einen schwarz glänzenden Bugatti vor der Nase weggeschnappt hatte.

Bevor Phil die Fahrertür des Ferrari geöffnet hatte, stand Claudia neben ihm. Sie strich ihm sanft über die Wange und klimperte mit ihren langen, gefärbten Wimpern.

„Du fährst so gut, dass es dir doch eigentlich egal sein kann, welches Auto du nimmst. Bitte lass mir diesen schnuckeligen Wagen, ja? Er passt so gut zu meinem Lippenstift, sieh mal!“ Claudia streckte Phil ihre gespitzten Lippen hin. Schnell machte Phil einen Schritt rückwärts. „Wenn du ihn unbedingt haben willst ...“

Claudia fiel Phil um den Hals und küsste ihn auf die Wange. Verstohlen schaute Phil sich um und wischte mit dem Ärmel über die feuchte Stelle. Zu seiner Erleichterung stellte er fest, dass sowohl Schüler als auch Lehrer mit der Auswahl der Autos beschäftigt waren. Nur Leo, der seinen froschgrünen Mercedes behielt, grinste.

Paul verliebte sich augenblicklich in einen gelben Porsche. Er ließ sich auf den Ledersitz fallen und fragte strahlend, wie ihm das Auto stehe.

„Ist genau dein Typ, Mann“, versicherte ihm Lukas, der mit einem orangefarbenen Lamborghini liebäugelte. Da Phil einsah, dass er auch hier zu langsam gewesen war, schritt er die Reihe der Fahrzeuge weiter ab.

Die Zwillinge wählten den gleichen Autotyp: einen BMW. Um festzulegen, wer den dunkelgrünen und wer den azurblauen Wagen bekam, mussten sie allerdings eine Münze werfen. Susanne und Stefan stritten sich um einen weinroten Toyota. Als Susanne die Ärmel hochgekrempelt hatte, gab Stefan klein bei. Nach einem missbilligenden Blick von Frau Ferrani setzte Susanne eine Unschuldsmiene auf. „Mir ist nur warm geworden.“

Die Auswahl wurde immer kleiner, doch Phil mochte sich nicht in den Streit um die letzten Rennwagen einmischen. Ein silberfarbenes Auto stand etwas abseits. Kaum jemand interessierte sich dafür. Bei näherer Betrachtung ahnte Phil den Grund – die Farbe blätterte ab. Darunter kam ein unansehnlicher, rostbrauner Farbton zum Vorschein. Dadurch sah der Wagen, obwohl er eine elegante, windschnittige Form besaß, alt und hässlich aus. Phil strich über den Kotflügel. Feiner silbriger Staub blieb an seinen Fingern kleben.

„An deiner Stelle würde ich ihn nehmen“, sagte jemand hinter ihm. Herr Schumann klopfte auf die Motorhaube. „Ein Apollo, sechshundertfünfzig PS, beschleunigt in nur drei Sekunden von null auf hundert, nach neun Sekunden ist er bei zweihundert. Bis zu dreihundertsechzig Kilometer schafft er in der Stunde, aber da darf nichts dazwischenkommen.“

„Und was ist mit der Farbe?"

„Jemand hat die Kanister verwechselt. Nur Farbe, die aus Bäumen gewonnen wurde, dringt in das Material ein, jede andere wird abgestoßen."

„Kann man das Auto nicht neu lackieren?"

„Wir müssen warten, bis sich der Wagen selbst gereinigt hat, um die sensiblen Fasern des Gummibaumes nicht zu beschädigen. Danach wird er neu gespritzt. Ob das noch vor der Prüfung sein wird, kann ich allerdings nicht versprechen."

„Er gefällt mir trotzdem."

„Gute Entscheidung, Phil."

Herr Schumann hatte nicht zu viel versprochen. Beim Start des darauffolgenden Rennens blieben sämtliche Wagen hinter dem Apollo zurück. Phil kam es vor, als würde er mit jedem Umschalten in den nächst höheren Gang ungeahnte Kräfte entfesseln. Im fünften Gang blieb ihm für kurze Zeit die Luft weg. Erschrocken nahm Phil den Fuß vom Gaspedal. Da die ersten Hindernisse vor ihm auftauchten, musste er die Geschwindigkeit ohnehin drosseln.

Erst auf der geraden Strecke vor der Achterbahn wagte Phil, in den sechsten Gang zu schalten. Explosionsartig schoss der Wagen vorwärts. Farbteilchen lösten sich von seiner Oberfläche und bildeten einen silbernen Schweif.

In der Arena bereiteten ihm die Techniker einen begeisterten Empfang. Einige tanzten um den Wagen herum und sangen: „Flieg, Apollo, du bist so schön, lass die andern Autos steh'n". Einer brüllte dazwischen: „He, Junge, wenn du so weitermachst, können wir ihn bald umspritzen. Er wird die Farbe eines Feuerstrahls bekommen."

Fast eine Minute später traf Olaf ein. Wütend verlangte er einen anderen Motor für seinen Rennwagen. „Ich komme überhaupt nicht vorwärts", schimpfte Olaf mit einem glühenden Blick auf den Apollo.

„Der Motor ist erstklassig", verteidigte jemand den Bugatti.

Olaf knallte die Fahrertür zu. „Ist er nicht! Der Wagen ist eine lahme Ente!"

„Vorsicht, Bürschchen, beleidige hier niemanden, sonst kannst du beim nächsten Rennen die Strecke zu Fuß ablaufen."

„Sie wissen wohl nicht, wen Sie vor sich haben? Ich bin der Sohn des Schuldirektors, und wenn ich einen besseren Motor haben will, dann bekomme ich ihn auch.“ Erhobenen Hauptes schritt Olaf aus der Arena.

„Wir sollten seinen Wagen wirklich überarbeiten. Irgendwo steht noch ein uralter, fürchterlich lauter Traktormotor herum“, schlug ein älterer Mechaniker vor.

Herr Schumann erwartete Phil und Olaf im Unterrichtsraum. Herr Heckerle sah kurz von seinem Monitor auf. „Na, Micha, hast du dich schon von deinem Rekord verabschiedet?“

Herr Schumann zwinkerte Phil unauffällig zu. „Noch nicht, aber ich rechne jeden Tag damit.“

Am Montag vor der Prüfung – sie war für den kommenden Samstag angesetzt – gab es zum Mittagessen eine Überraschung in Form einer riesigen, saftigen Salami-Pizza.

Herr Bertoli verteilte sie gut gelaunt. Das erste Stück bekamen Phil und Leo. „Ohne euch wäre ich nicht hier.“ Er beugte sich vor. „Falls ihr mal etwas braucht, ab sofort findet ihr mich in der Schulküche.“

Es gab keinen Schüler, der nicht probieren wollte. Die Schüsseln mit den Mixturen von Herrn Pampus blieben unberührt. Sogar Leo verzichtete ausnahmsweise auf seine Furchtlossuppe.

Am nächsten Tag nahm er dafür die doppelte Portion und ließ die Pizza stehen, denn Frau Ferrani hatte ihnen zum Unterrichtsende mitgeteilt, dass am Freitag ein Vorentscheid stattfinden werde, bei dem sich die Schüler für eine der beiden Gruppen am Prüfungstag qualifizieren sollten. Weil die Fahrzeiten teilweise sehr weit auseinanderlagen, hatte man beschlossen, die Klasse in zwei Leistungsgruppen einzuteilen.

Mit seinem neuen Wagen gewann Phil jedes Rennen. Ob die Techniker den Bugatti heimlich manipuliert hatten, wie Olaf behauptete, wusste natürlich niemand. Tatsache war, dass Olaf stets hinter Phil blieb, so sehr er seinen Motor auch triezte. Seine Laune verschlechterte sich mit jedem Tag, selbst Stefan bekam das zu spüren. Die meisten, insbesondere Leo, mieden seine Gegenwart.

Am Donnerstagnachmittag beschlossen Phil und Leo, eine Runde durch den Schulpark zu laufen. Leo wollte dem Trubel unter der Kuppel entgehen. Er war nur noch ein Nervenbündel. „Ich wünschte, du könntest mir helfen", sagte Leo und rieb sich die von schlaflosen Nächten entzündeten Augen.

„Du bist doch gut gefahren", tröstete Phil ihn. „Jedenfalls bekommt dein Auto keine Beulen mehr."

„Das ist bei einem Gummiauto keine Kunst. Aber übermorgen werde ich jämmerlich versagen und alle gucken zu. Und das Schlimmste ist ..." Leo schluckte. „Frida wird ganz sicher auch dort sein. Und vor lauter Aufregung mache ich bestimmt wieder irgendwelchen Blödsinn und blamiere mich bis auf die Knochen."

„Ist doch egal, Hauptsache ist, sie bleiben ganz."

Leo sah Phil verständnislos an.

„Deine Knochen, meine ich."

Leo schnaubte. Nach einer Weile seufzte er: „Ich wünschte, ich wäre so cool wie du, dann könnte ich beim Fahren klarer denken. Noch besser wäre, du würdest mir immer sagen, was ich tun soll. Jetzt nach links, Achtung, bremsen und so." Er blieb stehen. „Meinst du, dein Amulett wirkt auch bei mir?"

Phil nahm den Anhänger in die Hand. „Das können wir doch testen." Er blickte Leo fest in die Augen, aber der rührte sich nicht. „Hast du dir gewünscht, dass ich aufs Klo muss?", fragte Leo misstrauisch.

„Nein, du solltest einen Handstand machen."

Leo ließ die Schultern hängen. „Ich muss aber trotzdem." Kurze Zeit, nachdem er hinter einem Baumstamm verschwunden war, hörte Phil ein Klatschen und gleich darauf einen Schrei. Er rannte um den Baum herum. „Was ist los?"

Platt auf dem Boden liegend starrte Leo den Baum an. „Der hat mir eine runtergehauen." Auf seiner linken Wange wurde ein hellroter Striemen sichtbar.

„Das hätte aber ins Auge gehen können."

„Danke für dein Mitgefühl." Leo rappelte sich hoch und stürmte davon.

„Warte!“ Phil holte ihn ein. „Wir versuchen es noch mal.“

„Nur zu deiner Information – ich kann keinen Handstand. Und zwing mich bloß nicht, auf einen dieser verrückten Bäume zu klettern. Du weißt ja, wie das endet.“

Sie wiederholten die Prozedur. Allerdings hatte Leo keine Ahnung, was Phil von ihm verlangte.

„Diesmal solltest du mir den Schuh zumachen.“ Phil hob seinen rechten Fuß an. Die Enden des Schnürsenkels hingen an beiden Seiten herunter.

„Vergiss es“, empörte sich Leo, also band Phil seinen Schuh selbst zu. „Siehst du, es funktioniert nicht bei dir, weil du ein Mensch bist.“

Leo schrumpfte in sich zusammen. Plötzlich hob er den Kopf. „Und wenn du am Samstag für mich fährst? Natürlich etwas langsamer als sonst, aber vielleicht könntest du es so drehen, dass ich nicht als Letzter ins Ziel komme.“

„Wie stellst du dir das vor?“

„Unter dem Helm sehen wir alle gleich aus und wenn du deinen Anzug ein wenig auspolsterst ...“

„Mensch, Leo! Wenn sie uns erwischen, fliegen wir beide von der Schule. Diese Chance lässt Frau Schwan sich garantiert nicht entgehen.“

„Du musst mir helfen, bitte! Ich mach' mir in die Hosen vor Angst.“

„Ist doch egal, nach dem Rennen brauchst du den Anzug sowieso nicht mehr und Duschen gibt's genügend.“

„Phil!“, rief Leo. „Das ist nicht komisch!“

„Ist ja gut, ich hör' schon auf.“ Leos panischer Gesichtsausdruck löste bei Phil Mitleid aus. „Meinetwegen, versuchen wir's. Und jetzt lass uns schwimmen gehen.“

„Danke! Mir geht es gleich viel besser.“ Leo wirkte wie ausgewechselt. Beim Schwimmen alberte er mit Melanie herum, sodass Susanne demonstrativ die Kuppel verließ.

Als Phil sich nach dem Baden wieder anziehen wollte, war sein T-Shirt verschwunden. Er durchsuchte jede Stelle des Umkleideraums, Leo half ihm dabei, doch es tauchte nirgends auf. Glücklicherweise hatte er von zu Hause ein zweites Shirt mitgenommen.

Beim Abendessen fragte er, ob jemand ein schwarzes T-Shirt gesehen hätte. Die Antwort war allenfalls ein desinteressiertes Kopfschütteln. Sämtliche Gespräche drehten sich nur um ein Thema: das Qualifikationsrennen am nächsten Tag.

Vor dem Schlafen gingen Phil und Leo noch einmal in den Park. Leo hoffte, dass ihn die frische Luft schneller müde machte. Es war schon dunkel, als sie ihren Spaziergang beendeten. Im Schein der Laternen sahen sie Olaf und Stefan. Die beiden blickten sich nach allen Seiten um, ehe sie ins Haus schlichen.

Ein gefährliches Rennen

Am Freitagmorgen waren alle Schüler nervös. Sie drängelten sich um die Schüssel mit der Entspannungssuppe, trotz des verlockenden Duftes, den Herrn Bertolis Salamibrötchen und Käsehörnchen verströmten. Sogar Phil füllte sich etwas von der dunkelgrünen Suppe auf.

Leo erschien als Letzter am Büfett, da er erst von der Toilette weggekommen war, nachdem er Fridas Tropfen eingenommen hatte. Er griff sich die Schüssel mit der restlichen Entspannungssuppe und füllte noch eine Kelle von der veilchenblauen Furchtlossuppe hinein. Es zischte kurz in der Schüssel, dann hatte Leo eine türkisfarbene Flüssigkeit vor sich. Er nahm neben Phil Platz, der gerade ein Hörnchen in seine Tasse tauchte, setzte die Schüssel an und trank sie in einem Zug leer. Dabei tropfte etwas Flüssigkeit auf seinen Strickpullover, doch nicht einmal Stefan machte eine gehässige Bemerkung, weil Olaf anscheinend etwas sehr Wichtiges mit ihm zu besprechen hatte. Ab und zu lachten sie und sahen sich unauffällig um. Phil beschlich das ungute Gefühl, dass sie etwas ausheckten.

Das Qualifikationsrennen war für zwölf Uhr angesetzt. Davor hatten die Schüler noch Zeit für zwei Probeläufe.

Das erste Rennen gewann Phil, dennoch wirkte Olaf gelassen. Er hatte es auch nicht sonderlich eilig, zum zweiten Mal zu starten. Während die Schüler zu ihren Wagen stürmten, trödelte er im Unterrichtsraum herum. Erst lange nach allen anderen verließ er das Gebäude.

Mitten in der zweiten Runde brach das Computersystem zusammen. Die Fahrlehrer hatten keine Möglichkeit, die Fahrt ihrer Schüler am Bildschirm zu verfolgen, und waren deswegen sehr besorgt; besonders, als Stefan nicht wie gewohnt an drittletzter Stelle eintraf. Selbst Leo hatte

Stefan im Wald mit den variablen Hindernissen überholt, er konnte es kaum fassen. Ob Stefan einen Unfall hatte, konnte er nicht sagen, da er sich auf sein eigenes Auto konzentrieren musste. Man wollte schon einen Rettungswagen losschicken, als Stefan endlich in die Arena einfuhr.

Ralf Schumann lief seinem Schützling entgegen. „Was war los? Die gesamte Computertechnik ist ausgefallen. Wir konnten euch nicht sehen."

Stefan grinste. „Ach ja? Ich musste eine kurze Pause einlegen wegen eines dringenden Bedürfnisses."

Ein staubiger Geländewagen fuhr vor. Die Beifahrertür flog auf und Frau Ferrani hüpfte heraus. Frau Schwan wälzte sich hinter dem Lenkrad hervor. „Alle Fahrlehrer und Schüler werden gebeten, sich umgehend im Unterrichtsraum einzufinden", rief sie, sobald sie den ersten Fuß auf die Erde gesetzt hatte.

Sie drückte Frau Ferrani eine Ledertasche in die Hand. „Übernehmen Sie das bitte, ich komme sofort nach. Der Direktor hat mich gebeten, noch einmal die Wagen zu inspizieren." Frau Schwan öffnete die hintere Tür ihres Wagens und holte eine Liste heraus, die auf einer Schreibunterlage festgeklemmt war. Während Lehrer und Schüler zum Unterrichtsgebäude strömten, stieg sie wieder in den Wagen.

Im Unterrichtsraum verteilte Frau Ferrani Bänder mit unterschiedlich gefärbten Anhängern, kaum größer als das Ziffernblatt einer Uhr. Die Fahrlehrer erhielten Anhänger in derselben Farbe wie ihre Schüler.

„Trotz technischer Probleme findet das Qualifikationsrennen wie geplant statt", erklärte Frau Ferrani. „Mit Hilfe dieses Minisenders können sich Lehrer und Schüler verständigen." Sie zeigte, wie es funktionierte. Anschließend probierten alle Schüler und Fahrlehrer die Geräte gleichzeitig aus, wobei jeder versuchte, den anderen zu übertönen. Frau Ferrani pfiff durch die Finger und zeigte auf die Tür.

Auf dem Weg zur Arena kam ihnen Frau Schwan in ihrem Geländewagen entgegen. Nachdem Leo als Letzter eingetroffen war, da er noch auf die Toilette musste, forderte Frau Ferrani die Schüler auf, ihre Startpositionen einzunehmen.

Phil strich seinem Apollo, von dem die Farbe mittlerweile vollständig abgeblättert war, über das Dach wie ein Jockey, der seinem Pferd vor dem Rennen den Hals tätschelt. Dabei stellte er fest, dass die rostbraune Oberfläche seines Wagens mit einer klebrigen, durchsichtigen Schicht überzogen war.

Vielleicht ein spezielles Pflegemittel, dachte Phil, ehe er einstieg und den Apollo mit einer gewissen Genugtuung vor den schwarzen Bugatti lenkte.

Der Startschuss fiel und die Wagen setzten sich in Bewegung. Phil hatte einen ausgezeichneten Start und blieb bis zum Fluss an der Spitze. Im Flussbett hörte er plötzlich einen Knall. Im selben Moment drehte sich der Wagen um seine Achse. Nachdem er zum Stehen gekommen war, sah Phil die Bescherung – sein rechter Hinterreifen war geplatzt. Er griff nach dem Sender und meldete den Schaden. Währenddessen fuhren die anderen Wagen an ihm vorbei. Leo wollte anhalten, doch Phil winkte mit beiden Händen ab.

Innerhalb kürzester Zeit war ein Transporter zur Stelle. Vier Männer in dunkelblauen Anzügen sprangen heraus, bereits mit einem Ersatzrad in der Hand. In Sekundenschnelle hatten sie das defekte Rad ausgetauscht und Phil konnte seine Fahrt fortsetzen. Allerdings kam er nicht weit.

In der Ferne machte er auf der Betonschiene, die er sich ausgesucht hatte, einen flachen Hügel aus. Vorsorglich wechselte er die Spur, doch plötzlich kam Leben in den Hügel. Zwischen zwei Herzschlägen richtete sich ein Mann mit einem Speer auf. Nach kurzem Anlauf machte er einen Satz in den gelben Wüstensand, dabei versank er bis zu den Knien. Mit großen Schritten watete er durch die feinkörnige Masse wie durch einen Sumpf bis zu der Spur, auf der ihm der Apollo entgegenraste. Phil hatte keine Möglichkeit mehr, ihm auszuweichen. Mit quietschenden Reifen hielt er an. Der Mann kam um das Auto herum. „Steig aus! Sofort!“, befahl er. Jetzt erkannte Phil ihn – es war Tom, der bei den Aussteigern lebte. Phil zögerte. Er wusste, dass Tom ihn nicht mochte. Im Wagen hatte er wenigstens geringen Schutz vor ihm.

Tom riss die Tür auf und hielt ihm die Speerspitze an die Brust. „Los, raus mit dir!“, knurrte er. Vor dem Aussteigen musste Phil den Sicherheitsgurt lösen. Kaum war er draußen, zerrte Tom ihn beiseite und durchsuchte den Wagen. Dann stieß er den Speer schräg unter den Fahrersitz. Es zischte kurz und Tom sprang zurück. An der Spitze der Waffe wand sich eine schwarze Schlange mit einem auffälligen gelben Muster auf dem Bauch. Blut tropfte herunter. „Was ..."

„Erkläre ich dir später. Los, weiter!", herrschte Tom ihn an.

Phil schwang sich wieder in den Wagen. Die restliche Betonstrecke sowie das Kaktusfeld brachte er in Rekordzeit hinter sich. Bevor er das Ende der schwankenden Brücke erreicht hatte, bemerkte er einen riesigen Schatten, der sich über ihm ausbreitete. Ein knirschendes Geräusch ließ ihn zusammenzucken; zwei schwarze Krallen hatten sich durch die Seitenfenster und das Dach gebohrt. Einen Augenblick später bemerkte Phil, dass der Abstand zwischen ihm und der Brücke immer größer wurde. Voller Entsetzen sah er, dass sein Wagen nicht nur an Höhe gewann, sondern auch den Bereich des Sicherheitsnetzes verließ. Weit unter ihm brodelte der Fluss.

Einen Moment hing er regungslos in der Luft, dann gab es einen kurzen Ruck und Phil stürzte in die Tiefe. Er schrie, in seinem Kopf rauschte es. Unfähig, sich zu rühren, schloss Phil die Augen und wartete auf den Aufprall. Nach einer gefühlten Ewigkeit stoppte der Flug. Phil blinzelte, ihm war elend zumute. Auf seinem Trommelfell schienen Nadeln zu tanzen und er hatte das Gefühl, sein Magen sei in den Brustkorb gerutscht. Das Erste, was er wahrnahm, waren Wasserspritzer an der Scheibe. Phil stieß die Fahrertür auf, aber der Gurt hinderte ihn daran, herauszuspringen. Mechanisch griffen seine Finger nach dem Verschluss. Gerade noch rechtzeitig erkannte Phil, dass der Wagen nicht auf dem Wasser schwamm, sondern darüber hinwegschwebte. Er schaute nach oben, musste sich jedoch sofort wieder abwenden, weil er stark geblendet wurde. Die Tür prallte gegen einen Felsvorsprung und schleuderte Phil in seinen Sitz zurück. Seine Hände krallten sich in das Lenkrad, obwohl ihm klar war, dass er keine Kontrolle mehr über den Wagen hatte.

Die schroffen Felswände der Schlucht glitten an ihm vorüber. Bald stieg er abermals in die Höhe, die Sprungschanze tauchte auf. Hatte es sich das Monster anders überlegt und wollte ihn lieber auf dem Boden zerschellen lassen? Phil sah den Bugatti in den Wald mit den variablen Hindernissen einfahren. Gleich darauf näherte sich auch Phils Wagen dem Wald, aber aus der Luft und mit rasender Geschwindigkeit. Phil kniff vor Angst die Augen zu und hielt sich die Arme schützend vor den Kopf. Nach einem unsanften Ruck fand er sich nur wenige Meter von den ersten Bäumen entfernt auf der Straße wieder. Er riskierte nochmals einen Blick nach oben. Grelles Licht trieb ihm die Tränen in die Augen.

Mit butterweichen Beinen startete Phil den Wagen. Es fiel ihm schwer, sich auf die Strecke und die plötzlich auftauchenden Hindernisse zu konzentrieren. Nur knapp verfehlte er ein Reh, einen Igel übersah er beinahe. In letzter Sekunde lenkte er den Wagen so, dass das Tier zwischen die Vorderreifen geriet, und hoffte, dass es sich nicht von der Stelle bewegte.

Hinter dem Wald tauchte an der rechten Straßenseite ein Verkehrsschild mit einer Geschwindigkeitsbegrenzung von einhundert Kilometern pro Stunde auf. Phil kam ins Grübeln. War dies eine Falle? Oder sollte die Aufmerksamkeit der Schüler getestet werden? Irgendwie erschien ihm die Sache unsinnig. Sie fuhren um die Bestzeit und noch niemals hatte er gehört, dass es in einem Autorennen eine Geschwindigkeitsbegrenzung gab. Er beschleunigte. Wenig später stand ein Mann mit erhobener Kelle am Straßenrand. Beim Bremsen fiel Phil auf, dass sich der Mann nicht bewegte. Vermutlich hatte sich jemand einen Scherz erlaubt. Phil erhöhte wieder das Tempo. Zwar konnte er auf der geraden Strecke aufholen, doch er blieb bis zum Ende des Rennens Zweiter. Das konnte Phil verschmerzen, aber inzwischen fragte er sich, ob ihm jemand ernsthaft nach dem Leben trachtete.

„Alles in Ordnung, Phil?“, fragte Herr Schumann, als Phil erschöpft aus dem Wagen kletterte und mit bebenden Händen den Helm absetzte.

Offenbar hatten die Techniker das Problem bei der Überwachung noch nicht beheben können, sonst wäre die Frage überflüssig gewesen. Andererseits wusste dadurch niemand, dass Phil das Gebirge ausgelassen hatte. Es sei denn, ein Mitschüler hatte ihn beobachtet. Phil beschloss, den Mund zu halten. „Danke, es geht schon wieder. Das sind nur die Nerven“, sagte er.

Herr Schumann sah ihm prüfend in die Augen. „Du siehst aus, als hätte dich jemand durch einen Fleischwolf gedreht und hinterher wieder zusammengesetzt. Hattest du einen Unfall?“ Er betrachtete Phils Wagen. Gleich sieht er die Löcher im Dach und in den Scheiben, dachte Phil, aber das Auto wies keinen Kratzer auf.

„Ähm, ich hatte im Fluss eine Reifenpanne. Ich musste mich sehr beeilen, um wieder aufzuholen.“ Phil zwang sich, den Blick von Herrn Schumann zu erwidern.

Olaf kaute auf seiner Unterlippe. Falls er etwas mit den Übergriffen zu tun hatte, fragte er sich sicherlich, wie es Phil geschafft hatte, zu überleben und ihn beinahe noch einzuholen.

Die anderen Schüler trafen ein: zunächst die Zwillinge, dann Paul und der lange Lukas, Marcel und Susanne. Somit stand die erste Gruppe fest. Als erster Fahrer der zweiten Gruppe erreichte Stefan die Ziellinie, dicht gefolgt von Melanie.

Melanie, die sonst immer vor Stefan angekommen war, empörte sich lautstark, weil er im Gegensatz zu ihr das Verkehrsschild und den Polizisten ignoriert hatte. „Welchen Polizisten?“, fragte Susanne erstaunt.

„Der stand doch einige hundert Meter hinter dem Schild und hat mit seiner Kelle gewunken“, erklärte Melanie. „Ich habe angehalten, doch anscheinend wollte er mich nicht kontrollieren, jedenfalls hat er nichts gesagt. Also bin ich weiter gefahren.“

„Du hast angehalten?“, fragte Paul belustigt. „Ich hab freundlich zurückgewunken und bin an ihm vorbeigerauscht.“

„Stopp mal, was für ein Polizist, was für ein Schild? Wovon redet ihr?“ Herr Schumann sah sie fragend an.

„Hinter dem Wald waren nur hundert erlaubt und ich habe mich daran gehalten“, sagte Melanie beleidigt.

„Ich auch“, rief Claudia Schiefer, die gerade aus ihrem Wagen stieg.

Frau Ferrani rannte an ihnen vorbei. „Ich habe soeben ein Notsignal von Leo empfangen. Er behauptet, er habe einen Polizisten überfahren.“

Der Transporter fuhr vor und Frau Ferrani sprang auf den Beifahrersitz. Das Fahrzeug schoss wie ein Pfeil vorwärts. Allerdings fuhr es nicht auf der Straße, sondern mitten durch die Zuschauerreihen. Wider Erwarten hinterließ es keine Spur der Verwüstung.

„Ist das Auto schnell genug?“, zweifelte Phil.

„Natürlich. Das Auto ist während der Fahrt entmaterialisiert. Dadurch kann es die Luftlinie nehmen“, versicherte ihm Herr Schumann.

Es verging trotzdem eine Weile, bis der Transporter wieder eintraf – mit einem leichenblassen Leo, einem zerfledderten Polizisten und einem Verkehrsschild. Leos Wagen wurde etwas später von einem Mechaniker gebracht.

Frau Ferrani schleuderte den Polizisten oder vielmehr das, was von ihm übrig war, und das Schild auf den Boden. „Ich möchte nur wissen, wer sich diesen üblen Streich ausgedacht hat." Ihre Augen funkelten. „Morgen wird die ganze Strecke abgesichert. Und wenn ich dazu sämtliche Zuschauer einteilen muss!"

„Das wird nicht nötig sein, Lena", unterbrach sie ein Techniker. „Die Computer funktionieren wieder. Ein Virus hatte die Störung verursacht. Jemand muss ihn eingeschmuggelt haben."

„Das wird ja immer besser. Möglicherweise besteht zwischen beiden Ereignissen sogar ein Zusammenhang. Wenn ich den erwische!" Frau Ferrani wanderte auf und ab, ihre Fäuste öffneten und schlossen sich. „Wir werden heute Nacht im Unterrichtsraum Wachen aufstellen!"

Niemand wagte es, ihr in diesem Zustand zu widersprechen. „Und bei den Wagen auch, sicherheitshalber."

Einige Fahrlehrer hatten inzwischen das Qualifikationsrennen ausgewertet. Michael Schumann verlas die sich daraus ergebende Reihenfolge der Schüler beim Start in die Prüfung. Phil war froh über seinen zweiten Platz. Anscheinend war niemandem etwas Ungewöhnliches aufgefallen. Nur Paul stellte fest, dass er sich gar nicht erinnern könne, auf welchem Abschnitt Phil ihn überholt habe.

„Ich kann es dir auch nicht so genau sagen. Ich weiß nur, dass ich im Wald wieder direkt hinter Olaf war", sagte Phil.

Leo war am Boden zerstört. „Ich bin doch nur hundert gefahren, wie es vorgeschrieben war, trotzdem hat sich der Typ vor meinen Wagen geworfen, um mich zu stoppen. Ich habe ihn voll erwischt."

Phil versuchte, ihn zu beruhigen. „Es war doch nur eine Puppe."

„Das war mein oder vielmehr sein Glück. Ansonsten ..." Leo wurde noch eine Spur blasser.

„Mich interessiert viel mehr, wer versucht hat, mich aus dem Rennen zu werfen."

„Wieso, hattest du auch Ärger mit dem Polizisten?“

„Nein, aber mit einer Schlange in meinem Auto und einer Kreatur mit schwarzen Krallen auf der Brücke. Den platten Reifen hattest du ja mitbekommen.“

„Was für eine Schlange, was für eine Kreatur? Wenn du so viel Pech hattest, frage ich mich, wie du es auf den zweiten Platz geschafft hast.“

„Tom, der Aussteiger, und etwas Glänzendes aus der Luft haben mich gerettet.“

„Zuerst schwarz, dann glänzend und aus der Luft – vielleicht bist du auch ein wenig überdreht.“

Im Stillen suchte Phil selbst nach einer Erklärung für das Geschehene, doch sein schmerzender Kopf verhinderte jeden vernünftigen Gedanken. Nicht einmal das Essen konnte er genießen, obwohl ihnen Herr Bertoli mit knusprigen Mini-Pizzen sowie Bananen im Schokoladenmantel einen festlichen Empfang bereitete. Phil hatte gerade ein winziges Stückchen Pizza hinuntergewürgt und dachte darüber nach, ob er eine halbe Banane verkraften würde, als ihm das Erscheinen von Frau Schwan endgültig den Appetit verdarb.

Sie verschränkte ihre kurzen Arme und sah aus, als sei sie wenig erfreut darüber, alle Schüler gesund und mehr oder weniger munter vorzufinden.

„Für den morgigen Tag wünsche ich Ihnen viel Erfolg. Ich werde ebenfalls dort sein. Ich hoffe, es lohnt sich, meine wertvollen Stunden für Sie zu opfern.“

Nach diesen Worten schlurfte sie von dannen. Die Schüler gaben ihr genügend Zeit, sich zu entfernen, bevor sie den Balkon und anschließend die Schule verließen.

Phil und Leo trafen Frida in ihrem Garten an, wo sie damit beschäftigt war, Weinbergschnecken von den Salatköpfen zu sammeln. „Hallo Jungs, wenn ihr Ablenkung braucht, könnt ihr mir gerne helfen.“

Zwar hätte sich Phil lieber in den Liegestuhl gepackt, doch er folgte Leo in den Garten.

Frida warf die Tiere in einen großen Korb. „Ich werde sie auf der Wiese aussetzen. Es sei denn, ihr wollt sie essen. Die Schnecken sind ein echter Leckerbissen.“

Leo verzog das Gesicht, Phil krampfte sich der ohnehin gereizte Magen zusammen. Die beiden bückten sich nach den leuchtend roten, blauen und gelben Häusern. Phil staunte nicht schlecht, als ihm Leo ein Exemplar mit einer kleinen, sandgelben Pyramide auf dem Rücken zeigte. Wenig später hielt Phil eine Schnecke mit einem schneeweißen Fachwerkhäuschen in den Händen.

Nachdem sie das Beet abgesucht hatten, brachte Frida den Korb weg.

Phil und Leo dösten auf der Terrasse. Frida weckte sie mit gefüllten Schokoladenkeksen und Entspannungstee.

„Nun verratet mir mal, mit welchen Startnummern ihr morgen ins Rennen geht", fragte sie, während sie ihnen Tee eingoss. „Oder wollt ihr nicht darüber reden?"

Es war Leo anzusehen, dass er keine Lust hatte, darauf zu antworten.

„Ich bin der Zweite", sagte Phil. „Als Erster startet Olaf Junker."

„Das ist toll, Phil. Und du, Leoschatz?"

Leo betrachtete seine Knie. „Ich ... werde den krönenden Abschluss bilden."

„Prima. Dann wird also das gesamte Rennen für mich spannend", freute sich Frida. „Ich bin so stolz darauf, was ihr in der kurzen Zeit gelernt habt. Weißt du noch, Leo, was du für Angst vor dem Autofahren hattest?"

„Hattest ... das ist gut. Ich drehe immer noch fast durch, sobald ich ein Auto besteige."

Um Fridas Augen bildeten sich kleine Lachfältchen. „Du musst ja nicht gewinnen. Wichtig ist, dass du morgen über die Ziellinie fährst, am besten aus eigener Kraft. Und du, Phil, glaubst du, du kannst Olaf besiegen?"

„Er hätte als Erster starten können, wenn er heute nicht einige Pannen erlebt hätte. So war's doch, oder?", warf Leo ein.

Frida wirkte alarmiert. „Was für Pannen?"

Phil erzählte von den Übergriffen auf ihn während des letzten Rennens. Bereits bei Toms Erscheinen klappte Leos Kinnlade herunter. In dieser Stellung verharrte sie, bis Phil seinen Bericht mit dem Eintreffen in der Arena beendete.

Ein Hustenanfall, verursacht durch den trockenen Hals, ließ Leo zur Teetasse greifen. Als sich der Husten gelegt hatte, baute Leos Hand eine Luftbrücke zwischen seinem Mund und der Schüssel mit den Schokoladenkeksen auf, so schnell stopfte er die Kekse in sich hinein.

Aus Fridas Gesicht war sämtliche Fröhlichkeit gewichen. „Glaubst du, es waren die Schattenwesen?“

„Ich weiß es nicht. Ich habe nur schwarze Krallen gesehen. Aber warum sollten sie versuchen, mich in den Fluss zu werfen?“ Für Phil ergab das keinen Sinn, es sei denn … „Vielleicht haben sie meinen Vater entführt, um ihn zu töten, und nun haben sie es auf mich abgesehen.“

„Nein, Phil, das ist absurd. Welches Interesse sollte der König an eurem Tod haben? Wahrscheinlich ahnt er nicht einmal, dass du hier bist.“

„Von der Ankunft meiner Eltern hat er auch irgendwie erfahren. Manchmal habe ich das Gefühl, ich werde beobachtet, von schwarzen Schatten mit roten Augen.“

„In diesem Fall hätten sie längst die Gelegenheit gehabt, dich aus dem Weg zu räumen.“

Alle schwiegen bedrückt.

„Es gibt noch andere Wesen, die in der Lage sind, ein Auto davonzutragen – Drachen. Aber noch nie ist ein Mensch von einem Drachen angegriffen worden.“ Hier machte Frida eine Pause. „Und du konntest nicht erkennen, wer dich aufgefangen hat?“

„Nein. Es war, als ob ich in einen grellen Blitz sehe.“

„Der Legende nach lebt irgendwo verborgen ein goldener Drache. Wenn die Gerüchte stimmen, hat er dich möglicherweise gerettet. Und in diesem Fall besteht die Hoffnung, dass er es wieder tun wird.“ Frida griff nach Phils Hand. „Ich würde es mir nie verzeihen, wenn dir etwas zustößt.“

Verlegen zog Phil seine Hand wieder zurück. „Ich möchte nur wissen, wer sich an den Computern zu schaffen gemacht hat.“

„Olaf ist zu spät zum Start gekommen. Erinnerst du dich?“, rief Leo aufgeregt. „Er war nach mir der Letzte im Unterrichtsraum. Ich glaube, er hat dir das alles eingebrockt, um dich ausschalten.“

Frida strich sich eine Haarsträhne aus dem Gesicht. „Das sind schwerwiegende Anschuldigungen. Immerhin stand Phils Leben auf dem Spiel. Wenn ich nur daran denke ..." Klappernd räumte sie das Geschirr zusammen. „Kommt, lasst uns vor dem Abendessen ausreiten. Das wird euch gut tun."

„Das bezweifle ich", murmelte Leo.

Bald darauf ertönte Hufgetrappel. „Diesen Trick würde ich gern beherrschen", gestand Phil.

„Ihr müsst die Pferde in Gedanken vor euch sehen und beim Namen nennen. Der Hengst heißt Pegasus und die Stute Emma", erklärte Frida und streichelte ihren Schimmel, der zärtlich seine Nüstern an ihrem Arm rieb. „Allerdings müssen sie auch bereit sein, euch zu dienen."

„War ja klar, dass die Sache einen Haken hat." Leo seufzte, als er mithilfe des Klapphockers auf die Stute kletterte.

Phil freute sich genauso wie der schwarze Hengst auf den gemeinsamen Ausritt. Übermütig jagten sie über die Wiesen. Zwischendurch drehten sie eine Schleife, um auf Leo und Frida zu warten.

Erst als sie abends in ihren Betten lagen und Leo auf die einschläfernde Wirkung von Fridas extrastarkem Gute-Nacht-Tee wartete, keimte die Angst wieder auf. Während Leos größte Sorge war, dass Phils Tarnung auffliegen könnte und er doch selbst fahren müsste, fürchtete sich Phil vor einem weiteren Angriff. Wenn er an den Absturz über der Schlucht dachte, wurde ihm erneut übel. Aber er musste diese Prüfung unbedingt bestehen, was auch immer ihn erwartete. Das war die einzige Chance, zum König zu gelangen und seine Eltern zu retten. Würde er es nicht schaffen, wäre alles umsonst gewesen. Daran wollte Phil auf keinen Fall denken.

Er drehte den Kopf in Leos Richtung. „Kannst du auch nicht schlafen?"

„Nee ... bin putzmunter", nuschelte Leo verschlafen in sein Kissen. Der Tee tat seine Wirkung.

Phil schlich in die Küche und trank den Rest gleich aus der Kanne. Wieder im Bett betrachtete er durch die Fensterscheibe die blinkenden Sterne am tiefschwarzen Nachthimmel. Nach einer Weile nahm er sie nur noch undeutlich wahr, wie durch einen Vorhang, was Phil auf die Müdigkeit schob. Bald darauf fielen ihm die Augen zu.

Die erste Prüfung

Am Samstagmorgen wachte Phil ungewöhnlich früh auf. Leo schnarchte leise, ansonsten herrschte vollkommene Stille.

Phil schlüpfte in seine Sachen und verließ das Haus. Er lief bis zur Schule und überquerte die Straße, wobei er einem Bürstenfahrzeug ausweichen musste, das die Smaragde polierte. Der Fahrer warf einen missmutigen Blick auf Phils staubige Turnschuhe.

Auf einem schmalen Pfad gelangte Phil zu dem türkisfarbenen See, der ihn an die Lagunen erinnerte, die er gern auf Reiseprospekten bewunderte. Phil streifte Turnschuhe und Strümpfe ab, krempelte die Hosenbeine hoch und watete durch das flache Wasser. Da weder eine gefährliche Kreatur auftauchte noch sonst etwas Außergewöhnliches geschah, zog er Jeans und T-Shirt aus und schwamm einige Runden, immer in Ufernähe. Anschließend legte er sich in den warmen Sand, bis er trocken war. Über dem Ufer kreisten in großer Höhe schwarze Vögel. Als er auf dem Rückweg zufällig nach oben schaute, flogen sie immer noch über ihm.

Wie ein Häufchen Unglück saß Leo am Frühstückstisch und stocherte in seinem Rührei herum. „Heute kriege ich nichts runter“, sagte er matt und legte die Gabel zur Seite. Frida goss ihm frischen Tee ein. „Aber du hast Hunger, nicht wahr?“, wandte sie sich an Phil.

„Kann man wohl sagen.“ Bereitwillig ließ er sich eine Portion Rührei auffüllen. „Darf man in dem See bei der Schule eigentlich baden?“, fragte er mit vollem Mund.

„Natürlich. Frau Schwan wollte das zwar verhindern, doch sie hat niemanden gefunden, der den See einzäunt und Verbotsschilder aufstellt.“

„Deine Sorgen möchte ich haben“, brubbelte Leo.

Den Vormittag verbrachten sie damit, Frida im Garten zu helfen. Frida wagte es sogar, Leo mit einem Korb in die Erdbeeren zu schicken, denn wenn er wenig Appetit hatte, musste sie nicht damit rechnen, dass er mit rot gefärbter Zunge behauptete, es gäbe keine reifen Beeren.

Phil sammelte das Unkraut auf, wobei er sich fragte, warum Frida es wieder auf die Beete warf, wenn sie es schon herausgezogen hatte. Dann beobachtete er, wie eine Tomatenpflanze ihre Blätter zu einem Greifer formte, mit dem sie einen jungen Löwenzahn aus der Erde riss und in Phils Richtung schleuderte.

Die Zeit bis Mittag verging unheimlich schnell und je näher der Termin der Prüfung rückte, desto öfter rannte Leo auf die Toilette, bis Frida ihn an die Mixtur in dem Fläschchen erinnerte. Nachdem er einen Esslöffel voll genommen hatte, rauschte die Spülung seltener.

Phil, der tapfer darum bemüht war, sich seine Unruhe nicht anmerken zu lassen, hatte ein paar Sachen von Leo eingesteckt. Die wollte er im zweiten Rennen unter Leos Overall tragen.

Schon von Weitem sahen sie die Menge, die vom Dorf zur Arena strömte. Als sie sich anschlossen, winkte jemand neben ihnen. Es war Paul, der unnatürlich blass aussah. Neben Leo wirkte seine Gesichtsfarbe allerdings fast rosig.

Die Arena füllte sich. Die Bildschirme gegenüber den Sitzreihen zeigten die gesamte Rennstrecke im Überblick.

Frida und Leo suchten sich einen Platz in den vorderen Reihen, Phil und Paul bogen zu den Umkleideräumen ab. Die meisten Schüler der ersten Gruppe waren schon dort.

Der lange Lukas suchte verzweifelt seine Handschuhe. „Wo, verdammt noch mal, sind die blöden Dinger?“ In der Aufregung stieß er seinen Helm von der Bank. Als er ihn aufhob, fielen Handschuhe heraus. „Hab ich euch! Möchte bloß wissen, wer euch da reingesteckt hat.“ Grimmig blickte Lukas um sich.

„Das warst du selbst, du Pfeife“, bemerkte Olaf.

Lukas kniff die Augen zusammen. „Vielen Dank für den Tipp, aber an deiner Stelle würde ich den rechten Handschuh nicht auf die linke Hand ziehen, du Schlaumeier.“

Olaf schleuderte seinen Handschuh weg und ging auf Lukas los. Der hob die Fäuste wie ein Boxer. Lautes Klopfen trieb die beiden auseinander. „Seid ihr fertig?“ Frau Ferrani klang ungeduldig. Sie ließ die Schüler ihren Startnummern entsprechend antreten. In dieser Reihenfolge marschierten sie in die Arena ein. Tosender Beifall prasselte auf sie herab.

Nachdem der Schuldirektor die Gäste begrüßt und die Schüler der ersten Gruppe vorgestellt hatte, liefen sie hinüber zu ihren Wagen. Dort wurden sie von ihren Fahrlehrern erwartet. Einige hatten dunkle Ringe unter den Augen, weil sie die Nacht bei den Fahrzeugen verbracht hatten.

Herr Schumann stand an einen Wagen gelehnt, der von einer rostbraunen Decke eingehüllt war. „Ich muss dich vorwarnen, Phil. Unsere Leute haben an deinem Wagen neue Farben ausprobiert“, sagte er zur Begrüßung.

„Jetzt ist er noch hässlicher als vorher“, zischte Olaf schadenfroh.

Lukas blieb stehen. „Hauptsache, er ist immer noch schneller als der Bugatti.“

Mit einem Ruck entfernte Herr Schumann die Decke. Zunächst glaubte Phil, der Apollo würde brennen. Rote, orange und gelbe Flammen züngelten auf dessen Oberfläche, doch sie bewegten sich nicht wirklich, die Farbe erweckte nur diesen Eindruck. „Gefällt er dir?“

Phil strich mit den Fingerkuppen über das Wagendach. „Kann man wohl sagen.“

„An den könnte ich mich auch gewöhnen. Na, Junker, hat’s dir die Sprache verschlagen?“, stichelte Lukas.

Olaf verzichtete auf eine Antwort. Bevor er in sein Auto einstieg, rief er: „Schluck meinen Staub, Marten!“ Die Wagen reihten sich versetzt hintereinander auf, eine bunte, grollende Meute, die nur auf das Signal für die Jagd wartete. Der Startschuss ertönte und die Wagen schossen mit jaulenden Motoren vorwärts.

Phil musste aufpassen, dass er nicht auf den Bugatti auffuhr. Auf der Hindernisstrecke und im Tunnel hätte zwischen beide Wagen kaum ein Turnschuh gepasst.

Im Flussbett wagte Phil den ersten Überholversuch. Er scherte nach links aus und war bald auf gleicher Höhe mit Olafs Wagen. Als Phil jedoch an Vorsprung gewann, rammte Olaf ihn, sodass er seitlich weggedrückt wurde und zurückfiel.

Den nächsten Versuch wollte Phil erst auf den Betonspuren starten. Da Olaf die rechte Spur nahm, entschied Phil sich für die mittlere. Langsam holte er auf. Olaf wechselte ebenfalls auf die mittlere Spur und bremste ihn auf diese Weise aus. Mit ein paar deftigen Ausdrücken wählte Phil bei der nächsten Gelegenheit die rechte Spur und beschleunigte, bis er so schnell war, dass sich die Betonschiene vor seinen Augen in einen flimmernden Strich verwandelte. Phil wusste, dass Olaf vor dem Ende der Strecke noch einmal die Möglichkeit hatte, auf die rechte Spur zu wechseln, während er selbst darauf gefangen war. Er traute Olaf durchaus zu, ihn von der Bahn zu fegen und später zu behaupten, ihm sei ein Fahrfehler unterlaufen.

Unweit des Kaktusfeldes raste Olaf auf das letzte Verbindungsstück. Ein Ruck ging durch Phils Wagen. Olafs Bugatti war gegen den Apollo geprallt, aber Phil konnte den Stoß abfangen. Für den Rest der Betonstrecke war Olaf gezwungen, hinter ihm zu bleiben.

Auf dem Kaktusfeld schlug Phil wilde Haken. *Schluck meinen Staub, Junker!*

Tatsächlich war der schwarze Wagen für kurze Zeit in einer Staubwolke verschwunden, tauchte jedoch bald darauf weiter links wieder auf. Phil kam einigen Kakteen gefährlich nahe. Er hoffte, dass sie ihre Stacheln nicht schnell genug abfeuern konnten. Die Pflanzen reagierten äußerst gereizt auf diese Provokation. Ganz sicher würden sie jedem nachfolgenden Fahrzeug einen heißen Empfang bereiteten.

Auf der Hängebrücke, die Phil als Erster erreichte, fuhr Olaf so dicht auf, dass sich die Stoßstangen ihrer Wagen beinahe berührten.

Kurz vor dem Ende der Brücke glitt ein Schatten über die Straße. Das war's! Phil brach der Schweiß aus. Um nicht in Panik zu geraten, konzentrierte er sich auf das Fahren. Was konnte er auch weiter tun? Anhalten brachte erst recht nichts. Ohne Zwischenfall erreichte er das Ende der Brücke, er konnte es kaum fassen.

Im Gebirge gelang es ihm sogar, den Abstand zu Olaf zu vergrößern – bis zum Hochplateau. Nur für die Dauer eines Augenaufschlags lenkte ihn ein Flimmern in der Luft ab. Als er wieder auf die Straße blickte, hatte er den Bugatti vor sich. Wütend über sich selbst raste Phil die Schräge hinunter. Nach einer harten Landung peitschte er den Apollo zur Höchstleistung.

Im Wald musste er die Geschwindigkeit wieder drosseln, um einen Zusammenstoß mit einem Krähenschwarm zu vermeiden. Er wich einem Pony, einem Biberpaar und einer Anakonda aus, die so lang war, dass sie fast die gesamte Straßenbreite einnahm. Da kein weiteres Tier auftauchte, gab er mehr Gas. Völlig unerwartet hüpfte ein ausgewachsenes Känguru vor seinen Wagen. Phil riss das Lenkrad herum, war sich jedoch ziemlich sicher, dass er es am Schwanz erwischt hatte.

Endlich erreichte er die breite Straße. Phil zog den Apollo nach links hinüber und drückte das Gaspedal bis zum Anschlag durch. Im letzten Moment schnitt Olaf ihm den Weg ab. So oft Phil auch zum Überholen ansetzte, Olaf ließ ihn nicht vorbei.

Für einen Augenblick spielte Phil mit dem Gedanken, den Bugatti wegzudrängeln, aber dann fiel ihm ein, wie viele Leute sie beobachteten.

Schon jagten sie in die transparente Achterbahn. Olaf war so schnell, dass er in den Kurven ganz nach außen gedrückt wurde. Plötzlich kam Phil ein Gedanke. Er kannte die Achterbahn auswendig. Vor der nächsten scharfen Rechtskurve lenkte er nach links, als wolle er überholen. Wie erwartet holte Olaf ebenfalls nach links aus. Dabei streifte sein Wagen die durchsichtige Balustrade. Phil ergriff die Gelegenheit und schoss rechts an ihm vorbei.

In der Arena brach Jubel aus. Olafs Wagen schlingerte, wodurch er zurückfiel.

Der Apollo erreichte als Erster die Ziellinie und die Menge tobte. Die Leute waren aufgesprungen und schwenkten bunte Fahnen.

Phil wurde aus dem Wagen gezogen und in die Luft gehoben. Aus seinem Helm heraus konnte er kaum etwas sehen, aber er hörte den Lärm und wusste, dass er ihm galt – und er genoss den Triumph. Als er wieder auf den Füßen stand, drückte ihm der Direktor anerkennend die Hand.

„Und was ist mit mir? Immerhin bin ich Zweiter!“, brüllte Olaf über den ohrenbetäubenden Lärm hinweg.

„Wir unterhalten uns noch, zum Beispiel über unfaire Fahrweise", antwortete Herr Junker kühl. Damit ließ er seinen Sohn stehen, um die nacheinander eintreffenden Fahrer zu beglückwünschen.

Michael Schumann umarmte Phil. „Du warst großartig. Aber eigentlich müsste ich sauer auf dich sein."

„Wegen des Kängurus?"

„Nein, obwohl ich sagen muss, dass es ganz schön knapp war. Nun, du hast einen neuen Streckenrekord aufgestellt. Du warst zwei Minuten und zwölf Sekunden schneller als ich. Ob ich dir das jemals verzeihen kann ..." Herr Schumann lachte. „Ich bin stolz auf dich." Wenn etwas Phils Glücksgefühl noch steigern konnte, so war es dies.

Herr Schumann gratulierte auch Olaf. „Weißt du, Olaf, du bist ein ausgezeichneter Fahrer, nur mit den Regeln hast du ernsthaft Probleme."

Anschließend wandte sich Herr Schumann den anderen Fahrern zu. Paul hatte es geschafft, die Zwillinge zu überholen und lag somit vor ihnen auf dem dritten Platz. Lukas war als Sechster ins Ziel gerollt, Marcel und Susanne folgten.

Die zweite Gruppe wurde über Lautsprecher aufgefordert, sich startbereit zu machen. Phil entschuldigte sich bei den Leuten, die ihn umringt hatten, und lief zu Frida und Leo. Leos Gesicht hatte die Farbe von Kalk angenommen. „Bin ich froh, dass du wieder da bist."

Frida drückte Phil an sich. „Das war super, auch wenn ich vor Aufregung beinahe mein Taschentuch zerbissen habe. Nach Leos Rennen wird es wohl endgültig hinüber sein." Durch ihre Finger schimmerte eine zerknüllte Stoffkugel. „Möchtest du Leos Platz einnehmen?" Sie zeigte auf den Sitz neben sich.

„Ja, schon, aber nicht hier, ich meine ... ich muss ... zuerst auf die Toilette." Phil trieb Leo an. Stefan, Kai, Michael und Jan waren vor ihnen im Umkleideraum. Unauffällig stahl Phil sich mit dem Rucksack auf die Toilette. Leo schob seinen Overall unter der Tür durch.

„Willst du dich nicht umziehen?", fragte Jan.

„Ich … ich muss mich erst mal frisch machen", antwortete Leo.

Stefan lachte gehässig auf. „Die Niete kann sich nachher frisch machen."

Phil hörte Frau Ferrani rufen und danach das Klappern der Außentür. Er wartete noch einen Augenblick, bevor er die Toilette verließ. Seinen eigenen Overall stopfte er in den Spind, ebenso Leos Helm, Handschuhe und Schuhe. Dann trat er hinaus zu den anderen.

Frau Ferrani empfing ihn ungeduldig: „Da bist du ja endlich. Warum trägst du schon deinen Helm? Du kommst nur unnötig ins Schwitzen."

Die Gruppe setzte sich in Bewegung, mit Stefan an der Spitze, gefolgt von Melanie, Kai, Michael und Jan. Claudia lief vor Phil. Sie hatte ihr langes Haar zu einem Zopf geflochten. Trotz der derben Schuhe gelang es ihr, leichtfüßig zu tippeln. Phil wurde heiß unter den vielen Sachen. Als sie die Arena erreicht hatten, lief ihm der Schweiß über Gesicht und Rücken.

Auch die zweite Gruppe wurde mit donnerndem Applaus begrüßt. Der Direktor begann, die Fahrer nacheinander vorzustellen. Jemand stieß Phil in den Rücken. „Du musst den Helm abnehmen!"

„Geht nicht", flüsterte Phil. „Er klemmt."

„Dann klapp wenigstens das Visier hoch." Schweiß tropfte auf Phils Schuhe, als er mit geöffnetem Visier und gesenktem Kopf dastand.

„Leo – Leo!" Phil blinzelte nach oben. Es war Frida, die ihm zuwinkte. Schwach winkte er zurück.

Endlich durften sie zu den Wagen. Hastig drückte Phil das Visier wieder herunter.

Maik Heckerle wartete bereits. „Was ist mit deinem Helm, Leo?"

„Ach, nichts weiter. Er klebt nur, weil ich schwitze." Unter dem geschlossenen Helm klang Phils Stimme dumpf.

„So kannst du auf keinen Fall fahren. Zuerst müssen wir überprüfen, ob dein Helm richtig sitzt. Er darf nicht am Kopf kleben."

„Das ist nicht nötig, ich komme schon zurecht."

„Bedaure, aber die Vorschrift will es so. Ich bin für deine Sicherheit verantwortlich, und ich bestehe darauf, dass du mir jetzt den Helm gibst, ansonsten lasse ich dich nicht starten." Herr Heckerle streckte die Hände aus.

Phil wich zurück. „Ich muss noch mal austreten", entschuldigte er sich und stürzte davon. „Toiletten sind unter der Tribüne. Gib mir vorher deinen Helm!", rief Herr Heckerle ihm nach. So schnell es die schweren Schuhe erlaubten, rannte Phil zu den Umkleideräumen. „Leo", keuchte er und zerrte Leos Schutzkleidung aus dem Spind. Da niemand antwortete, holte er tief Luft und brüllte. „Leo? Ich bin's, Phil."

Phil riss sich den Helm vom Kopf und Leos Sachen vom Leib. Die Tür zum Duschraum knarrte. „Was ist los?", hauchte Leo, seine Finger kneteten ein Handtuch.

„Du musst selbst fahren. Beinahe wäre alles aufgeflogen. Beeil dich, sie warten schon."

Leo rührte sich nicht. Wirf jetzt bloß nicht das Handtuch, dachte Phil, aber da fiel es Leo schon aus der Hand und er bewegte sich immer noch nicht. „Leo, es ist das allerletzte Mal. Du kannst es doch, du hast es bis jetzt auch ganz allein geschafft." Er hielt ihm die Hosenbeine des Overalls hin. Unendlich langsam stieg Leo hinein. Während er den Anzug hochzog, stopfte Phil Leos Füße in die Schuhe und schnürte sie zu.

„Warte, ich brauche noch mein Taschentuch!"

Phil verdrehte die Augen, als Leo den Overall wieder abstreifte, um an seine Hosentaschen zu kommen. Zuerst beförderte er ein Bündel zerknautschter Blätter heraus. „Furchtlosminze!" Leo stopfte das ganze Bündel auf einmal in den Mund und fing an zu würgen. Er hustete, rannte zum Waschbecken, wobei er fast gestürzt wäre, weil ihm der Overall inzwischen bis in die Kniekehlen gerutscht war, und trank Unmengen an Wasser, bis er mit tränenden Augen und schniefender Nase endlich alles heruntergeschluckt hatte.

„Jetzt brauchst du wirklich ein Taschentuch."

Mit zitternden Händen fand Leo eins in der anderen Hosentasche.

„Mach schon!"

„Ich muss mal."

„Oh, nein ..."

Leo stolperte zur Toilette. Für einen Moment befürchtete Phil, dass er sich einschließen wollte, doch nach einigen quälend langen Minuten kam Leo wieder heraus. Phil stülpte ihm den Helm über den Kopf. „Die Handschuhe kannst du unterwegs anziehen." Er schob Leo zur Tür hinaus. Gemeinsam trabten sie zur Arena.

Als sie eintrafen, ging ein Gemurmel durch die Reihen. Einige zeigten mit dem Finger auf Leo. Herr Heckerle nahm Leo kurzerhand den

Helm ab. Durch das Laufen waren Leos Haare nassgeschwitzt. Wenigstens konnte er deswegen nicht misstrauisch werden.

Melanie verschränkte die Arme. „Deinetwegen müssen wir alle warten. Manchmal stellst du dich aber auch wirklich an, Leo."

„Bist du jetzt sauer auf mich?", fragte Leo kläglich.

„Ich glaube, ich muss erst einmal Abstand gewinnen." Sie stieg in ihren Wagen.

„Keine Kunst von der zweiten Startposition aus." Phil sah ihr verärgert nach. Ausgerechnet jetzt musste sie Leo so anfauchen, als ob es ihm nicht ohnehin schlecht ginge.

Leo durfte seinen Helm wieder aufsetzen. Herr Heckerle klopfte dreimal mit dem Fingerknöchel darauf. „Also dann, Leo – Augen zu und durch!"

Da Leo versuchte, mit dem linken Fuß zuerst ins Auto zu klettern, dauerte es eine Weile, bis er richtig saß. Beim Anschnallen half ihm Phil. Leos Hand flatterte zum Zündschlüssel und drehte daran. Es schnarrte kurz, aber der Motor sprang nicht an. „Was jetzt?" Leo klang panisch.

„Nach dem Zünden musst du den Fuß von der Bremse nehmen. Das Gaspedal ist eins weiter rechts."

„Ach ja, ganz vergessen." Der zweite Versuch klappte.

Die Wagen rollten zum Start, der grüne Mercedes holperte hinterher. Nach dem Startschuss machte er einen Satz – und stand. Schon eilten einige Techniker herbei, doch plötzlich preschte Leo mit quietschenden Reifen vorwärts. Die Männer sprangen in letzter Sekunde zur Seite.

Phil wartete, bis der Mercedes die Arena verlassen hatte, und ging dann zu den Sitzreihen. „Du bist ja vollkommen durchgeschwitzt. Hast du dich so beeilt?", wunderte sich Frida.

„Kann man wohl sagen", antwortete Phil.

„Zieh dein T-Shirt aus. Wir hängen es zum Trocknen über die Rückenlehne."

Als Phil die Lehne begutachtete, warf ihm Sangria, die schräg hinter ihnen saß, eine Kusshand zu.

Schnell drehte er sich wieder um. „Ach, das trocknet auch so."

„Wie du meinst." Frida konzentrierte sich wieder auf den Bildschirm. Während sich die anderen Wagen rasch dem Tunnel näherten, schlich der Mercedes wie eine grüne Schnecke auf der Hindernisstrecke. „Was macht er nur?“

„Ich glaube, er hat einen schlechten Tag“, erwiderte Phil, der von Gewissensbissen geplagt wurde. Er hätte Leo irgendwie am Start hindern müssen. So zerstreut war er eine Gefahr für sich selbst.

Gerade trödelte Leo an einem kleinen Felsen vorbei, als plötzlich etwas Weißes dahinter auftauchte. Der Mercedes bremste scharf, beschleunigte wieder und fuhr mitten in eine Baumgruppe hinein. Eine Weile hüpfte der Wagen zwischen den Stämmen hin und her, ehe er zurück zur Straße fand.

Dann preschte er an allen Hindernissen vorbei. Das eine oder andere wurde dabei leicht gestreift. Einmal fuhr Leo nach einem Zusammenstoß mit einem Feldstein einige hundert Meter auf zwei Rädern weiter, doch rechtzeitig vor der Einfahrt in den Tunnel fing er sich wieder. Obwohl er in der dunklen Röhre ein kleines Feuerwerk verursachte, beschleunigte er den Wagen. Auf der dreispurigen Betonstrecke überholte er den roten Ferrari. Anschließend flohen einige Kakteen zur Seite. Die Brücke schwankte, als der Mercedes darüber hinwegjagte.

Selbst in den Bergen verringerte Leo das Tempo nicht. Zweihundert Kilometer pro Stunde wurden auf dem Bildschirm eingeblendet, als Leo auf die Schanze zusteuerte. „Oh Mann, Leo, das ist viel zu schnell“, murmelte Phil entsetzt, Frida hielt sich die Hände vors Gesicht.

Der Mercedes stieg steil nach oben, aber schon bald flog er beinahe senkrecht wieder nach unten. Der Wagen setzte mit der Stoßstange auf, überschlug sich mehrmals und landete schließlich auf den Rädern. Für einen Moment stand er still, in der Arena war kein Mucks zu hören. Als der Mercedes wieder anfuhr, ging ein erleichtertes Raunen durch die Menge. Frida hielt das Gesicht immer noch bedeckt. „Was ist passiert?“

Endlich konnte Phil ausatmen. „Leo fährt weiter.“

Soeben donnerte Leo in den Wald mit den variablen Hindernissen hinein. „Und wie er fährt!“

Leos Wagen fuhr durch alles hindurch, was die Straße kreuzte. Die Zeitverluste wurden auf dem Bildschirm angezeigt. Beim Überholen erledigte er sogar einen Hirsch für Jan, allerdings wurde umgehend ein neuer ins Rennen geschickt.

Auf der freien Strecke brauste der Mercedes an Michael, Kai und sogar an Stefan vorbei. Nun lag nur noch Melanies hellblauer Audi vor ihm.

Auch die Achterbahn nahm Leo zu schnell, ab und zu prallte der Mercedes von der Balustrade ab. Endlich erschienen der hellblaue und gleich darauf der hellgrüne Wagen in der Arena. Vor Begeisterung klatschten die Leute im Rhythmus.

Phil und Frida rannten zur Ziellinie, aber Leo schoss übers Ziel hinaus und kam erst weit dahinter zum Stehen. Zunächst weigerte er sich, den Wagen zu verlassen, doch als Frida ungeduldig an die Scheibe klopfte, stieg er mit wackeligen Beinen aus.

Überglücklich schloss Frida ihn in ihre Arme. Nachdem sie ihn wieder freigegeben hatte, klopfte ihm Herr Heckerle auf die Schulter. „Ich wusste, du hast es drauf, Leo!“, rief er begeistert. Frau Ferrani warf sich Leo an den Hals. „Was habe ich deinetwegen für schlaflose Nächte gehabt! Und jetzt hängst du die anderen einfach ab.“ Sie ließ Leo los und umarmte Herrn Heckerle.

Den schönsten Lohn bekam Leo von Melanie – einen langen Kuss auf die Wange. „Tut mir leid wegen vorhin“, flüsterte sie.

„Ist schon vergessen.“ Leo drehte seinen Helm in den Händen. Es war unmöglich festzustellen, wer von den beiden schneller rot wurde.

„Was ist denn plötzlich in dich gefahren?“, wollte Phil wissen, als sich der Trubel um Leo etwas gelegt hatte.

„Hast du ihn denn nicht gesehen?“, entgegnete Leo.

„Wen denn?“

„Na, den weißen Wolf!“

„Silver?“, fragte Frida ungläubig.

„Ja! Auf der Hindernisstrecke kreuzte er mit gefletschten Zähnen hinter einem Felsen auf, da ist bei mir ’ne Sicherung durchgebrannt. Ich bin um mein Leben gefahren. Na ja, immerhin war ich schneller als sonst.“

„Kann man wohl sagen“, bestätigte Phil.

Frida drückte Leo noch einmal an sich. „Ich bin so froh, dass du heil angekommen bist.“

Nach einem frostigen Blick von Melanie trat sie einige Schritte zurück. „Jetzt ist mir auch klar, warum Manne es mit einem Mal so eilig hatte.“

„Wieso? Habt ihr den Wolf denn nicht auf dem Bildschirm gesehen?“

„Nein, da war nur ganz kurz ein heller Schimmer. Silver muss gleich wieder untergetaucht sein.“

„Und ich dachte, er ist die ganze Zeit hinter mir her. Wenn ich das gewusst hätte ...“

„... wärst du jetzt noch gar nicht hier“, stellte Phil fest.

Leo sah hinüber zu den jubelnden Zuschauern und streckte sich. „Hast recht.“ Er grinste breit.

Frida konnte sich nicht beruhigen. „Jetzt lungert dieses Untier sogar an der Rennstrecke herum. Wird wirklich Zeit, dass Manne ihm das Handwerk legt.“

Die Vorbereitungen für die Siegerehrung waren bereits in vollem Gange. Phil wurde noch einmal zu den Umkleideräumen geschickt, um seinen Overall wieder anzuziehen. „Ich weiß gar nicht, warum du den abgelegt hast“, sagte Herr Schumann. „Aber den Helm kannst du gleich dort lassen. Sonst geht es dir noch wie Leo, der darunter so geschwitzt hat, dass er ihn beinahe nicht mehr absetzen konnte.“

Phil nickte nur und machte, dass er wegkam.

Wenig später stand er auf dem Siegerpodest und winkte der begeisterten Menge zu. Herr Junker hängte ihm ein breites Band mit einer goldenen Medaille um den Hals. Während er seinem Sohn die Silbermedaille überreichte, blickte dieser starr durch ihn hindurch, als wäre er Luft. Selbst als sein Vater ihn zu seiner hervorragenden Zeit beglückwünschte, denn auch er hatte den Rekord von Michael Schumann gebrochen, verzog Olaf keine Miene.

Paul dagegen schwenkte seine Bronzemedaille übermütig in der Luft, nachdem er sie dreimal hintereinander geküsst hatte.

Melanie und Leo standen etwas abseits Hand in Hand. Sie bekamen keine Auszeichnung, weil ihre Zeit, obwohl sie die Schnellsten der zweiten Gruppe waren, hinter der von Paul lag. Allerdings machten sie nicht den Eindruck, als ob sie das störte.

Eindeutiger Verlierer des Tages war Stefan, der durch mehrere Fahrfehler auf den letzten Platz gerutscht war. Kein Schüler bedauerte ihn, nicht einmal Olaf.

Nach der Siegerehrung verwandelte sich der Rasen der Arena in eine Festwiese. Es gab Getränke und Speisen, die Stände von Silvio und Herrn Bertoli waren sofort dicht umlagert.

Aus den Lautsprechern ertönte Musik, einige Leute tanzten auf der Asphaltstraße. Melanie und Leo hatten sich ein ungestörtes Plätzchen auf dem Rasen gesucht. Phil stellte sich freiwillig nach Schokoladeneis für Frida an, weil Sangria angedeutet hatte, dass sie gern mit ihm tanzen würde. Von seinem Platz in der geduldig wartenden Schlange aus entdeckte er den Aussteiger Tom, doch als Phil ein paar Schritte in dessen Richtung machte, verschwand er. Dafür schlenderten weitere Männer aus dem Waldlager über die Wiese, unter ihnen der Bärtige und Dominic.

Nachdem Phil Frida das Eis gebracht hatte, holten ihn Paul und Lukas ab.

Von Weitem beobachtete Phil, wie Dominic sich mit einer bunten Schachtel in der Hand Frida näherte. Als sich Direktor Junker neben Frida setzte, machte er kehrt und peilte stattdessen ein großes Weinfass an.

Paul und Lukas hatten es eilig. Phil musste aufpassen, um sie nicht zu verlieren. Bevor er wusste, wie ihm geschah, hatte Claudia seinen Hals umschlungen. Nur durch eine überstürzte Flucht konnte Phil verhindern, dass sie ihn küsste. „Ach, Phil, sei doch nicht so schüchtern", rief sie ihm enttäuscht hinterher.

„Das habe ich ihm auch schon gesagt", meinte Sangria, die Phil um wenige Sekunden verpasst hatte.

Grinsend warteten Paul und Lukas auf ihn. Als Nächstes liefen sie Frau Ferrani in die Arme. Ihre Wangen waren gerötet, das Haar war noch zerzauster als sonst. Kichernd versuchte sie, alle drei gleichzeitig zu umarmen.

Die Zwillinge feuerten aus sicherer Entfernung kleine Raketen auf Lukas ab, die mit lautem Knall über seinem Kopf explodierten und seine grünen Haare in ein violettes Licht tauchten.

„Los, kommt, ich weiß, wo es die Dinger gibt." Paul bahnte sich einen Weg durch die Menge. An einem Stand mit Feuerwerkskörpern drängelte er sich vor ein paar kleine Jungen und verlangte Silberschlangen und Knallfrösche. Während Phil die Auslagen betrachtete, hatte er wieder das Gefühl, beobachtet zu werden, aber er fühlte sich nicht bedroht. Wo sollten sich die Kreaturen mit den roten Augen hier auch verstecken?

Am Stand hielt sich außer ihnen und den kleinen Jungen niemand auf. Ein zierliches Mädchen mit langen, kastanienbraunen Haaren kehrte ihm den Rücken zu und entfernte sich.

Die Knallfrösche, die ihren gallertartigen Inhalt neben seinen Füßen verspritzten, brachten Phil augenblicklich auf andere Gedanken. Zusammen mit Paul und Lukas machte er Jagd auf die Zwillinge und genoss es einfach, Spaß mit seinen Freunden zu haben.

Katzenmenschen

Am Montagmorgen kamen sie beinahe zu spät zur Schule, weil Leo auf halber Strecke eingefallen war, dass er etwas Wichtiges vergessen hatte. Er bestand darauf, allein zurück zu laufen. Als er Phil wieder einholte, hatte sein Rucksack merkwürdige Beulen.

Die Schüler hatten sich vor dem verschlossenen Tor versammelt. Phil und Leo wurden wie Helden begrüßt. Strahlend griff Melanie nach Leos Hand. Claudia löste sich aus der Umarmung von Marcel und strich mit den Fingerspitzen über Phils Oberarm. „Guten Morgen, mein starker Rennfahrer", hauchte sie. Ehe Phil eine passende Antwort eingefallen war, hatte sich Claudia bereits umgedreht und stöckelte auf hochhackigen Schnürstiefeln und in einem sehr kurzen rückenfreien Kleid zurück zu Marcel, der sie zähneknirschend erwartete. Etwas abseits und nicht minder zähneknirschend standen Olaf und Stefan. Susanne gesellte sich zu ihnen. Sie drückte Stefan mit einem Arm an sich, dass seine Knochen krachten, und verkündete: „Ab jetzt werde ich mich um dich kümmern. Ich werde dafür sorgen, dass dir niemand ein Haar krümmt, mein Zarter."

„Dann lässt du mich am besten gleich mal los", japste Stefan.

Widerwillig löste Susanne ihren Arm und gab Stefan einen leichten Klaps auf die Schulter, der seine Knie zum Einknicken brachte.

Frau Schwan schlurfte den Weg entlang. Sie hatte dunkle Halbmonde unter den Augen.

„Ich hoffe, Sie haben besser geschlafen als ich", knurrte sie zur Begrüßung. Als ihr Blick auf Claudia fiel, verengten sich ihre Augen zu Schlitzen. „So können Sie unmöglich am Unterricht teilnehmen", verkündete sie.

„Warum nicht?", fragte Claudia mit Schmollmund.

Die Tränensäcke von Frau Schwan zitterten. „Es stört Ihre Mitschüler", stieß sie hervor.

„Nein, ganz und gar nicht", versicherte Lukas. „Kein Problem, ehrlich nicht, Frau Schwan", pflichtete Paul ihm bei.

„Das kann ich mir denken. Claudia, Sie ziehen sofort angemessene Kleidung an. In Zukunft verbitte ich mir eine derartige Provokation. Im Interesse des ordnungsgemäßen Schulbetriebes sehe mich gezwungen, eine Kleiderordnung für Schüler aufzustellen, die ich umgehend in die Hausordnung aufnehmen werde. Sie werden mir die Änderung wiederum mit Ihrer Unterschrift quittieren." Frau Schwan starrte auf Claudias lange, schlanke Beine. „Und nun setzen Sie sich endlich in Bewegung." Schnaufend watschelte sie zurück. Claudia stürmte wütend an ihr vorbei, ihren großen Rollkoffer hinter sich her schleifend.

Paul kickte einen winzigen Kieselstein in den Garten. „Trixi hat heute wieder eine extrem kurze Zündschnur."

„Sie kann einem aber auch jede Freude nehmen." Lukas schaute Claudia nach.

Im Zimmer verstaute Leo seinen Rucksack im Schrank. Anschließend warf er einen prüfenden Blick in den Spiegel, was er neuerdings öfter tat. „Wo müssen wir eigentlich hin?"

„Keine Ahnung. Wir hätten Frau Schwan fragen sollen", antwortete Phil.

„Die hätte uns wahrscheinlich erklärt, dass das in der Hausordnung steht."

„Versuchen wir's im ersten Stock. Dort befinden sich die Unterrichtsräume."

Sie liefen die Treppe wieder hinunter, der Rest der Klasse trudelte nach und nach ein. Zuletzt erschien Claudia in glitzernden Turnschühchen. Über einer hautengen Jeans trug sie ein bauchfreies Top.

Während die meisten noch das vergangene Wochenende auswerteten, hob Paul plötzlich den Arm und rief: „Seid mal leise!" Die anderen verstummten. Paul strich sich seine Locken hinter die Ohren. „Es kommt von da hinten."

Sie folgten einem Geräusch, das wie das Klicken des Minutenzeigers einer altmodischen Bahnhofsuhr klang. Zum Ende des Flurs hin wurde es lauter. Plötzlich blieb Paul stehen und zeigte auf eine Tür, die einen

Spaltbreit geöffnet war. Es klickte in kurzen, gleichmäßigen Abständen, dann wurde es schlagartig still.

Paul ergriff die Klinke und stolperte in den Raum, weil die Tür im selben Moment von innen geöffnet wurde.

„Nicht so zaghaft", sagte eine schnarrende Stimme. Ein Mann winkte sie herein. Sein Gesicht sah aus, als hätte jemand versucht, ein Schienennetz darauf zu zeichnen. Eine Narbe verlief vom rechten Mundwinkel über das Kinn und weiter über die linke Wange, wo sie eine andere Narbe kreuzte, eine weitere verband das rechte Ohrläppchen mit einer Stirnnarbe. Vom Kopf standen einzelne wirre Haarbüschel ab, die kahlen Stellen dazwischen waren ebenfalls mit Narben bedeckt. Der Mann ging einige Schritte zurück, damit die Klasse eintreten konnte. Unter seinen Hosenbeinen blinkten zwei silberne Fußskelette hervor. Bei jedem Schritt auf den Marmorplatten machte es *klonk*.

„Echt gruselig", flüsterte Melanie.

„Mein Name ist Heino Kinsky. Ich werde Sie im Fach Selbstverteidigung unterrichten", stellte sich der Mann vor.

„Scheint nicht immer so geklappt zu haben mit der Selbstverteidigung", murmelte Lukas.

„Auf den Bänken liegt für jeden von Ihnen Schutzkleidung bereit. Suchen Sie sich bitte anhand des aufgestickten Namens Ihr Exemplar heraus und ziehen Sie sich um. Die Umkleideräume finden Sie dort drüben." Herr Kinsky wies auf das andere Ende des Raumes.

Die Schüler verteilten sich vor den Bänken. „Na toll!", empörte sich Claudia. „Zum Glück habe ich mich extra für den Unterricht umgezogen, damit ich mich jetzt wieder umziehen darf." Sie griff in den dicken, schwarzen Stoff und riss ihn nach oben. Der Stoff entfaltete sich und Claudia hielt einen Overall mit Kapuze und angenähten Schuhen in den Händen. „Was ist das denn?"

„Das ist ein Kampfanzug, der Sie vor ernsthaften Verletzungen schützen soll. Zwischen der äußeren Stoffschicht und dem Innenfutter wurde ein spezielles Gewebe eingenäht, das die Schläge Ihres Gegners abfängt. Die Kapuze ziehen Sie bis über das Gesicht, sodass nur noch die Augen herausschauen", erklärte Herr Kinsky.

„Schützen die Dinger wirklich?“ Pauls Blick wanderte über das vernarbte Gesicht von Herrn Kinsky.

„In der Tat. Zu meiner Zeit gab es diese Anzüge leider noch nicht, daher habe ich einige leichte Verletzungen davongetragen.“ Herr Kinsky ging hinüber zum Fenster. Bei jedem Schritt klapperte es.

„Ho...hoffentlich halten die Sch...schuhe auch ein bisschen was aus“, stammelte Leo auf dem Weg in die Umkleide.

Phil schlüpfte aus seinen Turnschuhen und streifte den Anzug über Jeans und T-Shirt. Leo mühte sich vergebens, die Hosenbeine über seine Jeans zu ziehen. Der Overall war zu eng. Er ächzte: „Ich glaube, ich hätte gestern weniger von dem Streuselkuchen nehmen sollen.“

„He, Poldi, bist du noch fetter geworden?“, fragte jemand im Vorbeigehen.

„Seine Fettschicht puffert die Schläge bestimmt ganz gut ab. Der braucht gar keinen Anzug“, sagte eine schwarze Gestalt, die der ersten auf dem Fuße folgte.

„Und du kannst ruhig die Kapuze abnehmen, Wuttig. Darunter ist nichts, was geschützt werden müsste“, erwiderte Phil. Wortlos knallte Stefan die Tür hinter sich zu.

„Ich sollte weniger essen.“ Mit hochrotem Kopf versuchte Leo, die Hosenbeine des Anzuges herunterzuschieben. Phil griff nach Leos Ärmeln und zerrte mit aller Kraft daran. Kurze Zeit später hielt er den Overall mit umgestülpten Hosenbeinen in den Händen. Leo zog sich bis auf die Unterhose aus und probierte ihn noch einmal an. Zwar saß er bedenklich eng, aber er bekam sämtliche Klettverschlüsse zu.

Im Unterrichtsraum stellten sie sich neben die anderen schwarzen Gestalten. Ohne die aufgestickten Namen wären die Schüler nur schwer zu unterscheiden gewesen, ausgenommen Lukas, der alle um einen Kopf überragte. Als jemand Susanne mit Leo verwechselte, fauchte sie: „Kannst du nicht lesen?“

Herr Kinsky bat die Schüler, sich im Raum zu verteilen. „Die folgenden Übungen dienen der Erwärmung. Außerdem können Sie ein Gefühl für den Anzug entwickeln.“

„Warum soll ich für einen Anzug Gefühle entwickeln?“, bemerkte Claudia schnippisch.

Sie begannen mit Gleichgewichtsübungen. Herr Kinsky streckte die Arme aus und hob gleichzeitig ein Bein. Seine glänzende Prothese begann, in der Luft die Ziffern von Null bis Neun zu schreiben.

„Bin ich hier beim Ballett oder was?“, schimpfte ein Schüler in der hintersten Reihe.

Schon sehr bald kam Phil ins Schwitzen und bereute, dass er seine Sachen anbehalten hatte, erst recht, als Herr Kinsky sie kreuz und quer durch den Raum hetzte. Wie aus dem Nichts ließ er mit einer Fernbedienung Stricke aus dem Boden schießen, die sich sofort um ihre Fußgelenke wickelten, wenn sie sich nicht schnell genug bewegten.

Später wuchsen aus dem Fußboden zwei Klettertürme, zwischen denen ein dickes Seil gespannt war. Phil hangelte sich mühelos von einer auf die andere Seite. Nach ihm war Leo an der Reihe. Unbeholfen kletterte er den Turm hoch und hängte sich an das Seil.

„Halten Sie sich richtig fest“, mahnte Herr Kinsky. „Wir wollen doch nicht, dass Sie abstürzen.“

Stefan stieß Olaf an. „Das gibt einen Riesenfettfleck.“

„Weißt du, warum das Seil mit dem Fettklops so weit durchhängt?“, raunte Olaf ihm zu.

„Keine Ahnung!“

„Weil der Klügere nachgibt.“ Beide prusteten los.

Phil stand in der Nähe und überlegte, ob er sich einmischen sollte, doch dann hatte er eine bessere Idee. Nachdem Leo endlich den gegenüberliegenden Turm erreicht hatte, ergriff Olaf lässig das Seil. Völlig unerwartet ließ er sich einen Augenblick später fallen. Er sprang auf die Beine und versuchte es erneut. Nach einigen Metern löste Olaf jedoch aus irgendeinem Grund Hände und Füße gleichzeitig vom Seil und knallte auf den Boden.

„Kein Problem, wenn es heute nicht klappt. Sie können nach dem Unterricht im Kraftraum üben“, tröstete ihn Herr Kinsky. Unter großer Anteilnahme der Klasse stapfte Olaf auf die andere Seite. Phil presste beim Lachen die Hand auf die Brust. Auf der Haut spürte er das Drachenamulett.

Nach der Übung an den Türmen mussten die Schüler rollenden Stachelkugeln ausweichen. Die Kugeln waren kaum größer als ein Fußball und unterschiedlich schnell. Ihre Stacheln konnten zwar nicht den Schutzanzug durchbohren, verursachten jedoch schmerzhafte blaue Flecken. Claudia brach beinahe in Tränen aus, als ihre Waden gestreift wurden. „Du musst springen“, riet ihr Lukas, der im Zickzack durch den Raum hüpfte. Paul flüchtete in den Umkleideraum, nachdem ihn eine Kugel am Hintern getroffen wurde. Durch den Türspalt beobachtete er, wie seine Klassenkameraden gejagt wurden. Nachdem Susanne von mehreren Kugeln in eine Ecke gedrängt worden war, trieb Herr Kinsky die stachligen Bälle in eine Abstellkammer und ließ Schreibtische und Stühle aufstellen.

„Gönnen wir dem Körper eine kurze Ruhephase und befassen uns nun mit der Theorie.“ Herr Kinsky hantierte an einem Gerät herum.

„Haben die hier keine Polstersessel?“ Paul rieb sich die Stelle, wo die Stacheln in seinem Anzug kleine Dellen hinterlassen hatten.

„Bequemlichkeit lässt den Verstand träge werden“, belehrte ihn Herr Kinsky.

„Ich werde Ihnen anhand eines Kurzfilms jetzt einen Ihrer zukünftigen Gegner vorstellen: den Katzenmenschen. Katzenmenschen sind flink und besitzen eine enorme Sprungkraft. Außerdem können sie in der Dunkelheit gut sehen. Sie tragen dieselben Schutzanzüge wie Sie, allerdings schwarz-grau gestreift. Um sie in diesem Film besser unterscheiden zu können, tragen die Opfer, Entschuldigung, ich meine natürlich die Kämpfer, rote Anzüge.“ Herr Kinsky lächelte seltsam.

Phil suchte sich einen Schreibtisch neben Leo, der sich mit Melanie in die letzte Reihe zurückgezogen hatte. Die meisten Schüler hatten die Kapuzen abgenommen. Auf der anderen Seite lag Paul mit dem Oberkörper auf der Tischplatte. Den Kopf hatte er auf seine verschränkten Arme gebettet.

Herr Kinsky räusperte sich laut: „Ich glaube nicht, dass das hier der richtige Platz zum Schlafen ist.“

„Es geht schon. Sie müssen nur leiser sprechen“, murmelte Paul. Widerwillig richtete er sich auf.

„Alles, was Sie über die Katzenmenschen wissen müssen, wird Ihnen der Film vermitteln. Also passen Sie gut auf, sonst könnte das unangenehme Folgen für Sie haben!“ Mit einem Knopfdruck verdunkelte Herr Kinsky die Fenster. Auf die weiße Wand wurde ein Wald projiziert, durch den ein Kämpfer in einem roten Anzug schlich. Aufmerksam spähte er in alle Richtungen. Kurz darauf kletterte ein schwarz-grau gestreiftes Wesen geräuschlos von einem Baum und stürzte sich auf ihn. Beide fielen zu Boden und rangen miteinander. Dann sprangen sie auf und traktierten sich gegenseitig mit Füßen und Fäusten, wobei der Katzenmensch den Attacken seines Gegners meist geschickt auswich. Irgendwann ging der Kämpfer zu Boden. Sofort war der Katzenmensch über ihm und zielte mit einer schmalen Waffe auf seine Brust.

Phil hielt den Atem an, neben ihm stöhnte Leo auf. Der Katzenmensch vollführte eine blitzschnelle Bewegung mit der Hand und verschwand ebenso lautlos, wie er gekommen war. Die Augen sämtlicher Schüler hingen an dem roten, leblosen Körper.

Nach einer Weile erhob sich der Kämpfer und holte aus einer Tasche seines Anzugs eine Waffe, die der seines Gegners ähnelte. Den nächsten Katzenmenschen, der über ihn herfiel, stach er damit in den Arm. Der Katzenmensch sackte in sich zusammen. Daraufhin drehte sich der Kämpfer um und verbeugte sich.

Anschließend wurde die Waffe vorgestellt, der sogenannte K.o.-Stift, der wie ein Kugelschreiber aussah, aber anstatt mit einer Mine mit Betäubungspfeilen ausgestattet war. Die Waffe konnte in einem Gerät, das einem Stifthalter ähnlich sah, wieder aufgeladen werden. Allerdings wurden die Ladegeräte von grünen Kreaturen mit langen, spitzen Zähnen bewacht. Ihre Zähne enthielten ebenfalls ein Betäubungsmittel, was die Beschaffung der Pfeile erheblich erschwerte.

„Können die Katzenmenschen ihre Waffen etwa auch aufladen?“, fragte Lukas dazwischen.

„Das brauchen sie nicht, sie verfügen über einen unbegrenzten Vorrat“, antwortete Herr Kinsky.

Ein Murren ging durch die Klasse, dann versank sie wieder in andächtiges Schweigen. Der Film zeigte noch einige Kampftechniken der

Katzenmenschen und wie sich der Kämpfer dagegen wehren konnte. Nach dem Ende des Films rieben sich einige müde die Augen.

Spöttisch sah Herr Kinsky von einem zum anderen: „Ich wusste nicht, dass schon der Anblick der Betäubungswaffe einschläfernd wirkt." Sein Blick blieb an Paul hängen, der mit geöffnetem Mund schlief. Selbst die klappernden Schritte weckten ihn nicht.

Herr Kinsky blieb vor dem Schreibtisch stehen und griff Paul in die Locken. Erst als sein Kopf unsanft nach oben gezogen wurde, öffnete Paul erschrocken die Augen.

„Dem Herrn war der Film wohl zu langweilig?", fragte Herr Kinsky

„Wo denken Sie hin, das ist jetzt wirklich an den Haaren herbeigezogen", erwiderte Paul mit schmerzverzerrtem Gesicht.

„Wissen Sie, was Sie sind?"

„Ein ganz aufgeweckter Junge", sagte Paul. Die Klasse gluckste.

„Nein, Sie sind ein ausgemachter Dummkopf, weil Sie keine Ahnung haben, was Sie erwartet. Sehen Sie zu, wie Sie die nächsten Stunden überstehen!" Endlich ließ Herr Kinsky ihn los und ging wieder nach vorn. „Gibt es Fragen?"

Leo hob zitternd die Hand.

„Ja, bitte?"

„Was passiert mit mir, wenn mich dieses grüne Ding beißt?"

„Sie werden für fünf Sekunden bewusstlos sein. Danach stehen Sie auf wie nach einem erfrischenden Nickerchen, so wie unser junger Freund dort hinten."

„Und wenn mich dieses Ding immer wieder beißt, bevor ich aufwache?"

„Das ist ausgeschlossen. Während Sie vor sich hin träumen, sind Sie gegen jeden und alles gefeit, als wären Sie von einem Schutzschild umgeben."

„Ist der K.o.-Stift unsere einzige Waffe?", meldete sich Melanie zu Wort.

„Im Kampf gegen die Katzenmenschen ist nur diese Waffe zugelassen."

„Und was passiert mit den Gegnern, denen ich einen Pfeil verpasst habe?"

„Ihr Gegner wacht nach zwanzig Sekunden auf. In der Zwischenzeit sollten Sie das Weite gesucht haben, sonst müssen Sie erneut gegen ihn antreten. Weitere Fragen?"

Wieder blickte Herr Kinsky von einem zum anderen.

„Nein? Dann bekommen Sie gleich Gelegenheit, das soeben erworbene Wissen anzuwenden. Schläge gegen den Kopf sind tabu, ansonsten ist fast alles erlaubt. Einen Rat möchte ich Ihnen noch geben: Nehmen Sie niemals die Maske ab oder bitten Ihren Gegner darum. Es kämpft sich leichter gegen jemanden, dessen Gesicht man nicht kennt. Und nun gehen Sie noch rasch etwas trinken."

Herr Kinsky betätigte einen Schalter, woraufhin Tische und Stühle versenkt wurden. Wer nicht gleich aufgestanden war, landete unsanft auf dem Fußboden.

Auf dem Balkon hatte Silvio ein blassgelbes Getränk vorbereitet, das er „Etwas Spezielles für erschöpfte Schüler" nannte.

Kaum hatten sie ihre Becher geleert, erschien Herr Kinsky in der Glastür.

„Verbergen Sie Ihr Gesicht! Wir wollen unsere Gäste begrüßen."

Im Raum warteten einige schwarz-grau gestreifte Gestalten. Einen Moment standen sich beide Gruppen gegenüber, dann suchte sich jeder Katzenmensch einen Schüler aus. Trotz ihres unterschiedlichen Körperbaus bewegten sie sich alle geschmeidig. „Hoffentlich kriege ich nicht den dicken Kater da", raunte Leo Phil zu. Ein breitschultriger Katzenmensch, dessen Muskeln sich unter dem Anzug abzeichneten, kam zielstrebig auf sie zu. Als er bei Susanne stehen blieb, atmeten beide auf. Dafür winkte eine etwas untersetzte Gestalt Leo zu sich.

Phils Gegner war etwas kleiner als er selbst und wirkte trotz des gepolsterten Schutzanzuges zierlich. Der Katzenmensch schien Phils Körperbau gründlich zu studieren. Wahrscheinlich überlegt er gerade, ob er zuerst seine Fäuste oder lieber die Füße einsetzen soll, dachte Phil. Herausfordernd sah er seinem Gegner direkt in die Augen. Es waren sehr schöne, meergrüne Augen mit langen, gebogenen Wimpern. Phil fragte sich, ob sie wohl wie bei einer Katze im Dunkeln leuchteten.

„Sie werden in den nächsten Stunden einige Male unsanft Bekanntschaft mit dem Boden machen, aber keine Sorge, der Anzug schützt Ihre Knochen weitestgehend. Viel Vergnügen!" Herr Kinsky kletterte auf einen erhöhten Stuhl, der dem Hochsitz eines Jägers ähnelte.

Phil hörte, wie Leo seinen Gegner fragte, ob sie sich im Guten einigen könnten, weil er eigentlich gar nichts vom Schlagen halte, es sei denn auf dem Schachbrett ... Noch ehe Leo mit seiner Rede fertig war, lag er auf dem Boden.

„Ich wusste, mit dir kann man über alles reden." Bevor sich Leo aufgerichtet hatte, schubste ihn sein Gegner, dass er seitwärts kippte.

Leo stöhnte: „Wenn ich das gewusst hätte, wäre ich gleich liegen geblieben."

Obwohl Leo ihm leid tat, musste Phil grinsen.

„Kann es losgehen?", fragte jemand dicht an seinem Ohr mit einer Stimme weich wie Katzenfell.

Phil drehte sich um. Die grünen Augen blitzten kurz, dann flogen Phils Beine nach oben. Er schlug hart mit Kopf und Rücken auf, doch er verspürte kaum Schmerzen. Überrascht stand er auf. „Den Trick musst du mir unbedingt zeigen."

„Aber gerne."

Im nächsten Augenblick lag Phil wieder. „Bitte etwas langsamer. Zum Mitschreiben", sagte er beim Aufstehen.

„Pass doch besser auf." Der Katzenmensch versetzte ihm einen Schlag auf die Brust, dass er nach hinten fiel. Phil blinzelte. Sein Gegner trat näher: „Schon genug für heute?"

Darauf hatte Phil nur gewartet. Er schnellte herum und packte ihn an den Fußgelenken. Nach einem kurzen Ruck landete der Katzenmensch neben ihm.

Beide sprangen gleichzeitig auf. Diesmal wollte Phil zuerst angreifen, doch der Katzenmensch wich ihm im letzten Moment aus. Phil verlor das Gleichgewicht und stürzte. Er überlegte sich eine andere Taktik. Bisher hatte er sich zu sehr darauf konzentriert, auf den Beinen zu bleiben. Wenn er seinen Widerstand vorerst aufgab, konnte er seinen Gegner besser beobachten.

Der Katzenmensch wandte verschiedene Techniken an. Obwohl er sich sehr schnell bewegte, konnte Phil bestimmte Angriffsmuster erkennen, die sich wiederholten.

„Deine Taktik ist nicht so schwer zu durchschauen, wie ich anfangs dachte", bemerkte er.

„Und warum liegst du dann immerzu am Boden? Entweder findest du Gefallen daran oder du bist ein hoffnungsloser Fall“, zog ihn der Katzenmensch auf.

„Das wird sich noch zeigen, wer hier hoffnungslos fällt.“ Im Bruchteil einer Sekunde stieß Phil den Katzenmenschen vor die Brust, der daraufhin rückwärts stolperte. Nach einer Seitwärtsrolle sprang ihn sein Gegner wie eine Raubkatze an, doch Phil umklammerte ihn und riss ihn im Fallen mit sich. Am Boden schaffte er es sogar, den Katzenmenschen zu überwältigen.

„Wie war das jetzt mit dem Fallen?“ Anstelle einer Antwort spürte Phil einen Schlag gegen den Rücken und schoss vornüber. Der Kampf ging weiter. Phil probierte neue Griffe zur Verteidigung aus und überraschte damit seinen Gegner.

„Du lernst ziemlich schnell“, staunte der Katzenmensch, als Phil ihn wieder einmal zu Boden geworfen hatte.

Bald schmerzten Phils Muskeln. T-Shirt und Jeans klebten an seinem Körper und er verspürte unerträglichen Durst. Nach einem Fausthieb blieb er einfach liegen und japste. „Pause.“

Er hörte klappernde Schritte, gleich darauf beugte sich ein vernarbtes Gesicht über ihn. „Sie beide haben sich tapfer geschlagen“, lobte Herr Kinsky.

„Kann man wohl sagen“, keuchte Phil.

„Sie haben sich eine Atempause verdient. Ich gebe Ihnen fünfzehn Minuten, um sich zu regenerieren.“

Phil fragte Silvio, ob er noch gelben Saft übrig hätte. „Selbstverständlich, ich weiß doch, was ihr braucht.“ Silvio hielt ihm einen vollen Becher vor die Nase.

Um zu trinken, setzte Phil die Kapuze ab. Sein Gegner kam zum Wagen geschlendert und erhielt ebenfalls einen Becher mit gelbem Inhalt.

„Er bekommt das Gleiche? Und ich muss es nachher wieder ausbaden.“ Phil wischte sich den Schweiß von der Stirn.

Silvios Bartspitzen wanderten ein Stück nach oben. „Hätte ich ihm lieber einen Schlaftrunk mischen sollen?“

Der Katzenmensch hatte seine Kapuze nur bis über die Oberlippe geschoben. Das erinnerte Phil an die Warnung von Herrn Kinsky, vor dem Gegner das Gesicht zu verbergen, aber es war ihm egal. Er brauchte frische Luft. Und er musste unbedingt die nassen Sachen unter seinem Anzug loswerden.

Sehnsüchtig schaute er hinunter auf das glitzernde, türkisfarbene Wasser. „Wie komme ich am schnellsten zum See?"

„Über die Feuerrutsche." Silvio wies mit dem Daumen hinter sich. „Wenn du wieder hinauf willst, musst du unten den Treppenknopf drücken, ansonsten wirst du es schwer haben."

Phil trat an die Balkonbrüstung. Er öffnete eine schmale Tür und stand vor einer der Röhren, die von jedem Balkon auf die Erde führten. Da Phil nicht wusste, was ihn erwartete, setzte er die Kapuze wieder auf. Auf dem glatten Boden rauschte er mit atemberaubender Geschwindigkeit abwärts, kurze Zeit später landete er im weichen Sand.

Der Katzenmensch war plötzlich neben ihm.

„He, ich habe Pause!", rief Phil. Er war wenig begeistert über die Gesellschaft, doch das änderte sich, als er vor einem verschlossenen Tor stand und der Katzenmensch einen Schlüssel hervorholte. „Ohne mich kommst du nicht raus", bemerkte er, während er aufschloss. Gemeinsam liefen sie zum See.

„Warum hast du einen Schlüssel und ich nicht?"

„Wir sind freie Mitarbeiter. Im Gegensatz zu euch dürfen wir die Schule jederzeit verlassen."

Am Ufer des Sees streifte Phil seinen Anzug ab.

„Du weißt, dass du gegen die Regeln verstößt, wenn du mir dein Gesicht zeigst." Der Katzenmensch machte es sich bequem.

„Ich werde dir noch mehr als nur mein Gesicht zeigen." Phil behielt nur die Boxershorts an. „Du kannst dich ja umdrehen, falls es dich stört."

Aber der Katzenmensch drehte sich nicht um, im Gegenteil: Neugierig beobachtete er, wie Phil im See seine Runden schwamm. Nach einer Weile erhob er sich. „Wir sollten weitermachen."

Phil trocknete sich mit einem Zipfel seines T-Shirts notdürftig ab und schlüpfte in Socken und Anzug. Der Katzenmensch erwartete ihn am Tor.

Auf dem Balkon hängte Phil T-Shirt und Jeans über einen der Liegestühle und betrat den Unterrichtsraum.

Noch während er nach seinem Gegner Ausschau hielt, versetzte ihm jemand einen Hieb in die Seite, der ihn zu Boden gehen ließ. „Na, ausgeträumt?“ Sein Gegner verschränkte die Arme und sah auf ihn herab.

„Das war unfair“, beschwerte sich Phil.

Die grünen Augen blitzten. Der Katzenmensch gönnte ihm keine weitere Pause, immer wieder griff er an. Am Ende des Unterrichts verneigte er sich vor Phil, bevor er lautlos verschwand.

Phil hockte sich neben Leo, der regungslos auf dem Boden lag. „Hallo, Leo, bist du noch ganz?“

„Keine Ahnung. Bitte nimm mir diese bescheuerte Maske ab. Ich glaube, meine Lippen sind geschwollen, oder ist es die Nase? Irgendwie tut mir alles weh“, jammerte Leo.

Vorsichtig befreite Phil ihn von seiner Kapuze. Die Lippen waren aufgesprungen.

„Warum bluten deine Lippen, wenn Schläge ins Gesicht verboten sind?“

„Mein Gegner hat behauptet, ich sei ihm in die Faust gelaufen.“

Mit Phils Hilfe schleppte sich Leo auf den Balkon und plumpste auf einen Liegestuhl. Phil holte ihm einen Becher mit der gelben Flüssigkeit.

„Das ist gut.“ Leo leckte sich die lädierten Lippen und sackte wieder in den Stuhl. Nach zwei weiteren Bechern schaffte er es, ohne Hilfe aufzustehen und sich umzuziehen.

Auch die meisten anderen Schüler sahen beim Mittagessen im wahrsten Sinne des Wortes etwas angeschlagen aus. Paul hielt sich einen Eisbeutel aufs Gesicht. Auf Phils Frage, was passiert sei, erwiderte er grinsend, er sei mit einem blauen Auge davongekommen. „Herr Kinsky meinte, ich hätte es nicht besser verdient, weil ich im Unterricht geschlafen habe.“

„Sein Gegner war ganz schön brutal, dem möchte ich nicht allein im Dunkeln begegnen“, mischte sich Lukas ein. „Dabei war der ziemlich klein und dünn.“

Kai, Michael und die Zwillinge verglichen ihre blauen Flecken.

Claudia, die neuerdings mit an der großen Tafel saß, schwärmte von den Katzenmenschen: „Sie sind so nett und zuvorkommend.“

Susanne haute mit der Faust auf den Tisch, dass die Teller hüpften. „Zuvorkommend, dass ich nicht lache. Meiner ist mir auch andauernd zuvorgekommen und hat mir eine verpasst. Wenn ich den zu fassen kriege, stampfe ich ihn in den Boden.“ Sie schleuderte ihre geflochtenen Zöpfe, die sich teilweise aufgelöst hatten, nach hinten, worauf Lukas sich an die Wange griff.

Claudia lächelte nachsichtig. „Ich habe dem Katzenmenschen mein Gesicht gezeigt und ihm erklärt, dass es doch schade wäre, wenn es verschandelt wird. Danach haben wir uns sehr gut verstanden. Er zeigte mir einige Tricks, die ich anschließend an ihm ausprobieren durfte.“ Sie funkelte Marcel an.

Stefan guckte zu, wie Leo seine Gemüsepizza in winzigen Häppchen aß, damit die Lippen nicht wieder aufplatzen. „Na, Poldi, hat dich die Miezekatze tüchtig verhauen?“

„An deiner Stelle würde ich still sein. Ich habe gesehen, wie dich dein Gegner durchs ganze Zimmer gejagt hat wie einen feigen Hasen“, sagte Melanie laut. Stefan wurde knallrot und schwieg. Melanie berührte Leos Arm. „Gehen wir nachher schwimmen?“

„Ich weiß nicht, ob ich mich heute über Wasser halten kann. Ich glaube, ich kriege Muskelkater. Als ob ich nicht so schon genug Ärger mit den Katzen hätte.“

„Gegen Muskelkater hilft eine Massage, ich werde mir auch eine gönnen.“ Mit dem Finger zeichnete Melanie das Muster auf Leos Strickpullover nach.

Überraschung

Nach dem Essen trafen sich Phil, Leo und Melanie an der Treppe und gingen gemeinsam nach oben.

Sangria grüßte nur kurz über die Schulter. Sie wirbelte zwischen einer Staffelei und einem Servierwagen mit vielen geöffneten Farbdosen umher und verteilte mit zwei Pinseln gleichzeitig Farbe auf der Leinwand.

„Bloß schnell weg hier", flüsterte Phil, „sonst fragt sie uns noch, ob sie uns malen darf."

Zum ersten Mal herrschte vor den Massageräumen Andrang.

Melanie hatte sich für die ganze Woche angemeldet und wurde von einem bärtigen Mann mit wuchtigen Händen erwartet. Sie schob Leo vor.

„Würden Sie ihn bitte zuerst drannehmen? Er hat es nötiger als ich."

Der Masseur grinste. „Von den Katzenmenschen waren auch schon einige hier."

Während sich die anderen massieren ließen, lag Phil mit geschlossenen Augen in einer Felsengrotte in der Nähe des Wasserfalls. Das Wasser war flach und angenehm warm. Meistens hielten sich Claudia und Marcel hier auf, aber heute warteten sie Hand in Hand auf eine Massage.

Melanie gesellte sich zu ihm. Eine Weile lagen sie schweigend nebeneinander. Es entging Phil nicht, dass Melanie seinen muskulösen Oberkörper anstarrte. Gerade wollte er sich unter einem Vorwand entfernen, als sie ihn ansprach: „Kannst du Leo nicht irgendwie helfen? Ich mache mir Sorgen um ihn."

„Ich auch. Aber was soll ich tun?"

„Du könnest mit ihm trainieren."

„Glaubst du ernsthaft, dass Leo nach solch einem Tag noch kämpfen will?"

„Na ja, ich weiß es selbst nicht. Aber wenn doch, würdest du mit ihm üben?“

„Natürlich würde ich das.“

„Du bist ein echter Freund, danke.“ Melanie umarmte Phil.

„Ist ja gut“, sagte Phil verlegen. Plötzlich sah er Leo am Eingang der Grotte. Sofort löste er sich aus der Umarmung und erhob sich. Leo stand wie versteinert, dann drehte er sich wortlos um und ging.

Phil rief ihm hinterher, doch Leo reagierte nicht. „Jetzt haben wir ein echtes Problem.“

Melanie biss sich auf die Lippe. „Ich konnte doch nicht ahnen, dass er so empfindlich ist.“

„Ich rede mit ihm.“

Leo war weder im Umkleideraum noch im Zimmer, nur seine Badeshorts lagen im Bad. Phil suchte in allen Räumen, die nicht verschlossen waren, sogar in der Küche. Herr Bertoli hackte Zwiebeln, als Phil seinen Kopf zur Tür hereinsteckte.

„Guten Tag, Herr Bertoli.“

Trotz der geröteten Augen strahlte Herr Bertoli. „Schön, dass du mal vorbeischaust. Nochmals vielen Dank, dass ihr mir zu dieser Stelle verholfen habt. Ich hoffe, ihr habt es noch nicht bereut.“

„Nicht eine Sekunde.“

„Heute Abend gibt’s lange Nudeln. Leo hat mir auch gesagt, wie sie heißen – Paletti oder so ähnlich.“

„Spagetti. War Leo denn hier?“

„Heute noch nicht.“

„Tja, ich muss dann weiter.“ Als Phil die Tür schloss, stieß er mit jemandem zusammen.

„Was lungern Sie hier herum? In der Küche haben Sie nichts zu suchen, es sei denn, Sie wollen arbeiten.“ Phil drehte sich um und sah sich Frau Schwan gegenüber.

„Guten Tag, Frau Schwan. Ich ... habe nur die Tür verwechselt. Eigentlich wollte ich Sport machen.“ Ohne ihre Reaktion abzuwarten, betrat er den Kraftraum.

Sofort fiel ihm Olaf auf, der sich an einem Seil entlanghangelte, das über dicken Matten quer durch den Raum gezogen war. Seine Hand zuckte in Richtung Amulett, doch dann sah er einen Muskelmann mit kahlgeschorenem Kopf und einem auffälligen Ohrring, der vor einer Ruderbank stand und jemandem Anweisungen gab.

Als er damit fertig war, kam er herüber. Phil starrte auf die Ruderbank. Dort trainierte Leo, mit dem Rücken zu ihm.

Der Muskelmann begrüßte ihn: „Willkommen im Klub. Ich bin Arnold. Wie ist dein Name, was liegt an?"

„Phil. Ich möchte rudern."

Arnold begutachtete Phils Oberarme. „Das sieht schon ganz gut aus. Da können wir gleich richtig loslegen." Er führte Phil zu der Ruderbank neben Leo und stellte den höchsten Widerstand ein, bevor sich Phil setzten durfte.

„Wenn es zu schwer wird, mach 'n Spruch, klar?"

„Klar." Phil begann zu rudern. Eine Weile schaute Arnold zu, dann ging er auf die andere Seite des Raumes, um Gewichte zu stemmen.

Nach einem kurzen Seitenblick auf Phil wandte Leo sich wieder ab. „Was willst du hier?", knurrte er.

„Dasselbe wie du – Muskeln aufbauen."

„Als ob du das nötig hättest! Dir laufen doch so schon alle Mädchen nach."

„Erstens stimmt das nicht – denk mal an Susanne – und zweitens interessieren mich die Mädchen nicht."

„Komischerweise interessieren die sich aber für dich." Wütend rutschte Leo mit dem Sitz vor und zurück.

„Dafür kann ich aber nichts!"

„Natürlich! Du siehst gut aus ... bist überall der Beste und ich – ach, was soll's!" Leos Bewegungen wurden noch hektischer. Das Gerät gab ein knarrendes Geräusch von sich, was ihm eine Ermahnung von Arnold einbrachte.

„Ich habe dich überall gesucht", sagte Phil. „Hab schon gedacht, du ... tust was Unüberlegtes."

„Tu ich ja auch. Sieh mich doch an! Vormittags lasse ich mich k.o. schlagen und am Nachmittag gehe ich freiwillig in diese Folterkammer", wetterte Leo. Er hielt einen Moment inne. „Und das alles nur, weil ich dir helfen wollte ... und wegen Melanie … und dann liegt ihr euch in den Armen!" Seine Stimme zitterte.

„Melanie hatte mich gebeten, mit dir zu trainieren, damit du gegen diese Katzenmenschen eine Chance hast. Sie macht sich nämlich Sorgen um dich. Und als ich ihr versprochen habe, dir zu helfen, ist sie mir um den Hals gefallen. Mehr war da nicht, Ehrenwort!"

Leo schniefte. „Und wie soll es nun weitergehen?"

„Wir tun was für deine Muskeln und hinterher bringe ich dir ein paar Griffe zur Verteidigung bei. Ich kenne einen Ort, wo uns niemand stören wird."

Leos Gesichtszüge entspannten sich, während er bedächtig weiterruderte. Nach einer Weile räusperte er sich. „Übrigens, Phil – war nicht so gemeint."

„Schon vergessen!"

Eine Stunde später – Leo lief der Schweiß in kleinen Bächen vom Körper – brachen sie ab. Leo grinste erschöpft. „Ich glaube, ich habe Wasser im Boot."

Unter der Dusche massierte er seine Oberarme. „Ich weiß nicht, ob ich jetzt noch eine Trainingsstunde durchstehe. Die Wirkung von Silvios Vitamintrank lässt langsam nach."

„Dann müssen wir hoch zur Kuppel und dir einen neuen besorgen."

Sangria hatte sämtliche Verkaufsstände weggeräumt und sich hinter einer Folie verschanzt. Ab und zu regnete es Farbe dagegen. „Was treibt sie nur?", wunderte sich Phil.

Als sie am See vorbeiliefen, blickte sich Leo verstohlen um, doch Melanie war nirgends zu sehen.

Silvio höhlte gerade eine Melone aus. Er warf den Löffel beiseite und wischte sich die Hände ab. „Was kann ich für euch tun?"

„Wir möchten was gegen Durst und Muskelkater", antwortete Phil.

„Haben Sie auch einen Trank, der Muskeln schneller wachsen lässt?", wollte Leo wissen.

Silvio reichte ihm einen Becher mit weißer Flüssigkeit. „Da ist viel Eiweiß drin. Das brauchen Muskeln."

Phil nickte. „Das behauptet Herbert auch immer."

„Welcher Herbert?"

„Unser Kühlschrank. Der kennt sich mit solchen Sachen aus."

Leo kostete den Inhalt des Bechers. „Schmeckt wie Milch."

„Das ist genau das Richtige für junge Männer. Reizstrom hilft übrigens auch beim Muskelaufbau." Silvio nahm zwei neue Becher aus dem Regal und ließ etwas aus einem runden Behälter hineinlaufen.

„Ach, deshalb steht unten an der ersten Tür *Strombehandlung*", sagte Leo. „Und ich dachte schon, da werden die reingeschickt, die Frau Schwan nicht leiden kann."

„Oder die ständig gegen die Hausordnung verstoßen", ergänzte Phil.

Mit einem vieldeutigen Grinsen stellte Silvio die Becher auf den Tresen. „Zum Wohl, die Herren."

Nach einem Liter Saft wollte Leo zur Treppe laufen, doch Phil hielt ihn zurück. „Gibt's von hier oben eigentlich auch eine Feuerrutsche?"

„Die ist gut versteckt." Der Eingang lag hinter dem Felsen mit dem Wasserfall, Silvio führte sie hin.

Leo zögerte. „Du zuerst!"

Darauf ließ Phil sich nicht ein. „Woher weiß ich dann, dass du nachkommst?"

Ergeben setzte sich Leo auf den glatten Röhrenboden. Phil kletterte hinterher und stieß ihn leicht an. Leo rief noch etwas, doch das Rauschen in Phils Ohren übertönte dessen Stimme. Die Rutsche war um einiges länger und steiler als die, die Phil bereits kannte. Mit beachtlichem Schwung flogen sie hintereinander in den weichen Sand an der Rückseite des Schulgebäudes.

„Gar nicht übel", stellte Leo fest, während er sich die feinen Körnchen von den Sachen klopfte.

Sie blieben zum Training gleich dort. Phil führte alle Attacken seines Gegners vor, an die er sich erinnern konnte, und zeigte Leo, wie er sich dagegen gewehrt hatte. Doch meistens vergaß Leo, welchen Arm oder welches Bein er benutzen sollte, und fiel um wie ein Sack Zement. Nach einer Stunde hatte er keine Lust mehr.

Phil sah auf die Uhr. „Wenn wir uns nicht beeilen, verpassen wir die Spagetti."

Leo begann, mühsam im Tunnel hochzukrabbeln. „Ist aber ganz schön anstrengend“, rief er keuchend über die Schulter. „Ich glaube, ich nehme lieber die Treppe.“ Er rutschte rückwärts wieder hinunter.

Phil drückte den Treppenknopf.

„Hättest du auch gleich sagen können!“ Schnaufend stieg Leo die Stufen hoch.

„Ich wollte eigentlich nicht zur Kuppel hoch. Ich denke, durch den Haupteingang sind wir schneller“, erklärte Phil.

„Na toll, jetzt darf ich wieder runterlaufen.“

„Warte, ich helfe dir.“ Phil ließ die Treppe wieder verschwinden und verkniff sich das Lachen, als Leo polternd herunterkullerte.

Die Schüler saßen bereits an der Tafel auf dem Balkon. Melanie hatte für Leo und Phil Plätze frei gehalten. Sie war sichtlich erleichtert, als sich Leo neben sie setzte. Ihnen gegenüber rührte Paul mit einem großen Löffel auf seinem Teller und fluchte, wenn die Spagetti wieder herunterflutschten. Ein Auge war geschwollen und blau angelaufen. Sein gelbes T-Shirt war rot besprenkelt, aber nicht mit Blut, sondern mit Tomatensoße.

Claudia nahm mit spitzen Fingern eine Nudel, hob sie hoch und ließ sie in ihren Mund gleiten. „Ich weiß gar nicht, warum man uns heute diese dünnen Würmer vorsetzt, wo sich doch das Essen schon so enorm verbessert hatte. So werde ich nie im Leben satt.“ Sie tupfte sich mit einer Serviette die Tomatensoße von den Lippen.

Phil stellte seinen Teller etwas weiter in die Mitte, damit ihn jeder sehen konnte. Dann drehte er einige Spagetti auf seine Gabel.

„Ach, so geht das!“ Paul legte den Löffel weg. Susanne ließ einen Klumpen Spagetti, den sie mit den Fingern geformt hatte, zurück auf den Teller fallen. Die Tomatensoße leckte sie genüsslich ab, während sie sich schwerfällig erhob. „Soll ich jemandem ’ne Gabel mitbringen?“

Angewidert verzog Claudia das Gesicht.

„Ich wollte sowie gerade gehen.“ Paul sprang auf. Kurze Zeit später knallte er eine Handvoll Gabeln auf den Tisch.

Lukas saß neben Phil. „Wo wart ihr heute Nachmittag?“, wollte er wissen.

„Marten übt jetzt mit Poldi, damit der Schwamm ein paar Muskeln bekommt. Reine Zeitverschwendung, wenn ihr mich fragt“, mischte Olaf sich ein.

„Dich fragt aber keiner. Lern du lieber, wie man am Seil klettert, damit du nicht wieder runterfällst."

„Pass auf, was du sagst, Marten. Bei der nächsten Prüfung werde ich dich schlagen, das schwöre ich dir."

„Ich dachte, dafür sind die Katzenmenschen da." Phil ließ sich vom Gelächter der anderen anstecken.

„Sehr witzig, Marten. Dir wird das Lachen noch vergehen."

Obwohl sein Teller noch halb voll war, verließ Olaf den Balkon. Stefan schlang noch schnell ein paar Spagetti hinunter und folgte ihm.

„Würde mich nicht wundern, wenn der sich eines Tages als Katzenmensch verkleidet und über dich herfällt. An deiner Stelle würde ich auf mich aufpassen", bemerkte Lukas.

„Wart ihr wirklich im Kraftraum?", staunte Melanie.

„Ja, und gekämpft haben wir auch noch", sagte Leo wie nebenbei.

Melanie lehnte sich an ihn. „Ich bin so stolz auf dich."

Da Phil seine beachtliche Nudelportion schon verdrückt hatte, stand er auf. „Ähm, ich gehe dann mal. Man sieht sich."

Im Zimmer stolperte er über seine nassen Badeshorts. Unschlüssig schwenkte er sie ein paar Mal hin und her, dann lief er die Treppen zur Kuppel hinauf. Der Himmel färbte sich dunkel, die ersten Sterne funkelten über dem Glasdach. Langsam durchschwamm Phil den See.

Er entdeckte sie erst bei der achten oder neunten Runde – viele leuchtende rote Punkte zwischen den grünen Ranken. Phil war nicht sicher, ob die Glaskuppel zwischen ihm und den unheimlichen Wesen war. Er stürmte aus dem Wasser in den Umkleideraum und raffte seine Sachen zusammen, dann zwang er sich zur Ruhe. Wenn diese Wesen wirklich in die Kuppel eingedrungen waren, um ihn zu entführen, dann hätten sie es sicher längst getan. Leise ging er noch einmal zurück.

Eine schmale Gestalt glitt durch das Wasser, nur undeutlich konnte Phil die Umrisse erkennen. Noch bevor er einen klaren Gedanken fassen konnte, war er schon die halbe Treppe hinuntergerannt. Er stürmte ins Zimmer. Mit lautem Knall flog die Tür ins Schloss.

Leo rührte sich nicht, er schlief wie ein Toter. Bei Phil dauerte es lange, bis sich sein hämmerndes Herz soweit beruhigt hatte, dass er die Augen schließen konnte.

Am nächsten Morgen schämte er sich für seine Angst. Sollten ihn diese Schattenwesen doch holen! Vielleicht brachten sie ihn zu seinen Eltern. Er griff nach einem Käsebrötchen und einem Becher Orangensaft.

Leo passte genau auf, was Phil auf seinen Teller packte. Eilig ging er an dem Korb mit den kleinen Schokoladenkuchen vorbei.

Herr Kinsky begrüßte sie gut gelaunt zum Unterricht. „Schön, dass Sie alle den Mut haben, wieder anzutreten. Es wäre schade, wenn jemand nur wegen ein paar blauer Flecke vorzeitig aufgibt."

Phil wählte wieder einen Platz vor dem Balkon. Von dort aus konnte er einen Blick auf Leo werfen. Dessen Gegner empfing ihn mit einem Sprung. Dabei machte er eine Vierteldrehung und streckte seinen rechten Fuß vor. Leo bekam einen Schlag gegen die Brust und wurde nach hinten geschleudert.

„So ein Mistkerl!" Am liebsten wollte sich Phil auf Leos Gegner stürzen. Sein eigener Gegner packte ihn am Arm. „Es ist nicht dein Kampf. Außerdem fängt der Schutzanzug die Wucht des Schlages ab."

Tatsächlich setzte sich Leo mühelos auf und brummte: „Das war keine nette Begrüßung." Der Katzenmensch lachte rau.

„Können wir anfangen?", fragte Phils Gegner. Phil ging in Abwehrstellung. Er war wütend, dass Leo diesem gestreiften Grobian schutzlos ausgeliefert war. In Gedanken sah er noch einmal dessen Sprung vor sich. Sein Gegner nutzte seine Unaufmerksamkeit aus und riss ihm die Beine weg.

Phil rappelte sich auf. Der Katzenmensch tänzelte vor ihm. Phil versuchte einen Sprung aus dem Stand. Mit dem rechten Bein zielte er auf die Brust seines Gegners – so, wie er es eben gesehen hatte. Allerdings sprang er zu hoch und traf seinen Gegner mit voller Wucht ins Gesicht. Der Katzenmensch fiel nach hinten und blieb mit geschlossenen Augen liegen.

Zunächst hielt Phil das für einen Trick, doch als sich sein Gegner nicht rührte, kniete er nieder und fragte, ob er Hilfe brauche. „Ich dachte, das Gesicht sei tabu", kam es leise zurück.

„War nicht mit Absicht, ehrlich. Ich habe diesen Sprung heute zum ersten Mal ausprobiert und war einfach zu hoch“, entschuldigte sich Phil.

Der Katzenmensch stand langsam auf. „Ich glaube, ich habe Nasenbluten. Ich werde mir von Silvio Eis geben lassen.“

Phil sah hinüber zu Leo, der seinem Gegner mit Händen und Füßen etwas erklärte. Herr Kinsky eilte einem Katzenmenschen zu Hilfe, den Susanne mit den Beinen auf den Boden presste und mit beiden Fäusten bearbeitete.

Da ihn niemand beachtete, beschloss er, seinem Gegner Gesellschaft zu leisten, bis der wieder fit war. Auf dem Weg zu Silvios Wagen kam ihm der Katzenmensch entgegen. In der Hand trug er ein Tuch mit Eiswürfeln. Silvio drohte Phil mit dem Finger. „Du hast das arme Ding ganz schön zugerichtet.“

„Er ist aber auch nicht ohne“, verteidigte sich Phil.

Silvio murmelte etwas und mixte einen Trank.

„Kann ich was gegen Durst bekommen?“, fragte Phil.

„Sicher, und das hier bringst du der jungen Dame.“

„Welcher Dame?“

„Na, ihr!“ Silvio nickte mit dem Kopf in Richtung des Katzenmenschen, der auf einem Liegestuhl lag.

„Das ist ein Mädchen? Ich … ich habe die ganze Zeit gegen ein Mädchen gekämpft?“

„Ihr habt doch auch Mädchen in der Klasse“, erwiderte Silvio gleichmütig.

Plötzlich wurde Phil siedend heiß. „Ich ... habe mich vor ihr ausgezogen! Unten am See!“

„Tja, das ist dein Problem.“

Silvio stellte Phil den zweiten Becher hin. „Nun geh schon!“ Phil war froh, dass er eine Maske trug. Sein Gesicht brannte, als würde er es über eine lodernde Flamme halten. Wie in Trance nahm er die Becher und ging zum Liegestuhl. Der Katzenmensch hatte die Kapuze nach hinten geschoben. Das Tuch mit den Eiswürfeln bedeckte das halbe Gesicht.

Noch während Phil sein Gehirn fieberhaft nach ein paar geistreichen Sätzen durchforstete, legte sein Gegner das Tuch beiseite und setzte sich auf.

Beinahe hätte Phil beide Becher fallen lassen, denn vor ihm saß Elisa May, so, wie er sie aus der Musiksendung im Fernsehen kannte: langes, kastanienbraunes Haar, das sie zu einem Zopf geflochten hatte, ein wunderschönes Gesicht und die meergrünen Augen, die ihn von Anfang an fasziniert hatten.

„Elisa ..." Phil starrte sie an.

„Ganz recht. Nett von dir, dass du mir etwas zu trinken bringst." Elisa streckte den Arm aus. Mechanisch reichte Phil ihr einen Becher. „Danke sehr." Sie lächelte, sodass ihre weißen Zähne sichtbar wurden.

Als sie den ersten Schluck nahm, vertiefte Phil sich in den Anblick seines Getränks, um nichts sagen zu müssen. Dabei merkte er, dass er ihr den falschen Becher gegeben hatte.

„Ähm – Sie haben meinen ..."

„Wie bitte?"

„Becher." Phil schwitzte mehr als beim 3000-Meter-Lauf. „Das ist Ihrer."

Elisa tauschte die Becher aus. „Vielleicht holst du dir besser einen neuen?"

„Nicht nötig." Auf keinen Fall wollte Phil jetzt hier weg. In seinem Bauch kribbelte es unerträglich.

„Setz dich doch!" Elisa deutete auf den Liegestuhl neben sich. „Du bist ein guter Kämpfer, Phil. Es macht Spaß, mit dir zu arbeiten."

„Mit Ihnen auch. Und ... ähm ... ich wollte Sie nicht verletzen." Allmählich entschwand das Vakuum aus Phils Kopf und er fühlte sich wieder in der Lage, zusammenhängende Sätze zu bilden. Nur das Kribbeln im Bauch wollte nicht nachlassen.

„Es geht schon wieder. Im Übrigen darfst du mich weiter duzen. Meinen Namen kennst du ja bereits."

Eben wollte Phil seine Kapuze abnehmen, um zu trinken, als Herr Kinsky den Balkon betrat. Seine Metallfüße klickten auf den Marmorplatten. „Ich störe Ihre kleine Plauderei nur ungern, aber ich habe Sie beide im Unterricht vermisst. Ich kann mich beim besten Willen nicht erinnern, eine Pause für Erfrischungen angeordnet zu haben. Außerdem befremdet es mich, Sie ohne Maske zu sehen, Fräulein May." Prüfend blickte Herr Kinsky von einem zum anderen.

Elisa zeigte auf das Tuch mit den Eiswürfeln. „Ich bekam plötzlich Nasenbluten. Silvio und der junge Mann hier waren so nett, mich zu versorgen. Aber ich fühle mich schon viel besser.“

„Freut mich zu hören.“ Ohne weiteren Kommentar kehrte Herr Kinsky zurück in den Unterrichtsraum.

„Lasst alles stehen und liegen, ich räume es weg“, rief Silvio, als sich Elisa und Phil erhoben.

„Danke“, rief Elisa zurück und zog ihre Maske über das Gesicht. Ihre grünen Augen funkelten Phil an. „Ab jetzt bin ich wieder dein Feind.“

„Ich bin nicht sicher, ob ich gegen dich kämpfen kann.“

„Oh doch, das kannst du, ich werde dich dazu zwingen.“ Ehe Phil etwas erwidern konnte, lag er auf dem Boden. Zunächst beschränkte er sich nur darauf, Elisa auszuweichen, doch mit der Zeit wurde ihm das zu langweilig. Außerdem provozierte sie ihn fortwährend, sodass er gezwungen war, sich zu verteidigen.

„Na endlich“, sagte Elisa, als Phil sie durch einen geschickten Griff zum Fallen gebracht hatte. „Ich dachte schon, ich muss mir einen neuen Gegner suchen.“

Der Überfall

Nach dem Unterrichtsende wartete Phil auf Leo, der sich mit seinem Gegner auf dem Boden herumkugelte. Jeder hielt den anderen fest, bis Herr Kinsky sie auseinanderbrachte.

Der Katzenmensch sprang auf, riss Leo auf die Beine, schüttelte ihm die Hand und ging.

„Wie lief es heute?", erkundigte sich Phil.

„Besser als gestern. Ich bin schneller wieder hoch gekommen."

„Ist das alles?"

„Na ja, zwei- oder dreimal habe ich ihn auch umgeschubst."

Einen Moment lang überlegte Phil, ob er Leo von Elisa erzählen sollte, doch er beschloss, dieses kleine Geheimnis vorerst für sich zu behalten.

Nach dem Essen – einem Spagettiauflauf mit violetten Pilzen – ließen sich Phil und Leo massieren. Melanie hatte ihnen Termine besorgt.

Auf dem Rückweg wurden sie von Sangria aufgehalten. Sie hatte ihr schwarzes Haar zu einem kunstvollen Knoten verschlungen und trug ein schulterfreies, rotes Abendkleid, dazu Perlenschmuck. Ihr Bild hatte sie mit einem Seidentuch verhüllt. Lächelnd reichte sie jedem ein Glas mit einer prickelnden Flüssigkeit. „Ich möchte mit euch auf mein erstes Gemälde anstoßen." Sangria prostete ihnen zu und nahm einen kräftigen Schluck aus ihrem Glas. Dann entfernte sie umständlich das Seidentuch.

In stillem Einvernehmen schütteten Phil und Leo die stark nach Alkohol riechende Flüssigkeit in einen Blumentopf. Kurz darauf begann die Palme darin, leicht zu schwanken. Als Sangria sich umdrehte, blickte sie erstaunt auf die leeren Gläser. „Darf ich nachschenken?"

„Nein danke, wir bekommen sonst Ärger", erwiderte Phil.

Sangria trank noch einmal, ihre Wangen röteten sich. „Und wie findet ihr es?“

Das Bild war ein Wirrwarr grellbunter Farben, die in mehreren Schichten aufgetragen waren. Manche Stellen waren von zerlaufenen Tupfern übersät, umgeben von feinen Farbspritzern. Offensichtlich hatte Sangria den Pinsel als Wurfgeschoss benutzt. Schon nach kurzer Zeit begann es Phil vor den Augen zu flimmern.

„Es wirkt sehr ...“

„... lebendig“, vollendete Leo den Satz. Er neigte den Kopf abwechselnd nach links und nach rechts.

Sangrias Gesicht nahm einen verzückten Ausdruck an. „Lebendig, ja, wie recht du hast. Und wie wirken die Farben auf dich, Phil?“

„Also, ich finde sie irgendwie ... flimmernd.“

„Flimmernd?“

„Pulsierend! Die Farben pulsieren wie das Leben“, verbesserte ihn Leo.

Sangria betrachtete das Bild, als sähe sie es zum ersten Mal. „Pulsierend wie das Leben“, wiederholte sie begeistert.

Phil nickte Leo anerkennend zu. Beinahe zärtlich legte Sangria eine Hand auf den Rahmen. „Ich habe eine tolle Überraschung: Wer von euch beiden mir zuerst sagt, was dieses Bild darstellt, dem werde ich es schenken.“ Sie seufzte tief. „Obwohl mir das sehr schwerfallen wird.“

Abwehrend hob Leo die Hände. „Oh nein, das können wir nicht annehmen. Da steckt doch so viel Arbeit drin.“

„Und Farbe“, ergänzte Phil.

„Dieses wundervolle Gemälde ist ein Teil von Ihnen, den Sie niemals weggeben dürfen“, schmeichelte Leo.

„Das hast du aber schön gesagt.“ Gerührt betupfte sich Sangria mit einem Spitzentaschentuch die stark geschminkten Wimpern. „Andererseits hättet ihr eine bleibende Erinnerung an mich.“ Sangria stellte ihr Glas ab. „Nun, Phil, mein Süßer, was siehst du?“

Phil überlegte, womit die schrillen Farben am wenigsten Ähnlichkeit haben könnten. „Einen einsamen Strand?“ Damit hoffte er, aus dem Rennen zu sein.

„Oh, Phil, du hast es gleich gewusst, nicht wahr? Das Bild heißt *Sonnenaufgang am See.*“ Sangria kam langsam auf Phil zu, ihre Augen glänzten. „Es gehört dir.“

„Ähm, danke.“ Phil hatte es plötzlich sehr eilig.

Auf der dritten Treppenstufe rief Sangria ihn zurück. „Du hast den Sonnenaufgang vergessen!“

Leo brachte ihm das Bild. „Da hast du aber wirklich Glück gehabt“, bemerkte er schadenfroh.

„Als was hättest du es denn bezeichnet?“

„Pizza kunterbunt.“

„Hätte wahrscheinlich auch gestimmt. Ich war eben der Erste. Was machen wir jetzt damit?“

„Erst einmal unters Bett schieben“, schlug Leo vor.

Phil protestierte: „Aber nicht unter meins!“

„Gib her!“ Das Bild verschwand unter Leos Bett.

Mit etwas Verspätung trainierten sie eine Stunde im Kraftraum, ließen sich anschließend von Silvio aufpäppeln und nahmen die Rutsche nach draußen.

Gerade, als Phil Leo beibrachte, wie er den Sprung eines Gegners abwehren konnte, kreuzte Frau Schwan auf. „Was haben Sie hier verloren?“

„Wir machen Hausaufgaben“, sagte Phil. Leo wurde sehr blass.

„Ach ja? Hatte ich mich nicht klar ausgedrückt, dass zusätzliches Training grundsätzlich untersagt ist?“

„Nein, Sie hatten uns nur das zusätzliche Fahrtraining verboten“, korrigierte Phil.

Frau Schwan blitzte ihn bösartig an. „Natürlich betrifft das jede Art von Training. Muss ich das in der Hausordnung extra erläutern?“

„Meinetwegen nicht.“

„Also gut, ich werde den Direktor darüber informieren, dass Sie wiederholt gegen die Hausordnung verstoßen haben und keinerlei Einsicht zeigen. Sie können schon vorsorglich Ihre Sachen packen.“ Mit einem honigsüßen Lächeln, als hätte sie schon lange auf diesen Augenblick gewartet, wollte sie sich entfernen, doch Herr Kinsky hielt sie auf. Der feine Sand quoll durch seine metallenen Fußskelette. „Entschuldige bitte, dass ich versäumt habe, dich zu informieren, Beatrix, aber ich habe für den Schüler Leo Kissing zusätzliche Trainingsstunden angesetzt", erklärte er sehr freundlich.

Frau Schwan kniff die Augen zusammen. „Wenn der Schüler Leopold Kissing zusätzliche Trainingsstunden benötigt, hättest du mich schriftlich um Erlaubnis bitten müssen."

„Ich habe mit dem Direktor gesprochen, er ist einverstanden."

„Hm." Frau Schwan konnte ihren Ärger nur schlecht verbergen. „Und wie steht es mit einer Aufsichtsperson?"

„Die besorge ich noch. Notfalls stelle ich mich selbst zur Verfügung." Herr Kinsky strich über die Narbe auf seiner Stirn.

„Ja, dann hat wohl alles seine Richtigkeit."

Herr Kinsky sah Frau Schwan nach, wie sie missmutig durch den Sand schlurfte. „Ich hoffe, sie fragt jetzt nicht bei Herrn Junker nach."

„Danke, Herr Kinsky."

„Keine Ursache, Phil. Ich habe euch gestern schon beobachtet. Ich finde es lobenswert, dass du dich um deinen Freund kümmerst." Er löste einen Schlüssel von seinem Bund. „Der hier passt für alle Türen vom Klassenzimmer, auch für die Balkontür. Ich zeige euch jetzt den kürzesten Weg dorthin. Ihr zieht euch um und kommt dann sofort wieder herunter."

Herr Kinsky blieb vor der Feuerrutsche stehen, die Phil zusammen mit Elisa benutzt hatte, völlig ahnungslos, dass sie in dem Kampfanzug steckte. „Hier geht's hoch." Er drückte den Treppenknopf. „Oben stellt ihr auf Rutsche um. Wenn ihr wieder unten seid, wartet ihr bitte, bis ihr abgeholt werdet."

Sie brauchten nicht lange zum Umziehen. Ein Katzenmensch erwartete sie. „Ich bringe euch zum See, dort habt ihr mehr Platz."

„Elisa?" Phils Magen vollführte einen Freudentanz.

„So ist es."

Leo zupfte Phil am Ärmel. „Ist das etwa ein Mädchen?"

„Das ist nicht nur irgendein Mädchen, das ist Elisa May."

„Etwa die Elisa May aus dem Fernsehen?"

„Was meinst du mit Fernsehen?", wollte Elisa wissen.

„Ach, das ist nur so ein Spruch." Phil knuffte Leo in die Seite. „Das hier ist übrigens mein Freund Leo."

Elisa führte sie zu einer Stelle hinter dichten Sträuchern. Von der Schule aus waren sie dort sicher nicht zu sehen. Phil und Leo begannen sofort mit dem Training. An einen Baumstamm gelehnt schaute ihnen Elisa zu. Nach einer Weile bot sie sich als Angreifer an. Sie kämpfte langsamer und mit weniger Kraft als im Unterricht. Hatten Phil und Leo die Taktik begriffen, was bei Leo immer ein bisschen länger dauerte, ließ sie die beiden nacheinander angreifen und führte vor, wie sie sich dagegen wehren konnten.

Zum Abschluss kämpfte sie gegen beide gleichzeitig – und gewann.

„Ich glaube, du hast uns längst nicht alle Tricks gezeigt", keuchte Phil, den Elisa auf den Boden drückte.

„Das wäre auch ziemlich dumm von mir."

Leo, der gegen Elisa so gut wie nichts ausrichten konnte, grinste. „Na, wenigstens liegst du auch mal auf der Erde. Ich dachte schon, mir geht's allein so."

Gemeinsam gingen sie zurück. Vor der Rutsche verabschiedete sich Elisa.

„Esst ihr auch auf dem Balkon?", fragte Phil.

„Ja, aber erst nach euch – außer zum Frühstück, da sind wir vor euch dran. Wir brauchen vor dem Training immer noch eine gewisse Zeit, um uns aufzuwärmen. Also, wir sehen uns morgen."

Leichtfüßig lief Elisa zum Haupteingang.

„Sie ist klasse!", sagte Leo.

„Einfach umwerfend!"

„Auf jeden Fall!" Leo rieb sich die Rippen.

Nach dem Abendessen war Leo mit Melanie verabredet.

Phil ging schwimmen. Angst hatte er keine mehr. Er kam sich sogar albern vor, wenn er an seine Flucht dachte. Was sollte Elisa von ihm halten, wenn sie wüsste, dass er vor roten Lichtern davonlief? Elisa ... ob sie ihn mochte? Doch wie sollte er das jemals herausfinden, wenn sie immer nur gegeneinander kämpften?

Ein leises Plätschern riss ihn aus seinen Gedanken. Phil schnellte herum. Unter Wasser kam jemand sehr schnell auf ihn zu geschwommen.

Direkt vor ihm tauchte ein Kopf auf – er gehörte Elisa. Ihre langen Haare legten sich wie ein Schleier um ihren Oberkörper. „Es ist schön hier, nicht wahr?“

Phil nickte stumm. Wieder waren ihm alle Sätze abhanden gekommen. Er war noch nie mit einem Mädchen allein gewesen.

Elisa spritzte ihm Wasser ins Gesicht. „He, hat’s dir die Sprache verschlagen?“ Sie tauchte erneut und versuchte, Phil unter Wasser zu ziehen.

Phil leistete kaum Widerstand. Er traute sich nicht, Elisa zu berühren. Würden sie beide in Kampfanzügen stecken, hätte er damit überhaupt kein Problem, aber sie trugen nur ihre Badesachen. Im Gegensatz zu ihm schien Elisa das nichts auszumachen. Übermütig zog sie ihn an den Beinen oder stemmte sich auf seine Schultern. Nach einer wilden Jagd durch das Wasser warf sie sich in den Sand. In gebührendem Abstand setzte Phil sich neben sie.

Elisa stützte die Arme auf und schaute ihn an. „Erzähl mir etwas von dir“, sagte sie. „Du kennst meinen Namen, obwohl wir uns noch nie zuvor begegnet sind, dein Freund Leo kennt mich aus dem Fernsehen, was auch immer das sein mag … Wer seid ihr, wo kommt ihr her?“

Schweigend senkte Phil den Blick. Er war nicht sicher, ob es klug war, Elisa einzuweihen. Immerhin wäre sie die Erste an der Schule, die von seiner wahren Identität erfahren würde.

„Hast du Angst, mir dein Geheimnis anzuvertrauen?“ Elisa klang traurig. „Ich würde dir niemals Schaden zufügen, auch wenn ich dich im Unterricht nicht verschone. Du gefällst mir nämlich.“

„Ähm ... das ist ... eine lange, ziemlich ungewöhnliche Geschichte.“ Phil sprach stockend, obwohl er am liebsten jubelnd durch den Sand gehüpft wäre.

„Ich liebe lange, ungewöhnliche Geschichten.“ Elisa griff nach seiner Hand. Phils Magen jagte Feuerstöße durch den Körper. Augenblicklich waren alle Bedenken, die sich in seinem Kopf festgesetzt hatten, wie weggeblasen. Die Worte sprudelten aus ihm heraus und er erzählte. Alles. Angefangen von der Erfindung und dem Verschwinden seiner Eltern, dann vom falschen Herrn Skibinski, Leos Entdeckung, wie sie in diese Welt gelangt waren und was er von Manne erfahren hatte.

Elisa hört ihm aufmerksam zu. Nachdem Phil geendet hatte, setzte sie sich auf. „Das ist in der Tat das Außergewöhnlichste, was ich jemals gehört habe. Deine Eltern haben also unsere Welt erschaffen, damit du mit uns spielen kannst?"

„Nicht nur ich, jeder, der einen Computer und dieses Spiel besitzt. Wir können die Kämpfer steuern."

„Wie?"

Ohne sich dessen bewusst zu sein, fasste Phil nach seinem Amulett. „Durch Gedankenübertragung."

„Aber auf mich hast du keinen Einfluss, oder?"

Phils Finger umschlossen den kleinen, goldenen Drachen, dabei sah er Elisa fest in die Augen. Gib mir einen Kuss – mit aller Kraft konzentrierte sich Phil auf diesen einen Gedanken.

Elisa erwiderte seinen Blick. Langsam näherte sich ihr Gesicht dem seinen. „Stimmt was nicht?", fragte sie besorgt. „Du wirkst so abwesend."

Enttäuscht ließ Phil das Amulett los. „Es funktioniert nicht."

„Was funktioniert nicht?"

„Die anderen Wesen können wir nicht beeinflussen."

„Da bin ich aber froh. Ich wusste schon, warum ich unbedingt ein Katzenmensch werden wollte."

Eher vermutete Phil, dass seine Eltern Elisa so programmiert hatten, aber das behielt er für sich.

„Was ist das für ein hübsches Amulett, das du trägst?"

„Es ist ein ... Glücksbringer."

Elisa rückte näher und griff nach dem Anhänger. Ihr Haar berührte beinahe Phils Gesicht. Phil hob das Kinn etwas an, damit Elisa den Drachen genau betrachten konnte – und sah in zwei rotglühende Augen. Unwillkürlich zuckte er zusammen. Erschrocken zog Elisa ihre Hand zurück. „Was hast du?"

„Da waren rote Augen."

„Wo?"

„Über der Kuppel."

„Wir sollten besser gehen." Mit einer geschmeidigen Bewegung erhob sich Elisa.

„Ähm ..." Phil suchte nach dem passenden Anfang. „Darf ich dich noch was fragen?"

„Nur zu."

„Warst du gestern Abend auch schwimmen?"

„Ja, warum?"

„Ach, ist nicht so wichtig." Schnell holte Phil seine Sachen aus dem Umkleideraum und wartete, doch Elisa kam nicht. Anscheinend hatte er sie verpasst.

Dafür fand er Leo zusammengekauert vor der Zimmertür.

„Was ist los? Kommst du nicht rein?"

„Ich habe sie gesehen."

„Wen?"

„Rote Augen. Sie haben durch die Scheibe gestarrt."

„Haben sie sonst noch was gemacht?"

„Weiß nicht. Ich bin gleich rückwärts wieder raus."

Phil öffnete die Tür. Am schwarzen Nachthimmel hinter dem Fenster glühten unzählige Sterne, aber rote Punkte konnte Phil nirgends entdecken. Leo blieb hinter ihm. „Nicht mal Vorhänge haben sie hier", raunte er.

„Wir brauchen etwas, das sie abschreckt. Sag mal, liegt eigentlich Sangrias Sonnenaufgang noch unter deinem Bett?" Ehe Leo antworten konnte, lag Phil bereits auf dem Bauch und zog das Bild hervor. Der Rahmen passte genau in das Fenster. „Jetzt können sie sich von mir aus die Nasen an der Scheibe platt drücken." Phil legte den Kopf schief. „Na ja, die Rückseite sieht nicht ganz so schrecklich aus wie die Vorderseite. Ich glaube, damit können wir leben."

Leo schlüpfte in sein Nachthemd, das er neuerdings auch in der Schule trug, und versteckte sich unter der Bettdecke.

Phils Gedächtnis spulte die Begegnung mit Elisa ab wie einen Film. Warum war sie plötzlich verschwunden? Er fragte sich, ob es ein Fehler gewesen war, Elisa einzuweihen.

Am nächsten Morgen wachte Phil viel zu früh auf. Er beschloss, eine Runde durch den Park zu laufen. Als er seine Turnschuhe zuband, blinzelte Leo. „Wo willst'n hin?"

„Laufen."

„Warte, ich komme mit." Mit der Geschwindigkeit eines Faultiers wälzte sich Leo aus dem Bett. Es dauerte eine kleine Ewigkeit, bis er angezogen war. In einer Brombeerhecke auf dem Balkon des Speisesaals fanden sie den Eingang einer Röhrenrutsche. Zufällig landeten sie neben Elisa, die einen dunkelgrauen Trainingsanzug mit Kapuze trug.

„Nanu, seid ihr aus dem Bett gefallen?"

„Wir wollen ein Stück laufen. Dürfen wir mit?"

„Warum nicht?" Elisa schloss das Tor auf, das zu dieser Rutsche gehörte.

Gemeinsam umrundeten sie den See. Phil und Elisa liefen nebeneinander. In regelmäßigen Abständen drehten sie eine Schleife, damit Leo den Anschluss nicht verlor.

Nach einer Weile sah Phil auf die Uhr. „Schade, wir müssen zum Frühstück."

Elisa begleitete sie zum Tor. „Bis nachher. Und Phil, bitte geh vor dem Training noch unter die Dusche, ja?" Sie lachte hell, bevor sie zurück zum See lief. Mit knallrotem Kopf schnüffelte Phil an seinem T-Shirt. Es roch verschwitzt, doch er hatte keins mehr zum Wechseln. Zum Glück hatte Herr Kinsky ihnen erlaubt, während der zusätzlichen Trainingsstunden mit Elisa die Kampfanzüge zu tragen, darunter brauchte er kein Shirt. Trotzdem musste er es unbedingt waschen, am besten vor dem Schlafengehen.

An diesem Abend badete Phil allein unter der Kuppel. Er blieb länger als sonst, aber Elisa erschien nicht. Im Umkleideraum erwartete ihn eine unangenehme Überraschung – sein T-Shirt fehlte. Nur noch die Jeans hing am Haken. Hatte ihm jemand einen Streich gespielt? Phil durchsuchte den gesamten Raum, doch das Shirt blieb verschwunden.

Als er das Zimmer betrat, saß Leo kerzengerade auf seinem Bett. Neben ihm war die Bettdecke leicht gewölbt.

„Stell dir mal vor, mein zweites T-Shirt ist auch noch weg. Dabei hat es ziemlich streng gerochen."

„Wer macht denn so was?" Leo überlegte einen Augenblick. „Vielleicht will Sangria dich in ihren Laden locken. Sie hat hübsche Hawaihemden im Sortiment."

„Eher traue ich Olaf zu, dass er mein T-Shirt geklaut hat. Wahrscheinlich stopft er es aus und boxt dann jeden Tag darauf herum.“

„Gut möglich. Hast du noch was zum Anziehen?“

„Nein. Hätte ich gewusst, wie lange wir bleiben, hätte ich mehr eingepackt.“

„Soll ich dir einen Pullover stricken? Wenn ich die Nacht durchmache, ist er morgen früh fertig.“

„Du hast doch nicht etwa dein Strickzeug mit?“

Leo zupfte an seiner Bettdecke und wurde rot.

„Strickpullover sind nichts für mich. Aber kannst du mir ein T-Shirt borgen?“

Neidisch betrachtete Leo Phils flachen Bauch. „Na ja, meine Shirts sind ein bisschen größer als deine. Guck mal im mittleren Fach nach, da müssten noch saubere sein.“

Phil zog ein dunkelgrünes T-Shirt heraus und streifte es über. Es war viel zu weit, die Ärmel reichten bis über die Ellenbogen. Er warf einen flüchtigen Blick in den Spiegel. „Besser als jedes Hawaiihemd, würde ich sagen. Danke.“

Inzwischen hatte Leo sich hingelegt. Unter seinem Bett leuchtete das Ende eines hellblauen Fadens.

Am Morgen war Leo noch vor Phil auf den Beinen. Da sie Elisa nirgends sahen, liefen sie kreuz und quer durch den Park. Auch im Unterricht hatte Phil keine Gelegenheit, mit Elisa zu sprechen, weil Herr Kinsky die Katzenmenschen aufgefordert hatte, sich unter den Schülern andere Gegner auszusuchen.

Phil musste gegen den Partner von Susanne kämpfen, der zwar stark, aber nicht sehr schnell war. Nach zwei Stunden wechselten die Paare erneut.

Als sich Phil und Leo am Nachmittag für das zusätzliche Training umziehen wollten, fanden sie einen Zettel an ihrer Tür. „Training heute schon halb vier“, las Leo laut vor.

Sie mussten sich sehr beeilen. Für einen Erfrischungstrunk bei Silvio blieb keine Zeit mehr, Elisa erwartete sie bereits komplett in ihren Kampfanzug gehüllt am Ausgang der Rutsche.

Während sie Phil und Leo zum See brachte, sprach sie kein Wort. Ohne Vorwarnung schlug sie Leo k.o., dann griff sie Phil an. Zwar kämpfte Elisa mit allen Tricks, doch Phil hatte mittlerweile genug gelernt, um sich erfolgreich verteidigen zu können. Plötzlich holte sie hinter einem Baum eine Eisenstange hervor. Sie zielte auf Phils Knie, traf aber nur sein Schienbein. Ein heftiger Schmerz durchzuckte Phil. Er wusste nicht, was Elisa damit bezweckte, aber sie schien ihn ernsthaft verletzen zu wollen. Als sie erneut mit der Eisenstange auf ihn losging, setzte er sie durch einen Schlag ins Gesicht außer Gefecht. Taumelnd ließ Elisa die Stange fallen.

Leo, der wieder zu sich gekommen war, warf sich sofort auf die Stange. Elisa versuchte, sie ihm zu entreißen und trat mit den Füßen nach ihm. Durch Phils nächsten Schlag wurde sie gegen einen Baum geschleudert. Mehrere Sekunden lang rührte sie sich nicht, dann sprang sie auf und rannte zurück zur Schule. Zuerst wollte Phil ihr folgen, doch sein Bein schmerzte so heftig, dass er aufgab. Er zog das Hosenbein hoch und begutachtete sein Schienbein. Unter dem Knie bildete sich ein faustgroßer Bluterguss. Leo brachte ihm die Eisenstange. „Brauchst du was zum Kühlen?“

Phil nahm ihm die Stange ab, allerdings nicht, um sein Bein zu kühlen, sondern weil Elisa zurückkam.

„Was willst du denn damit?“, rief Elisa erstaunt.

„Mich verteidigen.“

„Aber wir kämpfen ohne Waffen.“

„Und warum bist du dann mit der Stange auf mich losgegangen?“

„Nun mal langsam, wer ist auf dich losgegangen und überhaupt – wieso seid ihr schon hier?“ Elisas Blick fiel auf Phils Bein. „Was ist passiert?“

„Das müsstest du doch wissen! Du hast uns extra früher bestellt und dann hast du uns hiermit angegriffen.“ Phil stieß die Stange so heftig auf den Boden, dass sie zurückfederte.

Elisa streifte die Kapuze ab. „Glaubst du ernsthaft, ich würde so etwas Schreckliches tun? Ich habe Punkt vier Uhr an der Rutsche auf euch gewartet. Da niemand kam, habe ich das Tor aufgemacht und bin hierhergelaufen.“

„Dann musst du den Katzenmenschen getroffen haben."

„Mir ist niemand begegnet. Wahrscheinlich hat er ein anderes Tor genommen." Elisa schaute Phil bekümmert an. „Es tut weh, dass du mir solch eine Gemeinheit zutraust."

„Aber der Katzenmensch sah aus wie du! Und er kannte diese Stelle", verteidigte sich Phil.

„Er sah aus wie ich?" Jetzt begann Elisa, auf und ab zu wandern.

„Ja – nicht sehr groß und superschlank."

„Danke für das Kompliment." Für einen Moment lächelte Elisa, wurde aber sofort wieder ernst. „Konntest du seine Augenfarbe erkennen?"

„Nein, dafür blieb keine Zeit."

„Hm, mir fällt nur einer ein, der in Frage käme." Elisa blieb dicht vor Phil stehen. „Übrigens hat er im Gegensatz zu mir hellgraue Augen. Ich weiß zwar nicht, warum, aber offensichtlich hat er euch hergelockt, um euch fertigzumachen."

„Ich bin auch total fertig", ließ Leo sich vernehmen.

„Du hast wenigstens nicht die Stange abbekommen", bemerkte Phil.

Mit sanftem Druck betastete Elisa sein Schienbein. „Ist es sehr schlimm? Wirst du morgen kämpfen können?"

„Noch zwickt es ganz schön."

„Ich schlage vor, wir verzichten heute auf das Training und du schonst dein Bein. Lass dir was von Silvio geben, der kennt allerhand Mixturen."

Elisa entwand Phil die Eisenstange und warf sie zwischen die Sträucher. „Wer kennt eure Geschichte außer mir?"

„Nur Manne und Frida. Ich vertraue ihnen."

„Fest steht, dass uns jemand beobachtet hat, sonst hätte er euch nicht in diese Falle locken können. Wir sollten den Direktor informieren."

Phil schüttelte den Kopf. „Nein, ich möchte nicht riskieren, dass er mich von den letzten Prüfungen ausschließt. Es ist nicht das erste Mal, dass jemand versucht, mir eins auszuwischen." Er erzählte von dem Qualifikationsrennen.

Auf Elisas hoher Stirn bildete sich eine Sorgenfalte. „Du bist in großer Gefahr, Phil. Ich werde während der Prüfung in der Drachenburg auf dich aufpassen, mehr kann ich leider nicht für dich tun. Im Schloss wirst du auf dich allein gestellt sein."

Als Elisa über Phils Wange strich, verfluchte er die Kapuze. „Vollkommen hilflos bist du ja zum Glück nicht. Aber jetzt kümmern wir uns erst einmal um dein Bein.“ Sie schlang ihren Arm um Phils Hüfte und stützte ihn beim Gehen. Obwohl die Schmerzen mittlerweile erträglich waren, sträubte sich Phil nicht dagegen.

Unter der Kuppel passte Elisa auf, dass er sich von Silvio verarzten ließ.

Abends war sein Bein so weit in Ordnung, dass er sich mit ihr zum Schwimmen verabreden konnte. Am anderen Morgen war der Bluterguss beinahe verschwunden.

Eine Spur

Beim Frühstück erkundigte sich Phil bei Paul, wo man am billigsten T-Shirts kaufen könne.

„Am besten gehst du zu Sauerbier, der hat alles. Ich muss am Wochenende auch wieder hin, Schnecken abliefern. Das ist ziemlich eklig, aber Sauerbier bezahlt sie gut."

Phil sah zu Leo hinüber, der sich ein Vollkornbrötchen mit Melanie teilte, indem jeder von einem Ende abbiss. Ein paar Schnecken würde er bestimmt zusammenbekommen. Vielleicht half ihm Leo, wenn er nichts anderes vorhatte.

Für den letzten Unterrichtstag mit den Katzenmenschen hatte sich Herr Kinsky etwas Besonderes ausgedacht. In einem Turnier sollte der beste Kämpfer ermittelt werden. Dazu musste jeder Schüler jeweils eine Viertelstunde lang gegen jeden Katzenmenschen kämpfen.

Ziel war es, mit einem Leuchtstift Zeichen auf dem Anzug des Gegners zu hinterlassen. Es gab Pluspunkte für jedes verteilte Zeichen und Minuspunkte für die auf dem eigenen Anzug. Der Sieger sollte nach Punkten ermittelt werden. Herr Kinsky gab Stifte in unterschiedlichen Farben aus, die am Anzug hängen blieben wie ein Eisennagel an einem Magneten.

Leo betrachtete seinen orange leuchtenden Stift. „Ob ich wenigstens drei Kreuze machen kann?"

„Hinterher bestimmt." Phil heftete seinen Stift an den rechten Oberschenkel.

Ihm wurde Leos allererster Gegner zugeteilt. Beim Ertönen des Startsignals stürzte sich der Katzenmensch auf ihn. Phil hatte ihn oft genug beim Kämpfen beobachtet, schon nach kurzer Zeit konnte er ihn ohne große Anstrengung besiegen. Übermütig schrieb er ihm ein hellgrünes P auf den gestreiften Rücken.

Der nächste Gegner war gefährlicher. Erst kurz vor dem Ende der Runde konnte Phil seinen Stift einsetzen. Dann wurde ihm ein zierlicher Katzenmensch zugeteilt. Elisa, dachte Phil und freute sich auf den bevorstehenden Kampf. Doch statt der meergrünen Augen blickten ihn kalte, hellgraue Augen an. Phil erinnerte sich an Elisas Worte nach dem Überfall – übrigens hat er im Gegensatz zu mir hellgraue Augen. Noch vor dem Startsignal rammte ihm sein Gegner die Faust in den Bauch, dass ihm die Luft wegblieb. Im nächsten Moment traf ihn ein harter Schlag unterm Kinn, der ihn zu Boden warf. Sofort hockte der Katzenmensch auf seiner Brust und holte mit dem Stift aus. Phil sah die Spitze auf sein rechtes Auge zukommen. Mit aller Kraft stieß er seinem Gegner die Knie in den Rücken, der daraufhin vornüberrollte. Beide sprangen gleichzeitig auf. Bevor der Katzenmensch erneut auf Phil losging, packte ihn Herr Kinsky am Arm.

„Sie sollen Ihren Gegner mit dem Stift kennzeichnen, nicht umbringen. Offensichtlich haben Sie das missverstanden“, knurrte er.

„Ich wollte ihm nur zeigen, wie man richtig kämpft“, behauptete der Katzenmensch. Dabei sah er Phil kaltblütig an.

„Ich hatte einen anderen Eindruck. Hiermit erkläre ich den Kampf für beendet.“ Herr Kinsky erlaubte Phil, sich bis zur nächsten Runde auf dem Balkon aufzuhalten. Dem Katzenmenschen wies er einen Platz in der Nähe seines Hochsitzes zu.

Phil kam die Pause sehr gelegen, denn sein Schienbein brachte sich schmerzhaft in Erinnerung. Außerdem hatte er das Gefühl, dass sein Kinn blutete. Silvio mixte ihm einen Trunk gegen die Schmerzen und tupfte die Platzwunde ab. Schon nach wenigen Minuten fühlte Phil sich besser.

In den nächsten Runden verteilte er reichlich hellgrüne Zeichen. Er selbst blieb von fremden Stiften verschont.

Sein letzter Gegner war Elisa. Ihre Augen funkelten angriffslustig, als sie sich gegenüberstanden. „Dein Anzug ist so langweilig schwarz. Ich könnte ihm ein paar pinkfarbene Tupfer verleihen, oder was meinst du?“

„Pink steht mir nicht, aber mein Hellgrün würde sehr gut zu deinen Augen passen.“

Das Signal für die letzte Runde ertönte. Phil wendete alles an, was er in der letzten Woche gelernt hatte. Elisa wehrte jeden seiner Angriffe ab, aber ebenso erfolgreich konnte er sich gegen sie verteidigen. Keiner von ihnen bekam die Gelegenheit, seinen Stift zu benutzen. Sie waren so vertieft, dass sie nicht einmal bemerkten, dass alle anderen längst aufgehört und einen Kreis um sie gebildet hatten. Als Herr Kinsky einsah, dass beide Gegner ebenbürtig waren, beendete er ihren Kampf, indem er laut Beifall klatschte. Die meisten Schüler und Katzenmenschen schlossen sich an. Nur Olaf hatte die Arme vor der Brust verschränkt. „Die haben sich doch vorher abgesprochen", sagte er laut.

Herr Kinsky lächelte. „Sie irren sich, Olaf. Was Sie hier gesehen haben, war die Hohe Schule der Kampfkunst in beeindruckender Perfektion, und zwar auf beiden Seiten. In diesem Kampf konnte es keinen Sieger geben. Und nun gönnen Sie sich eine Pause, damit ich die Auswertung vornehmen kann."

Schüler und Katzenmenschen strebten an die frische Luft, sofort bildete sich eine Schlange vor Silvios Wagen.

Elisa blieb in Phils Nähe, sie ließ den grauäugigen Katzenmenschen nicht aus den Augen. Als Phil seine Kapuze hochschob, untersuchte sie sein Kinn. „Sieht aus, als hätte er seine Handschuhe präpariert. Ein normaler Schlag auf den Schutzanzug hinterlässt nicht solche Spuren. Ich werde Herrn Kinsky um eine Kontrolle der Kampfkleidung vor der Prüfung bitten."

Gemeinsam beobachteten sie Phils Mitschüler beim Auszählen der Treffer. Mit Genugtuung stellte Phil fest, dass Elisa auf jedem Anzug mindestens einen pinkfarbenen Tupfer hinterlassen hatte.

Leo leuchtete in vielen Farben. Ohne die Sensoren in den Kampfanzügen, die jede Berührung des Stiftes an den Laptop von Herrn Kinsky sendeten, wäre in seinem Fall eine Auswertung unmöglich gewesen, weil die Zeichen der einzelnen Gegner teilweise übereinandergeschrieben waren. „Schicker Anzug." Paul klopfte Leo auf die Schulter.

„Ich hasse schwarz, es macht mich so blass", erwiderte Leo gut gelaunt, während er die Farben auf Melanies Rücken begutachtete.

Lukas nickte in Richtung der Katzenmenschen. „Drei oder vier von ihnen habe ich erwischt. Die blauen Kringel stammen von mir."

„Bei mir sollen es gelbe Ps sein. Sind nicht immer so gut zu erkennen, weil es schnell gehen musste. Zu wem gehören eigentlich die hellgrünen Ps? Bis auf die beiden dünnen Katzen haben alle eins kassiert." Paul sah Phil fragend an, doch der grinste nur.

Olaf und Stefan standen etwas abseits. Vergebens bemühte sich Olaf, einen etwa untertassengroßen pinkfarbenen Kreis auf seiner Brust zu verdecken.

„He, Junker, hast du Herzschmerzen?", brüllte Lukas lauter als nötig, aber Olaf reagierte nicht.

Nach etwa einer Viertelstunde verkündete Herr Kinsky das Ergebnis. Als bester Kämpfer hatte Phil abgeschnitten. Alle außer Olaf und dem grauäugigen Katzenmenschen klatschten. Stefan hörte allerdings auf, nachdem Olaf ihm auf den Fuß getreten war.

Ehe Phil es verhindern konnte, hatte Claudia ihm ihre rot geschminkten Lippen auf die Kapuze gedrückt. Sie hatte ihr Gesicht nach der Trinkpause nicht wieder verhüllt. Phil vermied es, jemandem in die Augen zu sehen.

Als Olafs zweiter Platz verkündet wurde, war Stefan der Einzige, der in Jubel ausbrach. Irritiert verstummte er sofort wieder.

Lukas war der Drittbeste, gefolgt von Paul. Claudia hatte nur einen Treffer mehr als Paul. Merkwürdigerweise wiesen die Tupfer nur zwei Farben auf – pink und grau. Vermutlich hatte außer Elisa und dem Grauäugigen niemand ernsthaft gegen sie gekämpft. Melanie lag im Mittelfeld, sogar noch vor Stefan. Leo umarmte sie. Er selbst nahm seinen letzten Platz gelassen hin.

Die Abschlussprüfung war für den Samstag der kommenden Woche angesetzt. Herr Kinsky gab den Ablauf bekannt: „In der Reihenfolge Ihres Abschneidens beim Autorennen betreten Sie die Drachenburg. Ihre Aufgabe besteht darin, eine Pfeife zu finden, mit der Sie einen Drachen rufen können. Auf diesem Drachen fliegen Sie zum Schloss des Königs, in dessen Kellerlabyrinth der Drachenring verborgen ist."

An dieser Stelle öffnete Herr Kinsky eine Schatulle, in der sich eine Nachbildung des Drachenrings befand: eine goldene, geflügelte Schlange mit rubinroten Augen. „Die Suche danach ist kein Kinderspiel. Dabei werden Sie nicht nur von Ihrer Waffe, sondern auch von Ihrem Verstand Gebrauch machen müssen."

Phil stieß Leo an. „Erkennst du ihn?"

„Nein, warum?"

„Herr Sanders trägt so einen Ring."

„Kann sein. Ich habe damals nicht so auf seinen Schmuck geachtet."

Claudia ging nach vorn. „Ist der aber hübsch", schwärmte sie. Ihre blauen Augen funkelten.

„Er ist nicht nur hübsch, sondern auch überaus wertvoll. Wem es gelingt, den Ring an sich zu bringen, dem übergibt der König seine Krone und damit sein Amt. Allerdings muss der Sieger diesen – meiner Ansicht nach langweiligen – Posten nicht annehmen, sondern kann weiterhin als Kämpfer arbeiten." Herr Kinsky ließ den Deckel der Schatulle wieder zuschnappen.

„In der nächsten Woche wird Ihnen mein Kollege Rauchfuß verschiedene Kreaturen vorstellen, die den Ring und die Drachenpfeifen beschützen. Außerdem erlernen Sie den Umgang mit einem Drachen, was ja nicht jedem geläufig ist. Nicht alle Drachen sind gleich stark. Merken Sie sich, je dunkler die Farbe der Pfeife ist, desto schneller, aber auch unberechenbarer ist der dazugehörige Drache. Natürlich hat der Erste in der Burg die besten Bedingungen, für ihn ist die Auswahl am größten. Zum Schloss werden Sie alle gemeinsam von der Arena aus fliegen. Die Zuschauer werden beide Prüfungen verfolgen können. So, nach diesen spannenden Aussichten wünsche ich Ihnen ein angenehmes Wochenende."

Lärmend verschwand die Klasse in den Umkleideräumen, die Katzenmenschen verließen ebenfalls den Raum. Phil, der sich gern von Elisa verabschieden wollte, wurde von Herrn Kinsky aufgehalten.

„Werden Sie bei den Kämpfern bleiben? Bei Ihrem Talent wäre es bedauerlich, wenn Sie auf eine ruhmreiche Karriere verzichten würden", sagte er ernst.

„Das entscheide ich, wenn ich den Ring erobert habe", erwiderte Phil ausweichend.

„Wie auch immer, die Abschlussprüfung verspricht äußerst kurzweilig zu werden." Nach diesen Worten klemmte sich Herr Kinsky den Laptop unter den Arm und ging klappernden Schrittes zur Tür. Phil fragte sich, wo er seine Füße eingebüßt hatte.

Am Ausgang wartete Elisa. Da sie allein waren, schob Phil erwartungsvoll die Kapuze nach hinten. Vielleicht gab sie ihm einen Abschiedskuss?

„Bis nächste Woche." Als Elisa ihm über die Wange strich, vollführte sein Magen einen Freudentanz.

„Und Phil – pass bitte auf dich auf, ja?" Elisa winkte kurz und huschte auf den Flur.

Schweren Herzens schlich Phil zu den Umkleideräumen. Die Kämpfe mit Elisa und vor allem die abendlichen Treffen unter der Kuppel würde er sehr vermissen. Der Lärm in der Umkleidekabine wirkte wie eine kalte Dusche.

„He, Superheld, alles klar?", empfing ihn Paul.

„Alles im grünen Bereich, Alter", gab Phil zurück und pellte sich aus seinem Kampfanzug. Ehe er ihn weggehängt hatte, hielt Lukas den Anzug in die Höhe. „Von wegen, Phil hat keinen Treffer abbekommen. Wer hatte denn einen roten Lippenstift als Waffe?" Triumphierend zog er die Kapuze auseinander.

Mit einem schiefen Grinsen entriss Phil ihm den Anzug und warf ihn in den Schrank. Er hatte gerade seine Jeans angezogen, als sich Marcel Lutter vor ihm aufbaute. Die Kiefer fest aufeinandergepresst musterte er Phil von oben bis unten. „Hör zu, Marten, auch wenn du wahrscheinlich stärker bist als ich – ich warne dich! Lass Claudia in Ruhe oder du bekommst Ärger!", stieß er hervor.

Keineswegs wollte Phil sich mit ihm anlegen und schon gar nicht wegen Claudia. „Sag Claudia, sie soll *mich* in Ruhe lassen. Ich will absolut nichts von ihr."

„Umso besser für dich!"

Nachdem Marcel die Tür zugeknallt hatte, prustete Paul los. „Als ob du dich vor dem fürchten müsstest!"

Allmählich leerte sich der Umkleideraum. Schließlich waren Phil und Leo allein. Leo ächzte beim Aufstehen. „Tja, du hast es wieder mal allen gezeigt."

„Du siehst ja, was dabei herauskommt, nichts als Ärger", widersprach Phil. „Aber du hast auch gut durchgehalten. Ob sie die Anzüge vor der Prüfung waschen?"

„Wieso, meiner ist doch ganz hübsch geworden. Vielleicht sollte ich Sangria Modell stehen."

Phil und Leo waren die Letzten im Speiseraum. Auf dem Büfett fanden sie den Rest eines vielschichtigen Auflaufes. „Sieht aus wie Lasagne, die Idee hat Herr Bertoli von mir." Stolz teilte Leo die Portion in zwei Hälften.

Die anderen Schüler waren schon fast fertig mit dem Essen. Es herrschte fröhliche Stimmung, weil sich herumgesprochen hatte, dass Olaf und Stefan als Strafe dafür, dass sie das Qualifikationsrennen in übler Weise gestört hatten, am Wochenende sämtliche Sitze der Arena scheuern mussten. Wenn es nach Frau Ferrani gegangen wäre, wären sie von der Schule geflogen. Olaf und Stefan hatten sich einen Extratisch gesucht.

Paul strich sich über den gewölbten Bauch. „Schade, dass wir nur noch eine Woche Schule haben. Der Bertoli war ein echter Glücksgriff."

„Wir könnten ihn überreden, im Dorf eine Essensküche oder so was aufzumachen, und Frau Schwan kann wieder ihren Schlechte-Laune-Pudding löffeln", sagte Lukas auf dem Weg zur Balkontür. Einen Augenblick später wich er zurück, dicht gefolgt von Frau Schwan.

„Mir schwant Böses", flüsterte Paul.

„Nachdem Sie heute ein wenig herumgeturnt haben, ist es wohl kaum zu viel verlangt, wenn ich Ihnen eine kleine Hausaufgabe auftrage. Kranich, da Sie es offenbar am eiligsten haben, nach Hause zu kommen, gehen Sie sofort hinunter in die Eingangshalle. Auf einem Tisch neben meinem Büro finden Sie mehrere Kartons mit farbigem Papier. Sie entnehmen je einen Stapel roter und grüner Zettel und kommen auf schnellstem Wege wieder hierher. Die gelben und orangefarbenen Zettel lassen Sie unberührt. Sind Sie immer noch da?"

Murrend setzte sich Lukas in Bewegung.

Schwerfällig ließ Frau Schwan sich auf einen Stuhl fallen. „Sie werden mir einen ausführlichen Bericht darüber schreiben, was Ihnen an dieser Schule gefällt und was nicht. Beschwerden gehören auf die roten Zettel, angenehme Dinge dürfen Sie auf den grünen Zetteln vermerken. Im Anschluss werde ich entscheiden, ob und welche Änderungen erforderlich sind."

„Also am besten nichts Gutes schreiben, sonst schafft die alte Hexe alle angenehmen Dinge ab“, raunte Paul den anderen zu.

„Was gibt es da zu tuscheln?“, fauchte Frau Schwan.

Lukas war erstaunlich schnell wieder auf dem Balkon. Er knallte zwei Stapel Papier auf den Tisch, an dem Frau Schwan saß.

„Was ist denn das?“ Frau Schwan hielt einen orangefarbenen Zettel hoch.

„Ein Blatt Papier, würde ich sagen“, antwortete Lukas.

„Ich hatte rote Blätter verlangt“, stieß Frau Schwan hervor.

„Zählt das nicht als rot?“

„Nein, das ist orange.“

„Na ja, orange ist immerhin röter als gelb, oder?“, sagte Lukas ungerührt.

Die Gesichtsfarbe von Frau Schwan übertraf das Orange des Papiers bei Weitem. „Sie ... Sie ... ich werde dafür sorgen, dass Sie von der Schule ...“

„Hallo Beatrix, ich habe dich gesucht. Zum Glück habc ich unten deine Stimme gehört“, unterbrach sie Herr Junker. Er nickte den Schülern freundlich zu. „Was ist vorgefallen?“

Frau Schwan atmete in kurzen Stößen. „Der … Schüler Kranich hat das falsche Papier ... für die Beschwerden gebracht … orange anstelle von rot.“

„Nun, das dürfte nicht so tragisch sein, Beatrix, die Angaben sind ohnehin freiwillig. Wenn du mit den Schülern fertig bist, würde ich gern etwas sehr Wichtiges mit dir besprechen. Es betrifft die Prüfung in der nächsten Woche.“ Der Blick von Herrn Junker huschte über die Gesichter der Schüler, an Phils verkrustetem Kinn blieb er hängen.

„Meinetwegen können die Schüler gehen“, zischte Frau Schwan.

Fluchtartig verließ Lukas den Balkon, nachdem er von jedem Stapel ein Blatt heruntergerissen hatte. Auch die anderen Schüler griffen nach den Zetteln, wobei der orange Stapel erheblich schneller abnahm als der grüne. Leo musste das restliche Papier wieder hinunterbringen. Unterdessen holte Phil ihre Rucksäcke.

Frida hatte auf der Terrasse den Tisch für sie gedeckt, war aber nirgends zu sehen. Neben einer Nugattorte und einer Flasche mit Saft lag ein Zettel mit der Nachricht, sie habe im Dorf noch einiges zu besorgen.

Leo nahm ein großes Stück Torte. „Das habe ich mir heute echt verdient. Warum warst du eigentlich zwischendurch mal auf dem Balkon?"

„Der Grauäugige wollte mir ein Auge ausstechen."

Leo ließ den Löffel, der schon zur Hälfte in seinem geöffneten Mund war, wieder nach unten sinken. „Etwa der Typ von gestern Nachmittag?"

„Ich denke schon. Aber Herr Kinsky hat was mitbekommen, er hat mich rausgeschickt."

„Und was ist mit deinem Kinn? Ich habe zwar mehr Veilchen als du, aber geblutet hat's bisher nicht."

„Elisa denkt, dass er seine Handschuhe präpariert hat. Sie will Herrn Kinsky bitten, vor der Prüfung die Kampfanzüge zu kontrollieren. Wer weiß, was der sonst in die Burg schmuggelt."

Phil bekleckerte sich mit Nugat. Vergebens rubbelte er mit einer Serviette an dem Fleck herum. „Ich glaube, das muss in die Wäsche. Dann werde ich mal Schnecken sammeln gehen. Ich weiß nicht, ob du es beim Frühstück mitbekommen hast, aber Sauerbier kauft Schnecken auf. Außerdem kriegt man T-Shirts bei ihm."

Phil holte einen Korb aus dem Holzschuppen und durchsuchte Fridas Garten. Nach dem zweiten Stück Torte schlenderte Leo hinterher. Er bestand darauf, im Erdbeerbeet zu suchen. Nach einer halben Stunde verglichen sie die Ausbeute.

Über den Boden von Leos Korb kroch eine einsame Schnecke. „Hat sich wohl nicht gelohnt?", fragte Phil.

„Die sind immer so schnell weg", antwortete Leo kauend. Seine Lippen waren dunkelrot gefärbt.

Auch in Phils Korb war die Anzahl der Schnecken überschaubar. „Erinnerst du dich an das Erdbeerfeld in Richtung Dorf? Vielleicht bringt's da mehr."

Auf dem Erdbeerfeld gingen einige Leute mit langen Stangen durch die Reihen.

„Was machen die da?", wunderte sich Leo. „Sieht aus, als ob sie auf Schatzsuche sind."

Ein Mann stand am Rand des Feldes. Am Ende der Stange in seiner

Hand war ein hufeisenförmiger, offener Behälter angebracht, den der Mann unter eine Erdbeerpflanze hielt. Nach kurzem Schütteln fielen dunkelrote Erdbeeren hinein und der Mann ging weiter zur nächsten Pflanze. Bevor er das Hufeisen unter die Pflanze schob, griff er hinein und schleuderte eine Schnecke in Richtung Weg. Phil hechtete hinterher und fing sie in seinem Korb auf. „Eine hab ich schon", triumphierte er. Der Mann sah ihn verwundert an.

„Ähm, wir möchten gern Schnecken sammeln", sagte Phil.

„Wie erfrischend. Die meisten Leute fragen mich nach Erdbeeren, aber warum nicht, bedient euch!" Ohne sie weiter zu beachten, setzte der Mann seine Arbeit fort.

Phil und Leo teilten sich das Feld ein. Ab und zu warfen ihnen die Leute eine Schnecke zu. Gegen Abend hatten sie ihre Körbe voll. Als sie gehen wollten, winkte sie der Mann heran. Er nahm Leo den Korb ab und wog ihn in der Hand. „Das sind mindestens zwei Kilogramm. Ich würde sagen – einen Taler pro Korb."

„Aber wir haben kein Geld", rief Leo.

„Nicht doch. Ich bin froh, wenn ich die Plagegeister los bin." Der Mann gab jedem ein rundes Geldstück. „Was habt ihr mit ihnen vor?"

„Wir wollen sie ver...autsch." Erschrocken sah Leo Phil an, weil der ihm seinen Korb in den Rücken gerammt hatte.

„Tut mir leid, Leo. Also, wir wollen ein Schneckenrennen veranstalten", log Phil.

„Dauert das nicht zu lange? Da fällt mir ein, bist du nicht der Junge, der das Autorennen gewonnen hat?"

„Ähm, ja." Es war Phil unangenehm, wiedererkannt zu werden, noch dazu mit seinem bekleckerten T-Shirt und einem Korb voller Schnecken in der Hand.

„Tolle Leistung. Übrigens, falls ihr die Schnecken irgendwann wieder aussetzt, bitte weit weg von meinen Erdbeeren."

Leo winkte mit dem Taler. „Keine Sorge, die sehen Sie nie wieder."

Auf dem Heimweg betrachtete Phil das Geldstück. „Ob das schon reicht für ein T-Shirt?"

„Keine Ahnung. Wir sollten die Schnecken heimlich immer wieder im Erdbeerfeld freilassen und dann ein paar Tage später einsammeln. So hätten wir eine sichere Geldquelle“, entgegnete Leo.

„Meinst du, der Mann merkt das nicht? Ich würde lieber beim Pflücken helfen, das sah lässig aus“, sagte Phil.

Sie brachten die Körbe in Fridas Holzschuppen. Phil deckte sie mit einem Stück Maschendraht ab, Leo stopfte Salatblätter durch die Löcher: „Damit sie nicht abmagern bis morgen früh.“ Dann schlossen sie die Schuppentür und suchten ihre Lieblingsplätze auf der Terrasse auf.

Frida fuhr mit einem veilchenblauen Wagen vor, die Bremsen quietschten. Sie sprang mitten in die Staubwolke und zerrte einige prall gefüllte Einkaufstaschen aus dem Kofferraum. Phil und Leo nahmen ihr die schweren Taschen ab. „Hast du ein neues Auto?“, fragte Leo.

„Ist aus dem gleichen Material wie eure Rennwagen. Jetzt brauche ich nicht mehr so vorsichtig zu fahren.“ Fröhlich zwinkerte Frida Leo zu. Beim Abendessen werteten sie die vergangene Woche aus. Während Frida Phils Kinn behandelte, schimpfte sie. „Sie sollten sich die Leute, die sie einstellen, genauer ansehen. Als ob der Unterricht nicht ohnehin gefährlich genug ist. Ich hoffe, dieser hinterhältige Katzenmensch wird nicht für die Prüfung zugelassen.“

Am nächsten Morgen wurde Phil durch einen Schrei geweckt. Er stürzte aus dem Zimmer. Die Haustür stand weit offen, ebenso die Schuppentür. Fassungslos stand Frida davor.

Phil lief an ihr vorbei. „Uuurgh“, entfuhr es ihm. Die Wände und die Decke des Schuppens waren mit nackten Schneckenleibern bedeckt. Jede Schnecke hatte eine glänzende Schleimspur hinterlassen. Die Häuser der Tiere lagen noch im Korb.

„Was ist los?“ Leo glättete sein Nachthemd.

„Die Schnecken sind los, sie sind ausgezogen“, klärte Phil ihn auf.

Frida zupfte ein Tier vom Türgriff. „Habt ihr eine Ahnung, woher die vielen Schnecken kommen?“

„Die sind für Herrn Sauerbier. Phil braucht neue T-Shirts.“

„Ihr hättet mich fragen sollen, ich hätte euch Geld gegeben."

„Wir wollten aber unser eigenes Geld verdienen."

„Ja, und diese Schnecken bekommen wir sogar doppelt bezahlt. Der eine freut sich, dass er sie los ist, der andere kauft sie uns ab. Ist doch genial."

„Sicher. Wenn ihr sie wieder eingesammelt habt, wascht ihr bitte das Holz ab. So kann der Schuppen unmöglich bleiben", sagte Frida streng.

Irgendwie schmeckte Phil das Frühstück nicht. Er musste an die glitschigen Schneckenleiber denken, die nicht einmal mehr ein Haus zum Anfassen hatten.

Wenigstens gab Frida ihnen Gummihandschuhe. Bevor sie zu den Schafen ritt, stellte sie ihnen Eimer und Bürsten hin. Es dauerte eine Weile, bis die Schnecken wieder in den Körben lagen. Der Anblick der beweglichen, grauen Masse verursachte bei Phil leichte Übelkeit. Mit Handschuhen und weitab vom Körper transportierten sie die Körbe ins Dorf.

Im Schaufenster von *Sauerbiers Waren aller Art* lagen neben einem Paar Lederstiefel einige Filzhüte, Leinenhemden und unförmige Stricksocken. „Sieht alles ziemlich unmodern aus", bemerkte Phil.

Auf Leos Stirn bildeten sich Falten. „Die Socken sind total falsch gestrickt, so was kann man doch keinem anbieten", empörte er sich.

Im Laden standen dicht nebeneinander unzählige Regale, die bis unter die Decke vollgestopft waren. „Kann ich helfen?", fragte ein kleiner, kugelförmiger Mann hinter einem blankgescheuerten Ladentisch. Als Phil und Leo die Körbe vor ihm abstellten, rieb er sich die Hände. „Ihr habt sie schon geputzt. Ausgezeichnet."

Der Mann verschwand mit den Schnecken hinter einer Tür. Wenig später gab er ihnen die ausgespülten Körbe zurück. Er öffnete eine Bauchtasche und entnahm ihr einige Geldstücke. „Zwei Taler für jeden." Der Mann hielt ihnen die ausgestreckte Hand mit dem Geld entgegen. Phil nahm es und gab Leo die Hälfte.

„Womit kann ich dienen? Möchten sich die Herren umsehen?"

„Ich suche T-Shirts", antwortete Phil. Unerwartet flink huschte der Mann auf die andere Seite des Ladens und kam mit einem Stapel wieder. In Windeseile breitete er mindestens zehn verschiedene T-Shirts vor ihnen aus. Liebevoll strich der Mann über den Stoff. „Beste Qualität – schmutz- und geruchsabweisend.“ Er tippte mit dem Zeigefinger auf Phils Nugatfleck. „Solche unschönen Stellen gehören der Vergangenheit an.“

„Wie viel kostet eins?“, mischte sich Leo ein, der ein dunkelblaues T-Shirt hoch hielt.

Der Mann wiegte nachdenklich den Kopf. „Beste Qualität hat natürlich ihren Preis. Für ein Stück muss ich leider zwei Taler verlangen“, sagte er mit unterwürfigem Blick.

Phil hätte gern mehr als nur ein T-Shirt gekauft, besaß jedoch nur drei Geldstücke. „Kann ich es gegen etwas anderes eintauschen, zum Beispiel gegen ein Gemälde?“ Jetzt schüttelte der Mann den Kopf. „Bilder verkaufen sich schlecht. Ist die Kette, die du da trägst, aus purem Gold?“ Seine Augen funkelten gierig hinter den Brillengläsern.

„Die gebe ich nicht her.“ Für kein Geld der Welt, fügte Phil im Stillen hinzu.

Leo packte seine Taler auf den Ladentisch. „Wir legen zusammen. Ich nehme eins und du zwei.“ Zuerst sträubte sich Phil, doch Leo gab nicht nach. „Denk nicht, dass du mein T-Shirt behalten darfst, kauf dir lieber selber welche.“

Phil suchte sich zwei schwarze T-Shirts heraus, Leo entschied sich für das dunkelblaue. Der Mann musterte ihn. „Willst du nicht lieber eine Nummer größer nehmen?“

„Nein, ich nehme dieses“, erwiderte Leo trotzig. „Wenn ich noch mehr Taler hätte, würde ich mir einen Gürtel kaufen, meine Hose rutscht nämlich.“ In der Tat hing Leos Jeans tiefer als sonst. Auch der Strickpullover schien weiter geworden zu sein.

Nachdem sie bezahlt hatten, wickelte der Mann die Sachen in vergilbtes Papier und legte sie jedem in seinen Korb. Anschließend durften sie sich aus einer Schachtel etwas aussuchen. Zwischen einzelnen Socken, verstaubten Nähgarnrollen und Knöpfen entdeckte Leo ein Paar dicker Stricknadeln. „Die Stärke fehlt mir noch“, freute er sich. Phil fand nichts Interessantes. Aus Höflichkeit nahm er eine Tüte mit Bonbons, die zu einem Klumpen zusammengeschmolzen waren.

Während Leo an den Regalen entlangschlenderte, trat eine Frau ein. Sie fragte nach einem braunen Samtkleid. Phil hörte, wie der Mann ihr erklärte, dass er das Kleid gestern an Horst verkauft hätte. Daraufhin wunderte sich die Frau. „Meinen Sie den Horst aus dem Verrückten Wald? Der hat doch gar keine Frau."

„Entweder ist er jetzt total verrückt geworden oder ihm ist eine Frau zugelaufen. Neulich hatte er einen kaputten Damenschuh dabei. Er fragte mich, ob ich die Schnalle wieder annähen könne. Ich habe ihn zum Schuhmacher geschickt. Darf ich Ihnen im Übrigen ein anderes Kleid zeigen, meine Dame?"

Obwohl Leo protestierte, zog Phil ihn aus dem Laden. Draußen stießen sie beinahe mit Paul zusammen, der einen Eimer voller Schnecken trug. Einige Tiere waren über den Rand gekrochen und klebten nun an der Außenseite und an Pauls Hosenbeinen. „Wartet auf mich", rief er auf dem Weg zur Tür.

Phil suchte nach dem Geschäft mit dem Holzschuh über der Eingangstür. Er erinnerte sich, dass er von Herrn Bertolis Stand aus beobachtet hatte, wie der merkwürdig gekleidete Mann mit dem Päckchen darin verschwunden war. „Bin gleich wieder da." Eilig drückte er Leo seinen Korb in die Hand und rannte über den Platz.

Im Verkaufsraum des Schuhmachers war niemand, aber im Hintergrund ratterte eine Nähmaschine. Als Phil die Tür schloss, hörte das Rattern auf. Ein Mann mit einer Lederschürze kam hinter einem Schuhregal hervor. „Guten Tag", grüßte er und stützte sich mit seinen schwieligen Händen auf dem Ladentisch ab.

„Guten Tag", antwortete Phil. „Ähm, ich soll für Horst einen Schnallenschuh abholen."

„Für Horst?" Der Mann kratzte sich an der Nase. „Der hat den Schuh gestern selbst abgeholt."

„Ach so. Ähm, können Sie mir sagen, welche Farbe der Schuh hatte?"

„Braun war er, ohne Absatz. Stammte nicht aus meiner Werkstatt."

„Wissen Sie, wer solche Schuhe herstellt?"

„Nein, aber wenn du's für mich rausfindest, gebe ich dir einen Taler."

„Ich kümmere mich drum." Phil stürmte hinaus. Vor Sauerbiers Geschäft rutschte er beinahe auf einer Schnecke aus. „Leo, ich muss unbedingt in diesen Wald. Erinnerst du dich an den Mann mit dem Fellumhang? Herr Bertoli hatte erzählt, dass er Horst heißt und im Verrückten Wald wohnt."

„Ja und?"

„Ich glaube, dass Horst meine Mutter hat."

Leo starrte Phil an, als hätte er ihn soeben gebeten, ihm das Stricken beizubringen. „Wie kommst du darauf?"

„Er hat gestern ein Kleid gekauft. Und er hat einen Schuh von meiner Mutter reparieren lassen."

„Bist du sicher? Warst du deshalb beim Schuhmacher?"

„Genau. Horst hat einen braunen Schnallenschuh bei ihm abgegeben, solche trägt meine Mutter."

„Du kennst die Schuhe deiner Mutter? Meine Mutter hat ein ganzes Schrankzimmer voll. Ich schätze, sie weiß selbst nicht, wie viele Schuhe sie besitzt."

„Ich war zufällig dabei, als sie die gekauft hat."

„Vielleicht gibt es hier auch solche."

Da Paul herauskam, unterbrachen sie ihr Gespräch. Paul stellte den Eimer ab und zählte sein Geld in die Tasche – vier Taler. „Wieso kriegst du mehr als wir, obwohl unsere schon küchenfertig waren?", ärgerte sich Leo.

Paul zuckte die Achseln. „Meine Mutter hat den Preis ausgehandelt. Was ist, wollen wir uns nachher am See treffen?"

„Keine Zeit. Sag mal, kennst du dich im Verrückten Wald aus? Ich möchte diesen Horst besuchen", antwortete Phil.

„Bist du verrückt? Das ist lebensgefährlich. Mein Vater behauptet, dass da drin schon Leute gestorben sind."

„Es ist sehr wichtig."

„Ich bringe dich bis zur Brücke, keinen Schritt weiter."

„Jetzt gleich?"

„Ja, aber ich muss mich erst zu Hause abmelden. Das liegt auf dem Weg."

„Leo, kannst du meinen Korb mit zu Frida nehmen?", fragte Phil.

Leo sah ihn beleidigt an. „Wieso? Ich komme doch mit."

Paul bot ihnen an, die Sachen bei ihm abzustellen. Er wohnte in einem strohgedeckten Holzhaus, das dicht an der Straße stand. Vor den

Fenstern blühten zwischen hohen Gräsern Kornblumen und Mohn, hinter dem Haus war ein großer Kräutergarten.

„Kommt rein“, sagte Paul. In dem kleinen Flur roch es wie auf einer Wiese nach der Heuernte. Die Wände waren komplett mit gepressten Gräsern und Kräutern beklebt.

Paul verschwand durch eine knarrende Holztür. Nach einer Weile wurde die Tür von einer zierlichen Frau mit einem Blumenkranz im Haar geöffnet. Über ihrem Leinenkleid trug sie eine Kette mit aneinandergereihten Hühnergöttern. Hinter ihr stand Paul.

„Hallo, ihr beiden.“ Der Blick von Frau Struwwel blieb an Leos Strickpullover hängen. „Wo hast du diesen hübschen Pulli her?“

Unsicher sah Leo zu Phil hinüber. „Ähm, der ist selbstgestrickt.“

„Selbstgestrickt? Von wem?“ In die Augen von Frau Struwwel trat ein seltsamer Glanz. „Ein Kleid in diesem Muster muss fantastisch aussehen. Natürlich würde ich es bezahlen! Verrätst du mir den Namen oder ist es ein Geheimnis?“

„Wenn Sie mir die Maße aufschreiben, gebe ich sie weiter. Ich bringe Ihnen dann auch die fertige Ware.“ Leo klang plötzlich geschäftsmäßig.

„Fein!“ Frau Struwwel rückte ihren Blumenkranz gerade. „Und jetzt wollt ihr also einen kleinen Ausflug machen?“

Über ihre Schulter hinweg gab Paul Zeichen.

„Ja, wir dachten, wir nutzen das schöne Wetter“, ergriff Leo gut gelaunt das Wort.

„Und wo soll es hingehen?“

Paul schüttelte heftig den Kopf, seine krausen Locken flogen nach allen Seiten.

Phil verstand. „Wir wollen zum See“, erwiderte er, bevor Leo das wahre Ziel herausrutschen konnte.

Paul reckte den Daumen in die Höhe. Als seine Mutter sich zu ihm umdrehte, fuhr er sich durch die Haare. „Ich habe euch Obst und Vollkornkekse eingepackt. Schließlich ist bald Mittagszeit.“

„Ach, Kamilla, das sind doch nur unnötige Ballaststoffe“, protestierte Paul.

„Hast du auch deine Badesachen eingepackt, Paul?“, fragte seine Mutter ungerührt.

„Nee, mach ich noch."

Frau Struwwel schob Paul in das Zimmer zurück. Bald darauf kamen sie wieder. Pauls Mutter hielt einen Zettel für Leo und einen prall gefüllten Leinenbeutel in den Händen. „Ich hoffe, das reicht bis zum Abendessen."

Widerwillig nahm Paul ihr den Beutel ab. „Wenn wir das alles gegessen haben, brauchen wir kein Abendbrot mehr."

„Das wäre schade. Ich mache Mangold-Auflauf mit Haferflocken."

„Ich kann's kaum erwarten." Phil sah Paul mitfühlend an.

Zum Abschied winkte Frau Struwwel, wobei mehrere Muschelarmbänder an ihrem Handgelenk klapperten.

Kaum hatte sie sich entfernt, zupfte Leo Paul am Ärmel. „Kann ich mal bei euch aufs Klo gehen?"

„Gleich hier vorn." Grinsend stieß Paul eine kleine Tür auf, auf die ein grünes Herz gemalt war. Der Raum dahinter war so winzig, dass man sich beim Sitzen bequem mit den Ellenbogen auf dem Fensterbrett abstützen konnte. Das Fenster mit der spärlichen Gardine befand sich unmittelbar neben der Haustür.

„Sag mal, kann man da von draußen reingucken?", fragte Leo misstrauisch.

„Unsinn, hier drinnen sieht dich keiner."

Einen Augenblick später klingelte es. Paul öffnete. Draußen grüßte Lukas gerade in Richtung Toilettenfenster: „Tag, Leo."

Lukas wollte Paul zum Baden abholen. Als er hörte, was die drei vorhatten, entschloss er sich mitzukommen.

Erst nachdem Paul mehrmals gegen das Fenster geklopft hatte, verließ Leo mit glühendem Kopf die Toilette und sie konnten endlich aufbrechen.

Der Verrückte Wald

Sie überquerten die Wiesen sowie den flachen Fluss, den sie von der Autorennstrecke her kannten, und liefen am Wald mit den variablen Hindernissen vorbei bis zur Schlucht, über die zwischen zwei fensterlosen Türmen ein Metallsteg führte. In der Ferne donnerte der Wasserfall, der das Gebirge teilte.

„Da rüber?" Phil zeigte auf den glänzenden Steg, unter dem der Fluss toste.

„Genau!", bestätigten Paul und Lukas wie aus einem Mund.

„Die haben das Geländer vergessen", beschwerte sich Leo.

Paul drehte den Kopf nach allen Seiten. „Noch schlimmer ist, dass jemand vergessen hat, die Brücke wieder einzufahren. Wer weiß, was aus dem Verrückten Wald schon alles hier rüber spaziert ist." Er führte Phil und Leo zu dem Turm am Rande der Schlucht. Ein Metalltürchen stand offen. Paul tippte auf den Bildschirm dahinter. „Drüben sieht's genauso aus. Wenn ihr die Hand drauflegt, wird die Brücke eingezogen oder ausgefahren – je nachdem. Ist 'ne reine Schutzmaßnahme." Schnell klappte er das Türchen zu. Das Metall wies zahlreiche Kratzspuren auf.

Leos Blick blieb daran kleben. „Ich finde das ziemlich beunruhigend", warf er zaghaft ein.

„Ist es auch. Nach allem, was ich gehört habe, sollen da echt gruselige Tiere leben." Paul zwirbelte eine Lockensträhne.

Phil war in Gedanken bereits bei den senkrecht abfallenden, glatten Felsen auf der gegenüberliegenden Seite. „Wie kommen wir da hoch?"

„Ihr müsst in Richtung Sprungschanze laufen. Kurz vor dem Wasserfall soll es einen Weg nach oben geben. Wollt ihr euch das wirklich antun?"

Phil nickte entschlossen. Leo zögerte einen Moment, dann nickte auch er.

„Wie ihr meint. Wir sehen uns heute Abend – hoffentlich." Paul streckte ihnen den Arm mit dem Proviantbeutel entgegen. „Nehmt ihr den lieber."

Leo hängte sich den Beutel um den Hals. Lukas drängelte: „Komm, lass uns verschwinden!" Bevor sie beinahe im Laufschritt den Rückweg antraten, gab Paul Phil sein Taschenmesser. „Für alle Fälle, aber pass auf, dass du es nicht verlierst."

Nachdenklich schaute Leo ihnen hinterher. „Warum beeilen die sich so?"

Phil antwortete nicht. Er stand am Abgrund und lauschte dem Tosen des Wassers. „Sieh nicht hinunter", riet er Leo, doch es war schon zu spät.

Mit vor Entsetzen geweiteten Augen starrte Leo auf den schäumenden Fluss. „Keine zehn Pferde bringen mich da rüber!", rief er.

Phil packte seinen Arm. „Konzentrier dich auf meinen Rücken, auf nichts anderes!"

Der Steg hatte etwa die Breite eines Bürgersteigs. Zum Glück schwankte er nicht, als sie sich Schritt für Schritt darauf vorwärts bewegten. Ohne jeden Widerstand ließ Leo sich ziehen. Auf der anderen Seite der Schlucht knickten ihm die Beine weg. Während Phil das Einfahren des Stegs überwachte, durchwühlte Leo den Proviantbeutel. „Willst du auch eine?" Leo warf Phil eine weiche, dunkelrote Frucht zu, die wie überreife Pflaumen schmeckte. Dann probierte er einen Vollkornkeks. Nach einem Hustenanfall schleuderte er den Rest weit weg. Ein großer Vogel, der wegen seines nackten, rosafarbenen Halses an einen Aasgeier erinnerte, fiel darüber her. Wenig später stürzte er sich in eine Pfütze, die sich auf dem felsigen Boden gebildet hatte.

„Ob dieser komische Aasvogel in dem Verrückten Wald wohnt und wenn ja – aus welchem Grund? Ich meine, von irgendwas muss er ja schließlich leben, oder?" Leo klang besorgt.

„Auf jeden Fall scheint er ausgehungert zu sein."

„Na, dann wird er ja froh sein, dass wir mal vorbeischauen."

In der Nähe des Wasserfalls fanden sie einen steilen Pfad, der auf das Felsplateau führte. Jemand hatte aus dicken Ästen ein Geländer gebaut.

Phil begann mit dem Aufstieg, hinter sich hörte er Leo schnaufen. Oben gönnten sie sich eine kurze Pause.

Ein leuchtender Teppich aus roten Glockenblumen umrandete den Wald vollständig. Der Weg war unter den Blüten kaum noch zu erkennen, auch im Wald hatten sie sich ausgebreitet. Ein einzelner Baum wuchs am Rand des Felsplateaus, ein Teil seiner Zweige ragte über den Abgrund.

„Wirkt eigentlich ganz harmlos“, stellte Phil fest. Nach dem ersten Schritt begannen die Blumen sich sanft zu wiegen. Dabei erklang ein zartes Glockengeläut, doch mit jedem weiteren Schritt schwoll das Geräusch an und der rote Teppich geriet mehr und mehr in Wallung. Als der Lärm unerträglich wurde, steckten sich Phil und Leo die Finger in die Ohren und flohen in den Wald. Die Blumen, auf die sie bei ihrer Flucht traten, richteten sich sofort wieder auf und läuteten ihnen wütend hinterher.

Erst zwischen silbrig glänzenden Tannenbäumen wagten Phil und Leo, die Finger aus den Ohren zu nehmen. „Für meinen Geschmack war der Empfang ein bisschen zu laut“, brüllte Leo, obwohl die Glockenblumen kaum noch zu hören waren.

„Wahrscheinlich haben wir Alarm ausgelöst. Oder wir sollten vom Weg weggelockt werden.“ Aufmerksam schaute sich Phil nach allen Seiten um. „Hier machen die Silbertannen ihrem Namen alle Ehre. Ob das echtes Silber ist?“ Phil streckte die Hand nach einem Zweig aus und zuckte sofort zurück. Erstaunt zog er eine kleine, silberne Stecknadel aus seinem Handrücken. Die nächste traf ihn am Ellenbogen, dann bohrten sich gleich mehrere in seinen Unterarm.

„Weg hier!“ Mit einem Sprint brachte sich Phil vor den Nadeln in Sicherheit. Leo humpelte mit schmerzverzerrtem Gesicht hinterher.

„Haben sie dich erwischt?“

Wortlos zeigte Leo seinen Rücken. Die Nadeln hatten seinen gestrickten Pullover und sogar das T-Shirt durchbohrt. Acht Nadeln musste Phil ihm aus dem Hintern und den Oberschenkeln entfernen, Leo entschuldigte sich mehrmals dafür. „So ungefähr muss sich ein Fakir auf seinem Nadelkissen fühlen“, bemerkte er säuerlich. „Zum Glück wachsen hier richtige Tannen.“

„Vorsicht!“, warnte Phil. „Komm ihnen nicht zu nah!“

„Aber die sehen doch ganz normal aus“, widersprach Leo.

„Wir befinden uns im Verrückten Wald, der sicher nicht ohne Grund so heißt. Außerdem hat Manne vor diesen Tannen gewarnt, ihre Nadeln sind giftig. Lass uns lieber abhauen!“

Zwischen den grünen Nadelbäumen und dem Weg wuchsen meterhohe Farne. „Hoffentlich gibt es hier keine Zecken“, sagte Phil. Er drehte sich um, doch hinter ihm war nicht mehr Leo, sondern eine Riesenzecke, die fast so groß wie er selbst war. Ihr brauner, glänzender Körper vibrierte. Einen Moment war Phil von dem Anblick ihrer gewaltigen Beißwerkzeuge wie gebannt, dann ergriff er die Flucht. Dabei stolperte er beinahe über Leos Füße. Mehr war von ihm nicht zu sehen, eine Zecke hatte ihn unter sich begraben. Phil packte das Tier an seinem Rückenpanzer und riss es von Leo weg. Die Zecke fiel auf den Rücken und versuchte, sich schaukelnd und zappelnd wieder aufzurichten.

Hastig griff Phil Leo unter die Arme und zerrte ihn von den Farnen weg. Auf einer Lichtung verließen ihn die Kräfte und er fiel neben Leo auf die Knie.

Leo war kreidebleich, seine Augen waren geschlossen. „Sag doch was!“ Phil rüttelte Leo so lange an den Schultern, bis er blinzelte.

Erleichtert wischte sich Phil mit dem Ärmel den Schweiß aus dem Gesicht. „Mensch, hast du mir ’n Schrecken eingejagt.“

Leo wollte sich aufrichten, aber Phil drückte ihn zurück auf den Boden. „Ich muss erst deine Wunde untersuchen.“ Er befreite Leo von dem blutrot gefärbten Stoffbeutel, den er noch immer um den Hals trug, und streifte Leos Pullover und T-Shirt hoch. Die Flecken waren auf der Brust viel blasser als auf der Kleidung, außerdem rochen sie stark nach Pflaumen. „Tut auch überhaupt nicht weh“, versicherte Leo. „Ich glaube, sie hat nur das Obst ausgesaugt.“

Phil schwenkte den Leinenbeutel, aus dem klebriger Saft tropfte. „Anscheinend sind Vitamine doch manchmal ganz nützlich.“ Er half Leo auf die Beine. „Wir müssen weiter. Wer weiß, was als Nächstes auftaucht.“

Leo nahm Phil den triefenden Beutel ab. „Was ist das da neben dir?“

Phil schaute an sich herunter. Eine metergroße Tellerpflanze mit gezacktem Rand schnupperte an seinem Hosenbein. Vorsichtshalber machte er einen Schritt rückwärts. Das Blatt, das sekundenschnell zu einem breiten Maul zusammengeklappt war, schnappte ins Leere. Sofort entfaltete die Pflanze ihr Blatt wieder und hetzte Phil und Leo über die Lichtung. Dabei wand sich ihr Stiel wie eine grüne Schlange. Phil schleuderte ihr die Tüte mit dem Bonbonklumpen entgegen. Das gezackte Maul fing sie im Flug auf.

„Wirf ihr den Beutel hin", schrie Phil. Leo ließ den Beutel fallen, augenblicklich setzte ein Schlürfen und Schmatzen ein.

„Ichkannnichmehr", japste Leo. Phil suchte nach einem Stock, aber die Pflanze hatte die Verfolgung aufgegeben. Leo presste beide Hände auf den Bauch und krümmte sich. Beim Schleifen über das Gras hatte seine Jeans grüne Flecken bekommen, durch eine Tasche bohrte sich eine silberne Spitze. „Fass mal vorsichtig in deine rechte Hosentasche. Ich glaube, da ist noch eine Nadel drin", sagte Phil.

Leo betastete den Stoff. „Nee, das ist was anderes."

„Sag bloß, du hast die Stricknadeln mitgenommen!"

„Und wenn schon! Dafür hast du ein Messer."

Sie waren von grünen Tannen umgeben. Allerdings standen die so weit auseinander, dass sie durch die Lücken schlüpfen konnten, ohne die giftigen Nadeln zu berühren. Hinter einer Gruppe Trauerweiden, deren schwarze Zweige eigenartige Bewegungen vollführten, entdeckte Phil den Weg. „Leo, was hältst du davon, wenn wir auf dem Weg weiterlaufen und das bisschen Lärm ertragen?"

„Nur ganz schnell raus aus diesem Irrenwald."

„Gut. Und wen möchtest du gerne noch kennen lernen – die Trauerweiden oder die Palmen dort drüben?"

„Das sind Stechpalmen. Guck mal, was da für Dolche an den Blätterenden hängen, die hinterlassen bestimmt hässliche Schrammen", belehrte ihn Leo. Er erzählte noch irgendwas von einem Palmengarten, aber Phil hörte kaum zu. Er spürte, dass sie nicht allein waren, seine Nackenhaare stellten sich auf. Leo sah ihn an. „Was ist los?"

„Ich weiß nicht, irgendwas stimmt nicht." Dann durchfuhr es Phil eiskalt. Zwischen den Tannen wuchsen gigantische Spinnennetze – so schnell, als würde jemand gewebte Vorhänge herunterlassen. Große Schatten huschten über die schimmernden Fäden.

„Lauf!“ Phil stürzte auf die nächstbeste Baumlücke zu, Leo hinterher. Das Netz reichte schon fast bis auf den Boden. Im letzten Moment hechteten sie unter den klebrigen Fäden hindurch und rannten auf die Trauerweiden zu.

Schon von Weitem vernahm Phil ein merkwürdiges Zischen. Vorsichtshalber blieb er stehen. Zunächst glaubte er, seine Fantasie würde ihm einen Streich spielen, doch er irrte sich nicht. Die Trauerweiden bestanden aus Hunderten von schwarzen Schlangen, die sich ihnen züngelnd entgegenstreckten. Angewidert schlug Phil eine andere Richtung ein. Ein Stückchen von den Trauerweiden entfernt wuchs ein Baum, der einem aufgespießten violetten Tintenfisch ähnelte, dahinter lag der Weg. Phil überlegte nicht lange und steuerte darauf zu. Im nächsten Augenblick schwebte er kopfüber in der Luft, gefesselt von einem violetten Fangarm. Dieser Fangarm führte ihn zu einem Schlund an der Spitze des Baumes, der sich langsam öffnete. Neben ihm baumelte Leo, der so etwas wie „Hilfe“ hervorwürgte.

Phil griff nach dem Taschenmesser, das er zum Glück nicht verloren hatte. Irgendwie gelang es ihm, es auseinanderzuklappen, und er stach zu. Der Fangarm zuckte, ließ ihn jedoch nicht los. Phil stach erneut zu. Immer wieder stieß er das Messer in das feste Fleisch. Aus jeder Wunde quoll hellgrüner Schleim. Irgendwann gab der Fangarm nach. Phil stürzte auf den harten Sandweg und verlor das Bewusstsein.

Leos Schreie ließen ihn wieder zu sich kommen. Er rappelte sich auf und taumelte auf den Baum zu. Mehrere Fangarme peitschten durch die Luft. Phil hielt noch immer das verschmierte Messer in der Hand. Er sah nur eine Möglichkeit, Leo zu retten – er musste damit den Schlund treffen. Durch sein jahrelanges Basketballtraining konnte Phil sehr gut zielen, aber er hatte noch nie ein Messer geworfen. Der Schlund des Baumes hatte sich beinahe bis auf die Breite von Leos Schultern ausgedehnt, Leos Haarspitzen berührten bereits den Rand. Phil warf. Das Messer verschwand in der pulsierenden, schleimigen Röhre, genau wie Leos Kopf. Seine Hilferufe klangen dumpf.

„Die Nadeln!", schrie Phil. „Nimm die Stricknadeln!" Mit schlotternden Händen wühlte Leo in seinen Hosentaschen. Endlich blinkte etwas zwischen seinen Fingern und Leo begann, wild um sich zu stechen. „In den Schlund, in den Schlund!", brüllte Phil. Wenn Leo jetzt den Fangarm verletzte, war er verloren. Wie von Sinnen rammte Leo die Nadeln in die Röhre.

Nach einer gefühlten Ewigkeit bog sich der Baum ächzend nach vorn. Die Fangarme erschlafften und Leo fiel auf den Boden. Mit letzter Kraft rollte er sich zur Seite und übergab sich. Hinterher wischte er mit zitternden Händen die Stricknadeln am Hosenbein ab. „Ohne die wäre ich jetzt nicht mehr."

„Ich glaube, ich muss meine Meinung über das Stricken ändern." Phil bemühte sich um ein fröhliches Grinsen, obwohl ihm nicht danach zumute war.

Leo musste seine abgeschnürten Füße massieren, bevor er weiterlaufen konnte. Dann hatte er es allerdings sehr eilig, an den Trauerweiden vorbei zu kommen. Die Schlangen reckten sich ihnen erneut entgegen.

„Ob die irgendwann reif sind und abfallen?", flüsterte Leo schaudernd.

„Dann möchte ich weit weg sein", antwortete Phil. Hinter den Stechpalmen bildeten grüne Tannen eine undurchdringliche Mauer. Es herrschte eine unheimliche Stille, was Leo auf das Fehlen der Glockenblumen zurückführte. Sie selbst sprachen kaum, jeder bewachte eine Seite des Weges. Plötzlich brach zwischen den Bäumen ein großer schwarzer Kopf mit langen Fühlern hervor, ein schlanker, gegliederter Körper mit sechs Beinen folgte.

Phil hielt Leo fest. „Eine Riesenameise. Wenn die uns mit ihrer Säure bespritzt, bleibt von uns nichts übrig."

„Ich finde Ameisen ätzend!" Leo wich zurück.

Die Ameise zog eine Zecke hinter sich her. Vor Leo blieb sie stehen und musterte ihn mit ihren mosaikartigen, dunklen Augen. „Ich kann noch ganz gut alleine laufen", sagte Leo unsicher. Daraufhin tastete ihr Blick Phil ab, ehe sie sich wieder der Zecke widmete.

„Ob die uns auch wegschleppt, wenn uns was passiert?"

„Bestimmt. Sie oder die Aasvögel."

„Welche Aasvögel?“

Phil streckte den Zeigefinger nach oben. „Seitdem wir wieder auf dem Weg sind, verfolgen sie uns.“

Ein Vogel kreiste so dicht über ihnen, dass sie sogar die rote Zunge in seinem geöffneten Schnabel erkennen konnten. Die anderen Vögel hielten sich im Hintergrund. Leo zog den Kopf ein und beschleunigte seine Schritte.

Der Weg wurde steiniger. Phil und Leo mussten scharfkantigem Geröll ausweichen und vernachlässigten die Umgebung.

„Irgendwie fühle ich mich beobachtet“, raunte Phil Leo zu.

Leo erstarrte mitten in der Bewegung. Phil hielt nach roten Punkten Ausschau, aber außer einem kahlen Baum mit dicken Knospen gab es zwischen den Tannen nichts Auffälliges.

Sie liefen weiter. Als Phil sich noch einmal umblickte, entfuhr ihm ein leiser Schrei. Unzählige wimpernlose Augen glotzten ihn an. Sie gehörten zu dem kahlen Baum, jede geöffnete Knospe offenbarte ein gelbes Auge mit schwarzer Pupille. „Uhhääà, ist das eklig.“ Leo, der hinter Phil in Deckung gegangen war, schüttelte sich.

Unwillkürlich wurden sie schneller. „Ich bin sicher, dass er uns nachschaut“, keuchte Leo.

„Vielleicht hat er ein Auge auf dich geworfen.“

Die Frau im Samtkleid

Bald darauf endete der Weg in einem schmalen Tunnel, der durch eine hohe Felsmauer führte. Vorsichtig gingen sie hindurch. An der Innenseite der Felsen wucherten Kletterpflanzen mit blinkenden Kugeln.

„Was ist das denn?“ Leo zeigte auf einen Baum, dessen Äste paarweise mit einem quer wachsenden, kurzen Ast verbunden waren. Sie erinnerten an ein großes A. Die Enden waren wie bei einem Alpenhorn leicht gebogen. „Ein A-Horn-Baum? Würde mich nicht wundern, wenn der uns mit einem Blaskonzert empfängt.“

Sie standen vor einer etwa fußballfeldgroßen Wiese, die von Felsen umgeben war. Links von ihnen grasten Schafe, auf der rechten Seite ließen vereinzelte Gemüsebeete und Obstbäume vermuten, dass hier jemand wohnte.

Ihnen gegenüber war ein Käfig an den Felsen geschmiedet, auf dessen Boden ein großes Tier kauerte. Daneben sichtete Phil den Eingang einer Höhle. „Da drüben muss es sein.“

Leos Blick wanderte hinüber zu den Apfelbäumen. „Bist du auch dafür, dass wir uns durch den Garten anschleichen?“

„Ist wohl am besten, dort können wir uns hinter den Bäumen verstecken.“ Entgegen seiner Gewohnheit ging Leo voran. Sobald er seinen Fuß auf die Wiese setzte, war er in einem Netz aus Kletterpflanzen gefangen. Dazu erzeugten die kleinen Silberkugeln ein Geräusch, als ob Tausende von Schellen gleichzeitig erklangen.

Verzweifelt riss Phil an dem Netz, aber es zog sich nur noch weiter zusammen. Jetzt fehlte ihm Pauls Messer.

Das Wesen in dem Käfig richtete sich auf. Zuerst hielt Phil es für eine Rieseneidechse, doch dann breitete es die Flügel aus. Das musste ein Drache sein.

Ein Mann kam aus der Höhle gerannt, direkt auf sie zu. Sein Umhang wehte, in der Hand hielt er ein Gewehr.

„Er kommt, was soll ich tun?" Phil war wie gelähmt.

„Such deine Mutter, du kannst mir sowieso nicht helfen. Er wird mich schon nicht umbringen."

Ein Schuss knallte. Leo und Phil sahen sich entsetzt an. „Nun hau schon ab!" Leos Stimme klang schrill. Der Mann hatte bereits die Hälfte des Weges zurückgelegt. Wenn Phil noch länger zögerte, wäre es zu spät.

„Das vergesse ich dir nie", flüsterte er und lief geduckt zum A-Horn-Baum, der augenblicklich aus allen Hörnern dröhnte, sodass Phils Lunge und Magen zu vibrieren begannen. Er hechtete hinter den Baum und presste die Hände auf die Ohren.

Der Mann hatte inzwischen den Baum erreicht. Es war Horst, Phil erkannte ihn an der Kleidung. „Ruhe", brüllte Horst im Vorbeilaufen, worauf sämtliche Hörner und Schellen verstummten.

Besorgt schaute Phil zu Leo, aber er durfte nicht warten. Dies war die einzige Chance, seine Mutter zu finden.

Ohne sich noch einmal umzudrehen, sprintete Phil direkt zum Höhleneingang.

Der Drachenkopf schoss herum. Mehr nahm Phil nicht wahr, als er an dem Käfig vorbeipreschte. Die Felswände um den Eingang waren dicht mit Kletterpflanzen bewachsen, deren Schellen seine Ankunft lärmend verkündeten. Phil war klar, dass ihm nur wenig Zeit blieb.

Übler Gestank schlug ihm entgegen. Jeder Atemzug kostete große Überwindung. Zunächst konnte er nur ein loderndes Feuer ausmachen. Erst allmählich gewöhnten sich seine Augen an die Dunkelheit und er konnte einzelne Gegenstände unterscheiden. In der Nähe des Feuers standen ein Tisch und mehrere Stühle, allesamt aus rohem Holz zusammengezimmert. Auf Schnüren, die kreuz und quer durch den Raum gespannt waren, hingen Schaffelle zum Trocknen. Zwischen Vorräten und Essensresten stapelten sich schmutzige Töpfe und Pfannen. Phil musste aufpassen, wo er hintrat.

„Mams?", rief er leise. Keine Antwort.

Dann entdeckte er hinter den Flammen einen Schaukelstuhl, in dem eine Frau in einem braunen Samtkleid saß, völlig regungslos wie eine Statue. Sie war mit einem Schaffell zugedeckt.

Phil brauchte einige Sekunden, um zu begreifen, dass diese Frau seine Mutter war. Er vergaß alle Vorsicht und stürzte zu ihr, hockte sich nieder und ergriff ihre kalte Hand.

„Mams, ich bin's, Phil. Leo und ich sind euch gefolgt, mit dem alten Digitalisierer. Leo hat alles beobachtet. Wir wollen euch zurückholen. Bald fliege ich zum Schloss und befreie Paps. Komm, wir müssen hier schleunigst weg." Phil redete ohne Pause, doch seine Mutter rührte sich nicht. Sie blickte durch ihn hindurch, als wäre er Luft. Die Augen lagen tief in den Höhlen, ihre Wangen waren eingefallen. Phil sprang auf. „Wir müssen uns beeilen!" Mit beiden Händen wollte er sie hochziehen. Dabei verrutschte das Fell. Fröstelnd zupfte sie es wieder zurecht.

„Komm doch bitte mit!", flehte Phil.

„Lass sie sofort los!", brüllte jemand. Schützend stellte sich Phil vor seine Mutter. Horst richtete das Gewehr auf ihn. „Sie gehört mir, ich habe sie zuerst gefunden."

„Sie ist meine Mutter!" Phils Stimme bebte vor Wut.

„Du lügst. Verschwinde, bevor ich dich an die Radieschen verfüttere, so wie den anderen. Raus hier! Und komm niemals nich wieder, hörst du? Niemals nich!!!"

Mit dem Gewehr trieb Horst Phil zum Höhlenausgang. „Verschwinde und komm niemals nich wieder, niiieeemals nich!!!" Horst feuerte einen Schuss ab. Phil warf sich auf den Boden. Halb auf allen Vieren kroch er zum Tunnel, seine Augen suchten nach Leo.

Er fand ihn leichenblass hinter dem Felsen. „Der ist total verrückt! Er hätte mich beinahe erschossen." Leos Mundwinkel zuckten.

Erschöpft lehnte sich Phil an die steinige Wand. „Dieser Irre hält meine Mutter gefangen!"

Leo schniefte. „Was machen wir jetzt?"

„Hilfe holen! Wir dürfen keine Zeit verlieren, sonst schleppt er sie noch woanders hin."

Obwohl sie sich kaum noch auf den Beinen halten konnten, legten sie den ganzen Weg im Laufschritt zurück. Um die Stechpalmen und die Schlangenbäume machten sie einen großen Bogen. Der aufgespießte Tintenfisch neigte sich vor und zurück und wühlte mit den unverletzten Fangarmen in seinem Schlund.

Nachdem sie den Baum bereits hinter sich gelassen hatten, hörten sie einen dumpfen Schlag. Während Leo in sicherer Entfernung wartete, fischte Phil Pauls Taschenmesser aus einem Schleimhaufen. Bevor er es wieder einsteckte, rieb er es mit Sand ab.

Bald hatten sie das Ende des Felsplateaus erreicht. Die Glockenblumen schwiegen. Die meisten von ihnen hatten ihre Blüten bereits geschlossen.

„Es gibt gar kein … Abschiedskonzert", bedauerte Leo. Er atmete schwer, das Gesicht glänzte vom Schweiß.

„Weck sie bloß nicht auf!"

„Bin ich froh, hier heil wieder raus zu..." Leos Satz ging in einem langgezogenen Heulen unter. „Was war das?"

Phil neigte sich so weit über den Felsrand, dass er den steilen Pfad einsehen konnte. Noch ehe er Leo zugerufen hatte, dass ein weißer Wolf auf dem Weg nach oben war, rannte Leo zu dem einzelnen Baum, der dicht am Abgrund stand.

Auf der ihnen zugewandten Seite des Baumes waren die Äste wie bei einer Sprossenwand angeordnet. Ohne einen Gedanken daran zu verschwenden, warum ihnen das erst jetzt auffiel, schob Phil Leo hinauf und kletterte hinterher. Kaum hatte er die ersten Sprossen erklommen, war der Wolf schon unter ihm und schnappte nach seinen Füßen. Phil zog die Beine an und hangelte sich nach oben, bis er außer Reichweite war.

Hoffentlich kann der Wolf nicht klettern, schoss es ihm durch den Kopf. Der Wolf umkreiste mehrmals den Baum. Einmal schnellte er hoch, prallte jedoch gegen ein Geflecht aus Zweigen und fiel zurück auf die Erde. „Einen könntest du mir wenigstens überlassen", knurrte er. Daraufhin holte der Baum mit einem Ast aus. Der Wolf flüchtete und legte sich ein Stück vom Baum entfernt auf die Lauer.

Die Baumkrone schaukelte leicht, kurz darauf schimmerte eine rosa Schlange durch die Zweige. Leo war drauf und dran, hinunter zu springen.

Im letzten Moment entdeckte Phil Federn und Krallen, die offenbar zu der Schlange gehörten. „Es ist nur ein Aasvogel!“ Phil klatschte in die Hände, um ihn zu verscheuchen. Krächzend erhob sich der Vogel und ließ sich auf einem Baum in der Nähe des Waldrandes nieder.

„Nur ein Aasvogel? Der hat mir gerade noch gefehlt“, jammerte Leo. Er verstummte jäh, als über die Baumspitze ein Drache hinwegglitt. Im Luftzug seiner Schwingen fingen die Blätter an zu zittern. Die Drachenschuppen glänzten wie Auberginen, die Klauen hatten die Farbe von Elfenbein.

„Ob der uns zu Frida fliegen würde?“, fragte Phil im Flüsterton.

„Ich würde erst aufsteigen, wenn ich genau wüsste, dass wir nicht auf seinem Speiseplan stehen“, flüsterte Leo zurück. „Außerdem brauchen wir eine Drachenpfeife, um ihn zu rufen“, fügte er etwas lauter hinzu, als sich der Drache schon weit entfernt hatte.

Das brachte Phil auf eine Idee. „Wie wär’s mit den Pferden?“

Traurig schüttelte Leo den Kopf. „Selbst wenn wir das hinkriegen, erstens kommen die Pferde nicht auf den Felsen, aber das spielt keine Rolle, weil zweitens Pferde sowieso Angst vor Wölfen haben.“

„Dann bleiben die Pferde eben unten.“

„Klar, und wir springen von hier oben auf ihren Rücken. Das klappt doch nur im Film.“

Der weiße Wolf hatte den Kopf auf die Vorderpfoten gebettet, seine Ohren zuckten nervös. Phil dämpfte die Stimme. „Wenn du Wolle dabei hättest, könntest du uns eine Leiter stricken.“

„Eine Strickleiter? Die heißt nicht so, weil man sie stricken kann, sondern weil sie aus Stricken besteht.“ Auch Leo sprach leise.

„Egal, Hauptsache, wir kämen runter.“

Leo dachte nach. „Ich könnte meinen Pullover aufräufeln und daraus etwas Großmaschiges stricken. Allerdings müsstest du mir helfen.“

„Wie denn?“

„Du wickelst den Faden auf. Gib mal das Messer!“

Ängstlich darauf bedacht, nicht abzurutschen, zog Leo seinen Strickpullover aus. Der Ast, auf dem er hockte, hatte sich bis auf die Größe eines Stuhls ausgedehnt. Ein gebogener Ast in seinem Rücken diente ihm als Lehne. Auch Phil saß bequem.

„Scheint ein echt netter Baum zu sein“, freute sich Leo.

„Bisher haben wir hier keinen netten Baum erlebt. Vielleicht heckt er etwas aus, am Ende will er uns selber fressen“, gab Phil zu bedenken.

Leo beharrte auf seiner Meinung. „Ich denke, er hat sich deshalb ganz am Rand angesiedelt, weil er mit dem Verrückten Wald nichts zu tun haben wollte.“ Nebenbei trennte er den Pullover auf, bis Vorder- und Rückenteil sowie beide Ärmel vor ihm lagen. Dann begann er mit dem Aufräufeln. Phil sollte den Faden aufwickeln, verhedderte sich jedoch dauernd. Schließlich übernahm Leo das Aufwickeln, während Phil mit wachsender Begeisterung die Teile nacheinander aufräufelte.

Danach ließ Leo die Nadeln tanzen und vor Phils Augen entstand ein Gebilde, das einer Strickleiter tatsächlich ähnlich war, nur leider nicht so stabil. Phil rollte das Gestrickte sorgfältig auf. Als Leo die gesamte Wolle verbraucht hatte, wechselte Phil auf den Ast, der am weitesten über den Abgrund ragte. Dort band er die Strickleiter fest, ließ sie aber noch nicht hinunter. Er reckte den Daumen, worauf Leo stumm leidend Stück für Stück auf demselben Ast vorwärts robbte. Zuletzt half ihm Phil. „Ich habe Angst“, flüsterte Leo und starrte abwechselnd in die Tiefe und auf den Wolf, der sich inzwischen aufgerichtet hatte.

Phil redete beruhigend auf ihn ein. „Hier sind wir vor ihm sicher.“

„Aber der Abgrund ...“

„Nicht nach unten gucken! Denk nur noch an dein Pferd!“

Leo schloss die Augen und bewegte lautlos seine Lippen. Auch Phil konzentrierte sich. Obwohl er wusste, dass es unsinnig war, umfasste er sein Drachenamulett.

Nach einigen Minuten konnte Phil in der Ferne einen dunklen Punkt ausmachen, der rasch größer wurde. Sein Herz schlug schneller, als er den Umriss des schwarzen Hengstes erkannte. Mit einem eleganten Sprung setzte das Tier über die Schlucht. Die braune Stute hingegen tauchte nirgends auf.

„Was soll's, muss ich eben hier warten“, sagte Leo, der noch immer platt auf dem Ast lag und sich mit beiden Händen und Füßen festklammerte. „Ich wäre ohnehin nicht runtergekommen.“

Phil bot ihm sein Amulett an, doch Leo verzichtete.

„Es steuert nur die Kämpfer, schon vergessen? Du könntest mir übrigens zurück auf meinen Sessel helfen, bevor du dich auf dein Pferd schwingst.“ Leo richtete sich etwas auf und warf einen letzten Blick auf die Schlucht, über die gerade ein schlanker, brauner Körper flog. „Na also!“

Bald darauf standen beide Pferde vor dem Felsen, genau unter ihnen.

„Soll ich zuerst?“

Leo nickte. „Ich will sehen, ob's hält.“

Phil stieß das Knäuel nach unten. Die Leiter entrollte sich und endete etwa einen halben Meter über dem Rücken der Pferde. Er zögerte, weil der Wolf am Abgrund stand und nach unten stierte.

Wenn er jetzt springt, ist alles verloren, dachte Phil, aber der Wolf sprang nicht.

Sowie Phil das Ende der Leiter erreicht hatte, gab der Ast etwas nach. Weich landete er auf dem Rücken des Hengstes. Er streichelte dem Tier den Hals und gab Leo ein Zeichen.

Leo rutschte bis an die Leiter heran und zögerte.

„Was ist?“

„Ich trau mich nicht“, rief Leo. „Reite ohne mich, er ist gleich unten.“ Der Wolf war vom Rand des Plateaus verschwunden. „Nun hau schon ab, ich kann nicht mehr lange!“

Phil rührte sich nicht von der Stelle. Hilflos musste er mit ansehen, wie sich biegsame Äste um Leos Körper schlangen und ihn wie ein verschnürtes Paket anhoben. Verzweifelt krallte sich Leo an seinem Ast fest, doch der zog sich zurück bis zum Stamm, sodass Leos Hände ins Leere griffen. Zappelnd hing er einen Augenblick in der Luft, dann sauste er abwärts. Bevor das Echo seines Hilfeschreis verstummte, saß Leo auf der braunen Stute. Die Äste lösten sich von seinem Körper, einer gab der Stute einen leichten Klaps. Wiehernd galoppierte Emma los, dicht gefolgt von Pegasus, dem schwarzen Hengst.

Als der Wolf unterhalb des Baumes auftauchte, waren Phil und Leo bereits auf der anderen Seite der Schlucht. Plötzlich ertönte ein Winseln, aber keiner der beiden schaute noch einmal nach hinten. Das Winseln wurde leiser und erstarb schließlich ganz.

Auf der Wiese hinter der Schlucht kamen Phil und Leo zwei Reiter entgegen: Frida und Manne.

„Was ist passiert? Paul brachte mir eure Sachen und behauptete, ihr seid im Verrückten Wald!“ Frida tätschelte zuerst Leos und dann Emmas Kopf. Verwundert betrachtete sie den getrockneten, grünlichen Schleim auf Leos Haaren.

„Wir haben meine Mutter gefunden. Horst hält sie gefangen!“

„Er hat auf mich geschossen.“

„Wir wurden angegriffen, von Pflanzen und Zecken und so!“

„Und von einem weißen Wolf!“

„Ein Baum hat uns gerettet!“

Phil und Leo redeten gleichzeitig auf Frida ein, sodass sie kapitulierend die Hände hob: „Ihr müsst mir nachher alles genau berichten, aber zuerst werden wir deine Mutter holen, Phil.“

„Dieses Mal wird mich kein Wolf davon abbringen.“ Manne stampfte das Ende seines Speers so kräftig auf den Boden, dass sein Pferd nervös tänzelte.

„Sie ist in seiner Höhle, aber Horst hat ein Gewehr“, sagte Phil.

„Gleich hinter dem Tunnel ist ein Netz, das auf einen runterfällt“, fügte Leo hinzu. „Außerdem schlagen seine Pflanzen Alarm.“

„Und vor der Höhle liegt ein Drache.“

„Ein Drache?“ Manne zog die Stirn kraus. „Das würde erklären, warum im Wald plötzlich die Spur endete, erinnert ihr euch? Dort, wo du das Tuch deiner Mutter gefunden hast, Phil.“

Frida band ihr Haar zusammen. „Leo, Phil, ihr reitet jetzt auf schnellstem Wege nach Hause.“

„Am besten schließt ihr euch ein“, riet Manne. „Ich frage mich, wie der Wolf die Schlucht überwunden hat.“

„Die Brücke war ausgefahren.“

„So ein Leichtsinn! Wenn deine Mutter in Sicherheit ist, kümmere ich mich darum.“

Phil und Leo vertrauten darauf, dass die Pferde den kürzesten Weg zu Fridas Haus nahmen. Dort angekommen bedankten sie sich sehr ausgiebig bei ihnen, wobei einige Äpfel aus dem Garten dran glauben mussten.

Danach verschwand Leo für lange Zeit im Badezimmer. Phil hielt es drinnen nicht aus. Immer wieder trat er auf die Terrasse. Es war schon dunkel, als er das lang ersehnte Pferdegetrappel hörte.

Über den beleuchteten Gartenweg ritt Manne bis an die Terrasse heran. Quer über dem Pferderücken lag ein Wolf. Ein roter Striemen am Hals verunstaltete das schneeweiße Fell des Tieres. „Silver ist tot.“ Manne klang eher traurig als erleichtert. Er wartete, bis Frida eintraf, und verabschiedete sich dann hastig.

Phils Mutter kauerte vor Frida auf dem Schimmel. Sie wirkte verängstigt. Phil half ihr beim Absteigen und führte sie ins Haus.

Schnell hatte Frida frischen Tee aufgebrüht, auf dem Tisch stand ein Teller mit belegten Broten. Während Phil und Leo die Brote hinterschlangen, trank Phils Mutter nur eine Tasse heißen Tee. Frida stellte ihr eine Schüssel mit Obstsuppe hin, doch sie rührte sie nicht an. Leo ließ die Schüssel nicht aus den Augen. „Ähm, wenn Frau Marten nicht möchte, wäre es doch schade, wenn … ich meine ...“

„Natürlich darfst du die Suppe essen“, sagte Frida lächelnd.

Anschließend brachte sie Phils Mutter in eines ihrer Gästezimmer. „Sie braucht jetzt viel Ruhe“, belehrte sie Phil, der seiner Mutter am liebsten nicht mehr von der Seite gewichen wäre.

Nachdem sich Anna Marten hingelegt hatte, setzte sich Frida wieder an den Küchentisch. „So, und nun erzählt mal von Anfang an.“

Dieses Mal wechselten sich Phil und Leo beim Sprechen ab.

Als Phil den Überfall der Riesenzecke schilderte, musste sich Frida Beruhigungstropfen in den Tee tun. „Wenn ich geahnt hätte, was ihr vorhabt, hätte ich euch im Keller eingesperrt und wäre auf der Stelle mit Manne in den Wald geritten.“ Beim Angriff des Medusenbaums – so nannte Frida den Baum mit den violetten Fangarmen – nahm sie einen ganzen Teelöffel von den Tropfen.

Leo vergaß auch nicht zu erwähnen, dass er beinahe sein Leben geopfert hätte, um Horst abzulenken. Allerdings konnte Phil sich beim besten Willen nicht daran erinnern, dass pausenlos Schüsse gefallen waren.

Stolz berichtete Leo von seiner Strickleiter, ohne die sie wahrscheinlich immer noch auf dem Baum sitzen würden oder schon längst dem Wolf oder Aasvogel oder Drachen zum Opfer gefallen wären. Hier unterbrach Frida ihn und versicherte ihm, dass sich die Drachen vegetarisch ernährten. Ohne sich aus dem Konzept bringen zu lassen, erzählte Leo, wie sie die Pferde gerufen hatten. Dass ihn der Baum auf seine Stute gesetzt hatte, ließ er aus, und Phil sah keinen Grund, ihn daran zu erinnern.

Als Leo fertig war, nahm Frida ihn in die Arme. „Du, mein Engel", flüsterte sie und brachte ihm die frisch gewaschenen Locken durcheinander. Leo strahlte Phil über ihre Schulter hinweg an. Frida ließ Leo los und drückte Phil an sich. Danach wandte sie sich ab und schnäuzte geräuschvoll in ihr Taschentuch. „Ich bin so froh, dass ihr noch am Leben seid. Das gelingt nämlich nicht jedem."

„Paul hatte auch schon etwas in der Art angedeutet", erwähnte Phil beiläufig.

Leo streckte sich. „Aber es gibt doch auch harmlose Wesen – diesen Gummibaum zum Beispiel."

Frida warf ihm einen merkwürdigen Blick zu. „Der Baum hat Silver getötet."

„Oh."

„Wir nehmen an, dass er ihn erwürgt hat. An Silvers Krallen fanden wir übrigens Metallspuren. Vermutlich hat er die Brücke selbst ausgefahren."

„Da haben wir wohl ziemlich großes Glück gehabt, dass der Baum einen guten Tag hatte", stellte Phil fest.

„Mehr Glück als Verstand." Frida klapperte mit den Tassen und Tellern. „Übrigens haben wir nicht nur deine Mutter, sondern auch den jungen Drachen befreit oder besser gesagt, wir haben ihn ausgeliehen. Für deine Mutter wäre der Weg durch den Wald zu beschwerlich gewesen. Der Drache kann selbst entscheiden, ob er zu Horst zurückkehren möchte."

„Hat Horst euch auch angegriffen?", wollte Leo wissen.

„Horst warf sein Gewehr weg, nachdem Manne einem seiner Schafe mit dem Pfeil ein Grasbüschel aus dem Maul geschossen hatte. Ich habe Manne gesagt, er soll das nie wieder vor meinen Augen tun. Immerhin war Horst auf der Stelle friedlich. Als er uns Frau Marten übergab, hat er fast geweint. Aus Mitleid hat Manne ihm eine neue Frau versprochen. Ich weiß nicht, was er sich dabei gedacht hat. Welche Frau lebt schon freiwillig in einer dunklen Höhle im Verrückten Wald, noch dazu mit solch einem Mann?“

„Wird meine Mutter wieder gesund werden?“, fragte Phil leise.

Frida legte den Lappen, mit dem sie gerade den Tisch abwischen wollte, zur Seite und setzte sich. „Ich befürchte, dass deine Mutter einen schweren seelischen Schock erlitten hat, als dein Vater vor ihren Augen entführt wurde. Manne hat mir erzählt, dass sie damals wie von Sinnen geschrien hat. Dass sie ausgerechnet von Horst gefunden wurde, hat ihren Zustand sicher noch verschlimmert.“ Frida massierte sich die Schläfen. Zum ersten Mal, seitdem Phil sie kannte, wirkte sie müde. „Die Teilnahmslosigkeit ist eine Schutzfunktion ihres Körpers. Aber ich glaube fest daran, dass deine Mutter gesund wird. Mit der Zeit. Es ist nicht ausgeschlossen, dass sie das Wiedersehen mit deinem Vater augenblicklich in die Wirklichkeit zurückholt. Doch zunächst muss sie sich von der ganzen Aufregung erholen.“ Lächelnd erhob sich Frida. „Ihr beide übrigens auch, ihr seht total erschöpft aus.“

Widerspruchslos zogen sich Phil und Leo in ihr Zimmer zurück. Während Leo bereits kurze Zeit später mit einem zufriedenen Gesichtsausdruck einschlief, lag Phil noch lange wach. Warum erkannte seine Mutter ihn nicht? Was wäre, wenn sie nie wieder so sein würde wie früher, wenn ihr Gedächtnis für immer gelöscht blieb? Ruhelos wälzte sich Phil von der einen auf die andere Seite.

Daher erwachte er erst am späten Vormittag, als Leo ihm seine frisch gewaschene Jeans und eines der neuen T-Shirts aufs Kopfkissen pfefferte. „Raff dich auf, es ist bald Mittag. Ich habe schon den Schuppen geschrubbt.“ Durch einen Spalt zwischen seinen Hosenbeinen sah Phil, wie Leo einen hellblauen Strickpullover in seinem Rucksack verstaute.

Phil fand seine Mutter zusammen mit Frida in der hintersten Ecke des Gartens, wo sie beobachteten, wie eine Kartoffelpflanze ihre reifen Knollen aus der Erde schleuderte, nachdem Frida sie versehentlich mit dem Fuß berührt hatte. Seine Mutter verfolgte das Schauspiel, ohne die geringste Reaktion zu zeigen.

Phil gab sich alle Mühe, ihre Erinnerungen zu wecken. Er zeigte ihr das Foto, erzählte von Lu und von ihrer Arbeit und auf welche Weise sie in diese Welt gelangt waren; dass sie zuerst von Leo im Büro und dann von Manne im Wald beobachtet worden war und was er zusammen mit Leo bisher erlebt hatte. Seine Mutter hörte ihm mit einer seltsamen Leere in den Augen zu. Als er ihr das blaue Seidentuch umband, lächelte sie zum ersten Mal, aber nichts deutete darauf hin, dass sie es wiedererkannte.

In Rekordzeit strickte Leo ihr einen dicken Pullover, den sie mit Fridas Hilfe über das Samtkleid streifte. Danach begann er mit dem Kleid für Frau Struwwel, Frida hatte ihm die passende Wolle besorgt.

Beim Abendessen legte Frida ein blitzsauberes Taschenmesser auf Phils Platz. „Wie hast du das hingekriegt?“, fragte er. „Ich dachte, es wäre hinüber.“

„War es auch. Der Medusenschleim hatte angefangen, es zu zersetzen. Ich musste das Messer entsorgen. Das hier ist neu.“

„Ähm, danke“, murmelte Phil verlegen.

Vor dem Schlafengehen verabschiedete sich Phil mit einem langen Händedruck von seiner Mutter, denn er wusste nicht, ob sie am nächsten Morgen schon auf sein würde, wenn sie zur Schule mussten.

„Ich werde gut auf sie aufpassen“, versprach Frida. „Manne kümmert sich solange um die Schafe.“

„Danke“, sagte Phil mit belegter Stimme.

Eine falsche Schlange

Am Montagmorgen weckte Frida Phil und Leo erst wenige Minuten vor Unterrichtsbeginn. Sie meinte, sie sollten Horst dankbar sein. Hätte er ihr nicht im Traum einen Heiratsantrag gemacht, hätte sie vermutlich noch länger geschlafen.

Mit einem Sprung waren Phil und Leo aus dem Bett. Obwohl sie auf das Frühstück verzichteten und sofort zur Schule ritten, schafften sie es nicht pünktlich.

Frau Schwan empfing sie mit verschränkten Armen in der Eingangshalle. Ihre Augen nahmen zunächst das Ziffernblatt ihrer Armbanduhr und dann die unliebsamen Schüler ins Visier. „Genau fünfzehn Minuten zu spät!"

„Wir auch, aber zum Lernen ist es nie zu spät", rief Phil übermütig und wollte an ihr vorbeirennen, doch Frau Schwan kommandierte ihn zurück. „Ersparen Sie mir Ihre respektlosen Bemerkungen!" Mit einer unmissverständlichen Handbewegung stieß sie die Tür zu ihrem Büro auf. Ihr Lächeln verhieß nichts Gutes.

„Bitte, Frau Schwan, wir haben es extrem eilig", flehte Leo.

„Ja, wenn das so ist …", Frau Schwan machte eine Pause, „nehmen Sie erst einmal Platz!" Sie wies auf zwei Stühle neben der Tür.

Mit einem ergebenen Seufzer ließ sich Leo nieder. Vorsorglich zerrte er Phil, auf dessen Stirn sich eine ansehnliche Zornesfalte gebildet hatte, an seinem T-Shirt auf den Stuhl neben sich.

Ohne ihnen weitere Beachtung zu schenken, verschwand Frau Schwan hinter ihrem Monitor. Leo hielt sich die Nase zu. Phil, der gerade seinen Vorrat an Schimpfwörtern und Flüchen durchging, fand die Luft längst nicht so verqualmt wie bei ihrem ersten Besuch. Vielmehr roch es nach einer Mischung aus Rauch und einem Lufterfrischer.

Wenig später klopfte es und der Direktor trat ein. „Grüß dich, Beatrix. Hast du schon veranlasst, dass alle Drachenpfeifen von brütenden Weibchen aus der Burg entfernt werden? Wir dürfen kein Risiko eingehen." Sein Blick fiel auf Phil und Leo, die inzwischen aufgesprungen waren. „Nanu, was macht ihr denn hier?"

Er wandte sich wieder an Frau Schwan. „Warum schickst du sie nicht zum Unterricht? Ihnen gehen wertvolle Informationen für die Abschlussprüfungen verloren."

„Die Herren hatten sich ohnehin verspätet und wir haben noch etwas Wichtiges zu besprechen", rechtfertigte sich Frau Schwan.

„So wichtig, dass es nicht bis nach dem Unterricht warten kann?" Die Stimme des Direktors klang eisig.

„Nun gut, ich denke, wir können unsere Aussprache durchaus verschieben." Frau Schwan warf Phil und Leo einen giftigen Blick zu, während Herr Junker ihnen mitteilte, dass der Unterricht im selben Raum wie in der vergangenen Woche stattfand.

„Danke", murmelte Phil beim Hinausgehen. Sie stürmten die Treppen hoch und betraten leise den Unterrichtsraum. Die Klasse umringte den Lehrertisch, auf dem ein Käfig stand. Niemand nahm Notiz von ihnen, bis Leo durch lautes Niesen ihre Ankunft verriet. „Ich kann nichts dafür. Der Rauch ...", entschuldigte er sich.

Zwischen Pauls Mähne und Susannes Zöpfen kamen einzelne Haarbüschel zum Vorschein – Herr Kinsky hatte sich aufgerichtet. „Legen Sie Ihr Gepäck ab und treten Sie näher. Umziehen können Sie sich nachher. Ich habe soeben Ihren Mitschülern mitgeteilt, dass Herr Rauchfuß bei der Beschaffung des Anschauungsmaterials bedauerlicherweise verunglückt ist. Er wird eine Weile brauchen, bis er wieder arbeiten kann. Ich werde ihn vertreten und Ihnen im Laufe dieser Woche die Kreaturen vorstellen, mit denen Sie es am Samstag zu tun bekommen werden."

Phil und Leo stellten ihre Rucksäcke an die Seite und liefen zum Lehrertisch.

„Heute behandeln wir die Quakse, auch Grünlinge genannt. Sie wurden in dem Film, den ich Ihnen an unserem ersten gemeinsamen

Unterrichtstag zeigte, bereits vorgestellt. Was war doch gleich ihre Aufgabe, Herr Struwwel?“

„Ups, da kann ich mich im Moment gar nicht dran erinnern“, antwortete Paul.

„Das glaube ich Ihnen gerne, denn wenn ich mich recht entsinne, zogen Sie es vor, während der Vorführung ein Nickerchen zu machen.“

Melanie meldete sich. „Ja, Melanie?“

„Diese Wesen bewachen die Nachladegeräte für die K.o.-Stifte. Ihre Zähne enthalten ein Mittel, das uns für fünf Sekunden betäubt“, erklärte Melanie.

„So ist es!“ Herr Kinsky zog sich einen Schutzhandschuh aus derbem Leder über. Eine grüne Kreatur mit langem Schwanz beobachtete ihn aus zwei hervorstehenden, tennisballgroßen Augen. Aus dem wulstigen Mund unter der eingedellten Nase blitzten lange gelbliche Zähne hervor. Die übrigen der insgesamt acht Augen, die kranzförmig um den Kopf angeordnet waren, rollten unabhängig voneinander in alle Richtungen. Der Kopf der Kreatur ging ähnlich wie bei Pinguinen in einen stromlinienförmigen Körper über.

„Der Quaks besitzt eine enorme Sprungkraft.“ Herr Kinsky deutete auf die Hinterbeine, die im Gegensatz zu den Vorderbeinen kräftig entwickelt waren. „Er schafft mühelos mehrere Meter aus dem Stand. Dabei steuert der Quaks mit dem Schwanz. Seine Augen erfassen die gesamte Umgebung, ohne dass er den Kopf bewegen muss. Sich anzuschleichen ist deshalb vergebene Mühe, er würde jeden Versuch sofort bemerken.“ Herr Kinsky öffnete die Käfigtür und griff nach der Kreatur, die ihre Zähne umgehend in seinem Handschuh versenkte. Gleichzeitig wickelte sich der Schwanz um seinen Arm. „Sie werden den Quaks am besten los, indem Sie ihn weit von sich werfen. Bevor er wieder an seinem Platz ist, sollten Sie Ihren K.o.-Stift aufgeladen haben. Bitte zurücktreten!“

Mitsamt dem Quaks zog Herr Kinsky seinen Arm aus dem Käfig, packte das Tier mit der linken Hand am Schwanz und befreite den Arm mit einem Ruck. Dann wirbelte er den Quaks, an dessen Maul noch der Handschuh baumelte, einige Male in der Luft herum und schleuderte ihn durch den Raum. „Keine Sorge, ihm passiert nichts“, versicherte

Herr Kinsky. Das Tier prallte von der Wand ab und kam in weiten Sprüngen zurück.

„Und was ist mit uns?", rief Leo, der mit Melanie zu den Umkleideräumen floh.

„Der Quaks will nur sein Ladegerät verteidigen. Solange Sie ihm dabei nicht in die Quere kommen, ignoriert er Sie." In einem weiten Bogen lief Herr Kinsky um die hüpfende grüne Kreatur herum und hob seinen Handschuh auf. „Andererseits wollen Sie natürlich lernen, wie Sie ihn unschädlich machen können, indem Sie ihn beispielsweise fangen. Probieren Sie es! Schlimmstenfalls fallen Ihnen für fünf Sekunden die Augen zu."

Olaf Junker warf sich der Länge nach auf den Quaks und umfasste dessen Leib mit beiden Händen. Mit einem überlegenen Lächeln hielt er ihn in die Höhe, doch der Quaks krümmte sich und biss zu. Augenblicklich sackte Olaf in sich zusammen.

Paul erging es nicht besser. Er hatte versucht, dem Tier auf den Schwanz zu treten. Im nächsten Moment bohrten sich die gelben Zähne durch den Schutzanzug. Lukas, der in seiner Nähe stand, flüchtete im Kniehebelauf. Seine moosgrünen Haare wippten auf und ab.

Phil stellte sich dem Quaks in den Weg. Er konnte sehen, wie das Tier die Muskeln anspannte. Als es an ihm vorbeiflog, erwischte er es am Schwanz. Bevor der Quaks herumschnellen konnte, hatte Phil ihn im Genick gepackt.

„Gut gemacht", lobte Herr Kinsky.

Phil brachte den Quaks zum Lehrertisch. Dessen Haut fühlte sich wie das Leder eines Basketballs an. Herr Kinsky tippte auf einen Hautlappen an der Brust der Kreatur. „Quakse besitzen einen sogenannten Brustbeutel. Darin transportieren sie Vorräte oder ihre Jungen oder auch beides. Übrigens ist es durchaus möglich, dass Sie darin eine Drachenpfeife vorfinden."

Phil fasste in den Beutel, doch er war leer. Der Quaks quiekte und begann wild zu zappeln. Schnell setzte Phil das Tier in den Käfig.

Herr Kinsky holte einen K.o.-Stift aus der Hosentasche und steckte ihn in das Ladegerät. Sofort hing der Quaks an seinem Schutzhandschuh, Herr Kinsky betäubte ihn mit dem frisch aufgeladenen Stift.

An einem Kissen führte er vor, wie der K.o.-Stift funktionierte. Jeder Schüler durfte mehrere Probeschüsse abfeuern und musste den Stift hinterher wieder aufladen.

Am Schluss des Unterrichts fragte Lukas, ob er das Kissen mitnehmen dürfe, weil er so schlecht einschlafe. Es müsste doch mit Betäubungsmittel durchtränkt sein. Herr Kinsky hatte nichts dagegen, machte ihn aber darauf aufmerksam, dass sich das Betäubungsgift ebenso wie die Pfeile nach wenigen Sekunden auflöste.

Beim Mittagessen wollten Paul und Lukas alles über den Verrückten Wald wissen.

Mit leuchtenden Augen berichtete Leo, was sie erlebt hatten. Dass Phil in der Höhle von Horst seine Mutter gefunden hatte, verschwieg er wohlweislich.

Die gefährlichsten Stellen schmückte Leo so dramatisch aus, dass Melanie mehrmals bestürzt nach seiner Hand griff, was Leo nur noch mehr anspornte.

Phil gönnte ihm diesen Auftritt. Nur Olaf Junker konnte sich einen gehässigen Kommentar nicht verkneifen. „Das war die dämlichste Geschichte, die ich jemals gehört habe“, sagte er, ehe er mit Stefan im Schlepptau ging.

„Das ist nur der Neid“, stellte Melanie fest.

Leo lehnte sich zurück. „Wer’s nicht glaubt, kann sich gerne selbst überzeugen. Die Strickleiter hängt noch am Baum.“

Paul hatte Leos Bericht mit offenem Mund gelauscht. Er klappte ihn erst zu, als Phil ihm das Taschenmesser gab. „Den Beutel hat die Pflanze mitgefressen. Ich hoffe, deine Mutter kann den Verlust verschmerzen.“

„Wenn sie mich danach fragt, muss ich mir was einfallen lassen. Meine Mutter denkt nämlich immer noch, ihr wart mit am See und habt bloß eure Sachen bei uns vergessen.“

Am Abend verschaffte Melanie Leo zum zweiten Mal die Aufmerksamkeit der Klasse. Sie trug einen hellblauen Strickpullover mit Zopfmuster und erzählte allen, dass er ein Geschenk von Leo sei.

Als Phil später vom Schwimmen kam, hatte Leo einige gestrickte Schals auf seinem Bett ausgebreitet. Er war gerade dabei, kleine Zettelchen daran festzuknoten.

„Was machst du da?“ Phil schnappte sich einen Schal mit rippenartigem Muster, der die Bezeichnung „Rechts - links“ trug.

„Melanie wünscht sich noch einen Pullover. Sie soll sich das Muster selbst aussuchen.“ Leo reckte das Kinn vor. „Ich weiß, was du von meinem Hobby hältst, aber es ist mir egal.“

Verwundert sah Phil ihn an. „Ich habe doch gar nichts gesagt.“

„Aber gedacht!“

„Nein, wirklich nicht. Seit dem Verrückten Wald sehe ich deine Stricknadeln mit ganz anderen Augen.“

Leos Gesichtszüge entspannten sich. „Wenn du willst, bringe ich dir das Stricken irgendwann bei.“

„Nee, lass mal stecken.“

Im Verlauf des nächsten Unterrichtstages lernten sie die Wesen kennen, die sie außer den Katzenmenschen und den Quaksen in der Drachenburg erwarteten: Stachelbären, Erdbären, Kugel-Schrei-Bären, Libellen und Riesenzecken sowie fliegende Kleeblätter und Wanderkakteen.

Herr Kinsky hatte unterschiedlich große Kisten mitgebracht, die er nacheinander öffnete. Zuerst waren die Stachelbären an der Reihe. Noch während Leo laut darüber nachdachte, ob man die essen kann, versetzte ihn das etwa medizinballgroße, blassgrüne Stacheltier mit einem Biss für einige Sekunden in den Tiefschlaf. Erfreut stellte Herr Kinsky fest, dass er sich weitere Erklärungen über die Angriffstaktik der Stachelbären mithin ersparen könne. Der Vollständigkeit halber wolle er noch erwähnen, dass auch eine Berührung der Stacheln ausreiche, um kurzzeitig das Bewusstsein zu verlieren.

Erdbären betäubten ihre Opfer ausschließlich durch Zubeißen, hatten jedoch die Angewohnheit, ihre Beute in Erdlöcher zu verschleppen.

Für das Anschauungsexemplar hatte Herr Kinsky auf dem Balkon ein großes Terrarium aufbauen lassen. Die kreisrunden Löcher in der Erde waren wie die Fünf auf einem Würfel angeordnet. Herr Kinsky setzte ein Kaninchen in den gläsernen Behälter. Kurze Zeit später schob sich eine spitze Schnauze aus einer Öffnung. Ein kleinwüchsiger Bär, dessen Fell die Farbe der Erde angenommen hatte, kam heraus, beäugte zunächst die Schüler und packte anschließend mit seinen langen Krallen das Kaninchen. Der Erdbär biss zu und zerrte den leblosen Körper mit seinen kräftigen Zähnen in das mittlere Loch. Nach heftigem Protest der Mädchen – Melanie war bereits in das Terrarium gesprungen und wühlte mit beiden Händen in der Erde – befreite Herr Kinsky das Kaninchen mit Hilfe eines Spatens.

„Können Erdbären auch einen ausgewachsenen Kämpfer wegschleppen?“, wollte Susanne wissen.

Herr Kinsky musterte sie. „Das ist in der Tat schon vorgekommen. Riesenameisen, die gegen das Betäubungsgift immun sind, spüren die verschollenen Kämpfer meistens wieder auf.“

„Meistens?“ Susannes Augen weiteten sich.

„Eigentlich immer“, korrigierte sich Herr Kinsky, „aber an Ihrer Stelle würde ich mir darüber keine Gedanken machen. Übrigens halten sich Erdbären nur im Erdgeschoss der Burg auf.“

Wieder im Klassenraum widmeten sie sich vierblättrigen Kleeblättern, die in der Lage waren, das Betäubungsgift zu neutralisieren. Die Berührung eines der wie kleine Hubschrauber umherschwirrenden Pflänzchen bewahrte den Kämpfer genau einmal vor der Ohnmacht. Je mehr Kleeblätter sie berührten, desto besser. Allerdings durften sie die fliegenden Kleeblätter nicht mit den Libellen verwechseln, die an ihrem Hinterleib einen Stachel mit Betäubungsgift trugen. Die Zwillinge machten sich einen Spaß daraus, die Libellen auf ihre Mitschüler zu hetzen. Zur Strafe mussten sie die Insekten mit dem Kescher einfangen, während sich die anderen auf den Liegestühlen des Balkons lümmelten oder den Erdbären mit Eiswaffeln fütterten. Paul und Lukas feuerten die Zwillinge durch die Scheibe an. Bei jeder erhaschten Libelle prosteten sie ihnen mit einem Eisgetränk zu.

Bevor Herr Kinsky ihnen den Kugel-Schrei-Bären vorstellte, überprüfte er, ob sämtliche Fenster und Türen des Klassenraumes fest verschlossen waren. Das Tier war in einer schalldichten Kiste eingesperrt. Als Herr Kinsky den Deckel kurzzeitig öffnete, heulte der Bär, der sich zu einer grauen Fellkugel zusammengerollt hatte, wie eine Sirene. Herr Kinsky behauptete, dass jemand, der diesem Geräusch länger als fünf

Minuten ausgesetzt sei, unweigerlich den Verstand verlor. Katzenmenschen und die anderen Wesen in der Burg waren diesem Ton gegenüber unempfindlich, nicht jedoch die Kämpfer. Auf seine Frage nach einer freiwilligen Testperson reagierte niemand. Pauls Vorschlag, Frau Schwan zu holen, lehnte er ab.

Zum Schluss präsentierte Herr Kinsky einige Riesenzecken und Wanderkakteen. Er erklärte den Schülern, dass Riesenzecken den Kämpfern die Kraft entzogen, sie diese jedoch durch die Berührung der Glasfrucht eines Wanderkaktus' zurückgewinnen konnten. Nachdem die Schüler erfahren hatten, dass die rubinroten Früchte auch vorbeugend halfen, machten sie Jagd auf die Kakteen. Erst als Herr Kinsky hinzufügte, dass die Wirkung bereits nach wenigen Stunden nachließe, verloren sie das Interesse an ihnen.

Ein Kaktus heftete sich an Pauls Fersen. Am Unterrichtsende weigerte er sich, in seinen Blumentopf zurückzukehren. Stattdessen bewachte er die Tür zum Umkleideraum. Herr Kinsky rief Paul heraus und forderte ihn auf, seine Taschen zu leeren. Zum Vorschein kam eine Glasfrucht, worauf Paul sich laut wunderte, wie sie unbemerkt in seinen Anzug geraten sei. Herr Kinsky nahm ihm die Frucht ab und warf sie in die Luft, woraufhin der Kaktus sie mithilfe seiner Stacheln auffing.

Während Phil die vorgeschriebene Mittagsruhe verdöste, fertigte Leo weitere Strickmuster-Proben an.

Nach seinem abendlichen Schwimmen fand Phil ihn über eine Liste gebeugt, in die sich beinahe sämtliche Schüler eingetragen hatten. Nur Olaf sowie Stefan fehlten – und natürlich Phil.

„Melanie / rosa / rechts - links", las Phil in der ersten Reihe. Darunter stand „Paul / gelb / drei Zöpfe vorn". Es folgte wieder Melanie mit etwas blau-weiß Gestreiftem, Claudia mit einem Top in pink und so weiter. Melanies Name tauchte ziemlich oft auf. In die letzte Spalte trug Leo Zahlen ein. Während in den oberen Zeilen meist Vieren oder Fünfen standen, malte Leo bei Susanne eine fette Neun mit Fragezeichen dahinter.

„Was ist das?"

„Meine Auftragsliste. Ich berechne gerade meinen Bedarf an Wollknäueln. Bei Susanne bin ich noch am Überlegen. Es gibt viel zu tun in nächster Zeit."

„Meinst du, die kriegst du alle noch fertig?"

„Wenn ich mich ranhalte ..."

„Und was nimmst du für einen Pullover? Du willst sie hoffentlich nicht verschenken"

„Je Pullover drei Taler – unter Freunden."

„Und die Wolle?"

„Die besorgt mir Frida. Sie kostet nichts. Und wenn doch, muss ich eben die Preise erhöhen."

„Falls du mal jemanden zum Aufräufeln brauchst, für einen guten Stundenlohn würde ich es machen."

„Na ja, ich hoffe, das kommt nicht allzu oft vor", erwiderte Leo grinsend.

Phils Gedanken wanderten zurück zum Beginn ihrer Reise: „Eigentlich wollten wir nur meine Eltern hier rausholen und nun überlegen wir, wie wir Geld verdienen. Ist schon krass, oder?"

„Ehrlich gesagt, gefällt's mir hier. Ich habe eine Freundin, Frida ist super, das Essen schmeckt, ich kann stricken, so viel ich mag ... Was will ich mehr?"

Auch Phil musste zugeben, dass er sich in dieser Welt wohlfühlte. Wenn da nicht die Sorge um seine Eltern wäre, die ihn fast ständig beschäftigte. Trotzdem käme er nie auf den Gedanken, für immer bleiben zu wollen. Es sei denn, Elisa würde ihn darum bitten ...

Phil verdrängte diese Vorstellung sofort wieder. „In einer Woche ist Prüfung. Danach geht's hoffentlich nach Hause", sagte er laut. Schweigend vertiefte sich Leo in seine Liste.

Am folgenden Tag behandelten sie die Kreaturen, gegen die sie sich im Schloss verteidigen mussten.

„Ich empfehle Ihnen, sich zunächst ein Schwert aus der königlichen Waffenkammer zu besorgen. Sie werden im Kellergewölbe des Schlosses bei der Suche nach dem Drachenring hauptsächlich auf Skorpione, Spinnen und Schlangen treffen. Der K.o.-Stift wird Ihnen kaum etwas nützen, weil Sie ihn nicht mehr aufladen können. Und die Anzahl Ihrer Feinde ist hoch." Herr Kinsky zog ein glänzendes Schwert aus einer reich verzierten Scheide.

„Aber wenn ich als Letzter ankomme, sind doch hoffentlich nicht mehr so viele übrig", warf Leo ein.

„Da muss ich Sie enttäuschen. Diese Kreaturen sind in der Lage, sich innerhalb kürzester Zeit zu regenerieren."

„Schade eigentlich", seufzte Leo.

„Jedoch betäuben sie ihre Opfer nur vorübergehend."

Phil meldete sich. „Was ist mit den Wächtern des Königs? Wie kann man die besiegen?"

„Auf diese Frage kenne ich leider keine Antwort. Ich selbst habe es damals nicht bis ins Schloss geschafft und von den anderen Kämpfern ist meines Wissens niemand einem Wächter begegnet. Widmen wir uns nun den Schlangen!" Herr Kinsky gab Olaf das Schwert. „Ich weiß nicht, wie viele Tiere Herr Rauchfuß besorgt hat. Hauen Sie einfach drauf los, die Schlangen werden es verkraften. Und wenn nicht, im Verrückten Wald wachsen genügend nach."

Susanne half Herrn Kinsky, die Kiste anzukippen und zu öffnen. Eine einzige Schlange rutschte auf dem Rücken heraus. Hellgelbe Schuppen bildeten ein breites, gezacktes Band auf ihrem Bauch, genau wie bei der Schlange, die Tom in Phils Rennwagen getötet hatte.

Einen Moment starrte Herr Kinsky die Schlange an, dann bellte er: „Sofort weg da! Die ist giftig!" Die Schüler wichen zurück, Claudia und Melanie kreischten. Das Tier kroch in Richtung Fenster. Panisch brachten sich die Zwillinge in Sicherheit. Herr Kinsky setzte der Schlange nach und presste einen Fuß auf ihren Schwanz. Mit dem zweiten erwischte er eine Stelle hinter dem flachen Kopf. Ohne das sich windende Tier hätte man den Eindruck gewinnen können, Herr Kinsky probiere einen Spagat. Mit wild rudernden Armen bemühte er sich, das Gleichgewicht zu halten.

Plötzlich wurde die Tür aufgerissen. „Was ist das für ein Spektakel? Haben Sie nichts Besseres zu tun, als der Klasse alberne Kunststücke vorzuführen?", brüllte Frau Schwan. „Wenn Sie die Schüler nicht im Griff haben, sollten Sie den Beruf wechseln."

„Ich habe alles fest im Griff", erwiderte Herr Kinsky und zeigte auf seine Füße. „Meinem Kollegen ist offensichtlich ein Irrtum unterlaufen.

Anstelle der harmlosen schwarzen Natter hat er eine gelbbäuchige Giftschlange eingefangen. Nun soll noch einer behaupten, Metallfüße seien nicht praktisch." Vergnügt beobachtete Herr Kinsky, wie die Giftzähne der Schlange von seinen Metallknochen abrutschten. Er betäubte das Tier mit dem K.o.-Stift und legte es in die Kiste zurück.

„Ich werde sie nachher zu unserem Doktor bringen, er hat sicher Verwendung dafür." Herr Kinsky machte mit Skorpionen und Spinnen weiter, als wäre nichts gewesen.

„Bemühen Sie sich in Zukunft, etwas leiser zu unterrichten. Der Direktor und ich können bei diesem Krach unmöglich arbeiten." Mit einem lauten Knall warf Frau Schwan die Tür zu.

Am Donnerstag ließ Herr Kinsky mehrere Vertreter sämtlicher Burgbewohner gleichzeitig auf die Schüler los. Nur bei den Kugel-Schrei-Bären vertrat er die Meinung, dass ein Exemplar vollkommen ausreichend sei. Jeder Schüler, der an dem Tier vorbeikam, bedachte es mit einem Betäubungspfeil. Trotzdem wachte der Bär zwischendurch auf und begann sofort zu lärmen. Claudia, die ihm am nächsten stand, aber gerade ihren K.o.-Stift auflud, schrie ihn so laut und grell an, dass er endgültig verstummte. Zitternd kullerte der Bär in eine Ecke des Klassenzimmers und blieb dort verstört liegen.

„Wir werden ihn ersetzen müssen", sagte Herr Kinsky bedauernd.

„Nehmen Sie doch Claudia", schlug Paul vor. Wütend kickte Claudia ihm einen bewusstlosen Erdbären hinterher. Noch ehe das Tier die Augen geöffnet hatte, hing es an Pauls Zeh.

Unterdessen hatte Lukas Olaf mit einem Quaks beworfen. „Tschuldigung", rief er fröhlich. Stefan nutzte die Gelegenheit, sich beim Aufladen vorzudrängeln. Zur Strafe holte Lukas mit seinem K.o.-Stift aus. Herr Kinsky warf sich dazwischen. „Nicht doch!" Im nächsten Augenblick lag er am Boden.

Ehe Herr Kinsky wieder aufwachte, hatte sich Lukas auf der Toilette im Umkleideraum eingeschlossen. Erst unter Androhung eines Libellenschwarms kam er heraus. Lukas musste schwören, nie wieder den Stift gegen einen Mitschüler zu erheben.

Phil verwechselte einmal ein Kleeblatt mit einer Libelle. Das Erste, was er erblickte, nachdem er die Augen wieder geöffnet hatte, waren Leos Füße, die an seinem Kopf vorbeisprinteten, dicht gefolgt von einem Stachelbären. Er streckte kurz den Arm aus und setzte das Tier außer Gefecht. Auf einmal gab es Geschrei. Melanie und Susanne stritten sich um einen Quaks, der vor einem Aufladegerät hockte. „Er gehört mir", brüllte Susanne.

„Ich war zuerst da", brüllte Melanie zurück. Daraufhin verpasste Susanne Melanie einen kräftigen Schubs, der Quaks flog hinterher.

„Aufhören!", donnerte Herr Kinsky und schickte die Schüler an die frische Luft. Keuchend beschwerte sich Leo bei Melanie: „Puh, war das eine Rennerei!"

„Du sollst ja auch nicht immer nur weglaufen." Melanie rieb sich die rechte Seite. „Wie willst du denn auf diese Weise an eine Drachenpfeife kommen?"

Leo winkte ab. „Das wird sich schon irgendwie ergeben."

Nach der Pause durfte sich jeder Schüler ein Schwert aussuchen. Sofort gab es Rangeleien, sodass Herr Kinsky gezwungen war, die Waffen an die Schüler auszugeben. „Ich bin wirklich sehr froh, dass Sie die nächste Prüfung einzeln ablegen werden. Würden Sie gleichzeitig kämpfen, gäbe es ein Gemetzel", schimpfte er. „Wer einen anderen Schüler mit dem Schwert verletzt, wird sofort von der Prüfung ausgeschlossen. Merken Sie sich das!"

Er stülpte einen großen Korb um. Unzählige Schlangen, Skorpione und Spinnen fielen heraus und begannen, sich in alle Richtungen zu verteilen.

Die Schüler schlugen wild mit ihren Schwertern um sich, doch die Tiere setzten sich innerhalb weniger Sekunden wieder zusammen. Nur einmal wartete ein Schlangenkopf lange auf seinen Körper, weil Paul ihn in die entgegengesetzte Ecke geschleudert hatte. Claudia stieß einen Schrei aus, als ein kopfloses schwarzes Band über ihren Fuß schlängelte.

Lukas zerhackte nach einigen Ohnmachtsanfällen eine Spinne. Herr Kinsky musste ihn mehrmals ermahnen, bis er endlich von ihr abließ. Der Spinne gelang es nicht, ihr ursprüngliches Aussehen wiederherzustellen.

Rachsüchtig jagte sie Lukas trotz ihrer verdrehten Beine durch den ganzen Raum.

Vor dem Unterrichtsende gab Herr Kinsky jedem Schüler ein Paar Schutzhandschuhe, damit sie die Tiere zurück in den Korb bringen konnten. Die Handschuhe sammelte er trotz Protestes der Schüler hinterher wieder ein. Nachdem Melanie ihr Paar abgegeben hatte, blieb sie vor Herrn Kinsky stehen.

„Darf ich Sie etwas fragen?“

„Nur zu, Melanie“, ermunterte sie Herr Kinsky.

„Was ist mit Ihren Füßen passiert?“

Das Gemurmel in der Klasse verstummte.

Herr Kinsky lächelte. „Ich kann Sie beruhigen, keine dieser Kreaturen ist in der Lage, Ihnen derartige Verletzungen zuzufügen. Während meiner Abschlussprüfung wurde ich von einer fleischfressenden Pflanze angegriffen. Man hat nie herausgefunden, wie sie in die Drachenburg gelangt ist. Sie hat sich über meine Füße hergemacht, als ich vorübergehend ohnmächtig war.“ Er wackelte mit seinen Metall-Zehen. „Zwar konnte ich mich befreien, doch auf meiner Flucht lösten sich binnen weniger Minuten zuerst die Schuhe und dann meine Füße auf. Ich bin nur noch auf Händen und Knien gekrochen. Eine Ameise hat mich schließlich herausgetragen.“

„Wird die Burg kontrolliert, bevor wir reingeschickt werden?“, wollte einer der Zwillinge wissen.

„Selbstverständlich. Frau Schwan kümmert sich persönlich darum.“

„Wir sollten sie bei Laune halten. Wer weiß, was sie uns sonst alles auf den Hals hetzt“, sagte Paul leise.

Nächtlicher Besuch

Nach dem Abendessen feierten die Schüler zusammen mit den Lehrern ein Abschiedsfest am See. Die Katzenmenschen waren nicht eingeladen. Phil war der Einzige, der das bedauerte. Auch Frau Schwan fehlte, was jedoch niemanden störte.

Silvio verwöhnte sie mit Eis und Getränken und Herr Bertoli überraschte alle mit einem saftigen Wildschweinbraten am Spieß. Dazu gab es Nudelsalat, den Phil von früheren Klassenfeiern her kannte. Wahrscheinlich hing das mit Leos Abstecher in die Küche zusammen.

Leo saß mit Melanie an einem der eigens für diesen Anlass aufgestellten Tische. Die beiden hielten sich an den Händen und nippten abwechselnd von einem Glas, wobei einer dem anderen jeweils zeigte, von welcher Stelle er getrunken hatte.

Phil, Paul, Lukas und die Zwillinge hatten sich etwas abseits Plätze gesucht und beobachteten die Erwachsenen. Frau Ferrani fachsimpelte mit den Rennfahrern über neue Motoren, während Herr Kinsky und Herr Junker aufmerksam Sangrias Ausführungen über die Malerei lauschten. Zwischendurch verließ Silvio mit einem Tablett den Wagen und verteilte Vitaminsaft in Cocktailgläsern an die Lehrer, die nach jedem Glas ausgelassener wurden. Irgendwann spielte eine Band und Herr Kinsky tanzte mit Sangria Rock 'n' Roll. Seine Metallfüße blitzten im Mondlicht.

Melanie zog Leo in die Nähe der Musik und gab sich alle Mühe, ihm ein paar Tanzschritte beizubringen. Die Zwillinge hielten sich den Bauch. Als Susanne auf sie zu kam, erstarb ihr Lachen. Zusammen mit Paul und Lukas flüchteten sie zu Silvio, doch Susanne hatte es offensichtlich auf keinen von ihnen abgesehen. Zielsicher steuerte sie auf Stefan zu.

Ungeachtet seiner Weigerung schleifte sie ihn zu den anderen Paaren. Beim Tanzen berührten Stefans Füße kaum den Boden.

Phil fragte sich, ob er wohl jetzt das Gefühl hatte, zu schweben, als eine vertraute Stimme an sein Ohr drang: „Möchtest du tanzen?“ Neben ihm stand Elisa. Sie trug ein kurzes Kleid, die Haare hatte sie hochgesteckt.

Phil brachte lediglich ein zustimmendes Grunzen zustande. Allerdings wusste er nicht so recht, wohin mit seinen Händen. Elisa legte seine Arme um ihre Taille, dann umfasste sie seinen Hals und schmiegte sich an ihn. Da gerade langsame Lieder gespielt wurden, war das Tanzen nicht sehr kompliziert. Phil musste nur abwechselnd das Gleichgewicht von einem auf das andere Bein verlagern und sich dabei etwas drehen. Er spürte Elisas weiches Haar an seiner Wange. Sein Magen rebellierte und sein Kopf fühlte sich merkwürdig leicht an. Weder interessierten ihn die neugierigen Blicke von Claudia und Sangria noch die Anstrengungen, die Paul, Lukas und die Zwillinge unternahmen, um Stefan und Susanne zu Fall zu bringen.

Viel zu früh beendete Herr Junker das Fest. Elisa berührte mit ihren Lippen flüchtig Phils Wange und verschwand lautlos in der Dunkelheit.

Das Kribbeln in Phils Magengegend wollte gar nicht mehr aufhören. Seine Gedanken kreisten nur noch um Elisa, die Umgebung nahm er kaum wahr.

Während Leo seine Sachen gegen ein himmelblaues Nachthemd eintauschte, stieg Phil langsam aus der Jeans. Anschließend wollte er sich in sein Bett fallen lassen, doch Leo riss ihn jäh aus seinen Träumen: „Warte mal!“

Widerwillig kehrte Phil in die Wirklichkeit zurück.

„Hatte deine Decke schon immer einen Schwanz?“

Erstaunt lachte Phil auf. „Nicht, dass ich wüsste.“ Er zog die Decke mit einem Ruck weg. Eine schwarze Schlange richtete sich auf. Für einen Moment nahm Phil ein gelbes Zackenmuster wahr, dann stieß das Tier den Kopf vor und biss zu. Glücklicherweise verfingen sich die Giftzähne in der Decke, die Phil zurück auf das Bett geschleudert hatte. „Raus hier!“, brüllte er Leo auf dem Weg zur Tür zu. Unter der Decke zischte es bedrohlich, auf einmal lugte der flache Kopf der Schlange hervor. Sie züngelte kurz und schlängelte dann direkt auf Leo zu, der sich noch keinen Millimeter bewegt hatte.

„Leo, schnell!“, schrie Phil. Leo zuckte zusammen und stolperte durch den Raum, im Wettlauf mit der Schlange. Phil zerrte ihn auf den Flur und warf die Tür zu.

Am ganzen Körper bebend zeigte Leo auf den eingeklemmten Schlangenkopf. „W...was ist, w...wenn sie w...wieder zusammenwächst?“

„Kann sie nicht, solange die Tür dazwischen ist.“ Das hoffte Phil zumindest. „Wir müssen Frau Schwan holen. Sie ist bestimmt die Einzige von den Lehrern, die in der Schule schläft.“

Sie stürmten die Treppen hinunter zum Büro von Frau Schwan und klopften beide gleichzeitig. Da sich nichts rührte, schob Leo Phil beiseite und wummerte mit den Fäusten gegen das Holz. „Frau Schwan, machen Sie auf! Es ist ein Notfall!“, brüllte er.

Phil zog ihn von der Tür weg. „Leo, keine Panik. Die Schlange ist weit weg.“ Ein Geräusch ließ sie aufschrecken, es kam aus dem unbeleuchteten Flur auf der anderen Seite der Halle. Etwas schlurfte leise über den Marmorboden. Oder kroch? Leos Finger krallten sich in sein Nachthemd. Plötzlich brach das Schlurfen ab. Für einen Moment herrschte Stille, dann zischte etwas laut.

Leo rannte die Treppe hinauf. Nach wenigen Stufen verknäulte er sich in seinem Nachthemd und stürzte. Phil half ihm beim Aufstehen. Er hatte inzwischen einen kugelförmigen Umriss ausgemacht, der kurzzeitig von einer geöffneten Tür verdeckt wurde und nun größer wurde. Ein Schlüsselbund klapperte.

„Ich glaube, das ist Frau Schwan“, flüsterte Phil.

Leo atmete hörbar aus. „Mann, bin ich froh.“

„Lass die das bloß nicht hören!“

„Was machen Sie hier für einen Aufstand?“, rief Frau Schwan.

„Wir warten auf Sie“, antwortete Phil ruhig.

Als sie in den Lichtschein der Halle trat, sah Phil, dass sie plüschbesetzte Schlappen trug – deshalb das schlurfende Geräusch.

„In diesem Aufzug kommen Sie zu mir?", fauchte Frau Schwan. Sie roch nach einem frisch versprühten Lufterfrischer, der ihren unangenehmen, rauchigen Körpergeruch jedoch nicht vollständig überdecken konnte.

„Nein, wir haben die Treppe ..." Phil stieß Leo an, worauf er verstummte.

Frau Schwan musterte sie verächtlich. Erst jetzt wurde Phil bewusst, dass er nur mit Boxershorts und T-Shirt bekleidet war. Noch ärger traf es Leo in seinem Nachthemd. Schnell versteckte er sich hinter Phil.

„Die Zeiten, in denen ich zu nächtlicher Stunde Herrenbesuch empfangen habe, sind längst vorbei." Frau Schwan klang belustigt.

„Das will ich gerne glauben", murmelte Phil.

„Wie bitte?!"

Phil räusperte sich. „Ähm, Sie werden nicht glauben, was der Grund unseres späten Besuches ist. In unserem Zimmer war eine gelbbäuchige Schlange. Sie hat uns angegriffen."

„Na so was, eine angriffslustige Schlange also. Ich habe schon bessere Gute-Nacht-Geschichten gehört." Frau Schwan gähnte demonstrativ.

Leo gab seine Deckung hinter Phils Rücken auf. „A...aber es ist wahr, Phil hat sie in der Tür eingeklemmt."

„Das wird ja immer besser."

„Bitte kommen Sie mit nach oben." Phil wandte sich zum Gehen.

„Denken Sie etwa, ich habe Lust, wegen Ihrer Spinnerei hier sinnlos die Treppen hoch- und runterzuhetzen?"

„Wir müssen nicht hetzen. Die Schlange ist gefangen."

„Ihre Dreistigkeit wird Ihnen noch vergehen!" Frau Schwan funkelte Phil hasserfüllt an.

Es ist derselbe Blick, mit dem mich Olaf Junker immer ansieht, dachte Phil. Gleichzeitig spürte er, wie Ärger in ihm hoch kroch. „Natürlich können wir den Vorfall morgen früh dem Direktor melden, dann müssen wir Sie jetzt nicht weiter belästigen", sagte er trotzig.

Frau Schwan gähnte noch einmal. „Meinetwegen, dann zeigen Sie mir die Schlange, bevor Sie sich vor lauter Angst in die Hose", sie warf einen gehässigen Blick auf Leo, „beziehungsweise ins Hemd machen."

An der Zimmertür traute Phil seinen Augen kaum, denn der Schlangenkopf war weg. Auf äußerste Vorsicht bedacht öffnete er die Tür, während er leise seinen Namen nannte. Keine Spur von einer Schlange. Immer sprungbereit schaute er unter den Möbeln nach, durchsuchte die Betten – ohne Erfolg. „Na, wo ist denn nun das böse Tier?“, ließ sich Frau Schwan mit typischer Hab-ich-doch-gewusst-Stimme vernehmen.

„Ich kann das wirklich nicht erklären“, erwiderte Phil.

„Müssen Sie auch nicht“, unterbrach ihn Frau Schwan unwirsch. „Ich habe auch so verstanden. Der Musterschüler wollte mal wieder etwas Aufmerksamkeit auf sich lenken. Ist es nicht so, Herr Marten?“

„Nein, ich schwöre, dass unter meiner Decke eine Schlange lag, die mich beißen wollte. Es müsste noch der Abdruck ihrer Zähne zu sehen sein.“

Wie ein Scanner tasteten Phils Augen den Bettbezug ab. Dabei stieg ihm der Duft frisch gewaschener Wäsche in die Nase. Er kontrollierte auch Kissen und Laken. Gelangweilt beobachtete Frau Schwan ihn von der Tür aus.

„Die Bettwäsche wurde ausgetauscht!“

„Verschonen Sie mich mit Ihren Schauermärchen und tun Sie endlich das, was für diese Uhrzeit in der Hausordnung steht, nämlich Nachtruhe halten, sonst haben Sie für den Rest Ihres Lebens Küchendienst. Und unterstehen Sie sich, den Direktor mit dieser lächerlichen Geschichte zu belästigen, wenn Sie nicht zum Gespött der ganzen Schule werden wollen“, drohte Frau Schwan. Bevor sie ging, drehte sie sich noch einmal um: „Sie sollten die beschmierte Pappe aus Ihrem Fenster entfernen“, sie deutete auf Sangrias Gemälde. „Kein Wunder, dass Sie unter Wahnvorstellungen leiden. Im Übrigen verbietet die Hausordnung den Schülern eine nachhaltige Veränderung der Zimmer!“

Leo blickte ihr kläglich hinterher. „Jetzt hat sie’s uns aber wieder gegeben. Wir stehen wie die Deppen da! Ich bin mir gar nicht mehr so sicher, ob wir uns alles nur eingebildet haben.“

„Von wegen, die Schlange war hundertprozentig hier.“ Phil hockte vor dem Türrahmen und deutete auf kaum sichtbare rote Schlieren, die offensichtlich beim Wegwischen des Schlangenblutes entstanden waren. „Jemand ist uns zuvorgekommen.“ Phil wanderte mit aufgeblähten

Nasenflügeln durch das Zimmer. „Ist dir auch aufgefallen, dass es hier merkwürdig riecht?“

„Ich war's jedenfalls nicht. Vielleicht hat die Schlange in dein Bett ...?“

„Das Bett ist frisch bezogen, aber die Luft stinkt nach Rauch.“

Leo sah noch einmal unter dem Bett nach, bevor er seine Decke langsam aufrollte. „Womöglich war das gar keine Schlange, sondern ein lebendiger Räucheraal?“

„Wie kannst du jetzt an Essen denken?“ Phil runzelte die Stirn.

„Das sollte ein Witz sein!“

Ohne darauf einzugehen, griff Phil seinen Gedanken wieder auf. „Dieser Geruch erinnert mich an Frau Schwan.“

„Ist doch kein Wunder, sie war bis eben hier.“

„Ja, aber sie ist an der Tür geblieben.“

„Ein Misthaufen vor der Tür würde die Luft hier drin auch verpesten.“

Phil prustete los. „Der Vergleich gefällt mir.“ Nach einem gezielten Wurf hing sein T-Shirt über der Stuhllehne. „Eins steht fest, allein ist die Schlange hier nicht reingekommen. Dazu hätte sie vorher bei Frau Schwan im Büro einen Abdruck hinterlassen und ihren Namen zischeln müssen.“

Mit beiden Händen riss Leo sein Kissen nach oben. „Von mir aus hätte sie ihren Abdruck in Frau Schwans Arm hinterlassen können. Trotzdem kann ich mir nicht vorstellen, dass sich die Hexe mit einer giftigen Schlange abgibt.“

„Sie war heute Abend nicht auf dem Fest. Und sie hasst mich!“

„Ich glaube, sie hasst alle außer sich selbst. Wenn es danach geht, müsste jeder von uns eine Giftschlange im Bett finden.“ Leo warf das Kissen auf den Boden und klopfte sein Laken ab.

„Dann habe ich wohl etwas an mir, das gelbbäuchige Schlangen anlockt. Das war nun schon die zweite, die es auf mich abgesehen hatte.“

„Du bist eben begehrt.“

„Darauf kann ich gerne verzichten. Ich werde Herrn Kinsky fragen, was aus der Giftschlange von gestern geworden ist.“

Mit großen Augen verfolgte Leo, wie Phil sich in seine Decke wickelte. „Sag bloß, du kannst jetzt schlafen!“

„Du nicht?“

„Ich bin noch total aufgeregt wegen dieser widerlichen Schlange.“

„Dann zähl Fridas Schafe“, riet ihm Phil. „Aber lautlos!“ Er drehte sich um und versuchte, weder an Elisa noch an seine Eltern oder die Schlange zu denken, um schnell einzuschlafen.

Am Freitagmorgen führte Herr Kinsky die Klasse auf die Wiese vor der Drachenburg.

Er wies die Schüler an, sich in einem weiten Kreis aufzustellen.

Dann bat er einen Freiwilligen in die Mitte. Während sich die meisten in den Anblick ihrer Schuhe vertieften und den einen oder anderen Schnürsenkel nachzogen, stapfte Susanne auf den Lehrer zu.

Herr Kinsky übergab ihr eine kleine weiße Pfeife. Susanne blies mit aufgeblähten Backen hinein, konnte ihr jedoch keinen Ton entlocken. Sie versuchte es noch einmal, ihr Gesicht färbte sich dunkelrot vor Anstrengung.

„Stimmt was nicht?“, fragte Herr Kinsky.

„Die ist kaputt. Ich höre nix“, grummelte Susanne.

„Der Pfeifton ist ausschließlich für die Drachen bestimmt, für uns wäre er unerträglich laut. Überlegen Sie, über welche Entfernungen der Drache den Ton wahrnehmen kann.“

Vom Verrückten Wald her näherte sich ein weißer Vogel, der allmählich die Gestalt eines Drachen annahm. Schon bald konnten die Schüler den herzförmigen Kopf mit den spitzen Ohren erkennen, der auf einem kräftigen Hals saß. Der Hals ging in einen tropfenförmigen Körper mit einem langen Schwanz über, dessen Spitze gefiedert war wie das Ende eines Pfeils. Die weit ausladenden Schwingen hoben und senkten sich rhythmisch, die Gliedmaßen hatte das Tier angewinkelt. Erst bei der Landung streckte der Drache die Vorder- und Hinterbeine schräg nach vorn. Nach dem Aufsetzen brauchte er noch etliche Schritte, bis er zum Stehen kam, anschließend klappte er die Flügel ein.

Es war ein zierlicher Drache mit tapsigen Klauen. Herr Kinsky erklärte, dass dieses Tier noch jung und deshalb sehr zutraulich sei. Bereitwillig ließ sich der Drache von Susanne kraulen. Seine Schuppen glänzten perlmuttartig. „Ist der schön!“ Begeistert lief Melanie auf den Drachen zu.

„Sachte", warnte Herr Kinsky. „Auch junge Drachen mögen keine hektischen Bewegungen." Melanie ging langsam weiter. Der Drache musterte sie aus ovalen, dunkelblauen Augen.

Noch ehe Herr Kinsky Susanne dazu aufforderte, schwang sie sich auf den Hals des Tieres. Der Drache bäumte sich auf und versuchte, das Mädchen abzuwerfen.

Erst nach langem Zureden und mit einem Arm voll kleiner Schokoladenkuchen gelang es Herrn Kinsky, ihn wieder zu beruhigen. Bevor der Drache vom Boden abhob, schlug er so heftig mit den Flügeln, dass Susanne Mühe hatte, nicht herunterzufallen. Nach einigen Metern in der Luft schlitterte das Tier über das Gras und kippte zur Seite, sodass Susanne über die Wiese kullerte. „Wie es scheint, mag der Drache Susanne nicht", rief Herr Kinsky bedauernd. Er drückte Melanie einige Müsliriegel in die Hand. „Versuchen Sie es!"

Melanie strich dem hübschen Tier über den Hals und fütterte es mit den Riegeln. Nachdem der Drache die Körner geräuschvoll zermalmt hatte, neigte er den Kopf. „Er möchte, dass Sie aufsteigen." Herr Kinsky klang erleichtert.

Der Drache flog mit Melanie bis zur Arena, nach einer ausgedehnten Wendeschleife kam er zurück. Sofort gab es Gerangel. Olaf hatte verkündet, dass er als Nächster dran war. Keiner wollte sich mit ihm streiten, aber Stefan, der an seinem Rücken klebte, wurde einfach abgedrängt. Zuerst von Claudia und dann von Marcel, der im Armdrücken gegen Lukas gewonnen hatte. Die Zwillinge und Jan kämpften noch mit Stein-Schere-Papier um die Reihenfolge.

Die Flüge würden immer ausgedehnter. Mit Paul auf dem Rücken schwebte der Drache auf und ab, wie bei einer Berg- und Talbahn. Leo, der danach an der Reihe war, hielt sich die Hände vor den Mund. Der Drache empfing ihn mit einem Rülpser. Dabei schoss ihm eine schwarze Rauchwolke aus der Nase, die Leo vollständig einhüllte. Als sich der Rauch verzogen hatte, war Leo vom Kopf bis zu den Zehen mit Ruß bedeckt. Der Drache beäugte ihn und drehte sich weg. Unsicher sah Leo zu Herrn Kinsky hinüber. „Er hat Angst um seine weißen Schuppen", erklärte dieser das Verhalten des Tieres.

„Ja, das habe ich auch. So kann ich unmöglich fliegen.“ Zufrieden wischte sich Leo mit einem Taschentuch über das Gesicht. Jetzt war nur noch Phil übrig. Der Drache hatte sich inzwischen ausgestreckt. Er atmete schwer, seine Flügel zitterten. Herr Kinsky bot ihm Kuchen und Müsliriegel an, aber das Tier machte keine Anstalten, zu fressen.

„Der Drache ist erschöpft, er wird vorerst nicht mehr fliegen. Wirklich schade, Phil, aber eine weitere Drachenpfeife hat mir Herr Junker nicht zur Verfügung gestellt. Dennoch bin ich überzeugt, dass das Fliegen für Sie kein Problem darstellen dürfte.“

Nach einigen letzten Hinweisen für die bevorstehenden Prüfungen beendete Herr Kinsky den Unterricht. Er hatte sich kaum verabschiedet, da waren die Schüler bis auf die Mädchen, die den Drachen knuddelten, außer Sichtweite. Phil erkundigte sich bei ihm nach der gelbbäuchigen Schlange. Die hatte Herr Kinsky noch am selben Tag dem Doktor gebracht, der manchmal Salben aus Schlangengift herstellte, erfuhr er.

Bevor Phil die Schule verließ, suchte er dic Krankenstation im Erdgeschoss auf. Auf sein Klopfen reagierte niemand.

„Was machen Sie noch hier?“, ertönte plötzlich die Stimme von Frau Schwan.

„Ich wollte zum Doktor. Ähm, ich wollte mir was gegen Bauchschmerzen holen.“

„Bauchschmerzen? Der Doktor ist schon zu Hause. Morgen können Sie ihn in der Arena aufsuchen. Notfalls kann er Sie auch kurzfristig von der Prüfung befreien, falls Sie sich nicht in der Lage fühlen, daran teilzunehmen.“

Darauf können Sie lange warten, dachte Phil. Trotzig erwiderte er ihren Blick und versicherte, dass es nichts Ernstes sei. Danach ließ er sie einfach stehen.

Da Leo nach einer gründlichen Dusche zuerst Melanie nach Hause bringen und dann das Strickkleid bei Frau Struwwel abliefern wollte, trat Phil den Heimweg allein an – auf dem schwarzen Hengst.

Frida hatte die Terrasse geschmückt. In schlanken Bodenvasen leuchteten Blüten in allen Farben, dazwischen standen ungefähr hundert Kerzen und Laternen. „Sieh nur, wie wunderbar sich deine Mutter erholt hat“, sagte sie stolz. Phils Mutter sah wirklich gut aus, nur ihre Augen wirkten traurig und abwesend.

„Hallo, Mams.“ Phil drückte ihre Hand. Das Lächeln, mit dem sie ihn darauf bedachte, wirkte gequält. Vergebens wartete Phil darauf, dass sie ihn in ihre Arme schloss oder auf andere Weise zu verstehen gab, dass sie sich an ihn erinnerte. Er vermisste die Wärme in ihren Augen und die kleinen Lachfältchen, die er so an ihr mochte. Fragend blickte er Frida an, doch sie schüttelte kaum merklich den Kopf.

Frida lockte Phil in den Garten und lenkte ihn mit vielen Fragen über die letzte Schulwoche ab. Als Phil von der Giftschlange im Unterricht berichtete, war sie außer sich. „Wie können sie euch solchen Gefahren aussetzen?!“ Um sie nicht noch mehr aufzuregen, verschwieg ihr Phil den nächtlichen Besuch der Schlange.

Pünktlich zum Tee kam Leo. Strahlend wedelte er mit einem kleinen Stapel beschriebener Zettel: „Meine neuen Aufträge.“

„Das schaffst du niemals bis morgen“, stellte Phil fest.

„Dann muss ich mir eben was einfallen lassen.“ Nach einer gründlichen Inspektion der Wollvorräte – Frida hatte in einer bis dahin ungenutzten Kammer ein kleines Lager eingerichtet – baute Leo neben seinem Stuhl eine Pyramide aus dunkelgrünen Knäueln und begann zu stricken.

Es war schon spät, als sie auf der Terrasse beim Lichtschein der Kerzen den Ablauf des morgigen Tages planten. Frida hatte dieses Gespräch immer wieder hinausgezögert. Mit seltsam hohl klingender Stimme bot sie an, den Digitalisierer in die Arena mitzunehmen, damit sie nach der Rückkehr aus dem Schloss keine Zeit verloren. Jedoch befürchtete sie, dass Phils Mutter der Trubel zu viel werden könnte. Für den Notfall wollte sie Beruhigungstropfen einstecken. Leo fand die Idee mit den Beruhigungstropfen gut. „Obwohl ... eigentlich muss ich mich in den beiden letzten Prüfungen ja nicht überanstrengen. Wichtig ist nur, dass du deinen Vater findest“, sagte er zu Phil, nebenbei nähte er die gestrickten Einzelteile zu einem Pullover zusammen.

Phil warnte: „Wenn du zu lange trödelst, müssen wir dich hierlassen und später abholen.“

Leos Mundwinkel wanderten in Richtung seiner Ohren. „Das wäre nicht so schlimm, da könnte ich in aller Ruhe meine Liste abarbeiten.“ Er schielte zu Frida. „Es sei denn, Frida möchte mich gern loswerden.“

„Ach, im Gegenteil, Leo. Ich gebe dich nur ungern her.“ Frida griff nach einer Serviette. „Ihr werdet mir beide fehlen.“ Bereitwillig ließ sich Leo von ihr die Locken zerzausen.

Das hatte auch Anna Marten früher mit Vorliebe bei ihrem Sohn gemacht, wobei Phil natürlich stets lauthals protestierte. In diesem Augenblick hätte er ganz und gar nichts dagegen einzuwenden, doch das konnte er von seiner Mutter in ihrem gegenwärtigen Zustand nicht erwarten, auch wenn sie ihn immerfort betrachtete. Dabei sah sie so unglücklich aus, dass Phil sich abwenden musste. „Wir können dich doch jederzeit besuchen“, sagte er, obwohl er sich insgeheim fragte, ob das tatsächlich so einfach war. Unwillkürlich musste er an Arne Skibinski und Herrn Sanders denken.

„Lasst uns schlafen gehen, damit ihr an eurem großen Tag ausgeruht seid.“ Fridas Augen glitzerten, während sie anfing, die Kerzen auszupusten.

Phil trug eine leere Obstschale ins Haus. Dabei fiel ihm in dem Apfelbaum unweit der Terrasse ein Paar leuchtender roter Punkte auf. Er tat, als habe er nichts bemerkt.

In der Küche erzählte er Frida mit gedämpfter Stimme von seiner Beobachtung. Sie beschlossen, den Digitalisierer so lange in seinem Versteck zu lassen, bis Phil mit seinem Vater zurückgekehrt sein würde. Leo, der mit dem fertigen Pullover im Zimmer verschwunden war, wurde nicht eingeweiht.

Kampf in der Drachenburg

Sobald es hell wurde, packte Phil seinen Rucksack. Er hatte schlecht geschlafen und fühlte sich mies.

Bisher war ihm alles so einfach erschienen. Er musste nur in das Schloss gelangen, um seinen Vater zu finden, und dann wäre alles gut. Doch plötzlich überkamen ihn Zweifel. Vielleicht war sein Vater gar nicht dort oder der König weigerte sich, ihn gehen zu lassen ...

Im letzten Moment ertappte sich Phil, wie er das bestickte Nachthemd, das Frida ihm kurz nach seiner Ankunft gegeben hatte, einstecken wollte. Verstohlen sah er sich nach Leo um, der schon seit geraumer Zeit aufrecht in seinem Bett saß und vor sich hin stierte. Anscheinend hatte er nichts mitbekommen.

„Willst du nicht packen?", fragte Phil.

Leo sah durch ihn hindurch.

„Leo? Du musst deine Sachen einpacken!"

„Mache ich nachher."

„Meinst du, dir bleibt genug Zeit? Ich dachte, du kannst es kaum erwarten, diese Welt zu verlassen."

„Das ist schon lange her." Gedankenverloren begann Leo, sich anzuziehen und nebenbei seine T-Shirts in den Rucksack zu stopfen. Nachdem er einen Teil seiner Habseligkeiten verstaut hatte, warf er den Rucksack über die Schulter und tappte auf Socken zur Tür.

„Du hast deine Stricknadeln vergessen", rief Phil ihm nach.

„Kommt noch", murmelte Leo, ohne sich umzudrehen.

Aus Leo sollte einer schlau werden, dachte Phil auf dem Weg zur Küche.

Schon seit Stunden musste Frida gewirbelt haben, um ihnen ein festliches Frühstück vorzubereiten. Neben verschiedenen Sorten von Brot und Brötchen hatte sie sogar einen dunkelbraun glänzenden Schokoladenkuchen gebacken, das ganze Haus duftete danach.

Phil und Leo aßen, als ob dies die letzte Mahlzeit in ihrem Leben wäre. Allerdings schaffte es Leo, zweimal seinen Tee zu verschütten. Als er seine frisch gefüllte Tasse in die Schüssel mit der Butter fallen ließ, fragte Frida ihn besorgt, ob es ihm gut ginge.

„Alles in Butter", versicherte Leo und wischte fahrig mit einer Serviette an der verschmierten Tasse herum.

Frida gab ihm eine andere Tasse und strich ihm zärtlich über den Kopf. „Bist du aufgeregt wegen der Prüfung?"

„Welche Prüfung?"

Phil und Frida wechselten einen vielsagenden Blick.

„Wir … ähm … kämpfen nachher um den Drachenring", sagte Phil behutsam.

„Ach ja, stimmt ... Ich hole mal meine Sachen." Leo schlich aus der Küche.

Auf dem Weg zur Arena kam es Phil so vor, als ob Leos Rucksack leerer geworden war. Nur der untere Teil schien ausgefüllt zu sein, oben warf der Stoff Falten.

Frida hatte sich eine große Tasche umgehängt. Anstelle des Digitalisierers hatte sie ein Kastenbrot darin verstaut. Leo, der von dieser Vorsichtsmaßnahme nichts ahnte, wunderte sich unterwegs laut, dass er den Duft von frisch gebackenem Brot immer noch in der Nase hatte.

In der Arena waren die Sitzreihen nahezu vollständig besetzt. Da Phils Mutter durch die vielen Leute verängstigt wirkte, wählte Frida Plätze in der obersten Reihe aus.

Frau Struwwel winkte ihnen von einem der breiten Gänge aus zu, welche die Zuschauerplätze in Blöcke unterteilten. Zu einem aus Gräsern und Kräutern geflochtenen Hut in der Größe eines kleineren Regenschirms trug sie das rote Kleid, das Leo für sie gestrickt hatte. Mehrere Frauen waren um sie versammelt. Bei jeder Kopfbewegung von Pauls Mutter wichen sie vor der Hutkrempe zurück. Einige sahen interessiert zu Leo hinüber.

„Ich hätte schon früher Werbung machen sollen", stellte Leo fest.

Phil beschäftigten andere Dinge. Einerseits brannte er darauf, seinen

Vater zu finden, andererseits bedeutete das, Abschied von dieser Welt zu nehmen – von seinen neuen Freunden, aber vor allem von Elisa. Immer wieder versuchte Phil sich daran zu erinnern, dass sie nur ein digitales Wesen war, doch das half nicht, er vermisste sie jetzt schon. Höchstwahrscheinlich würde er sich nicht einmal von ihr verabschieden können. Es war sogar ungewiss, ob sie gegeneinander kämpfen würden.

Melanie holte Leo ab. Sie sah noch blasser aus als sonst, selbst ihre Sommersprossen hatten Farbe eingebüßt. Unter dem Vorwand, noch auf Paul warten zu wollen, ließ Phil die beiden allein zur Schule schlendern. Als er im Umkleideraum eintraf, herrschte dort bereits dichtes Gedränge.

Lukas tastete mit merkwürdigen Verrenkungen seinen Rücken ab. „War hier nicht irgendwo mal 'ne Kapuze?"

Der Zwilling neben ihm hielt den Kopf schief. „Ich glaube, die hat sich eingerollt, oder trägst du neuerdings einen Buckel?" Beide brachen in ein kurzes, hysterisches Lachen aus.

Sobald auch der letzte Schüler mit dem Umziehen fertig war, führte Herr Kinsky die Klasse zur Drachenburg.

Zum ersten Mal konnte Phil die Burg aus der Nähe betrachten. Sechs Türme bildeten die Ecken des wabenförmigen Gebäudes. Die dunkelgrauen Ziegelsteine der fensterlosen Mauern verliehen ihr ein düsteres Aussehen. Zwei steinerne Drachen, deren Schwanzenden über dem Eingangstor miteinander verschmolzen, säumten die breite Eingangstreppe.

Herr Kinsky ließ die Schüler in der vorgesehenen Startfolge auf einer steinernen Bank gegenüber der Treppe Platz nehmen und verteilte die K.o.-Stifte.

„Darf ich mal testen, ob meiner funktioniert?" Stefan zielte auf Leo, der sofort in Deckung ging.

„Unterlassen Sie diesen Unsinn!", ermahnte ihn Herr Kinsky.

„War doch nur Spaß!"

„Sie werden gleich Ihren Spaß haben. Ich bitte die Nummer eins, sich bereit zu machen!"

Olaf reckte das Kinn vor. „Wer hier die Nummer eins ist, wird sich noch zeigen. Der Drachenring gehört mir."

Phil blitzte ihn an. „Und wovon träumst du nachts?“ Für das beifällige Murmeln der Klasse hatte Olaf nur einen verächtlichen Blick übrig.

Mit einem leichten Ziehen in der Magengegend ging Phil die Stufen hinauf. Vor dem eisenbeschlagenen Tor blieb er stehen. Von hier wirkte die Burg noch bedrohlicher. Phil atmete tief durch und berührte den silbernen Drachenkopf, der als Knauf diente. Die schweren Torflügel schwangen langsam nach innen und Phil betrat eine große, hell erleuchtete Halle mit vielen Ausgängen und einer schmalen Treppe.

Da er in diesem Raum keine Drachenpfeife vermutete, steuerte Phil auf die Treppe zu. Eine kreischende Fellkugel rollte sich ihm entgegen. Nachdem Phil einen Pfeil abgefeuert hatte, wurde es sofort wieder still.

Plötzlich gab der Boden unter ihm nach. Dicht neben seinen Füßen bohrten sich lange Krallen aus der weichen Erde. Bei seinem Sprung zur Seite stolperte Phil beinahe über einen Stachelbären, der wie ein Kugelblitz auf ihn zugeschossen kam. Er betäubte ihn und flüchtete auf die erste Treppenstufe.

Bevor er weiter nach oben lief, hörte er ein Geräusch, das ihn an einen springenden Basketball erinnerte. Phil dachte an die lederne Haut des Quaks im Unterricht und ging dem Geräusch nach. Unter der Treppe entdeckte er tatsächlich einen Quaks, der vor einem Ladegerät auf und ab hüpfte. Als das Tier den Eindringling bemerkte, hielt es inne. Für den Bruchteil einer Sekunde musterten sich beide, dann sprang das Tier – genau in Phils K.o.-Stift.

Der Quaks fiel auf den Rücken, sein Brustbeutel war leicht gewölbt. Phil steckte die Waffe in das Aufladegerät und drehte den Quaks zur Seite. Mit der rechten Hand packte er ihn am Genick, mit der linken durchsuchte er den Brustbeutel. Etwas piekte in seinen kleinen Finger, einen Augenblick später war die Hand gefühllos. Erschrocken zog Phil sie aus dem Beutel. Auf seinem Finger zeichnete sich der Abdruck eines winzigen Gebisses ab, der wahrscheinlich von einem Quaksjungen stammte.

Der Quaks begann zu zappeln. Phil drückte ihn mit aller Kraft auf den Boden. Sein K.o.-Stift war zu weit weg, außerdem hätte er ihn mit der linken Hand ohnehin nicht benutzen können. Phil spürte, wie sich der kräftige Schwanz um seine Fußgelenke wickelte. Begleitet von einem heftigen Kribbeln gewann er das Gefühl in der linken Hand zurück. Er umfasste den Quaks mit beiden Händen und riss ihn hoch. In kleinen Sprüngen schaffte er es mit seiner lebenden Fußfessel zum Ladegerät. Mit der Linken zerrte Phil seine Waffe heraus und betäubte den Quaks zum zweiten Mal. Sobald das Tier erschlaffte, beförderte er es in eine Ecke, lud seinen K.o.-Stift noch einmal auf und umrundete die Treppe. Dabei stach ihm die rubinrot leuchtende Glasfrucht von einem Kaktus ins Auge, der sich in einer Mauernische verbarg. Ehe Phil die Frucht berühren konnte, ließ sich eine der Wandfarbe angepasste Zecke auf ihn fallen. Beim Sturz verlor Phil seinen K.o.-Stift. Voller Entsetzen fühlte er, wie die dolchartigen Beißwerkzeuge seinen Kampfanzug durchdrangen. Gleichzeitig breitete sich ein brennender Schmerz auf seiner Brust aus.

Phils Arme waren eingeklemmt. Mit den Fußspitzen hangelte er nach dem Kaktus. Es gelang ihm sogar, die Pflanze umzustoßen, doch die Glasfrucht kullerte in die falsche Richtung. Allmählich erfasste ihn eine lähmende Gleichgültigkeit, schließlich wurde er bewusstlos.

Als Phil die Augen wieder öffnete, herrschte tiefe Finsternis um ihn herum und es roch nach modriger Erde. Das Atmen war mühsam. Ein furchtbarer Gedanke schoss ihm durch den Kopf – er war im Boden gefangen. Vermutlich hatte ihn ein Erdbär verschleppt. Vergebens versuchte Phil, sich zu bewegen. Panik überkam ihn. Wenn es ihm nicht gelang, sich zu befreien, würde er qualvoll ersticken. Er strampelte mit den Füßen. Das war die einzige Bewegung, die überhaupt möglich war. Anscheinend war der Boden an der Stelle lockerer, vielleicht hatte der Erdtunnel dort einen Ausgang. Unter großer Anstrengung schob sich Phil wenige Millimeter rückwärts, dann strampelte er erneut. Nach einigen Zentimetern, die er auf diese Weise zurückgelegt hatte, packte jemand seine Füße. Es gab einen Ruck und Phil rutschte ein Stück durch die Erde. Bis zum nächsten Ruck vergingen einige Sekunden, der Druck auf seine Füße wurde stärker. Beim fünften Ruck konnte Phil seine Arme bewegen. Er stützte sich mit den Händen ab und befreite seinen Kopf aus der Erdröhre. Eine Riesenameise beäugte ihn. Nachdem er sich aufgerichtet hatte, entfernte sie sich. Phil machte ein paar tiefe Atemzüge und hob seinen K.o.-Stift auf. Mit wackligen Knien wankte er zu dem Kaktus und berührte die Glasfrucht. Augenblicklich wichen die Schmerzen und das unangenehme Zittern in den Beinen. Er hatte seine Kraft, die ihm die Zecke genommen hatte, zurückgewonnen. Phil blickte an sich herunter. Auf dem Schutzanzug gab es keine Spur mehr von einem Zeckenbiss.

Ein vierblättriges Kleeblatt flog an seinem Kopf vorbei, geistesgegenwärtig griff er zu. Eine angenehme Kühle breitete sich in seinem Körper aus. Im nächsten Moment spürte er einen Stich in den Hals und eine Libelle schwirrte eilig davon. Damit war der Schutz durch das Kleeblatt gleich wieder aufgehoben, was Phil sehr bedauerte.

Ohne weitere Zwischenfälle gelangte er in den ersten Stock der Burg. Hier bestand der Fußboden aus Steinplatten und er musste wenigstens nicht mehr mit Erdbären rechnen. Allerdings zwang ihn ein Libellenschwarm, sich hinter einer Tür zu verstecken.

Von seiner Seite aus war ein dickes Seil quer durch den Raum gespannt. Dort, wo es an der gegenüberliegenden Wand befestigt war, hing ein schmaler, roter Gegenstand an einer goldenen Kette. Darunter befand sich ein Balkon mit einem geschmiedeten Geländer.

Phil hangelte sich hinüber. Kaum hatte er den Balkon erreicht, tauchte wie aus dem Nichts ein Katzenmensch auf, der mit dem K.o.-Stift auf seine Brust zielte. Phil versetzte ihm einen Tritt, sodass der Pfeil an ihm vorbeizischte. Bei dem Versuch, seinen Gegner zu betäuben, bekam er einen Fausthieb ins Gesicht. Er wurde ans Ende des schmalen Balkons geschleudert und saß in der Falle. Der Katzenmensch kam langsam auf ihn zu, seine grauen Augen strahlten eine unheimliche Kälte aus. Phil stand auf und drückte sich gegen die Wand, um im passenden Moment vorschnellen zu können, aber die Wand gab überraschend nach und er stolperte rückwärts in einen anderen Raum. Sofort war der Grauäugige hinter ihm.

Nach einem Schlag gegen die Schulter verlor Phil das Gleichgewicht und kippte vornüber. Beim Aufspringen prallte er beinahe mit einem zweiten Katzenmenschen zusammen. Als dieser mit dem Fuß ausholte, duckte sich Phil. Der Schlag traf den Grauäugigen mit voller Wucht und warf ihn zu Boden. „Verschwinde! Das hier ist mein Revier!“, fauchte die zweite graue Gestalt. Elisa! Phil jubelte stumm.

Sein Gegner hatte sich inzwischen wieder aufgerichtet und ging erneut auf ihn los. „Hast du nicht gehört? Dieser Raum gehört mir!“ Elisa packte Phils Gegner am Arm und wollte ihn wegziehen, doch der trat ihr in den Bauch, sodass Elisa taumelte. Der Grauäugige stürzte sich mit erhobener Waffe auf Phil und stach zu. In letzter Sekunde warf sich Elisa schützend vor Phil und stieß dem Katzenmenschen ihren K.o.-Stift in die Seite. Der Pfeil, der für Phil gedacht war, traf sie am Hals. Beide Katzenmenschen stürzten gleichzeitig zu Boden.

Zunächst dachte Phil daran, diesen Raum auf schnellstem Wege zu verlassen und woanders nach einer Drachenpfeife zu suchen. Andererseits befürchtete er, dass der Grauäugige ihn weiterhin verfolgen würde. Phil nahm ihm die Waffe ab und steckte sie ein, aber dieser Gegner war auch ohne K.o.-Stift gefährlich.

Fieberhaft suchte er nach einem Seil, mit dem er den Katzenmenschen fesseln konnte. An einer Wand hinter ihm hing ein dunkelrotes Samtband mit einer Quaste, das wohl als Schmuck diente. Als Phil daran zog, setzte sich eine Steinplatte in Bewegung, hinter der eine von Fackeln beleuchtete Treppe verborgen war. Mit seinem ganzen Körpergewicht hängte sich Phil an das Band und riss es samt der Halterung von der Wand. Der schwere Haken landete auf einem Stachelbären, der sich unbemerkt herangeschlichen hatte, und drückte ihn zu Boden.

Der Katzenmensch regte sich. Hastig verpasste Phil ihm einen Betäubungspfeil. Danach band er dessen Hände und Füße zusammen. „Ich sollte dir den Stachelbären als Kissen unterlegen, damit du nie wieder aufstehst“, murmelte er dabei.

Vorsichtshalber zog er Elisa ein Stück zur Seite. Auch sie musste jeden Moment aufwachen. Phil wich zurück, denn Elisa blieb trotz allem seine Gegnerin, selbst wenn sie ihm soeben die Haut gerettet hatte.

Ein zweiter Stachelbär näherte sich lautlos. Phil bemerkte ihn jedoch und machte ihn unschädlich. Anschließend packte er das betäubte Tier an seinen kurzen Beinchen und pfefferte es einem lärmenden Kugel-Schrei-Bär entgegen, der daraufhin wimmernd davonkullerte.

Der Katzenmensch kam erneut zu sich, rüttelte an seinen Fesseln und begann, sich in Elisas Richtung zu rollen. Notgedrungen musste Phil einen weiteren Betäubungspfeil opfern.

Elisa war noch immer ohnmächtig. Mit einem unguten Gefühl hob Phil ihre Arme an und ließ sie wenige Zentimeter über dem Boden los. Schwer fielen sie herunter.

Auf der anderen Seite des Raumes wanderte ein Kaktus. Phil sprintete hinüber und pflückte die Glasfrucht ab. Auf dem Rückweg zuckte er zusammen – der grauäugige Katzenmensch war weg. Phils Augen tasteten den Raum ab. Auch das Samtband hatte sich anscheinend in Luft aufgelöst. Schnell schob Phil die rubinrote Frucht zwischen Elisas Finger. Dann warf er einen Blick in den Gang mit der Treppe, aber dort war niemand.

Warum rührte Elisa sich nicht? Phil musste weiter. Er brauchte unbedingt eine Drachenpfeife, um seinen Vater zu finden, doch er brachte es nicht fertig, Elisa so hilflos liegen zu lassen. Und wenn er sie zunächst in Sicherheit brachte? Würde Herr Kinsky ihm erlauben, noch einmal in die Burg zurückzukehren?

Phils Gedanken überschlugen sich. Was sollte er tun? Eine Ameise krabbelte aus dem beleuchteten Gang und nahm Elisa mit ihren vorderen Beinen auf. Die Glasfrucht polterte herunter. Der Kaktus, der sich bis auf wenige Meter herangewagt hatte, warf sich darauf und floh in die äußerste Ecke.

Phil folgte der Ameise auf die Treppe, deren Stufen sich mittlerweile in Bewegung gesetzt hatten. Vor einer etwa mannshohen Steinplatte kam die Treppe zum Stehen. Nachdem die Ameise ein rotes Samtband berührt hatte, glitt die Platte zur Seite und sie betraten die große Eingangshalle.

Sämtliche Kreaturen wichen vor ihnen zurück, nur ein Kugel-Schrei-Bär kam ihnen in die Quere. Nach einigen Spritzern Ameisensäure suchte er jaulend das Weite.

Die Ameise legte Elisa vor dem Tor ab und entfernte sich. Phil trug den regungslosen Körper nach draußen. Sofort war er umringt.

Herr Kinsky scheuchte die Schüler beiseite und half Phil, den Katzenmenschen auf die Bank zu legen. Vorsichtig nahm er die Kapuze ab. „Es ist Elisa!“, rief Herr Kinsky bestürzt. Ein Raunen ging durch die Runde.
„Ein Mädchen?!“ Olafs Stimme klang abfällig.

„Schweigen Sie!“, herrschte Herr Kinsky ihn an. Er wandte sich Phil zu. „Was ist geschehen?“

„Sie hat sich in meinen Kampf gegen einen Katzenmenschen eingemischt. Die beiden haben sich gegenseitig erwischt. Den anderen habe ich gefesselt, aber er ist entkommen." Phil fiel das Sprechen schwer, weil die Angst um Elisa ihm die Kehle zuschnürte.

Herr Kinsky beugte sich über ihren Hals. Um die Einstichstelle war die Haut bläulich verfärbt. Als er sich wieder aufrichtete, blickte er sehr ernst.

„Ich fürchte, sie ist vergiftet worden. Wahrscheinlich hat der andere Katzenmensch seine Betäubungspfeile gegen Giftpfeile ausgetauscht. Konntest du ihn erkennen?"

„Es war der mit den grauen Augen. Hier ist sein K.o.-Stift." Phil holte die Waffe aus der Tasche seines Anzugs und übergab sie Herrn Kinsky.

„Ausgezeichnet! Wir werden die Pfeile untersuchen." Herr Kinsky sah Phil prüfend an. „Geht es dir gut?"

„Es ist alles meine Schuld", stieß Phil mühsam hervor.

„Sie muss in den Goldenen Sarg", sagte Herr Kinsky leise.

„Ein Sarg? Aber sie ist doch nicht wirklich tot?" Phil starrte zuerst seinen Lehrer und dann Elisa an. Ihr Gesicht verschwamm vor seinen Augen.

Herr Kinsky legte ihm eine Hand auf die Schulter. „Du verstehst nicht, Phil. Der Goldene Sarg im Schloss des Königs vermag Todkranke zu heilen. Die Toten erweckt er wieder zum Leben. Der König entsendet sicher bald seine Wächter, um Elisa zu holen." Phil wischte die Tränen weg. Natürlich, Elisa war ein programmiertes Wesen, sie konnte nicht ohne Weiteres sterben. Er hatte vergessen, dass er sich in einem Computerspiel befand. Mit einem Mal fühlte sich Phil besser.

„Können wir jetzt endlich weitermachen?", fragte Olaf gelangweilt. Um zu verhindern, dass Phil sich auf ihn stürzte, verstärkte Herr Kinsky den Druck auf Phils Schulter und schickte Olaf in die Burg.

Die Schüler verteilten sich auf der Wiese. Phil, Leo, Melanie und Herr Kinsky hielten bei Elisa Wache.

Nach kurzer Zeit traf ein Auto mit einem roten Kreuz auf dem Dach ein. Heraus sprang ein dünner Mann in einem schneeweißen Anzug. Aus einem kleinen Gestell baute er mit wenigen Handgriffen eine Trage auf Rädern auf. Gemeinsam legten sie Elisa hinein. Doktor Erdmenger, so hatte Herr Kinsky ihn begrüßt, begutachtete den mittlerweile schwarz verfärbten Fleck an Elisas Hals. „Ich habe in der Arena alles mitverfolgt. Ganz offensichtlich hat sie einen vergifteten Pfeil abbekommen. Es ist nur die Frage, um welches Gift es sich handelt.“ Er fuhr einen Laptop hoch und schloss ein Kabel an, das er einem verschweißten Beutel entnommen hatte. Mit einer feinen Nadel, die auf dem Kabel steckte, stach er in Elisas Ohrläppchen. Sofort hatte er eine Fülle von Daten auf seinem Bildschirm.

„Sie hat das Gift der gelbbäuchigen Schlange im Körper. Ich kann nichts für sie tun.“ Der Doktor zog die Nadel mitsamt dem Kabel heraus und schaltete das Gerät aus. „Die Giftmenge, die ich von der Schlange gewonnen hatte, war sehr gering. Es lässt sich leicht ermitteln, ob etwas davon gestohlen wurde.“

Phil horchte auf. „Ist die Schlange denn noch da?“

„Nein. Frau Schwan hatte mir angeboten, sich um das Aussetzen der Schlange zu kümmern.“

Was sie auch getan hat, dachte Phil.

Herr Kinsky überreichte Doktor Erdmenger den K.o.-Stift des grauäugigen Katzenmenschen. „Hier ist das Beweisstück.“

Zusammen mit dem Kabel verstaute der Doktor die Waffe in dem Beutel. „Es ist besser, wenn das Mädchen hier bleibt. Ich hoffe, die Wächter werden kommen“, sagte er zum Abschied.

Nach etwa einer Viertelstunde verließ Olaf die Burg. Um sein Handgelenk war eine silberne Kette mit einer schwarzen Pfeife geschlungen. Bei Lukas dauerte es kaum länger, bis er wieder draußen war. Stolz zeigte er eine braune Pfeife herum.

Die kürzeste Zeit benötigte Claudia. Triumphierend hielt sie eine zierliche rote Pfeife – passend zu ihrem Lippenstift – in die Höhe. Auf die Frage, wie sie das fertig gebracht hatte, warf sie ihre glänzenden Haare zurück: „Die hat mir so ein netter, kleiner Quaks geschenkt. Was sollte ich da noch länger suchen?“

Sogar Leo trug eine Pfeife um seinen Hals, sie schimmerte dunkelgrün. Allerdings kam er nicht auf seinen eigenen Füßen heraus, sondern wurde von der Ameise gebracht. Besorgt strich Melanie ihm eine Locke aus der Stirn. Bald darauf schlug Leo die Augen auf. „Wie bin ich rausgekommen?

Ich habe doch nur geschlafen. So ausgeruht war ich noch nie nach einer Prüfung", stellte er erfreut fest.

Als Melanie ihm die Pfeife vor die Nase hielt, strahlte er. „Wo habe ich die denn her? Ich kann mich gar nicht erinnern."

Phil saß noch immer bei Elisa. Herr Kinsky blickte ihn mitfühlend an. „Ich sage es nur ungern, Phil, aber du musst dir eine Drachenpfeife besorgen, sonst kannst du an der letzten Prüfung nicht teilnehmen."

Seit wann duzte ihn Herr Kinsky? Egal, er musste sich überlegen, wo er eine Drachenpfeife auftreiben konnte. In Gedanken versunken stieg Phil die Treppen zum zweiten Mal hinauf.

„Beeil dich, Marten, wir haben noch mehr zu tun", hörte er Olaf hinter sich rufen. „Halten Sie den Mund, Olaf. Sie können gehen!" Dem Tonfall nach stand Herr Kinsky kurz vor einem Wutausbruch.

„Wie jetzt?"

„Ich sagte, Sie können gehen." Herr Kinsky machte eine Pause. „Sie alle können schon in die Arena einmarschieren. Ich werde mit Phil nachkommen."

Die meisten Schüler schlugen den Weg zur Arena ein, während Phil die Drachenburg betrat. Er wusste nicht genau, wie viele Betäubungspfeile noch in seiner Waffe steckten, also zog er es vor, den giftigen Kreaturen auszuweichen.

Auf seiner Flucht vor einem anhänglichen Kugel-Schrei-Bären entdeckte Phil eine Kammer, in der ein Quaks mit einer silbernen Kette spielte. Sobald Phil die Tür durchschritten hatte, stopfte es den Schmuck hastig in den Brustbeutel.

Scheinbar achtlos spazierte Phil durch den Raum. Der Quaks rührte sich nicht, hatte ihn aber mit mehreren Augen ständig im Visier.

Ein Stachelbär gesellte sich dazu. Phil betäubte ihn und benutzte ihn als Wurfgeschoss gegen den Quaks. Gleich mehrere Stacheln mit Betäubungsgift durchdrangen dessen Haut. Noch bevor beide Tiere zu sich kamen, hatte Phil die Brusttasche des Quaks ausgeschüttet und die Kette samt einer rundlichen, gelb gesprenkelten Drachenpfeife an sich genommen.

Phil streifte die Kette über den Kopf und sprintete aus der Burg.

Der Drachenring

Phil fand Elisa genauso vor, wie er sie zurückgelassen hatte. Wenn der König sie nicht holte, würde er sie eben selbst in das Schloss bringen.

Kaum hatte er die Griffe der Trage berührt, schossen unter der Liegefläche dünne, schwarze Schlangen hervor, die den leblosen Körper verschnürten. Entsetzt wich Phil zurück. Erst beim genauen Hinsehen erkannte er, dass es sich bei den vermeintlichen Schlangen um Gurte handelte. Phil zog die Trage in Richtung Arena, begleitet von Herrn Kinsky, Leo und Melanie, die in der Nähe der Burg gewartet hatten.

Nachdem Herr Kinsky einen Blick auf Phils Drachenpfeife geworfen hatte, entfuhr ihm ein mitleidiges „Oh“. Auf Phils Nachfrage antwortete er ausweichend: „Du wirst das schon schaffen.“

In der Arena wurden die letzten Kämpfer mit stürmischem Beifall begrüßt. Auf einem der riesigen Bildschirme lief eine Zusammenfassung der Ereignisse in der Drachenburg, gerade kämpfte Phil gegen zwei Katzenmenschen. Die restlichen Monitore zeigten die ovale Rasenfläche im Inneren der Arena, auf der sich die anderen Schüler bereits verteilt hatten.

Für Phil, Leo und Melanie blieben nur Plätze am Rand übrig. Herr Kinsky wollte Phil die Trage abnehmen, aber Phil weigerte sich. Sein Lehrer nickte, als hätte er es nicht anders erwartet, und eilte zum Direktor, der damit beschäftigt war, die Höhe des Mikrofons einzustellen. Phil hielt nach seiner Mutter Ausschau, konnte sie jedoch nirgends entdecken. Dann sah er Frida über den Rasen stürmen, sie war allein.

„Phil, etwas Furchtbares ist geschehen“, rief Frida, vollkommen aufgelöst. „Deine Mutter … wir wollten die Arena für kurze Zeit verlassen, weil sie Angst bekam. Plötzlich schrie sie. Bevor ich etwas tun konnte, bekam ich einen Schlag auf den Kopf. Als ich wieder zu mir kam, war sie fort. Und meine Tasche!“ Frida kämpfte mit den Tränen.

Lähmende Wut überkam Phil. Er musste ein paar Mal tief durchatmen, bis er sprechen konnte. „Ich werde mit Elisa fliegen. Bitte geh nirgends allein hin. Hier ist es sicherer.“

Jetzt schluchzte Frida. „Sorge dich bloß nicht um mich, du bist in viel größerer Gefahr. Wenn ich daran denke, was in der Drachenburg passiert ist ...“

Herr Junker unterbrach sie. „Bitte, Frida, du musst den Rasen verlassen.“ Frida fingerte nach einem Taschentuch und hastete zurück zu den Sitzreihen. Der Direktor wandte sich an Phil: „Herr Kinsky teilte mir mit, dass du Elisa mit in das Schloss nehmen möchtest.“

Das „Ja“ von Phil kam eine Spur trotziger als gewollt.

„Ich verstehe dich, aber du musst das nicht tun, Phil. Wir kümmern uns um das Mädchen.“

„Aber ich will wissen, wie es Elisa geht, wenn ich ...“ Phil stockte. „Ich ... möchte ihr so schnell wie möglich helfen.“

„Wie du meinst, es ist deine Entscheidung. Ich hoffe, dir ist klar, dass du dir dadurch einen Nachteil verschaffst.“

Mit federnden Schritten ging Herr Junker zurück zum Mikrofon. Ein Gong unterbrach das laute Gemurmel und Pfeifen der Zuschauer. Nach einer kurzen Ansprache rief der Direktor seinen Sohn Olaf auf.

Olaf setzte seine Drachenpfeife an. Nur wenige Sekunden später rauschte ein schwarzer Drache heran. Bevor seine Klauen den Boden berührten, warf er brüllend den Kopf in den Nacken. Das begeisterte Klatschen der Zuschauer erstarb. Der Drache blieb aufrecht stehen, sein mit spitzen Hornplatten übersäter Kopf pendelte hin und her. Mit dem gezackten Schwanz peitschte der Drache Grasbüschel und Erdklumpen meterweit. Dabei bebten seine Nüstern, als würde er Witterung aufnehmen.

Herr Kinsky und Herr Junker redeten gleichzeitig auf Frau Schwan ein, wobei Frau Schwan mehrmals die Hände hob, als wolle sie damit ihre Unschuld beweisen.

Es dauerte eine Weile, bis der Direktor sich bei den Zuschauern für die Verzögerung entschuldigte. Er bat um äußerste Ruhe, um das schwarze Drachenweibchen nicht noch mehr zu reizen. Anschließend kündigte er den nächsten Schüler an.

Lukas' Drache war braun und kräftig. Friedlich ließ er sich nieder und betrachtete neugierig die vielen Leute.

„Sind Drachen wirklich Vegetarier?", fragte Leo Melanie.

„Ich hoffe es."

Paul rannte seinem gelb und orange geflammten Drachen ein Stück entgegen. „Du bist genau mein Typ", jubelte er zwischen einigen Luftsprüngen.

Den schönsten Drachen bekam Claudia. Sein Körper wirkte zierlich und schimmerte feuerrot. Claudia posierte neben ihm wie bei einem Fototermin.

Susanne hatte den Drachen erwischt, der sie im Unterricht abgeworfen hatte. Unentschlossen umkreiste er seine Reitcrin in der Luft. Hilfesuchend wandte sich Susanne an Herrn Kinsky, doch der zeigte nur seine leeren Hände, was vielleicht bedeuten sollte, dass er weder Süßigkeiten noch eine Ersatzpfeife dabei hatte.

Melanie rettete die peinliche Situation, indem sie Susanne die Drachenpfeife aus der Hand riss und über ihrem Kopf hin- und herschwenkte. Daraufhin drehte der Drache eine Spirale abwärts. Melanie drückte Susanne ihre eigene Pfeife in die Hand und begrüßte das junge Tier mit einer innigen Umarmung.

Der Drache, der auf Susannes erneutes Pfeifen erschien, war so groß, das er sich freiwillig außerhalb der Rasenfläche einen Platz suchte. Sowohl Melanie als auch Susanne wirkten sehr zufrieden über ihren Tausch.

Auch der nächste Drache dachte zunächst nicht an eine Landung. Stattdessen schlug er Purzelbäume in der Luft. Zwischendurch schwirrte er geradewegs über die Zuschauer hinweg, sodass sie sich wie bei einer Laolawelle duckten. Auf Stefans Winken reagierte er mit einem kerzengeraden Sturzflug. Verkehrt herum setzte der Drache vor ihm auf. Sein Schwanz zuckte kurz und Stefan lag im Gras. Ungeachtet der Warnung des Direktors tobten die Zuschauer, doch als sich das schwarze Weibchen drohend aufrichtete, verstummten sie augenblicklich.

Leos Drache schimmerte genauso dunkelgrün wie die Drachenpfeife. Er machte einen großen Bogen um das schwarze Weibchen. Phil musste lange warten. Nach der vierten Aufforderung näherte sich der Arena ein unförmiger, gesprenkelter Drache. Nur ein träger Flügelschlag in unregelmäßigen Abständen verhinderte, dass er vorzeitig abstürzte. Die letzten Meter absolvierte er müde blinzelnd im Segelflug, bevor er schwerfällig auf die Wiese plumpste.

Anstatt zu klatschen, brachen die Zuschauer in dröhnendes Gelächter aus. Erst ein wütendes Schnauben des schwarzen Drachenweibchens brachte sie zum Schweigen, insgeheim war Phil ihm dafür dankbar.

Der gesprenkelte Drache ließ sich von dem Lärm in keiner Weise stören. Nicht einmal als Phil ihn berührte, öffnete er die Augen. Die anderen Schüler umringten ihn schadenfroh.

„Diese fette Schlaftablette erhöht unsere Chancen auf den Ring ungemein.“ Susanne gab dem Drachen einen beinahe zärtlichen Klaps.

„Dass es für den Fleischklops überhaupt eine Pfeife gibt“, wunderte sich Lukas.

Olaf hatte plötzlich extrem gute Laune. „Na, Marten? Immer noch die große Klappe?“ Stefan lachte gehässig.

„Du hast zwar den besseren Drachen, Junker, aber ich bin der bessere Kämpfer“, erwiderte Phil.

Olaf öffnete den Mund, doch im selben Augenblick forderte Herr Junker die Schüler auf, ihre Startposition einzunehmen.

„Vergiss den Ring“, zischte Olaf. Im Stillen musste Phil ihm Recht geben. Wahrscheinlich kam er als Letzter im Schloss an – wenn überhaupt.

Leo war nicht wie die anderen zu seinem Drachen zurückgekehrt. „Ähm …“, er räusperte sich, „also wenn du willst, kannst du meinen Drachen kriegen, er scheint ganz gut drauf zu sein.“ Leo ließ die grüne Pfeife in der Luft hin und her pendeln.

„Und was ist mit dir? Mit diesem Prachtstück wirst du wohl mehrere Tage unterwegs sein.“

Leo kratzte sich an der Kapuze. „Ich hab's nicht so eilig. Wichtig ist, dass du ins Schloss kommst."

„Danke, das Angebot nehme ich gerne an." Sie tauschten die Drachenpfeifen und Phil zog die Trage hinüber zu Leos Drachen. Unterwegs musste er Frau Schwan ausweichen, die sämtliche Drachen begutachtete. „Sie fliegen den Grünen?", fragte sie. Unsicher nickte Phil. Er rechnete damit, den Tausch rückgängig machen zu müssen, aber Frau Schwan verlor kein Wort darüber. Hastig watschelte sie zu einem Platz in der ersten Reihe.

Als Phil niederkniete, um Elisa von den Gurten zu befreien, sah er neben dem grünen Drachen einen flachen, schwarzen Gegenstand liegen. Ein Stück weiter weg ragte zwischen den Grashalmen eine schwarze Spitze heraus. Phil hatte jedoch keine Zeit, sich darum zu kümmern. Jeden Moment konnte der Gong ertönen und er hatte noch nicht herausgefunden, wie sich die Gurte öffnen ließen. Er fuhr mit dem Finger über den schwarzen Stoff. Mit einem Knall, als ob ein straffes Band reißt, verschwanden die Gurte unter dem Boden der Trage. Phil erhob sich – und dann geschah es.

Das schwarze Drachenweibchen brüllte auf und schoss einer Rakete gleich nach oben. Olaf bekam den linken Flügel ab und segelte durch die Luft. Kopfüber stürzte das Tier wieder herunter und flog so dicht über dem Boden, dass seine Flügelspitzen das Gras streiften. Mit gesenktem Kopf folgte es anscheinend einer Spur.

Schüler und Drachen wichen zurück. Ohne sie zu beachten, raste das Weibchen direkt auf Phil zu. Die Zuschauer begannen zu schreien.

Für einen Moment dachte Phil daran, auf dem Rücken des grünen Drachen zu fliehen, aber dann hätte er Elisa zurücklassen müssen. Außerdem war es dafür zu spät, er konnte bereits das blutunterlaufene Weiße in den Drachenaugen sehen. Im letzten Augenblick hechtete Phil zur Seite, weg von Elisa und Leos Drachen. Er vergrub den Kopf unter den Armen und wagte kaum zu atmen. Das Ungeheuer musste genau über ihm sein. Warum griff es nicht an? Das Schreien der Leute wurde panischer, vorsichtig hob Phil den Blick.

Das Drachenweibchen steuerte auf die Zuschauer zu, von denen jeder versuchte, sich irgendwie in Sicherheit zu bringen. Wer keine Möglichkeit zur Flucht hatte, weil er von den Massen eingekeilt war, schlüpfte einfach unter die Sitze. Die anderen rannten, krochen oder schoben sich gegenseitig vorwärts. Die Schnellsten suchten hinter Gebäuden, Bäumen oder Büschen Schutz. Frau Schwan eilte zu den Toiletten. Das Tier setzte ihr nach und packte sie mit seinen Klauen. Dann flog es zum Verrückten Wald.

Eine Handvoll Männer schwangen sich auf die Drachen der Schüler, allen voran Manne und Herr Kinsky.

Tom, der Aussteiger, ging langsam über den Rasen. Dabei untersuchte er den Boden an den Stellen, die der Drache überflogen hatte. Ab und zu hob er etwas auf, was er gleich darauf in seiner großen Ledertasche verschwinden ließ. Die anderen Männer hatten inzwischen die Verfolgung aufgenommen. Nur noch Leos und Phils Drachen waren übrig. Der gesprenkelte Drache lag zusammengerollt auf dem Rasen und schnarchte. Beim Ausatmen entwichen seinen Nasenlöchern kleine Dampfwölkchen.

„Soll ich ihn wecken?“, bot Leo an, als Tom sich näherte, aber der schüttelte den Kopf. „Ich werde den Grünen nehmen.“

Phil versperrte ihm den Weg. „Das fällt aus. Ich brauche ihn unbedingt.“

Wortlos ging Tom an ihm vorbei, kletterte auf den grünen Drachen und stieg mit ihm in die Luft.

Mit rasendem Puls jagte Phil auf dem Boden hinterher. Wieder und wieder blies er in die Drachenpfeife, doch der grüne Drache entfernte sich rasch. Fassungslos blieb Phil stehen. Beim Klang des Gongs zuckte er zusammen. Herr Junker gab bekannt, dass die Prüfung abgebrochen und zu einem späteren Zeitpunkt nachgeholt werde.

„Aber ich muss ins Schloss!“, schrie Phil.

„Auf keinen Fall! Es wäre unverantwortlich, euch fliegen zu lassen, solange das schwarze Weibchen außer Kontrolle ist. So leid es mir tut, Phil – das ist mein letztes Wort“, erwiderte der Direktor.

Phil lief zurück und versuchte, den gesprenkelten Drachen zu wecken. Plötzlich rauschte es über ihm. Kam der schwarze Drache zurück, um auch ihn zu holen? Er wirbelte herum und wurde geblendet. Durch seine Finger nahm er über der Arena ein Flimmern wahr. Das grelle

Licht verdichtete sich zu einem prächtigen Drachen, der ihn anpeilte. Außerstande sich zu rühren, wartete Phil, bis er vor ihm niedergegangen war. Es war der Drache, dessen Abbild den Couchtisch von Herrn Sanders verzierte. In seiner vollen Größe war er noch beeindruckender. Die Schuppen glänzten golden, die Krallen schienen aus Elfenbein gemeißelt. Am schönsten jedoch waren die sanften, dunkelgrünen Augen, die Phil unverwandt anschauten, während der Drache seinen schmalen Kopf auf das Gras bettete.

Behutsam legte Phil Elisa über den muskulösen Hals des Tieres, dann setzte er sich hinter sie. Aus den Augenwinkeln sah er Herrn Junker über den Rasen stürmen. Phil hütete sich, in seine Richtung zu blicken. Bevor der Direktor in Rufweite war, richtete sich der Drache auf und breitete seine Schwingen aus. Mit wenigen kraftvollen Flügelschlägen hob er ab.

Phil hielt mit einer Hand Elisa fest, mit der anderen suchte er Halt. Die goldenen Schuppen fühlten sich warm an. Bei jedem Flügelschlag hob und senkte sich der Drachenkörper, sodass Phil das Gefühl hatte, auf einem Segelboot durch die Wellen zu gleiten. Trotzdem hatte er keine Angst, hinunterzufallen, denn die Bewegungen des Drachen waren ruhig und gleichmäßig. Bald hatten sie die Arena und die Rennstrecke hinter sich gelassen und überquerten den Verrückten Wald. Von oben wirkte er harmlos – ein grüner Teppich, in den ein schmales gelbes Band gewebt war.

Sie ließen das abgeschlossene Tal, in dem Horst lebte, hinter sich und erreichten eine imposante Gebirgslandschaft mit runden, spitzen und stufenförmigen Felsen in Pastellfarben. Viele der hellblauen, gelben oder fliederfarbenen Gebilde ähnelten geometrischen Figuren, die Phil aus dem Matheunterricht kannte: Pyramiden, Kegel und Prismen. Manche Berge sahen aus, als hätten sie Gesichter.

Das Gebirge endete an einem türkisfarbenen Meer. Kleine Wellen plätscherten ununterbrochen nach einem bestimmten Muster gegen die Felsen. Bald tauchte mitten im Wasser ein spiegelglatter Berg in Form eines Kegelstumpfes auf. Ein maisgelbes Schloss bedeckte die Oberfläche vollständig. Eine Tür konnte Phil in dem wuchtigen Gebäude nirgends erkennen, aber dafür viele Fenster.

Der Drache landete auf einem Turm in der Mitte des Schlosses. Phil sprang ab und hob Elisa herunter.

Das Tier wandte ihm sein Gesicht zu. Seltsamerweise wurde Phil nicht mehr geblendet. „Ist ein Trick, ich kann die Stellung meiner Schuppen verändern. Hat sich manchmal als recht nützlich erwiesen“, erklärte der Drache mit tiefer, wohlklingender Stimme.

„Du kannst sprechen?“

„Alle Drachen können das, doch nur, wer das Drachenamulett trägt, kann uns verstehen.“

„Wenn ich das gewusst hätte, dann hätte ich mit dem schwarzen Drachen mal ein ernstes Wörtchen geredet. Hast du mich damals in der Schlucht gerettet?“

„Ja, das war ich.“

„Danke. Wirst du mich zurück in die Arena bringen?“

„Natürlich.“

„Da wäre noch was. Meine Eltern sind wahrscheinlich hier. Es kann sein, dass wir zu viert fliehen müssen.“

„Ruf den grünen Drachen zur Verstärkung. Du trägst seine Pfeife.“

„Aber er hört nicht auf mich!“

„Versuch es! Notfalls werde ich ihn holen.“ Wieder blies Phil mehrmals in die grüne Drachenpfeife.

„Sobald du den Drachenring erobert hast, wird er da sein. Geh jetzt!“ Der Drache rückte ein Stück zur Seite. Zum Vorschein kam eine Falltür, die in den Boden des Turms eingelassen war. An einem Ring aus Metall zog Phil sie auf. Darunter führte eine Wendeltreppe in das Innere des Turms. Fackeln, die in Mauernischen hingen, beleuchteten spärlich die Steinstufen.

„Viel Glück!“, sagte der Drache.

Phil trug Elisa die Stufen hinunter. Er hatte keine Vorstellung, was er tun sollte, wenn ihn plötzlich eine Kreatur angriff. Er wäre ihr schutzlos ausgeliefert. Mit der Zeit taten ihm die Arme weh. Auch wenn Elisa leicht war, würde er sie nicht mehr lange halten können.

Endlich entdeckte er auf einer Plattform eine Tür, sie stand einen Spalt offen. Mit dem Fuß stieß Phil sie ganz auf und betrat einen runden

Raum. Unterhalb eines kleinen Fensters bettete er Elisa auf den Holzdielen. Während er sich umschaute, massierte er seine schmerzenden Arme. Die gewölbte Wand des Turmzimmers war mit Schwertern und Lanzen bedeckt. Phil probierte mehrere Waffen aus, bevor er ein mittelgroßes Schwert, das gut in der Hand lag, auswählte.

Schweren Herzens beschloss er, Elisa an dieser Stelle zurückzulassen. „Es wäre viel zu gefährlich für dich. Außerdem brauche ich zum Kämpfen beide Hände", entschuldigte er sich bei dem leblosen Körper. Er vergewisserte sich, dass Elisa bequem lag, und betrat erneut die Wendeltreppe.

Die Stufen nach unten wollten nicht enden. Einmal war Phil, als ob ihn ein schwarzer Schatten verfolgte. Er hob das Schwert und beschleunigte seine Schritte. Irgendwann endete die Treppe in einem niedrigen Gewölbe. Wenige Fackeln verbreiteten ein gespenstisches Licht. Auf der gegenüberliegenden Seite befand sich der Eingang zu einem beleuchteten Tunnel. Auf dem Weg dorthin entdeckte Phil noch andere Eingänge in den felsigen Wänden, aber sie waren so dunkel, als ob sie mit schwarzen Tüchern verhangen worden wären. Er erinnerte sich an die Worte von Herrn Kinsky. *Dabei werden Sie nicht nur von Ihrer Waffe, sondern auch von Ihrem Verstand Gebrauch machen müssen.* Sollte der Kämpfer in eine Falle gelockt werden? Über dem Rundbogen einer Öffnung entdeckte er ein Bronzeschild mit einer Inschrift *Finde die Macht, die das Feuer unschädlich macht.* Welches Feuer? Phil nahm eine Fackel aus ihrer Halterung und leuchtete in den Tunnel hinein. Keinen Meter von ihm entfernt schossen plötzlich Flammen in die Höhe und versperrten den Gang. Phil wich zurück. Wo sollte er hier Wasser oder etwa einen Feuerlöscher finden? Ein paar Schritte weiter lehnte am Fels eine Steinplatte von der Größe des brennenden Tunnels. Sollte das Feuer damit erstickt werden? In die Platte waren Buchstaben eingemeißelt worden. Phil las: *Wer geht häufig aus und bleibt doch zu Haus? Berühre mich, wenn du die Antwort weißt.*

Dieses Rätsel kannte er noch aus seiner Kindergartenzeit. Er legte eine Hand auf den Stein und sagte laut: „Schnecke." Mit dem Geräusch, das aneinanderreibende Steine verursachen, verschwand die Platte im Boden und gab den Blick auf einen weiteren Tunnel frei. In dessen Mitte saß eine Schnecke, die Phil mindestens bis zum Bauchnabel reichte. Ein schwaches, grünliches Licht ging von ihr aus. Phil richtete das Schwert auf die Schnecke, aber sie rührte sich nicht. Im Schein seiner Fackel erkannte er auch den Grund dafür – sie bestand aus Stein. Die Oberfläche war mit Leuchtkügelchen übersät, genau wie die Felswände im Tunnel der Rennstrecke. Phil lief an ihr vorbei und stand bald darauf vor einer Mauer. Der Tunnel war eine Sackgasse. Auf dem Rückweg erkundete er einen Abzweig, den er zuvor übersehen hatte. Nach zwei oder drei Metern flammten vor ihm rote Augen auf. Da ihm im Moment nichts Besseres einfiel, warf er mit der Fackel danach und rannte zurück. Hinter der Steinschnecke prallte er gegen kalten Stein. Seinen linken Arm, der die Wucht des Aufpralls abgefangen hatte, durchzuckte ein heftiger Schmerz. Die Platte! Der Tunnel war wieder verschlossen! Bei dem Gedanken wurde Phil übel. Jetzt leuchteten die Augen auf der anderen Seite der Schnecke. Hektisch tastete Phil die Plattenränder ab, doch er fand keine Ritze, durch die er ins Freie fliehen konnte. Dann sah er voller Entsetzen, wie die Schnecke vom Tunnelboden abhob. Zusammen mit den roten Augen schwebte sie auf ihn zu. In seiner Angst hämmerte Phil gegen die schwere Steinplatte und brüllte. „Lasst mich hier raus, die verdammte Schnecke wird mich umbringen!" Kaum hatte er das Wort Schnecke ausgesprochen, setzte sich die Platte in Bewegung. Noch ehe sie vollständig im Boden versunken war, rettete sich Phil mit einem Satz in das Gewölbe und verbarg sich in der Dunkelheit eines anderen Tunnels.

Den Blick auf den Eingang gerichtet, ging er rückwärts, bis ihn etwas stoppte. Phil riss den Kopf herum und starrte in ein Paar glühender Augen. Er stieß blindlings mit dem Schwert zu, traf jedoch ins Leere. Dafür bekam er einen Stoß gegen die Brust, der ihn aus dem Tunnel hinausschleuderte. Nachdem er in die Mitte des Gewölbes geflüchtet war, drehte er sich mehrmals um die eigene Achse. In sämtlichen schwarzen Eingängen glühten jetzt die unheimlichen roten Augen und wenn er sich nicht täuschte, kamen sie näher.

Phil blieb keine Wahl. Er stürmte in den einzigen beleuchteten Tunnel. Hier lauerten ihm keine roten Augen auf, stattdessen stolperte er nach einer Biegung beinahe über eine zusammengerollte Schlange, die sich mit aufgerissenem Rachen aufrichtete. Eine Weile belauerten sie sich gegenseitig, dann machte Phil mit erhobenem Schwert einen Schritt vorwärts. Blitzartig schnellte die Schlange vor, aber damit hatte Phil gerechnet. Mit einem kräftigen Hieb schlug er dem Tier den Kopf ab und hastete weiter.

Kurze Zeit später hörte er hinter sich ein wütendes Fauchen, die Schlange war wieder zusammengewachsen. Ihr Kopf schwankte wie der Zeiger eines Metronoms. Phil behielt sie im Auge, doch dabei trat er beinahe auf eine zweite Schlange, die sich ihm unbemerkt genähert hatte. Er wischte sie mit dem Schwert weg und lief schneller.

Bald darauf musste er sich zwischen drei Gängen entscheiden. Im mittleren Tunnel erwartete ihn an ganzes Knäuel schwarzer Schlangen. Der Anblick der sich windenden Leiber verursachte bei Phil Gänsehaut. Er wandte sich nach links und stand erneut vor einem Rätsel. Hinter seinem Rücken zischte es, die beiden Schlangen, denen er entkommen war, näherten sich rasch. Wie sollte er das Rätsel lösen, wenn er gleichzeitig kämpfen musste? Er konnte es ja nicht einmal in Ruhe lesen. Ärgerlich entschied Phil sich für den rechten Tunnel, dessen Wände schwarz gefärbt waren. Zumindest Schlangen schien es hier nicht zu geben, dafür knisterte und raschelte es merkwürdig. Plötzlich ergoss sich eine schwarze Masse auf den Fußboden. Skorpione! Phil sprintete zum Eingang zurück. Schon überholten ihn die ersten Tiere und versuchten ihn zu umzingeln. Mit ausgestreckten Armen hechtete Phil aus dem Tunnel. Die Skorpione prallten gegen eine unsichtbare Wand am Tunneleingang. Es knallte, als ob unzählige Hummeln an eine Fensterscheibe klatschten.

Phil rappelte sich auf und blickte in vier bernsteinfarbene Augen. Die beiden Schlangen verfolgten mit weit geöffneten Mäulern jede seiner Bewegungen, aber sie griffen nicht an. Anscheinend konnten auch sie eine bestimmte Grenze nicht überwinden. Erleichtert widmete sich Phil dem Rätsel.

Du brauchst es genauso sehr wie es dich,
das eine gibt es ohne das andere nicht.
Was schlägt ohne Pause, jedoch nicht bei mir?
Nur du trägst die richtige Antwort in dir.
Berühre mich, wenn du sie weißt.

Immer wieder murmelte Phil die Worte vor sich hin. *Es schlägt ohne Pause, ich trage die Antwort in mir.* Wenn nur sein Herz nicht so wild klopfen würde, dann könnte er besser nachdenken. Phil rang nach Atem. Moment mal, sein Herz schlug pausenlos, aber der Stein hatte keins. Er konnte ohne Herz nicht leben, doch das Herz ohne Körper ebenso wenig.

„Das ist es!“, rief Phil, „Herz ist die Lösung.“ Die Steinplatte bewegte sich nicht. „Ist das falsch?“ Laut las er noch einmal von Anfang bis Ende. „Ach ja, richtig.“ Er wiederholte die Lösung und tippte dabei auf die Platte. Schließlich gab sie den Weg frei und Phil gelangte ohne Zwischenfälle bis zum nächsten Abzweig. Wiederum war einer der drei Tunnel verschlossen, doch wenn er das Rätsel löste, musste er nicht gegen Schlangen und Skorpione kämpfen. Gesucht war das Mundwerkzeug einer Mischfarbe. Mischfarben fielen ihm einige ein – grün, braun, lila, orange, rosa. Aber ein Mundwerkzeug? Waren vielleicht braune Zähne gemeint? Zum Mund gehörten auch die Lippen, aber die waren meistens rot. Grün, lila und orange schieden für ihn aus. Was war rosa? Die Zunge vielleicht? Phil versuchte es mit rosa Zunge, doch er fand sich auf einmal in dem Gewölbe mit den vielen Gängen wieder. Offensichtlich musste er bei einer falschen Antwort von vorne anfangen.

Aus Furcht vor den unheimlichen Wesen mit den roten Augen floh er in den beleuchteten Gang. Da er wusste, was ihn erwartete, erreichte er innerhalb kurzer Zeit wieder die Stelle mit dem seltsamen Rätsel. Es interessierte Phil schon, was die Mischfarbe eines Mundwerkzeugs sein könnte, aber er war nicht scharf darauf, den Monstern immer wieder vor der Nase herumzutanzen. Mit dem festen Vorsatz, später darüber nachzudenken, wählte er einen Gang, der vollkommen leer zu sein schien bis auf das Spinnennetz, das den Ausgang versperrte.

Phil war so mit dem Herunterreißen der klebrigen Fäden beschäftigt, dass er nicht hinter sich schaute. Erst als sich seine Nackenhärchen aufstellten, spürte er die drohende Gefahr, doch da war es bereits zu spät. Eine schreckliche Sekunde lang sah Phil sein eigenes Spiegelbild in den glänzenden Augen einer gigantischen Spinne, dann riss sie ihm die Beine weg, schob ihn mit den Vorderbeinen unter ihren Leib und hob ihn hoch. Scheppernd fiel das Schwert zu Boden. Phil wand sich mit aller

Kraft, kam dabei jedoch ihren messerscharfen Beißwerkzeugen gefährlich nahe. Mit denen konnte sie mühelos jeden Knochen durchtrennen. Überhaupt machte die Spinne nicht den Eindruck, als ob sie ihn nur betäuben wollte. Phil rüttelte mit beiden Händen an dem haarigen Spinnenbein, das seinen Oberkörper trug, doch das verbesserte seine Lage in keiner Weise. In seiner Verzweiflung überwand Phil seinen Ekel und biss hinein. Die Spinnenhaare auf der Zunge und im Rachen riefen bei ihm starken Brechreiz hervor, aber er biss noch fester zu, bis die Spinne das Bein wegzog und Phil kopfüber dicht über dem Boden hing. Er bekam sein Schwert zu fassen und rammte es der Spinne in den Leib. Als ihr die Beine wegknickten, schaffte er es noch, sich ein Stück beiseite zu rollen. Leider nicht weit genug, seine Füße wurden unter dem Spinnenkörper eingeklemmt. Es kostete ihn einige Anstrengung, sie hervorzuziehen. Als er sich endlich befreit hatte, ging ein Zucken durch den Spinnenkörper. Phil rappelte sich auf und stürmte in den nächstbesten Tunnel. Sofort war er von einigen großen Skorpionen umringt, die ihren Giftstachel aufgestellt hatten. Er drehte sich einmal im Kreis und schaltete die meisten von ihnen mit der Schwertspitze aus, die restlichen trieben ihn bis zum Ende des Tunnels vor sich her.

Allmählich hatte Phil die Rennerei satt. Schwer atmend stand er vor dem nächsten Rätsel, doch das war noch schwieriger als das vorherige.

Nimm die Hälfte von mehr,
dazu den, der mir gegenübersteht,
danach von der Heuernte den vorderen oder den hinteren Teil
und zum Schluss das Größte, was aus einem Samenkorn wachsen kann.
Um die Lösung solltest du einen Bogen machen.
Wenn du sie weißt, berühre mich.

Das Größte, was aus einem Samenkorn wachsen konnte, war ein Baum, aber aus dem Verrückten Wald fielen ihm viele Bäume ein, um die er einen weiten Bogen machen würde. Als besonders heimtückisch hatte er allerdings den Medusenbaum erlebt, der Leo und ihn beinahe verschluckt hätte. Phil zog die Silben auseinander: Me – du – sen – baum.

Das Wort sollte mit der Hälfte von mehr beginnen, doch was war die Hälfte von mehr? Hatte man viel, konnte man auch halb so viel haben. Oder waren nur die Buchstaben gemeint? Dann würde die erste Silbe stimmen. Und was war mit der zweiten, mit du? *Dazu den, der mir gegenüber steht.* Das bin ich, dachte Phil, zumindest im Augenblick, doch es musste sich ja bei jedem Kämpfer dieselbe Lösung ergeben. Sein Name entfiel somit. Hier wurde er mit du angesprochen. Natürlich – da hatte er die zweite Silbe. Fehlte nur noch das *sen.* Sein Großvater hatte ihn früher manchmal mit auf die Wiesen genommen, wenn er mit der Sense Heu für die Kaninchen machte. „Wir mähen das Gras nicht, sondern wir sensen es, damit du siehst, dass man auch ohne lärmenden Rasenmäher auskommt“, hatte er jedes Mal gesagt. Hier wurden vielleicht auch Sensen benutzt. Der vordere und der hintere Teil von Sensen waren identisch. Na also. Stolz sprach Phil die Lösung aus, während seine rechte Hand auf der Steinplatte ruhte.

Der Gang dahinter war mit silbrigen Fäden dekoriert, die in gleichmäßigen Abständen von der Decke hingen. Sobald Phil einen Fuß in den Tunnel setzte, glitten an den Fäden unzählige kleine Spinnen herunter, die sich einer Perlenkette gleich ordentlich aufreihten. Geduckt rannte Phil unter ihnen hindurch. Dabei ließ er das Schwert wie einen Propeller über seinem Kopf kreisen. Trotzdem verlor er für mehrere Sekunden das Bewusstsein, eine Spinne hatte sich auf seinen Rücken fallen lassen.

Während der Ohnmacht bildeten die Spinnen einen Wall um seinen Körper. Gierig glotzten sie ihn mit ihren hervorstehenden Augen an. Phil sprang auf und überrannte sie einfach. Erst am Rand einer festlich beleuchteten Halle kam er zum Stehen.

Der Raum war fensterlos, aber die hohen Wände waren mit Schlangen und Drachen in schillernden Farben bemalt. Glitzernde Leuchter tauchten sie in ein goldenes Licht.

Nachdem sich Phils Augen an die Helligkeit gewöhnt hatten, erkannte er schaudernd, dass der Boden der Halle mit Hunderten von Schlangen bedeckt war. Gemächlich umkreisten sie eine pyramidenartige Treppe in der Mitte des Raumes, auf der eine mit Edelsteinen verzierte Schatulle stand. Um die obersten Stufen hatte sich eine gewaltige schwarze

Schlange geringelt. Phil vermutete, dass sie den Drachenring bewachte.

Er machte einen Schritt vorwärts. Aus Unachtsamkeit streifte seine Schwertspitze den Boden und erzeugte dabei einen quietschenden Ton. Alle Schlangen hoben gleichzeitig ihre Köpfe.

Es war aussichtslos, unbeschadet an ihnen vorbeizukommen, dazu waren es zu viele. Doch Phil brauchte diesen Ring unbedingt, denn er würde ihn zu seinen Eltern bringen. Nie würde er es sich verzeihen, wenn er nicht alles versucht hätte, um sie zu retten.

Bevor Phil bewusst wurde, was er tat, spurtete er hauend und stechend auf die Pyramide zu. Die Schlangen strömten ihm von allen Seiten entgegen, Phil schlug abwechselnd links und rechts auf sie ein. Bis zu den untersten Treppenstufen gelang es ihm, sie von sich fernzuhalten, dann spürte er einen schmerzhaften Stich oberhalb seines Knöchels und wurde ohnmächtig.

Als er wieder zu sich kam, schwebte der riesige Schlangenkopf über ihm. Glutrote Augen waren auf sein Gesicht gerichtet, die gespaltene Zunge berührte beinahe seine Kapuze. In dieser Lage fiel Phil das Denken schwer. Bei der kleinsten Bewegung würde die Schlange angreifen, soviel war sicher. Das Schwert lag neben seiner Hand. Zitternd, aber von der Schlange unbemerkt, wanderten seine Finger zum Griff. Sobald Phil das kühle Metall fühlte, packte er zu und riss das Schwert nach oben. Gleichzeitig stieß die Schlange zu. Die Klinge drang tief in den Rachen des Tieres ein. Mit einem Ruck zog Phil das Schwert wieder heraus und wälzte sich zur Seite, ehe der schwere Schlangenkörper auf der Treppe aufschlug – genau dort, wo er eben noch gelegen hatte. Einige der Schlangen, die in der Zwischenzeit die Treppenstufen emporgekrochen waren, wurden plattgedrückt, die anderen bekämpfte Phil mit dem Schwert. Endlich hatte er die oberste Stufe erklommen. Während er die Truhe öffnete, wuchs auf der Wand gegenüber ein gigantischer Schatten. Ohne sich umzudrehen, wusste Phil, dass sich die schwarze Schlange hinter ihm aufbäumte. Er griff in das Samtbett. In dem Moment, als sich seine Hand um den Drachenring schloss, verspürte er einen rasenden Schmerz in der linken Schulter, dann wurde es dunkel um ihn herum.

Ein Wiedersehen

Phil erwachte auf einem schachbrettartig gemusterten Marmorboden. In seiner Hand leuchteten die winzigen Rubine des Drachenrings. Phil steckte den Ring an den Zeigefinger, ergriff das Schwert und erhob sich.

„Du hast lange gebraucht, obwohl dir meine Wächter die Suche erleichtert haben.“ Ein Mann in einem kunstvoll bestickten Umhang öffnete ein breites Bogenfenster. Auf dem Kopf trug er eine Krone, die wie ein stark vergrößertes Modell des Drachenringes aussah.

„Indem mich einer mit der Steinschnecke erschlagen wollte?“, fragte Phil gereizt. Woher kannte er nur diese Stimme?

„Aber nicht doch. Er wollte dir nur begreiflich machen, dass du die Lösung des Rätsels wiederholen musst. Leider können die Wächter nicht sprechen.“ Der König drehte sich langsam um.

„Sie?!“, entfuhr es Phil. Vor ihm stand der Mann, der sich als Polizist ausgegeben und vor seinen Augen sämtliche Kopien des Spiels gelöscht hatte: der falsche Skibinski. „Was machen Sie denn hier?“

„Ich bin seit einiger Zeit König dieses reizenden, kleinen Reiches, nachdem mein Vorgänger auf mysteriöse Weise im Verrückten Wald verschwunden ist. Ich habe darauf gewartet, dass du mich endlich ablöst.“

Phil setzte die Kapuze ab. „Es ist nicht meine Absicht, Sie abzulösen. Ich will nur meine Eltern nach Hause bringen. Ich vermute, dass sie sich hier im Schloss aufhalten.“

„Gut, dass du sie erwähnst.“ Der König schnippte mit den Fingern. Daraufhin betraten einige schwarze, durchscheinende Schatten das Zimmer. Im ersten Moment glaubte Phil, mit seinen Augen stimme etwas nicht, weil er Schwierigkeiten hatte, die Umrisse der einzelnen Gestalten zu erkennen. Erst nach und nach entstanden aus den wabernden Rauchsäulen einzelne muskulöse Körper mit gefalteten Flügeln und einem wolfsähnlichen Kopf. Kein Wunder, dass er sie nie richtig zu Gesicht bekommen hatte. Nur ihre rot glühenden Augen konnten die Schattenwesen schlecht verbergen.

„Bringt unsere Gäste her!“, befahl der König. Einige Gestalten entfernten sich, um kurze Zeit später zwei aneinandergekettete Gefangene hereinzuführen – Phils Eltern.

Phils Vater strahlte: „Ich hab's gewusst! Die ganze Zeit habe ich gewusst, dass du es schaffst, mein Junge.“

„Hallo Paps, hallo Mams.“ Phil wollte seine Eltern umarmen, aber eine schwarze Gestalt packte ihn grob, entwand ihm das Schwert und stieß ihn zurück.

„Finger weg von meinem Jungen, ihr Monster!“ Phils Vater rüttelte an seinen Fesseln.

„Na, na, wer wird sich denn so aufregen“, ließ sich der König vernehmen. „Sie tun doch nur ihre Pflicht.“

„Warum ist meine Mutter geknebelt?“, fragte Phil scharf. Seine Mutter weinte stumm. Ihr Mund war mit einem weißen Streifen zugeklebt.

„Das war leider notwendig, weil sie laut geschrien hat. Meine Wächter sind sehr sensibel, sie vertragen keinen Lärm. Darum ist ihnen deine Mutter schon einmal entkommen. Aber du hast sie ja erfreulicherweise für mich aufgespürt.“

Auf einen Wink des Königs wurde das Klebeband entfernt.

Phils Mutter schluchzte: „Ach, Phil, wir haben dich in große Gefahr gebracht. Kannst du uns das jemals verzeihen?“

„Du sprichst wieder!“, jubelte Phil, ohne auf ihre Frage zu antworten. Was hätte er auch sagen sollen? Er war überglücklich, seine Eltern wiederzuhaben. Alles andere zählte nicht.

Eine dritte Gefangene wurde herein geführt, es war Elisa. „Hallo, Phil.“

„Elisa!“ Phils Herz war kaum noch zu bändigen.

„Ich habe das Mädchen in den Goldenen Sarg legen lassen. Ich dachte mir, dass dich das freuen würde. Normalerweise werden die Ausgeschiedenen sofort abgeholt, aber in diesem Fall wollte ich ganz sicher gehen, dass du in dieses Schloss kommst. Deshalb habe ich dir den goldenen Drachen geschickt."

„Sie waren das?"

„Natürlich! Wie hättest du denn sonst hierhergelangen sollen, nachdem der schwarze Drache den letzen Teil der Prüfung vermasselt hatte. Ich hatte die Warterei endgültig satt."

„Woher wussten Sie von dem Angriff des schwarzen Drachen?"

„Ich war stets über alles informiert, dank meiner unsichtbaren Spione." Der König wies auf die schattenhaften Gestalten. „Zu jedem Wächter gehört ein Spiegel. Auf diese Weise kann ich mit ihren Augen sehen." Er streckte den Arm aus.

Im hinteren Teil des geräumigen Zimmers waren in die Wand zahlreiche Spiegel eingearbeitet. Einige zeigten den König und Phil, andere seine Eltern sowie Elisa, aber es entstand kein zusammenhängendes Bild. Sie gaben nur das wieder, was die einzelnen Schattenwesen gerade betrachteten. In mehreren Spiegeln funkelte der goldene Drache. Demnach befanden sich auch außerhalb des Schlosses noch Wächter.

„Tag und Nacht habe ich dich beobachtet, über beinahe jeden deiner Schritte wusste ich Bescheid. Nur der Digitalisierer blieb unauffindbar. Immerhin konnte ich verhindern, dass der schwarze Drache dich tötete. Gegen die Übergriffe des Katzenmenschen war ich machtlos, aber damit bist du ja selbst fertiggeworden. Ich habe den Übeltäter einsperren lassen, um ihm Gelegenheit zu geben, über sein schlechtes Benehmen nachzudenken. Vielleicht hat der neue König Mitleid mit ihm." Der König übergab Phil die Krone und den Umhang.

„Ich werde niemals König. Ich werde diese Welt auf dem schnellsten Wege wieder verlassen", wiederholte Phil. Er legte die Sachen auf einer Truhe ab.

„Da du auf diesen Punkt zu sprechen kommst, muss ich dich leider korrigieren, denn *ich* werde im Gegensatz zu euch zurückkehren. Und du wirst mir dazu freundlicherweise deinen Digitalisierer aushändigen, den du bisher erfolgreich vor mir versteckt hast. Es ist mir ein Rätsel, wie ich auf euren simplen Taschentrick hereinfallen konnte." Der Mann warf Phil Fridas Tasche vor die Füße.

„Ich denke nicht daran, Ihnen zu helfen", zischte Phil.

Lächelnd ging der Mann zu den Gefangenen, nahm dem Wächter das Schwert aus der Hand und hielt es Phils Vater an die Brust. „Wen möchtest du zuerst sterben sehen? Deinen Vater? Deine Mutter? Oder lieber das Mädchen?"

In Phils Kopf wirbelte alles durcheinander. Er brauchte unbedingt Zeit zum Nachdenken. „Der Digitalisierer ist nicht hier! Ich muss ihn erst holen."

„Das ist kein Problem. Meine Wächter werden dich begleiten und sich um alles Weitere kümmern."

„Und woher weiß ich, dass Sie niemandem etwas antun?"

„Lass dich überraschen." Der Mann lachte kalt.

Hilfesuchend sah Phil zu seinem Vater, doch der schüttelte nur traurig den Kopf.

„Ich habe wohl keine andere Wahl", sagte Phil leise.

„So ist es." Auf einen Wink des Mannes griffen zwei der Wächter Phil unter die Arme und zerrten ihn zu dem geöffneten Fenster.

Seine Mutter schrie auf. Die dunklen Gestalten zuckten zusammen und ließen Phil los. Phil hob die Fäuste, um sich gegen sie zu verteidigen. Der Drachenring glänzte an seiner Hand, einen Versuch war es wert. Er richtete den Finger mit dem Ring auf den Mann.

„Ergreift ihn! Ich bin euer neuer König!"

Die Wächter zögerten und Phil ärgerte sich, dass er die Krone verweigert hatte. Der Mann rannte auf die Truhe zu, doch Phil war schneller. Er stieß den Mann weg und riss die Krone an sich. Während er sie aufsetzte, schrie er: „Schnappt euch den Betrüger!"

Augenblicklich stürzten sich alle Wächter, die sich im Raum befanden, auf ihren ehemaligen König.

„Sie hätten mir den Ring wegnehmen sollen", triumphierte Phil. „Aber Sie wollten ja sowieso, dass ich Sie ablöse." Ohne ihn aus den Augen zu lassen, ging er zu seinen Eltern.

„Löst die Ketten der Gefangenen!", sagte er in möglichst gebieterischem Ton.

Sobald Phils Eltern befreit waren, drückte Anna Marten ihren Sohn an sich. „Ich bin so froh, dass wir wieder zusammen sind", flüsterte sie mit von Tränen erstickter Stimme.

Thomas Marten umarmte glücklich seine Familie. „Du warst großartig, Phil.“

„Ohne Leo wäre ich nicht hier“, wehrte Phil ab.

„Leo? Etwa Leo Kissing? Was hat der damit zu schaffen?“, staunte sein Vater.

„Er hatte euch beobachtet und anschließend die DVD mit dem Spiel aus eurem Computer geklaut. Das hat euch das Leben gerettet. Der Typ da hat nämlich alle anderen Kopien vernichtet, sogar bei uns zu Hause. Er hat sich als Polizist ausgegeben.“

Seine Mutter unterbrach ihre Suche nach einem Taschentuch. „Warum haben Sie das getan?“, rief sie dem Mann zu.

„Ich hatte den Auftrag, Ihnen in dieser Welt den Digitalisierer abzunehmen. Mein Auftraggeber war an dem Gerät interessiert, gleichzeitig wollte er Ihre Rückkehr verhindern. Nachdem der Digitalisierer verloren war, holte er mich in die reale Welt zurück, damit ich Sie zusammen mit Ihrem Spiel vernichte. Doch auch das misslang, weil noch eine DVD existierte. Als wir erfuhren, dass Phil sich mit einem älteren Modell in diese Welt digitalisiert hatte, musste ich ihm folgen.“

„Moment mal, woher hatten Sie einen Digitalisierer?“, unterbrach ihn Phils Vater.

„Ich habe ihn nachgebaut. Dabei habe ich ihn so verändert, dass mich mein Aufraggeber in dieses Spiel schicken konnte, ohne es selbst zu betreten. Das war nicht so einfach, wie es klingt, weil das Spiel seit Phils Verschwinden rund um die Uhr bewacht wurde. Aber mein Auftraggeber hatte eine geniale Idee. Mein neues Ziel war Phils Digitalisierer. Ich sollte ihn zerstören und somit dafür sorgen, dass Sie alle in dieser Welt zurückbleiben. Danach wollte mich mein Auftraggeber hier rausholen, doch mittlerweile bin ich mir nicht mehr so sicher, ob er sich an unsere Abmachung halten wird. Vielleicht gelingt es ihm doch irgendwann, diese letzte DVD zu beseitigen. Deshalb bitte ich Sie, mich unbedingt mitzunehmen, wenn Sie sich entdigitalisieren.“ Flehend blickte der Mann in die Runde.

Phils Vater war geladen wie eine Gewitterwolke, aus seinen Augen blitzte der Zorn. „Nur unter einer Bedingung.“ Er machte eine Pause. „Sie verraten uns, wer Ihr Auftraggeber ist!“

Der Mann senkte den Kopf. „Das kann ich nicht."

Thomas Marten wechselte einen Blick mit seiner Frau. „Ich finde, wir sollten ihn später holen. Er kann im Kerker des Schlosses warten und am eigenen Leib spüren, wie es ist, eingesperrt zu sein."

Daraufhin befahl Phil den Wächtern, den Gefangenen abzuführen. Seine Mutter hatte im Ärmel ein umhäkeltes Taschentuch gefunden. Liebevoll strich sie den Strickpullover wieder glatt. „Wo steckt überhaupt Leo? Ist er bei Frida geblieben?", fragte sie.

Phil stutzte. „Du kannst dich an Frida erinnern? Wir dachten, du bist ... Na ja, du hast so abwesend gewirkt."

„Ich habe alles gehört und gesehen, als ob ich mir einen Film anschaue. Irgendwie hat sich mein Verstand geweigert zu glauben, dass all diese Dinge wirklich passieren. Aber als mir diese schrecklichen Ungeheuer zum zweiten Mal begegnet sind, war es, als würde ich aus einem bösen Traum erwachen." Phils Mutter sah an sich herunter. Unter dem Pullover trug sie noch immer das braune Samtkleid. „Nur wie ich zu diesem Kleid gekommen bin, kann ich mir beim besten Willen nicht erklären."

„Horst hat es dir gekauft."

„Welcher Horst?"

„Der Mann, der dich gefunden hat."

Seine Mutter raffte den schweren Rock. „Na, wenigstens die Schuhe sind mir geblieben."

„Hört mal, ich unterbreche euch nur ungern, aber ich möchte endlich nach Hause", mischte sich Phils Vater ein. Er wandte sich an Phil. „Wo hast du den alten Digitalisierer? Sein Nachfolger ist bei der Entführung ins Wasser gefallen."

„Der Kasten ist in einem sicheren Versteck." Phil baute sich vor den schwarzen Gestalten auf. „Zwei von euch bewachen den Mann, der sich als König ausgegeben hat, und den grauäugigen Katzenmenschen! Die anderen führen uns zum goldenen Drachen!" Jetzt, wo sie ihm gehorchten, kamen Phil die Wächter schon viel weniger unheimlich vor.

Auf dem Dach des Turmes wartete nur Leos Drache. Phil strich ihm über die dunkelgrünen Schuppen. Ein bisschen erinnerten sie ihn an Schieferplatten. „Bitte bring meine Eltern zu Leo und Frida in die

Arena." Der Drache verneigte sich, sodass Anna und Thomas Marten aufsteigen konnten.

„Du meine Güte, ich hätte mir nie träumen lassen, dass ich mal auf einem Drachen reiten würde. Wo sind denn hier die Griffe zum Festhalten?", rief Phils Mutter nervös.

„Keine Sorge, ich werde dich festhalten." Phils Vater umfasste sie zärtlich, während der Drache abhob. Einige Wächter flogen neben ihnen her.

Phils Mutter drohte mit dem Zeigefinger: „Kommt mir ja nicht zu nahe oder ich schrei euch was!"

Elisa, die sich die ganze Zeit über zurückgehalten hatte, berührte Phils Arm. „Danke, dass du mich hergebracht hast", sagte sie.

„Kein Thema." Phil merkte, wie seine Ohren zu glühen anfingen. Schnell lehnte er sich über die Mauer des Turmes, um nach dem goldenen Drachen Ausschau zu halten. Unter der Wasseroberfläche sah er ihn dahingleiten.

Er strich über sein Amulett. Sofort tauchte der goldene Drache auf, mit einem Büschel Seegras zwischen den Zähnen, das er gleich darauf verschlang. Hinterher schüttelte er sich, sodass das Wasser nach allen Seiten spritzte.

„Na toll, jetzt bekommen wir einen nassen Hintern", bemerkte Phil, aber die goldenen Schuppen waren trocken, als der Drache neben ihm aufsetzte. Geschickt sprang Elisa auf den Rücken des Tieres. „Du darfst vorn sitzen", sagte sie und reichte Phil die Hand. Obwohl er keine Hilfe nötig gehabt hätte, ließ er sich von ihr hinaufziehen.

„Müssen wir uns beeilen?", fragte der goldene Drache.

Phil mochte nicht daran denken, dass dies vorerst seine letzten Minuten mit Elisa sein würden. „Lass dir ruhig Zeit."

Der Drache hob ab, die letzten schwarzen Wächter folgten in gebührendem Abstand. Elisa schlang die Arme um Phils Brust und schmiegte sich an seinen Rücken. Das Kribbeln in Phils Bauch breitete sich bis in die Zehenspitzen aus. Im Augenblick konnte er sich nichts Schöneres vorstellen, als zusammen mit Elisa durch die Luft zu schweben.

Abschied

Viel zu schnell erreichte der goldene Drache die Arena. Als das Tier landete, brach tosender Beifall los. Zuschauer strömten auf den Rasen und umringten Phil, Elisa und den goldenen Drachen. Verlegen nahm Phil die Krone ab und hängte sie sich über den Arm.

Paul war als Erster bei ihnen. „Phil, du warst echt spitze! Zeig mal den Ring!“ Die Zwillinge feuerten eine Silberschlange über ihren Köpfen ab. Lukas schrie etwas, aber seine Worte gingen in dem lauten Zischen unter. Claudia riss sich von Marcels Hand los und tänzelte auf Phil zu. „Nicht schon wieder küssen.“ Phil drehte sich einfach um. Elisa, die sich das Lachen kaum verkneifen konnte, deutete zunächst auf sich und dann auf seine Eltern, die ihm von der obersten Zuschauerreihe aus zuwinkten. Daneben schwenkte Leo seinen Strickpullover wie eine Fahne. Melanie und Frida standen etwas abseits. Phil nickte Elisa zu und kämpfte sich zum Kopf des Drachen durch.

„Danke für alles“, sagte er.

„War mir ein Vergnügen. Und wenn du wieder mal Lust zum Fliegen verspürst, ruf mich mit Hilfe deines Amuletts“, erwiderte der Drache.

„Ganz bestimmt, aber jetzt muss ich nach Hause.“ Auf dem Weg zu seinen Eltern wurde Phil von Herrn Junker und Herrn Kinsky aufgehalten. Sie führten ihn ein Stück von der lärmenden Menge weg.

„Herzlichen Glückwunsch, Phil. Du hast deine Sache ganz ausgezeichnet gemacht“, gratulierte ihm der Direktor.

Herr Kinsky schüttelte Phil ebenfalls die Hand. „Leider kann ich deine Leistungen noch nicht beurteilen, weil ich bis eben im Verrückten Wald unterwegs war.“ Hinter ihm erhob sich der rote Drache. „Aber der Direktor sagte mir, dass du großartig warst, wobei ich es nicht anders von dir erwartet habe. Allerdings deutete er an, dass du uns verlassen willst ...“ Er blickte Phil fragend an.

„Es gibt noch andere gute Kämpfer, die den Drachenring gern erobern möchten.“ Phil erschrak, denn er trug noch immer den goldenen Ring und die Krone bei sich. „Beinahe hätte ich es vergessen.“ Er überreichte beides Herrn Junker. „Ähm, der richtige König ist im Verrückten Wald verschollen“, fügte er hinzu.

„Jemand muss bis zur nächsten Prüfung die Rolle des Königs übernehmen“, stellte der Direktor stirnrunzelnd fest.

„Ich werde es machen.“ Tom, der Aussteiger, gesellte sich zu ihnen.

„Tom! Wir haben uns lange nicht gesehen“, sagte Herr Junker mit seltsam belegter Stimme.

„Hallo, Vater!“ Die Begrüßung der beiden wirkte etwas steif.

Unschlüssig drehte Herr Junker den Ring zwischen den Fingern. „Bist du sicher, dass du König werden möchtest? Vor nicht allzu langer Zeit hast du auf die letzte Prüfung und somit auf den Drachenring verzichtet.“

„Das habe ich nur getan, weil Mutter in ihrem Ehrgeiz das Leben der anderen Kämpfer vorsätzlich aufs Spiel gesetzt hatte, um mich gewinnen zu lassen.“

„Es konnte niemals bewiesen werden, dass Beatrix die fleischfressenden Pflanzen in die Burg eingeschleust hatte, Tom“, widersprach Herr Junker. Mit deutlichem Unbehagen betrachtete er die Metallfüße von Herrn Kinsky.

„Dieses Mal gibt es keinen Zweifel“, fuhr Tom unbeirrt fort. „Wir haben bei ihr ein in ein T-Shirt gewickeltes schwarzes Drachen-Ei gefunden. Bekanntlich haben Drachen einen extrem empfindlichen Geruchssinn. Was sie mit dem Ei vorhatte, wissen wir nicht, aber in der Höhle des schwarzen Drachenweibchens stießen wir auf ein weiteres T-Shirt sowie auf die Reste eines Drachen-Eis. Ebensolche Reste lagen auch auf dem Rasen, deswegen ist das Drachenweibchen ausgerastet.“ Tom holte ein Stück klebriger schwarzer Eierschale aus seiner Ledertasche.

Jetzt ergab für Phil vieles eines Sinn. „Mir wurden zwei T-Shirts gestohlen, das erste vor dem Qualifikationsrennen. Ich glaube, jemand hatte etwas auf mein Wagendach geschmiert. Auf der Brücke wurde ich angegriffen. Der goldene Drache hat verhindert, dass mein Wagen in die Schlucht stürzt“, warf er ein.

„Du hast unglaubliches Glück gehabt. Erinnerst du dich an die Giftschlange in deinem Auto?“

„Und ob!“

„Als Beatrix, also meine Mutter, mich bat, für sie eine gelbbäuchige Schlange einzufangen – angeblich, damit der Doktor aus ihrem Gift eine Rheumasalbe herstellen konnte –, schöpfte ich Verdacht. Ich habe die letzten Rennen vor der Prüfung beobachtet. Da du meinem Bruder Olaf den so sicher geglaubten Sieg streitig machtest, warst du in Gefahr.“

Phil brauchte eine Weile, um das soeben Gehörte zu verarbeiten. Langsam wurde ihm klar, warum Tom bei den Aussteigern lebte. Mit Beatrix Schwan als Mutter und Olaf Junker als Bruder wäre er selbst ganz sicher auch von zu Hause abgehauen.

„Phil?“

„Ähm, ja, danke, dass Sie mich vor der Schlange gerettet haben. Vorgestern Abend lag übrigens eine gelbbäuchige Schlange in meinem Bett“, antwortete Phil.

Tom hob abwehrend die Hände. „Damit habe ich nichts zu tun. Jemand anderes muss sie ihr besorgt haben.“

„Moment mal, Beatrix hat Drachen und Giftschlangen auf Phil angesetzt? Warum habe ich nie etwas davon erfahren?“ Herr Junker schüttelte ungläubig den Kopf.

„Während des Qualifikationsrennens war das Überwachungssystem ausgefallen. Wahrscheinlich hatte Frau Schwan extra ein Computervirus entwickelt“, sagte Phil.

„Schuld war in der Tat ein Virus, aber eingeschleust hat es mein Sohn Olaf. Er hat es selbst zugegeben. Inwieweit Olaf in die Machenschaften seiner Mutter eingeweiht war, muss ich erst noch herausfinden. Wenn ich mich recht entsinne, hatte auch jemand einen Reifen von dem Apollo präpariert ...“

„Was ist mit dem Katzenmenschen?“, unterbrach ihn Herr Kinsky. „Schon während des Unterrichts hatte ich das Gefühl, dass er es auf Phil abgesehen hatte.“

„Er hat mich am See mit einer Eisenstange angegriffen", bestätigte Phil. „Jetzt sitzt er im Kerker des Schlosses."

„Sobald ich dort bin, werde ich ihn verhören. Das wird meine erste Amtshandlung als König sein." Tom nahm den Drachenring und die Krone an sich.

„Ich denke, Beatrix hat den Katzenmenschen angestiftet, Phil kampfunfähig zu machen. Sie hat das Betäubungsmittel in dessen Waffe gegen das Gift der Schlange ausgetauscht und das Tier anschließend in Phils Zimmer ausgesetzt, ebenso hat sie die Giftschlange in Phils Auto geschmuggelt. Für den Fall, dass Schlangen und Katzenmensch versagen, hat Beatrix außerdem das schwarze Drachenweibchen glauben lassen, dass der Besitzer des T-Shirts, also Phil, die Eier zerstört hat. Deshalb ist es auf Phil losgegangen", fasste Herr Kinsky zusammen.

Tom klopfte mit dem Fingerknöchel auf das schwarze Schalenstück. „Sie hatte noch Schalenreste in ihrer Tasche, das ist ihr zum Verhängnis geworden."

„Was ist aus Frau Schwan geworden?", fragte Phil, mehr aus Neugier als aus Mitgefühl.

„Der schwarze Drache hat sie über dem Verrückten Wald abgeworfen. Zufälligerweise war Horst mit einem Drachen unterwegs. Er hat sie aufgefangen und in seine Höhle gebracht. Beatrix wirkte etwas verstört, schien aber ansonsten unversehrt zu sein. Horst fragte, ob er sie behalten darf. Wir dachten uns, dass sie damit vorerst genug bestraft sei." Herr Kinsky wirkte zufrieden.

Bei dem Gedanken, dass Horst nun Frau Schwan anstelle seiner Mutter pflegte, musste Phil grinsen.

Herr Junker fuhr sich durch die Haare. „Da werden mehrere Anschläge auf einen meiner Schüler verübt, ohne dass ich die leiseste Ahnung habe. Wenn sich das herumspricht, werde ich mir eine neue Arbeit suchen müssen. Warum hast du dich mir nicht anvertraut?"

Phil überlegte einen Augenblick. „Ich hatte Angst, dass jemand den Digitalisierer stiehlt. Dann wären wir für immer hier gefangen, denn ohne diesen Kasten hätten wir niemals in unsere Welt zurückkehren können."

„Was ist das für eine Welt, aus der ihr kommt, und wer ist der Mann im Schloss?“, fragte Herr Junker.

„Das ist eine lange Geschichte ...“

Jemand klopfte Phil auf die Schulter. Phil brauchte einen Moment, bis er in ihm Manne erkannte. In dessen Gesicht fehlte der Bart, die Haare waren kurzgeschnitten. Er trug ein sauberes Hemd und eine neue Lederhose. Die frisch gewaschenen Füße leuchteten im Gras.

„Entschuldige bitte, dass ich erst jetzt komme, aber ich wollte dir noch jemanden vorstellen.“ Manne machte einen Schritt zur Seite. Eine schneeweiße Wölfin mit hellgrauen Augen schnappte nach dem geflochtenen Halsband, dessen Ende Manne um sein Handgelenk gewickelt hatte. „Das ist Lucie. Durch den Tod ihres Bruders hat sie zu mir zurückgefunden.“ Liebevoll strich Manne über das dichte Fell des schönen Tieres. Dann richtete er sich wieder auf. „Phil, du solltest jetzt zu deinen Eltern gehen, sie wollen nicht länger warten.“

Herr Junker reichte Phil die Hand. „Alles Gute, Phil, vielleicht könntest du meine Fragen bei deinem nächsten Besuch beantworten.“

„Du darfst jederzeit bei mir wohnen. Ich lebe wieder in meinem alten Haus“, bot Manne an.

Phil schüttelte zum Abschied Hände und wühlte sich durch die Menschentraube, die sich um den goldenen Drachen gebildet hatte.

„Eine glänzende Karriere als Kämpfer steht dir immer offen“, rief Herr Kinsky ihm nach. Die weiße Wölfin jaulte auf – Herr Kinsky hatte sie versehentlich mit einem Metallfuß getreten.

Auf dem Weg durch die Zuschauerreihen musste Phil an Olaf vorbei, der allein auf einem der oberen Sitzplätze hockte.

„Das nächste Mal hole ich den Drachenring, Marten“, verkündete Olaf.

„Kann schon sein, ich werde dich jedenfalls nicht mehr daran hindern“, erwiderte Phil spöttisch.

„Niemand wird das verhindern können!“ Olaf stand auf und sah verächtlich auf die Leute in der Arena herab.

„Da wäre ich mir an deiner Stelle nicht so sicher“, murmelte Phil. Er berührte sein Drachenamulett und zwang Olaf, über die Sitzreihen zu hüpfen. „Das ist ein nützliches Training, Junker.“ Phil hörte noch, wie

Herr Junker seinem Sohn befahl, mit dem albernen Gehopse aufzuhören, es sei denn, er wolle die Sitze unbedingt ein zweites Mal reinigen.

Leo kam ihm ein Stück entgegengelaufen. „Phil, du warst genial! Wie du mit den Schlangen und dem ganzen Ungeziefer fertiggeworden bist! Und wie du den falschen König ausgetrickst hast! Ich dachte, mein Herz springt nicht wieder an."

Melanie wischte sich auffallend oft mit dem Ärmel über die Augen. Phil gab ihr die grüne Drachenpfeife.

„Sah ziemlich krass aus, wie die Drachen durch die Luft geschossen sind. Also auf dem Gesprenkelten würde ich's ja auch mal probieren", sagte Leo.

Phil ging nicht darauf ein, weil er immerzu daran denken musste, dass ihm die Trennung von Elisa bevor stand. Elisa griff nach seiner Hand.

Die kleine Gruppe, bestehend aus Phil, seinen Eltern, Frida, Leo, Melanie und Elisa, entfernte sich so weit von der Arena, dass sie weitestgehend vor neugierigen Blicken geschützt war, abgesehen von einigen roten Augenpaaren.

Frida gab Phil den Rucksack. „Stell dir mal vor, während ich vorhin den Digitalisierer geholt habe, ist Leo ganz allein in die Schule geritten, um eure Sachen einzupacken."

„Ans Reiten könnte ich mich echt gewöhnen", bemerkte Leo.

„Du kannst doch auch zu Hause reiten. Deine Eltern haben bestimmt nichts dagegen."

„Meine Eltern ..." Leo räusperte sich: „Phil, ich muss dir etwas sagen: Ich ... werde nicht mitkommen. Ich bleibe für eine Weile hier, bei Frida. Wie heißt es immer so schön? Ich nehme mir eine Auszeit!"

Frida war noch vor Melanie bei Leo. „Oh, Leoschatz, das ist lieb von dir", flüsterte sie gerührt, während sie ihn an sich drückte.

Nachdem Frida Leo wieder freigegeben hatte, fiel ihm Melanie um den Hals. „Ich bin ja so frohoho", schluchzte sie an seiner Brust.

Phil zog die Augenbrauen zusammen. „Wenn das 'n Witz sein sollte, war er nicht besonders komisch."

„Hast du von mir schon mal 'n guten Witz gehört?" Über Melanies Kopf hinweg blitzte Leo ihn an. „Nein, ich meine es ernst. Ich werde ein

Geschäft für Strickwaren eröffnen. Aufträge habe ich jetzt schon genug. Sollte irgendwann kein Bedarf mehr bestehen, werde ich bei Herrn Bertoli einsteigen oder dich bitten, ein paar Motten zu digitalisieren."

„Und was ist mit deinen Eltern, Leo? Sie werden dich vermissen", ließ sich Phils Mutter vernehmen.

„Das glaube ich kaum." Leos Stimme klang mit einem Mal kratzig.

„Aber dein Vater wird sehr stolz auf dich sein, wenn er erfährt, was du für uns getan hast", sagte Phils Vater. Er hielt den Digitalisierer hoch. „Ohne dich würden wir vermutlich nicht mehr existieren."

Phils Mutter zwinkerte Leo zu. „Und du siehst toll aus, deine Eltern würden staunen."

Leo betrachtete irgendeine Stelle vor Phils Füßen. Sein Gesicht nahm wieder diesen grübelnden Ausdruck an, der Phil schon am Morgen aufgefallen war. „Wenn sie Sehnsucht nach mir haben, können sie mich ja besuchen." Er sah auf. „Warum machen Sie eigentlich nicht noch ein paar Tage Urlaub hier? Es kann doch nichts passieren, die Bösen sind alle eingesperrt."

„Da irrst du dich, Leo. Der Auftraggeber von dem Mann, der zuerst in die Rolle eines Polizisten und anschließend in die des Königs geschlüpft ist, läuft noch frei herum. In der realen Welt", belehrte ihn Phils Vater. „Den müssen wir überführen. Aber sei unbesorgt, wir werden dieses Spiel hüten wie unseren Augapfel."

„Und du, Phil, schaust doch sicher mal rein, oder? Da fällt mir ein, ich habe noch ein Abschiedsgeschenk für dich." Behutsam befreite sich Leo aus Melanies Armen, öffnete seinen Rucksack und holte einen dunkelgrünen, gestrickten Pullover heraus.

„Für dich, sozusagen als Andenken an unsere gemeinsame Zeit hier. Zwar weiß ich, dass du Strickpullover uncool findest, aber zur Not kann man ja immer noch eine Leiter draus machen."

Der Pullover fasste sich warm und flauschig an, Phil war angenehm überrascht. „Mensch, Leo, das ist vermutlich der einzige Strickpullover, den ich jemals in meinem Leben tragen werde. Danke."

„Warte ab, bis du dich erst dran gewöhnt hast. Aber du weißt ja, wo du mich findest."

Leo boxte Phil an den Arm. „Du wirst mir fehlen.“

Phil boxte zurück. „Gleichfalls.“

„Mir wirst du auch fehlen, Phil.“ Elisa umfasste Phils Gesicht. „Schade, dass du Küssen nicht magst ...“

„Ähm, bei dir ist das was an...“ Weiter kam Phil nicht, weil Elisa ihre weichen, warmen Lippen auf die seinen presste. Für einen Moment vergaß Phil alles um sich herum. Er fühlte sich, als würde er wieder fliegen. Fast war er enttäuscht, als Elisa ihn sanft von sich schob. „Bis bald!“ Ihre Augen funkelten.

„Ganz bestimmt“, krächzte Phil. Noch leicht benommen ließ er sich von Frida einen Abschiedskuss auf die Stirn drücken.

Als Phil zu seinen Eltern ging, wurde ihm leichter. Die beiden waren Computerexperten und außerdem die besten Eltern, die man sich wünschen konnte. Sie würden dafür sorgen, dass er gefahrlos zwischen den Welten pendeln konnte. Schon bald würde er Leo und Frida und vor allem Elisa wiedersehen. Ganz sicher.

„War doch eine gute Idee von mir, Elisa mit ins Spiel zu bringen“, raunte sein Vater ihm zu. Hoffentlich hatte Elisa das nicht gehört.

„Und ich darf dich nicht mal mehr auf die Wange küssen“, seufzte seine Mutter.

„Dafür hast du doch mich.“ Tröstend legte Phils Vater einen Arm um sie.

„Eben.“ Mehr hatte Phil dazu nicht zu sagen.

Gemeinsam winkten sie ein letztes Mal, danach zog Phil das Amulett unter dem Schutzanzug hervor. „Danke übrigens für das Drachenamulett. Das war doch für mich, oder?“

„Darüber reden wir noch.“ Sein Vater hielt den Digitalisierer hoch, damit Phil das Amulett in den seitlichen Schlitz schieben konnte. „Zeit für uns, nach Hause zu gehen“, sagte er, bevor er den grünen Knopf drückte.

Im nächsten Augenblick waren Phil und seine Eltern von einem grellen Licht umgeben. Eng aneinandergeschmiegt traten sie die Reise zurück in ihre Welt an.

Fortsetzung folgt

Karte Drachenringwelt

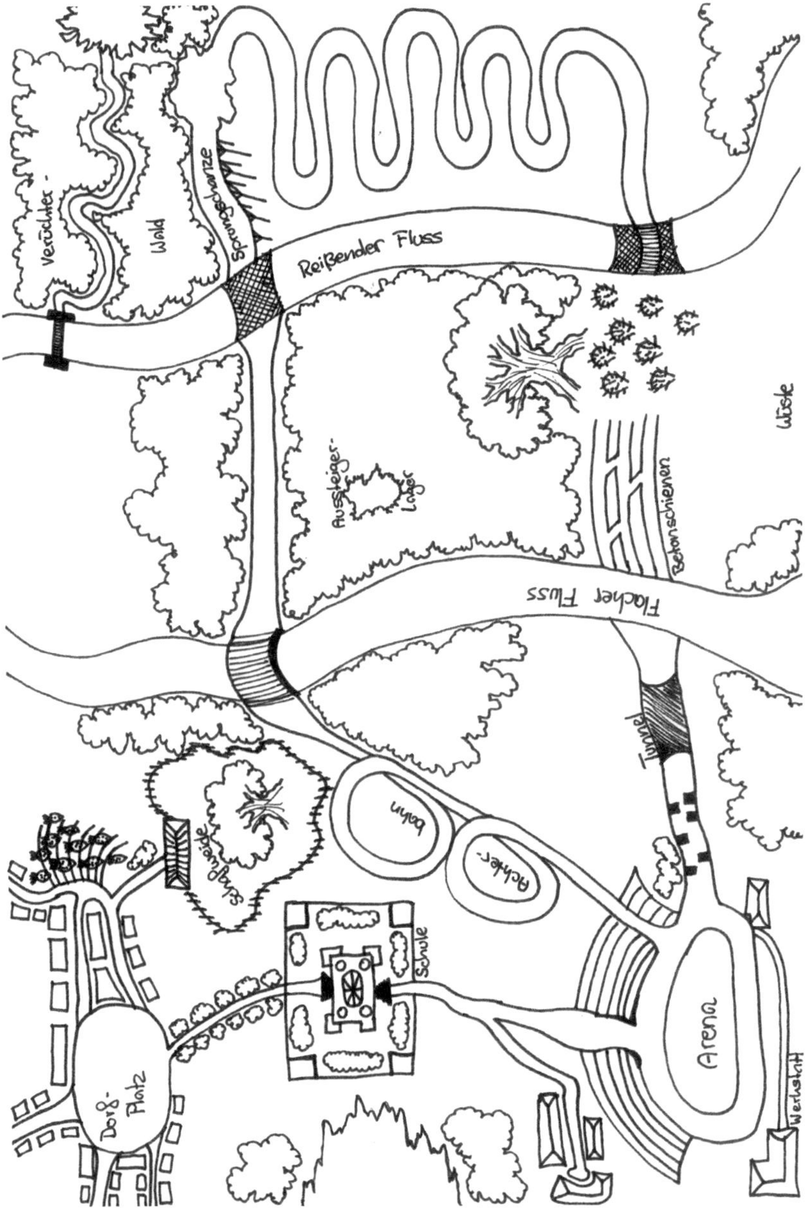

Sylke Scheufler

Geboren wurde ich 1967 in Greifswald, aufgewachsen bin ich in Wolgast. Nach meinem Lebensmitteltechnikstudium in Köthen hatte ich ein Diplom, einen Ehemann und einen Sohn und war für die Qualitätssicherung in einer Köthener Fisch- und Feinkostfirma verantwortlich. Bevor unser zweiter Sohn geboren wurde, zogen wir nach Globig. Irgendwann begann ich damit, mir Geschichten auszudenken und sie aufzuschreiben. Einige sind in der Verlagsunion Pabel Moewig KG (2002) sowie in den Anthologien „Eulenblume & Pustespiegel“ (2009) und „Zaubersprüche & Sachsenspiegel“ (2010) vom Mitteldeutschen Verlag gedruckt worden. Ein Gedicht von mir wurde in der Literaturzeitschrift „Ort der Augen“ 4/ 2013, dr. ziethen verlag, veröffentlicht.

Da ich Kräuter sehr schätze, habe ich für die Kräuter-Fachfrau Martina Barth aus Ogkeln die Broschüren „Von Unkräutern und anderen Heilpflanzen Teil 1“ (2008) sowie „Noch mehr Unkräuter und andere Heilpflanzen Teil 2“ (2009) verfasst.

2014 erschienen im Lychatz Verlag die Romane „Die Suche nach dem Drachenring“ und „Gefangen in der Eiswelt“. Im Jahr 2017 erschien der dritte Band „Die Botschaft des Drachenrings“.

Inhaltsverzeichnis

ebenfalls im Lychatz Verlag erschienen:

»Gefangen in der Eiswelt«
von Sylke Scheufler

ISBN: 978-3-942929-72-1

ebenfalls im Lychatz Verlag erschienen:

»Die Botschaft des Drachenrings«
von Sylke Scheufler

ISBN: 978-3-942929-51-6

ebenfalls im Lychatz Verlag erschienen:

»Die Falle«
von Gunter Preuß

ISBN: 978-3-9813385-3-9

ebenfalls im Lychatz Verlag erschienen:

»Im Paradies gibt‘s keinen Gänsebraten«
von Henner Kotte

ISBN: 978-3-942929-17-2

Dorf-
Platz
Schafweide
Schule
Achter-
bahn
Tunnel
Arena
Werkstatt